suhrkamp taschenbuch 343

Carlos Fuentes, 1928 als Sohn eines Diplomaten in Mexiko geboren, wuchs in Montevideo, Rio de Janeiro und Washington auf. In Santiago de Chile studierte er Jura, in Genf legte er sein Doktorexamen ab. Fuentes trat in die kommunistische Partei ein. Er spricht zahlreiche Sprachen, und die Vielfalt der Erfahrungen, die er auf den Reisen in fast alle Länder der Welt sammeln konnte, kommen seinem Werk zugute. Seit 1975 ist Fuentes Botschafter Mexikos in Paris. *Nichts als das Leben* setzt sich mit der Vergangenheit, der »mexikanischen Revolution« auseinander, stellt an einem Leben die verfehlte Entwicklung des Landes dar. Spricht man von Fuentes als dem Romancier, verweist man auf Dos Passos oder Faulkner. Spricht man von Fuentes als dem Drehbuchautor, wird er mit Luis Buñuel oder Orson Welles in Zusammenhang gebracht. *Seine wichtigsten Werke: La región más transparente,* 1958 (dt. *Landschaft in klarem Licht,* 1974); *Cambio de piel,* 1966 (dt. *Hautwechsel,* 1969); *Todos los gatos son pardos,* 1970; *Terra Nostra,* 1975. Thema des Romans ›Der Tod des Artemio Cruz‹ (so die wörtliche Übersetzung) ist die Geschichte des korrumpierten Revolutionärs. Artemio Cruz, Zeitungskönig, Abgeordneter, Großgrundbesitzer, erinnert sich siebzigjährig auf dem Sterbelager an die Stationen seines Lebens. Illegitime Geburt, Armut, Kampf um soziale Neuordnung, Verlust der Geliebten, Gefangenschaft, Todeszelle, Hinrichtung Gonzalos, des idealistischen Revolutionärs, Übertritt zur »richtigen Seite«, Heirat der reichen Schwester Gonzalos, die ihre Ehe als Rache am Bruder versteht, unaufhaltsamer Aufstieg, menschliche Vereinsamung. Fazit dieser Suche nach dem Sinn des Gewesenen: »Nichts hat den Wert des Lebens: Das Leben hat keinen Wert!«
Formal lassen sich im Roman drei Erzählperspektiven aufzeigen: die Überlegungen Artemio Cruz' über seinen Zustand und die ihn umgebenden Menschen werden in der ersten Person geführt. Fragen an sich selbst in der zweiten, doch sind beide Modi nicht scharf getrennt. Der Vergangenheit erinnert sich Cruz in der dritten Person. Die Chronologie erscheint sprunghaft; die Episoden werden frei assoziiert, die Reflexionen durch die Fieberdelirien der Agonie unterbrochen. Der lange Monolog wiederholt einzelne Worte, leitmotivisch oder in dramatischer Verdeutlichung der Mühe des Sterbenden, sich nicht zu verlieren.

Carlos Fuentes
Nichts als das Leben

Roman

Suhrkamp

Titel der spanischen Originalausgabe:
La Muerte de Artemio Cruz

Deutsch von Christa Wegen

suhrkamp taschenbuch 343
Zweite Auflage, 8.–11. Tausend 1977

Druck: Nomos Verlagsgesellschaft, Baden-Baden
Printed in Germany
Umschlag nach Entwürfen von
Willy Fleckhaus und Rolf Staudt.

Für

C. WRIGHT MILLS

die wahre Stimme Nordamerikas,

den Freund und Kameraden

in Lateinamerikas Kampf

Die Vorahnung des Todes ist die Vorahnung der Freiheit

MONTAIGNE, Essais

Die ihr wandelt auf und ab
Von der Wiege nach dem Grab
Menschen, innerlich erwacht,
Nehmt nun euer Tun in acht . . .

CALDERON, DAS GROSSE WELTTHEATER*

Ich allein weiß, wozu ich fähig gewesen wäre . . . Für die anderen bin ich höchstens ein Vielleicht.

STENDHAL, Rot und Schwarz

. . . durch mich und durch IHN und durch uns: immer uns drei

GOROSTIZA, Tod ohne Ende

Nichts hat den Wert des Lebens: Das Leben hat keinen Wert.

Mexikanisches Volkslied

* Nach einer freien Übersetzung von Eichendorff.

Ich erwache . . ., etwas Kaltes berührt mein Glied und weckt mich. Ich wußte nicht, daß man unwillkürlich urinieren kann. Ich halte meine Augen geschlossen. Selbst die Stimmen dicht neben mir höre ich nicht: würde ich sie hören, wenn ich die Augen öffnete? Doch meine Augenlider sind schwer, sind bleiern, ich spüre den Geschmack von Kupfermünzen auf der Zunge und Eisenhämmer in meinen Ohren und etwas, etwas wie angelaufenes Silber in meinem Atem; Metall, alles ist Metall; oder Mineral. So lasse ich Wasser, ohne es zu wissen: vielleicht habe ich während dieser Stunden – denn ich begreife plötzlich, daß ich bewußtlos war – auch gegessen, ohne es zu wissen: denn kaum war es hell geworden, hatte ich meine Hand ausgestreckt und dabei unabsichtlich das Telefon heruntergeworfen, dann lag ich mit dem Gesicht nach unten und mit herabbaumelnden Armen auf meinem Bett, ein Kribbeln in den Handgelenken. Und jetzt bin ich wach, aber ich mag die Augen nicht öffnen. Doch so wenig es mir paßt, etwas schimmert beharrlich dicht vor meinem Gesicht, etwas, das in einem Wirbel aus schwarzen Lichtern und blauen Ringen durch meine geschlossenen Lider dringt. Ich spanne die Gesichtsmuskeln an, öffne das rechte Auge und sehe, wie es sich in den reflektierenden Glasfacetten einer Damenbörse spiegelt. Ich bin das, ich bin das: ich bin dieser alte Mann, dessen Gesicht von verschieden großen Glasscherben gespiegelt wird: ich bin dies Auge, ich bin dies Auge: dies Auge, vom Aderngeflecht jahrelangen Zornes durchzogen, einem alten und vergessenen, doch stets gegenwärtigen Zorn; ich bin dies Auge, grün und geschwollen, zwischen seinen Lidern, Augenlidern, fettglänzenden Augenlidern. Ich bin diese Nase: ich bin diese Nase, diese Nase, diese erdbraun gebrannte, weit geblähte Nase; und ich bin diese Backen, Backen, Backenknochen, wo der weiße Backenbart anfängt. Anfängt. Gesicht. Gesicht. Gesicht, Grimasse, Gesicht, das nichts mit Alter oder Schmerz zu tun hat; Gesicht mit Zähnen schwarz von Tabak,

Tabak, Tabak. Der Dunst meines Atems beschlägt das spiegelnde Glas, und eine Hand nimmt die Börse vom Nachttisch.

»Sehen Sie, Doktor, er ist . . .«

»Señor Cruz . . .«

»Noch in seiner Todesstunde führt er uns hinters Licht!«

Ich will nicht sprechen. Mein Mund ist angefüllt mit altem Kupfer: mit seinem Geschmack. Aber ich öffne mühsam ein wenig die Augen, und durch die Wimpern sehe ich verschwommen die beiden Frauen und den Arzt, der mit antiseptischen Bestecken hantiert: von seiner schweißigen Hand, die nun unter meinem Hemd die Brust abtastet, steigt Alkoholdunst wie ein Krampf auf. Ich versuche diese Hand wegzuschieben.

»Auf, Señor Cruz, kommen Sie . . .«

Nein, nein, ich will meine Lippen nicht öffnen. Oder vielmehr, ich will jenen geraden, lippenlosen Spalt meines Mundes nicht öffnen, den das Spiegelbild zeigte. Ich will meine Arme über dem Laken ausgestreckt lassen. Die Decken reichen bis zu meinem Bauch. Mein Magen . . . ah! Und meine Beine sind noch immer gespreizt mit jenem kalten Gegenstand zwischen den Schenkeln, und meine Brust hebt und senkt sich noch immer mit dem gleichen dumpfen Kribbeln wie in meinen Handgelenken, das ich schon gespürt habe, das ich früher schon gespürt habe, wenn ich zu lange im Kino gesessen bin: mangelnde Durchblutung, das ist es, weiter nichts. Nichts Ernstes. Nichts Ernsteres. Nichts als mangelnde Durchblutung. So muß man über seinen Körper nachdenken. Aber das Nachdenken über den Körper strengt an. Über den eigenen Körper, den einzigen Körper, der mir gehört. Es ist ermüdend. Denk nicht nach. Genug, er ist da: ich denke, ich bezeuge: Ich – bin – Körper. Ich. Körper, der bleibt. Körper, der geht, der vergeht, der sich auflöst in Nervenenden und Hautschuppen, in Zellen und Eiweißteilchen: mein Körper, auf den der Arzt seine Finger legt. Angst. Ich fühle die Angst, die man fühlt, wenn man über den eigenen Körper nachdenkt. Und mein Gesicht? Teresas Börse ist weg, sie nahm sie fort: ich versuche, mich an mein Spiegelbild zu erinnern: das Gesicht von asymmetrischen Glasfacetten gespalten, das Auge sehr dicht beim Ohr und sehr weit vom anderen Auge: ein Gesicht, von drei schimmernden Spiegeln geteilt. Schweiß rinnt von meiner Stirn. Wieder schließe ich die Augen und verlange, ich verlange, man solle mir mein Gesicht und meinen Körper wiedergeben. Ich verlange – doch ich fühle die Hand, die mich streichelt: ich würde ihr gern entrinnen, aber mir fehlt die Kraft dazu.

»Fühlst du dich besser?«

Ich sehe sie nicht an. Nicht Catalina sehe ich an. Weiter hinten sehe ich Teresa, die in dem großen Armsessel sitzt, eine aufgeschlagene Zeitung in den Händen. Meine Zeitung. Ja, es ist Teresa, aber ihr Gesicht verbirgt sie hinter den ausgebreiteten Seiten.

»Macht das Fenster auf.«

»Nein, wenn du dich jetzt erkältest, wird es noch schlimmer.«

»Laß ihn, Mama. Kannst du nicht sehen, wie er sich verstellt?«

Ah, ich rieche Weihrauch. Ah! Das Gemurmel an der Türe. Jetzt tritt er ein, mit dem Weihwasserkessel, mit seinem schwarzen Rock und dem Geruch des Weihrauches, um mir mit der ganzen Strenge einer Predigt Lebewohl zu sagen. Gut. Also sind sie in die Falle gegangen.

»Ist Padilla schon gekommen?«

»Ja, er wartet draußen.«

»Er soll hereinkommen.«

»Aber . . .«

»Zuerst soll Padilla hereinkommen.«

Ah, Padilla. Komm näher! Hast du das Tonbandgerät mitgebracht? Wenn du wüßtest, was für dich vorteilhaft ist, du würdest es mitbringen, so wie du es jede Nacht in das Haus in Coyoacán mitgebracht hast. Heute, mehr denn je, laß mich glauben, daß alles wie immer sei. Störe nicht den gewohnten Gang, Padilla. Ah, jetzt bist du neben mir. Und das mögen sie nicht.

»Geh näher hin, Kind, daß er dich erkennen kann. Sag ihm, wie du heißt.«

»Ich bin . . . ich bin Gloria.«

Wenn ich ihr Gesicht nur klarer erkennen könnte. Wenn ich mir nur ihre Züge besser vorstellen könnte. Sie muß den Gestank dieser toten Haut wahrnehmen, sie muß meine eingefallene Brust sehen, den grauen, wirren Bart, den Schleim, der aus meiner Nase fließt, die . . .

Sie ziehen sie von mir weg.

Der Arzt fühlt meinen Puls.

»Ich muß mich mit meinen Kollegen beraten.«

Catalinas Hand berührt die meine. Welch nutzlose Zärtlichkeit. Ich kann sie nicht deutlich sehen, aber ich suche ihren Blick zu fassen. Jetzt, ich habe ihn. Ich nehme ihre kalte Hand.

»An jenem Morgen habe ich ihn erwartet. Voller Glück. Wir ritten durch den Fluß.«

»Was sagst du? Sprich nicht. Streng dich nicht an. Ich kann dich nicht verstehen.«

»Ich würde gerne dorthin zurückkehren, Catalina. Doch wie sinnlos!«

Ja, der Priester kniet neben mir. Er murmelt, als Padilla das Tonbandgerät einschaltet. Ich höre meine Stimme, meine Worte. Ja, mit einem Schrei. Ja, ich schreie! Ja, ich bin davongekommen! Zwei Ärzte erscheinen an der Türe. Ich bin davongekommen. Regina, ich bin verwundet. Ich bin verwundet, Regina, ich fühle, daß ich verwundet bin. Regina, Soldat! Ich bin verwundet, haltet mich. Sie haben einen langen kalten Dolch in meinen Magen gerannt, und irgend jemand, irgend jemand anderes hat Stahl in meine Eingeweide gebohrt. Ich rieche diesen Weihrauch, und ich bin müde. Ich lasse sie machen, lasse sie mich mühsam hochheben, während ich stöhne. Keinem von euch schulde ich mein Leben. Ich kann nicht mehr, kann nicht mehr, das habe ich nicht gewollt, meine Füße sind kalt, ich krümme mich unter den Schmerzen, ich will nicht diese absterbenden Fingernägel, diese blauen Fingernägel. Aber, aaahhh, aaahhh, ich bin davongekommen! Was habe ich gestern getan? Wenn ich darüber nachdenke, was ich gestern getan habe, dann denke ich nicht mehr an das, was jetzt geschieht. Das ist ein glänzender Gedanke. Wirklich glänzend: an gestern zu denken. Du bist nicht so verrückt, du leidest nicht so sehr, du kannst an gestern denken, an gestern, gestern. Gestern kam Artemio Cruz von Hermosillo nach Mexico City zurück. Ja, gestern kam Artemio Cruz ... bevor er krank wurde, kam Artemio Cruz gestern ... nein er wurde nicht krank, nein, nicht Artemio Cruz. Nein: ein anderer, ein Fremder, jemand in einem Spiegel neben seinem Krankenbett, dem Bett eines anderen. Artemio Cruz: sein Zwilling. Artemio Cruz ist krank, er lebt nicht mehr. Nein, er lebt! Einst lebte Artemio Cruz. Er lebte einige Jahre. Jahre ohne Jammer. Nein, er lebte einige Tage. Tage ohne Klage. Sein Zwilling, Artemio Cruz, sein Doppelgänger. Gestern Artemio Cruz, jener, der nur einige Tage lebte, bevor er starb, gestern hast du Artemio Cruz, jener, der ... ich bin ich, und gestern ...

GESTERN hast du das gleiche gemacht wie alle Tage. Du weißt nicht, ob es die Erinnerung wert ist. Wie du da im Halbdunkel des Schlafzimmers liegst, würdest du lieber an das denken, was erst geschehen wird, als an das, was bereits geschehen ist. Im Halbdunkel, das dich umgibt, würden deine Augen lieber voraus als zurück schauen, doch sie können die Vergangenheit nicht voraussehen. Ja: gestern wirst du von Hermosillo heimfliegen. Gestern, den 9. April 1959, wirst du mit dem planmäßigen Flug der Compañía Mexicana de Aviación zurückfliegen; pünktlich um neun Uhr fünfundfünfzig in der Frühe wirst du die Hauptstadt von Sonora und ihre unerträgliche Hitze verlassen und nachmittags pünktlich um sechzehn Uhr dreißig in Mexico City landen. Von deinem verstellbaren Sitz in der viermotorigen Maschine siehst du auf eine graue flache Stadt hinunter, auf einen Gürtel aus Ziegelmauern und Blechdächern. Die Stewardeß bietet dir einen in Zellophan eingewickelten Kaugummi an. Du wirst dich daran erinnern, denn sie ist ein sehr hübsches Mädchen, und eine gute Figur betrachtest du immer noch gern, wenn dich deine Jahre auch dazu verurteilen, dir alles Weitere nur in der Phantasie auszumalen (doch der Satz stimmt nicht: obwohl dir nur noch deine Phantasie bleibt, wirst du dich nie »verurteilt« fühlen). NO SMOKING, FASTEN SEAT BELTS leuchtet auf, als das Flugzeug, das ins Tal von Mexiko einfliegt, plötzlich absackt, als hätte es die Kraft verloren, sich in der dünnen Luft zu halten. Dann neigt es sich unvermittelt nach rechts, Mäntel und Jacken, Pakete und Taschen stürzen herab, und ein einziger Schrei, ein einziger Aufschrei wird laut und erstickt in einem leisen Schluchzen, als Flammen aus dem rechten Motor schlagen; und wieder schreien die anderen, nur du bleibst ruhig und bewegungslos, kaust deinen Kaugummi und betrachtest die Beine der Stewardeß, wie sie den Gang hinunterläuft und versucht, die Passagiere zu beruhigen. Die Feuerlöscher im Motor werden in Gang gesetzt, das Flugzeug landet ohne weiteren Zwischenfall, und niemand hat bemerkt, daß nur du, ein alter Mann von einundsiebzig Jahren, Fassung bewahrt hast. Du wirst stolz auf dich sein, ohne es zu zeigen. Du wirst darüber nachdenken, wieviel Feigheiten du in deinem Leben begangen hast und wie einfach es jetzt geworden ist, mutig zu sein; und du lächelst und sagst dir, daß dies wirklich nicht paradox ist: sondern eine Wahrheit, ja, eine fast allgemeine Wahrheit. Du machst den Weg nach Sonora im Wagen – Volvo, Baujahr 1959, Nummernschild 712 des Bundesdistrikts –, weil einige Herren der Regierung sich auf einmal bemüßigt fühlen, Schwierigkeiten zu machen. So unternimmst du hastig diese lange Fahrt, um dich wieder der gekauften Zuverlässigkeit dieser Herren zu versichern: ja, gekauft, wozu sollst du dir selbst mit schönen Worten etwas vormachen: du mußt sie von neuem überreden, überzeugen, mit anderen Worten: kaufen, sie werden ihre Spesen erhalten – noch so ein unschönes Wort! –, Steuern für die Fischfrachter von Sonora und Sinoloa an den Bundesdistrikt: 10% für jeden Inspektor. Der Fisch wird merkwürdig teuer sein, bis er nach all den Bestechungen endlich in der Hauptstadt anlangt, doch du wirst immer noch mehr als das Zwanzigfache seines Wertes erzielen. Mit Genugtuung wirst du an dies kleine Abkommen denken, das dir vielleicht außerdem für eine Glosse in deiner Zeitung brauchbar scheint, doch dann sagst du dir, daß jeder Gedanke daran vergeudete Zeit ist. Trotzdem wirst du weiter daran denken, zwingst du dich dazu, denn es gibt anderes, an das du nicht denken magst, das du vergessen willst, indem du an irgend etwas Beliebiges denkst; vor allem jedoch willst du dich selbst vergessen, den Mann, zu dem du jetzt geworden bist. Du willst dich befreien. Du kannst dich nicht finden. Aber du wirst dich finden. Sie bringen dich ohnmächtig nach Hause. Du bist in deinem Büro zusammengebrochen; der Arzt kommt und sagt, daß er in den nächsten paar Stunden keine Diagnose stellen könne; andere Ärzte kommen; sie wissen nichts, sie verstehen nichts, sie nehmen den Mund voll mit langen, schwierigen Wörtern. Und du wirst deiner Phantasie überlassen. Wie ein leerer, faltiger Weinschlauch. Dein Kinn wird zittern. Ein übler Geschmack wird in deinem Mund sein, ein unangenehmer Geruch von deinen Achselhöhlen aufsteigen, und vor allem wird deine Notdurft stinken. Wie ein gefällter Baum liegst du da, unrasiert, ungewaschen, ein Haufen Gestank, ein Bündel gereizter Nerven und physiologischer Reflexe. Und trotzdem wirst du beharrlich daran denken, was gestern geschehen wird.

Vom Flugplatz wirst du in dein Büro gehen, durch eine Stadt, deren Luft mit Tränengas gesättigt ist, denn die Polizei hat gerade eine Kundgebung auf der Plaza del Caballito zerstreut. Du triffst dich mit deinem Chefredakteur und besprichst mit ihm die Schlagzeilen der ersten Seite, die Leitartikel und die Karikaturen – und du hast Spaß daran. Dein nordamerikanischer Kompagnon besucht dich, und du machst ihn darauf aufmerksam, welche Gefahr offensichtlich von diesen sogenannten »Reform«-Bewegungen zur Säuberung der Gewerkschaften droht. Danach kommt dein Geschäftsführer, Padilla, in dein Büro und berichtet, daß die Unruhen unter den Indianern andauern, und du läßt Padilla dem Kommissar des *Ejido* bestellen, er solle sie zur Vernunft bringen, schließlich würdest du ihn dafür bezahlen. Oh, du wirst gestern morgen hart arbeiten. Der Vertreter eines gewissen lateinamerikanischen Wohltäters wird dich anrufen, und du überredest ihn, die finanzielle Unterstützung für deine Zeitung zu erhöhen. Du rufst den Redakteur der Klatschspalte an und beauftragst ihn, jenen Couto zu verleumden, der deine Interessen in Sonora angegriffen hat. Du wirst viel erledigen! Und später prüfst du zusammen mit Padilla deine Konten, was übrigens recht unterhaltsam sein wird. Eine ganze Wand deines Büros ist mit der Karte bedeckt, auf der die Ausdehnung und Verkettung deiner verschiedenen Unternehmen eingezeichnet ist: die Zeitung in Mexico City, der Grundbesitz dort und der in Puebla, Guadalajara, Monterrey, Culiacán, Hermosillo, Guaymas und Acapulco. Die Schwefelquellen in Jáltipan, die Minen in Hidalgo, die Holzkonzessionen in Tarahumara. Die Kette der Hotels, die Rohrgießerei, das Fischgeschäft. Die Finanzierungsgeschäfte, die Aktiendepots, die Verwaltung der Eisenbahnanleihe, die Vertretungen nordamerikanischer Firmen, die Aufsichtsratssitze bei verschiedenen Banken, die Auslandsaktien – Farben, Stahl und Reinigungsmittel: und ein kleiner Posten, der auf der Wand nicht erscheint: fünfzehn Millionen Dollar auf Züricher, Londoner und New Yorker Bankkonten. Ja: du wirst dir trotz des ärztlichen Verbots eine Zigarette anzünden und Padilla einmal wieder den Weg erzählen, auf dem du zu deinem Reichtum gelangt bist: durch kurzfristige Darlehen mit hoher Verzinsung an die Bauern von Puebla, unmittelbar nach der Revolution; durch Landkäufe rund um Puebla, dessen Wachstum du vorausgesehen hast; durch den Kauf von parzellierungsfähigem Grundbesitz in Mexico City dank der freundlichen Intervention jedes neuen Präsidenten; durch den Erwerb der größten Tageszeitung und den Kauf von Bergbauaktien; durch Gründung mexikanisch-nordamerikanischer Unternehmen, in denen du der Legalität halber den Posten eines Strohmannes innehattest; als geschätzter Freund nordamerikanischer Investoren, als Vermittler zwischen New York, Chikago und der Regierung von Mexiko; durch die geschickte Beeinflussung der Börsennotierungen, so daß du immer mit Gewinn gekauft und verkauft hast; und dann die goldenen Jahre unter Präsident Alemán, deine endgültige Konsolidierung: durch den Erwerb von Gemeindegrund, der den bäuerlichen Besitzern weggenommen worden war, um neue Siedlungen anzulegen: die Holzkonzessionen. Ja, seufzt du und bittest Padilla noch einmal um ein Streichholz, zwanzig gute Jahre, Jahre der Sicherheit, des sozialen Friedens und der Zusammenarbeit zwischen den verschiedenen Klassen der Bevölkerung; zwanzig Jahre des Fortschritts nach der demagogischen Herrschaft des Lázaro Cárdenas; zwanzig Jahre unterwürfiger Gewerkschaftsführer, gebrochener Streiks und der Industrieprotektion. Und jetzt wirst du die Hände gegen deinen Magen pressen, gegen deinen Kopf mit dem ergrauten, einst kastanienbraunen Haar, gegen dein öliges Gesicht, und du wirst dein Spiegelbild in der Glasplatte des Schreibtisches sehen, das Bild deines kranken anderen Ich, alles Getümmel wird plötzlich fern sein, und der Schweiß unzähliger Menschen wird über dich kommen, ihre Körper werden dich ersticken, und du wirst das Bewußtsein verlieren. Der andere aus dem Spiegel verschmilzt mit seinem Bruder, mit dir, dem einundsiebzigjährigen alten Mann, der bewußtlos zwischen den Drehstuhl und den Stahlschreibtisch fällt: und du bist hier und weißt nicht, welche Ereignisse deines Lebens in deine Biographie eingehen und welche ausgelassen oder verheimlicht werden; du wirst es nicht wissen. Es sind ganz gewöhnliche Tatsachen, und du wirst nicht der erste sein mit einem solchen Konto zu seinen Lasten; aber alles in allem wirst du das Leben genossen haben, daran wirst du denken, wenn du dich an andere Dinge, an andere Tage erinnern wirst, erinnern mußt: nahe Tage, ferne Tage, fast schon vergessene Tage, wieder erinnerte Tage, Tage des Angriffs und Gegenangriffs, Tage der flüchtigen Liebe, der Freiheit, des Hasses, des Versagens, des Entschlusses, Tage, die mehr waren und mehr sein werden als die Namen, die du ihnen geben könntest: Tage, an denen das Schicksal dir wie ein Bluthund auf den Fersen ist, an denen es dich findet und erschreckt und dich in Worten und Taten, in vielgliedriger, undurchsichtiger, fettiger Stofflichkeit verkörpert, die unlöslich mit jenem anderen, nicht faßlichen Stoff deiner Seele verbunden ist und sie aufgesogen hat: die Freude an frischen Quitten, der Stolz auf die wachsenden Fingernägel; die Last einer zunehmenden Glatze, die Melancholie von Sonne und Wüste, der Ekel vor schmutzigen Tellern, Verwirrung durch tropische Flüsse, Angst vor Säbeln und Pulver, Verlust der windgebleichten Laken, Jugend dunkler Pferde, Alter verlassener Strände, Begegnung mit Briefen, die fremde Marken tragen, Widerwillen gegen verbrannten Weihrauch, Übelkeit vom Nikotin,

Mühsal der roten Erde, Zärtlichkeit eines nachmittäglichen *Patio*[1], Geist aller Materie und Stoff aller Seelen: die scharfe Schneide der Erinnerung, welche die beiden Hälften trennt, die Flamme des Lebens, die sie wieder zusammenfügt, das Leben, das sie vereint und trennt, das ihnen folgt und sie findet: Frucht aus zwei Hälften, die heute wieder ein Ganzes werden, und du wirst dich an die zurückgelassene Hälfte erinnern: das Schicksal wird dir begegnen, und du wirst gähnen: du brauchst dich jetzt nicht zu erinnern und wirst gähnen. Ereignisse und Gefühle sind unabhängig voneinander geworden, und zerbrochene Hälften fallen zu beiden Seiten neben den langen Weg: dort, dort hinten lag ein Garten – könntest du nur dorthin zurück, könntest du ihn doch nur endlich wiederfinden; du wirst gähnen: du hast dich immer behauptet, du wirst gähnen, aber wenn du schließlich im Garten bist, wissen die blassen Blätter von keinen Früchten, und das staubige Rinnsal verleugnet das Wasser: du wirst gähnen: die Tage werden verschieden und gleich, fern und gegenwärtig sein, bald werden sie ihre Notwendigkeit, ihre Dringlichkeit und ihren Schrecken verlieren, und du wirst gähnen: du wirst deine Augen öffnen und die Frauen mit ihrer verlogenen Besorgtheit neben dir sehen: du wirst ihre Namen flüstern: Catalina, Teresa: unermüdlich werden sie ihre wahren Gefühle verbergen – ihren Verrat, ihre Gewalttätigkeit und ihre gereizte Mißbilligung, die sich nur durch den Zwang der Ereignisse in eine Maske aus Angst, Zärtlichkeit und Sorge verwandeln mußte: diese Maske der Unruhe wird das erste Zeichen einer Veränderung sein, zu der sie deine Krankheit und die Anwesenheit der Ärzte zwingen wird: du wirst gähnen. Du, er, Artemio Cruz, der an deine Tage mit geschlossenen Augen glauben wird.

[1] Innenhof spanischer Häuser.

1941: 6. Juli

Er fuhr in der Limousine zu seinem Büro. Der Chauffeur saß am Steuer, und er las die Morgenzeitung. Gerade in dem Augenblick, da er zufällig aufsah, erblickte er die beiden Frauen, wie sie einen Laden betraten. Er beobachtete sie mit zusammengekniffenen Augen, bis der Wagen an ihnen vorbei war, dann las er weiter Nachrichten über Sidi Barrani und El Alamein und betrachtete die Bilder von Rommel und Montgomery. Der Chauffeur schwitzte in der heißen Sonne, außerdem konnte er das Radio nicht einschalten. Er selbst dachte im Fond des Wagens darüber nach, daß es gar nicht so übel gewesen war, sich bei Beginn des Afrikakrieges mit den kolumbianischen Kaffeefarmern zusammenzutun. Die beiden Frauen betraten unterdessen den Laden, und die Verkäuferin bat sie, Platz zu nehmen, während sie der Chefin Bescheid sagte (denn sie kannte diese Mutter und ihre Tochter und war angewiesen, der Chefin die beiden Damen unverzüglich zu melden): so ging die Verkäuferin leise über die Teppiche zu dem Raum, in dem die Inhaberin über einen grünen Ledertisch verstreute Einladungen adressierte, und als die Verkäuferin hereinkam und die Señora und ihre Tochter ankündigte, ließ die Patrona die Brille fallen, die an einem Silberkettchen hing, und seufzte: »Ah ja, ah ja ... bald ist es soweit«, und sie dankte dem Mädchen für die Nachricht, strich ihr violettes Haar zurecht, spitzte den Mund und legte ihre Mentholzigarette weg. Im Laden hatten die beiden Frauen Platz genommen, schweigsam, bis sie die Inhaberin kommen sahen; die Mutter hielt es für schicklich, so zu tun, als würde sie ein in Wirklichkeit nie begonnenes Gespräch fortsetzen, und sagte laut: »aber das eine gefällt mir doch weitaus am besten. Ich weiß nicht, was du denkst, doch wenn ich die Wahl hätte, würde ich mich dafür entscheiden. Es ist wirklich ganz entzückend.« Ihre Tochter nickte, sie war an solche Gespräche gewöhnt, die nicht ihr galten, sondern der Frau, die jetzt auf sie zukam und nur ihre Hand nahm – denn die Mutter streckte ihr keine entgegen – und die sie mit einem gewaltigen Lächeln und einem Kopfnicken begrüßte. Die Tochter wollte nach rechts rutschen, um der Inhaberin auf dem Sofa Platz zu machen, doch die Mutter hielt sie mit einem Blick und dem tadelnd erhobenen Finger zurück, und die Tochter betrachtete voller Sympathie die Frau mit dem violetten Haar, die stehen geblieben war und jetzt fragte, ob sie sich schon entschieden hätten. Nein, sagte die Mutter, nein, sie seien immer noch unentschlossen, und sie würden die Modelle gerne noch einmal sehen »... von dieser Wahl hängt soviel ab, alles übrige, solche Einzelheiten wie die Farbe der Blumen, die Kleider der Damen und all diese Dinge, doch es tut mir leid, daß ich Ihnen so viel Arbeit mache. Ich würde gerne ...«

»Aber Señora, es ist mir ein Vergnügen!«

»Ja, wir möchten gerne sicher sein.«

»Natürlich.«

»Wir wollen keinen Fehler machen, und dann später, im letzten Augenblick ...«

»Sie haben völlig recht. Man sollte immer in aller Ruhe wählen, damit man später nicht ...«

»Ja, wir wollen sicher sein.«

»Ich werde den Mädchen sagen, daß sie sich richten sollen.«

Sie blieben alleine zurück, und die Tochter streckte ihre Beine von sich, worauf die Mutter sie entsetzt ansah und ihr mit allen Fingern gleichzeitig drohte, denn sie konnte die Strumpfbänder des Mädchens sehen, und sie machte ein Zeichen, sie solle ein wenig Spucke auf den linken Strumpf tun: die Tochter sah hin, fand die Stelle, wo ein kleines Loch in der Seide war, steckte ihren Zeigefinger in den Mund und befeuchtete damit die entstehende Laufmasche. Sie streckte sich wieder, und als die Señora ihre Hand berührte, sagte sie, sie sei ein bißchen schläfrig, dann saßen sie wieder schweigend auf den rosa Brokatkissen, bis die Tochter erklärte, sie habe Hunger. Sie würden nachher bei Sanborn frühstücken, erwiderte die Mutter. Sie selbst würde allerdings nichts essen, da sie in letzter Zeit zu sehr zugenommen habe, etwas, worüber sich das junge Mädchen jetzt noch keine Sorgen zu machen brauche.

»Wirklich?«

»Nein. Du hast noch immer deine Jungmädchenfigur. Aber später paß auf. In meiner Familie haben wir in unserer Jugend alle gute Figuren, doch über die vierzig . . .«
»Du bist aber noch sehr gut in Form.«
»Zwar bist du nicht meiner Meinung, doch so ist es. Du bist nie meiner Meinung. Im übrigen . . .«
»Ich bin heute morgen hungrig aufgewacht und habe gut gefrühstückt.«
»Jetzt brauchst du dir noch keine Sorgen zu machen. Später allerdings mußt du aufpassen.«
»Werden wir vom Kinderkriegen sehr dick?«
»Nein, da liegt das Problem nicht, da liegt es wirklich nicht. Zehn Tage Diät, und du siehst genauso aus wie zuvor. Kritisch wird es erst über vierzig.«

Drinnen kniete die Chefin, den Mund voller Stecknadeln, vor ihren beiden Modellen, ihre Hände fuhren nervös hin und her, und sie beschimpfte die Mannequins, sie hätten zu kurze Beine. Wie wollten sie mit so kurzen Beinen den Glanz modischen Chics verbreiten? Tennis müßten sie spielen und reiten, sagte sie, und all die anderen Sportarten betreiben, von denen man rassiger wird; und die Mannequins erwiderten, sie sei wohl verärgert. Ja, es stimme, diese beiden Frauen seien wirklich sehr aufreizend, die Señora gäbe niemandem die Hand, und obwohl die Tochter freundlicher sei, wirke sie immer ein wenig zerstreut, als ob sie allein sei; doch um es kurz zu machen, sie kenne die beiden nicht besonders gut und könne daher auch nicht über sie urteilen, und wie die Amerikaner sagen: the customer is always right. Nun mußten sie lächelnd den Laden betreten und cheese, chee-eese, chee-eeese machen. Die Patrona mußte arbeiten, obwohl sie nicht dazu geboren war; sie hatte sich an die reichen Frauen von heute gewöhnt. Zum Glück blieben ihr und ihren Freundinnen – den Mädchen, mit denen sie aufgewachsen war – die Sonntage, und so konnte sie sich wenigstens einmal in der Woche als Mensch fühlen; sie spielten Bridge . . . hier brach sie ab und klatschte in die Hände, da sie sah, daß die Mannequins

fertig waren. Vorsichtig nahm sie die Nadeln aus dem Mund und steckte sie in das kleine Samtkissen.
»Ob er wohl in die Ausstellung kommt?«
»Wer. Dein Verlobter oder dein Vater?«
»Papa.«
»Woher soll ich das wissen?«
Er sah den Palacio de Bellas Artes vorübergleiten, die orangefarbene Kuppel und die dicken weißen Säulen, und über seinem Kopf sah er die elektrischen Kabel zusammen- und auseinanderstreben, sich parallel bewegen – nein, nicht sie bewegten sich, sondern er, dessen Kopf in das graue Polster geschmiegt war – oder sich im Winkel oder mit den Hochspannungsmasten verbinden: dann die ockerfarbene venezianische Fassade des Postgebäudes, die Blattskulpturen, Gebilde wie pralle Euter und leere Füllhörner an der Bank von Mexiko; er rieb das Seidenband seines braunen Filzhutes und rüttelte mit der Fußspitze an dem verstellbaren Sitz vor ihm: Sanborns blaue Mosaiken, das behauene und von der Zeit gedunkelte Mauerwerk des Franziskanerklosters. Die Limousine hielt an der Ecke Isabel la Católica, der Chauffeur nahm die Kappe ab und öffnete den Schlag, während er seinen Hut aufsetzte und mit den Fingern die dichten Locken an den Schläfen zurechtstrich. Losverkäufer, Stiefelputzer, Frauen mit Umschlagtüchern und rotznasige Kinder wimmelten um ihn herum, als er auf die Drehtüre zuging. Dann befand er sich in der Eingangshalle und rückte seine Krawatte vor der Fensterscheibe zurecht, hinter der er in einem zweiten Fenster, zur Madero-Straße hin, einen Mann sah, der ihm völlig glich, der den gleichen Doppelreiher trug – allerdings farblos –, der sich gleichfalls den Krawattenknoten mit den gleichen Raucherfingern knüpfte, ein Mann umringt von Bettlern, der seine Hand im gleichen Augenblick wie er in der Halle sinken ließ, sich dann umwandte und den Häuserblock entlangging, während er sich leicht verwirrt nach dem Aufzug umsah.

Die ausgestreckten Hände der Bettler bedrückten sie, und sie preßte den Arm ihrer Tochter, um mit ihr in die künstliche Kühle und den Duft von Seifen und Kosmetika zu entfliehen. Sie hielt vor einem Ladentisch, um einen Augenblick die Schönheitsmittel zu betrachten, die hinter dem Glas ausgebreitet waren. Und sie ertappte sich, wie sie sich selbst betrachtete, dann kniff sie die Augen zusammen, um durch ihr Bild hindurch die Reihen von Flaschen und Dosen auf dem roten Taftstreifen besser zu sehen. Sie verlangte eine Dose »Theatrical« Cold-cream und zwei Lippenstifte von der gleichen Farbe, der Farbe des Taftes, und sie suchte vergeblich in ihrer Krokodillederbörse nach einem passenden Schein: »Hier, suchen Sie sich zwanzig Pesos heraus.« Sie erhielt Päckchen und Wechselgeld, und die beiden betraten das Restaurant und gingen an einen Tisch für zwei Personen. Die Kellnerin erschien in einem Tehauntepec-Kostüm, und die Tochter bestellte Nußwaffeln und Orangensaft, während die Mutter, unfähig zu widerstehen, Rosinenbrot mit flüssiger Butter verlangte; dann schauten sie sich beide nach bekannten Gesichtern um, bis die Tochter um Erlaubnis bat, die Jacke ihres gelben Kostüms ausziehen zu dürfen, da die Sonne heiß durch das Oberlicht einfiel.

»Joan Crawford«, sagte die Tochter. »Joan Crawford.«

»Nein, nein, so spricht man das nicht aus. Crow-fore, Crow-fore. So haben sie gesagt.«

»Crau-fore.«

»Nein, nein. Crow, crow, crow, das ›a‹ und das ›u‹ zusammen werden wie ‹o‹ ausgesprochen. Ich glaube, so spricht man das aus.«

»Mir hat das Bild nicht besonders gefallen.«

»Nein, es ist nicht sehr gut. Aber sie war entzückend.«

»Ich habe mich gelangweilt.«

»Aber du wolltest unbedingt hin . . .«

»Sie haben gesagt, es sei gut. Aber es stimmt nicht.«

»Nun, als Zeitvertreib.«

»Crow-ford.«

»Ja, ich glaube, so spricht man das aus. Crow-fore. Ich glaube, man spricht das ›d‹ nicht.«

»Crow-fore.«

»Ja, ich glaube, so stimmt's. Falls ich mich nicht irre.«

Die Tochter träufelte Honig über ihre Waffeln, und als auch wirklich jedes Loch etwas abbekommen hatte, teilte sie das Gebäck in kleine Bissen. Jedesmal, wenn sie einen Bissen in den Mund schob, lächelte sie ihrer Mutter zu. Doch die Mutter sah sie nicht an: sie spielte mit den Händen, der Daumen der einen Hand rieb die Fingerspitzen der anderen, so als wolle sie die Fingernägel hochheben. Sie betrachtete ein anderes Händepaar in ihrer Nähe, ohne daß sie die Gesichter sehen wollte: wie er langsam ihre Hand nahm, wie er sie entdeckte, wie er jede einzelne Pore berührte. Nein, sie trugen keine Ringe. Es war wohl ein Liebespaar. Sie versuchte wegzusehen und die Honiglache auf dem Teller ihrer Tochter zu fixieren, doch unwillkürlich kehrte ihr Blick zu den Händen des Paares am Nachbartisch zurück; ihr Blick konnte den Gesichtern ausweichen, nicht jedoch den liebkosenden Händen. Die Zunge der Tochter spielte zwischen Lippe und Zahnfleisch und suchte Waffel- und Nußstückchen. Sie wischte sich den Mund und machte Flecken in die rote Serviette; doch bevor sie sich schminkte, suchte ihre Zungenspitze nach den letzten Krümeln, und sie bat ihre Mutter um einen Bissen Rosinenbrot. Sie sagte, sie wolle keinen Kaffee, obwohl sie ihn sonst sehr gern trank, doch er mache sie nervös, und sie sei schon nervös genug. Die Señora berührte ihre Hand, es sei Zeit zu gehen, denn sie hätten noch viel zu besorgen. Sie zahlte die Rechnung, ließ ein Trinkgeld liegen, und beide standen auf.

Man würde siedendes Wasser in die Lagerstätten pumpen, erklärte der Nordamerikaner, um den Schwefel aufzulösen, der dann durch Druckluft zur Oberfläche befördert würde. Er erklärte den Prozeß noch einmal, während sein Landsmann sagte, sie seien mit den Untersuchungsergebnissen recht zufrieden. Er fuhr mit der Hand durch die Luft und gestikulierte dicht vor seinem roten, sonnenverbrannten Gesicht, wobei er wiederholte: Schwefelquellen gut, Schwefelkies schlecht. Schwefelquellen gut; Schwefelkies schlecht. Schwefelquellen gut ... Er trommelte mit den Fingern auf der Glasplatte des Schreibtisches und nickte, er war daran gewöhnt, daß sie glaubten, er würde sie nicht verstehen, wenn sie spanisch mit ihm sprachen, und das nicht, weil sie es schlecht sprachen, sondern weil er sie in keiner Sprache verstehen würde. Schwefelkies schlecht. Der Nordamerikaner nahm die Ellenbogen vom Schreibtisch und breitete die Karte darauf aus. Der andere erklärte, das Gebiet sei so reich, daß es bei maximaler Förderung wohl bis ins einundzwanzigste Jahrhundert ausgebeutet werden könne, maximal, wiederholte er, bis die Lager erschöpft seien; maximal, maximal, maximal, murmelte er und nahm die Faust weg, die er auf die grüne Zone und die kleinen, als Dreiecke eingezeichneten Fundorte der Geologen hatte fallen lassen. Der Nordamerikaner zwinkerte mit einem Auge und sagte, auch das Nutzholz, Zedern und Mahagoni stellten einen ungeheuren Reichtum dar, und da würde er, ihr mexikanischer Partner, hundert Prozent Gewinn erhalten: sie, die Nordamerikaner, würden sich nicht einmischen, nur, daß sie zur ständigen Wiederaufforstung raten würden: sie hätten erlebt, wie gutes Waldgebiet durch sinnloses Abholzen zerstört worden sei: Wüßten die Leute denn nicht, daß Bäume Geld seien? Doch das sei nicht ihre Angelegenheit, denn mit oder ohne Holz, der Schwefel sei vorhanden. Dann stand er selbst hinter dem Schreibtisch auf und lächelte, hakte die Daumen in seinen Gürtel, rollte eine Zigarre zwischen den Lippen und wartete, bis ihm einer der beiden ein brennendes Streichholz hinhielt; seine Lippen formten ein »o«, bis die Zigarre glühte. Er forderte zwei Millionen Dollar in bar. Sie fragten ihn, auf wessen Rechnung. Denn wenn sie ihn bei einer Investition von nur dreihunderttausend auch gern als ihren mexikanischen Partner anerkennen wollten, so müsse er doch verstehen, daß auch nicht der hundertste Teil eines Peso zu verdienen sei, ehe man mit dem Abbau der Schwefelquellen begonnen habe.

Der nordamerikanische Geologe zog ein kleines Stück Wildleder aus der Rocktasche und begann, seine Brille zu putzen, der andere lief vom Tisch zum Fenster und vom Fenster zum Tisch, während er ruhig wiederholte, dies sei seine Bedingung, und sie sollten nicht glauben, er werde sich mit einem Vorschuß oder etwas Ähnlichem abfinden: dies sei lediglich der Betrag, den sie ihm schuldeten, wenn er versuche, die Konzession für sie zu erhalten, und ohne vorherige Zahlung gäbe es eben auch keine Konzession: später brächten sie die Summe wieder ein, die sie ihm jetzt geben würden; doch ohne ihn, ohne ihren ersten Mann, ohne ihren führenden Kopf – man möge ihm bitte seine offenen Worte verzeihen – würden sie die Konzession nicht erhalten und die Lager nicht abbauen können. Er läutete und rief seinen Sekretär, der eine Seite genauer Zahlenangaben herunterlas. Darauf sagten die Nordamerikaner ok'ay, mehrmals okay, okay, okay, und er lächelte, bot ihnen Whisky an und sagte, seinetwegen könnten sie die Schwefellager bis ins einundzwanzigste Jahrhundert ausbeuten, aber ihn nicht eine Minute im zwanzigsten Jahrhundert, alle brachten Trinksprüche aus, und die Nordamerikaner lächelten, während sie leise »Hurensohn« vor sich hin murmelten.

Die beiden Frauen gingen langsam Arm in Arm mit gesenktem Kopf durch die Straßen, sie hielten vor jedem Schaufenster – wie hübsch, wie teuer, weiter oben ist ein besseres, schau dir dieses an, wie reizend –, bis sie müde wurden und ein Café betraten. Sie sahen sich nach einem guten Tisch um, weit vom Eingang, wo die Losverkäufer lärmten und wo der trockene, dicke Staub durch die Luft wirbelte, weit ab auch von den Toiletten. Sie bestellten zwei Canada Dry mit Orangengeschmack, die Mutter holte ihren Puder hervor, puderte ihre Nase und sah dabei in dem kleinen Spiegel die zwei weichen Hautfalten, die allmählich unter ihren Augen entstanden. Mit einem Klicken ließ sie die Dose zuschnappen. Sie starrten auf die Bläschen ihrer Drinks aus Soda und Farbstoff und warteten, bis sich die Kohlensäure verflüchtigt hatte, um dann in kleinen Schlucken zu trinken. Die Tochter zog heimlich den Schuh aus und rieb ihre verkrampften Zehen, während die Señora vor ihrem Orangengetränk an die getrennten Schlafzimmer zu Hause dachte – getrennt zwar, doch Tür an Tür – und an die Geräusche, die jeden Morgen und jede Nacht durch die geschlossene Türe drangen: gelegentliches Husten, zu Boden fallende Schuhe, das Klirren des Schlüsselrings auf dem Toilettentisch, das Quietschen der ungeölten Schranktüre und manchmal sogar seine Atemzüge im Schlaf. Ihr war kalt im Rücken. Heute morgen war sie auf Zehenspitzen zur Türe geschlichen, und ihr war es kalt über den Rücken gelaufen; der Gedanke überfiel sie, daß all diese kleinen und gewöhnlichen Geräusche geheimnisvolle Geräusche waren; dann war sie wieder ins Bett gegangen, hatte sich in die Decken gehüllt und auf den klaren Himmel geblickt, in dem ein paar flüchtige, schimmernde Lichter spielten, die durch die Schatten der Kastanien glitzerten. Sie hatte einen Rest Tee getrunken und war dann wieder eingeschlafen, bis die Tochter sie weckte und daran erinnerte, daß sie einen anstrengenden Tag vor sich hatten. Und erst jetzt, das kalte Glas zwischen den Fingern, erinnerte sie sich an das Frösteln im Rücken, an diese ersten Stunden des Tages.

Er lehnte sich in seinem Drehstuhl zurück, bis die Federn krachten, und fragte seinen Sekretär: gab es eine einzige Bank, die das Risiko eingehen würde? Gab es einen einzigen Mexikaner, der ihm trauen würde? Er deutete mit dem gelben Bleistift auf das Gesicht des Sekretärs: etwas ließ sich nicht leugnen, und er, Padilla, konnte es bestätigen: nicht eine verfluchte Seele wollte in Mexiko auch nur das Geringste riskieren, und er würde dieses Vermögen nicht in den Wäldern des Südens verrotten lassen. Wenn die Gringos als einzige bereit waren, die Unternehmung zu finanzieren, was konnte er dann machen? Der Sekretär sah auf die Uhr. Er seufzte und sagte, schon recht, schon recht, ich lade Sie zum Lunch ein. Sie könnten zusammen essen gehen: ob er wohl ein nettes Lokal kannte? Ja, sagte der Sekretär, ein sehr nettes Eßlokal, sehr gute Käseschnitten mit ausgezeichneten *huitlacoche*[1]; gerade um die Ecke. So konnten sie zusammen zu Fuß hingehen. Er fühlte sich ein wenig müde; er hatte keine Lust, heute nachmittag wieder ins Büro zu gehen: in gewisser Hinsicht sollten sie eigentlich feiern. Ja, warum auch nicht? Und außerdem hatten sie noch nie zusammen gegessen. Schweigend gingen sie hinunter und zur Avenida Cinco de Mayo.

---

[1] Gericht aus dem Mark der Maiskolben.

»Sie sind noch sehr jung. Wie alt sind Sie?«

»Siebenundzwanzig.«

»Wann haben Sie Ihr Diplom gemacht?«

»Vor drei Jahren. Aber ...«

»Aber was?«

»Theorie und Praxis sind verschieden.«

»Und das kommt Ihnen komisch vor? Was hat man Ihnen denn so beigebracht?«

»Viel Marxismus. So viel, daß ich sogar meine Dissertation über den Mehrwert geschrieben habe.«

»Das müßte eigentlich ein gutes Training sein.«

»Aber die Praxis sieht anders aus.«

»Sind Sie Marxist?«

»Nun, alle meine Freunde waren es. Jeder macht dieses Stadium einmal durch.«

»Wo war doch dieses Restaurant?«

»Ganz nahe, gerade um die Ecke.«

»Ich gehe nicht gerne zu Fuß.«

»Es ist nicht mehr weit.«

Sie verteilten ihre Pakete, um sie besser tragen zu können, und gingen langsam zum Palacio de Bellas Artes, wo der Chauffeur wartete. Ihre Köpfe waren gesenkt, nur ihre Blicke tasteten wie mit Fühlern über die Auslagen. Plötzlich krallte sich die Mutter zitternd in den Arm der Tochter und ließ eines der Pakete fallen: dicht vor ihnen waren zwei knurrende Hunde; die Hunde sprangen auseinander, immer noch knurrend, dann fielen sie plötzlich übereinander her und packten sich bei der Kehle, bis Blut floß; sie rannten die Straße hinunter und verbissen sich von neuem, bösartig, mit kalter Wut und scharfen Zähnen, zwei Straßenköter, ein Rüde und eine Hündin, Bastarde. Das Mädchen hob das zu Boden gefallene Paket auf und geleitete die Mutter zum Parkplatz. Sie stiegen ein, und der Chauffeur fragte, ob sie nach Lomas zurück wollten; die Tochter bejahte, streitende Hunde hätten ihre Mutter erschreckt. Die Señora sagte, was sich ereignet habe, sei nicht der Rede wert, nur so unerwartet und so dicht;

sie würden heute nachmittag in die Stadt zurückfahren, denn sie hätten noch immer viele Gänge und Einkäufe zu machen. Wir haben noch eine Menge Zeit, sagte das Mädchen, noch über einen Monat, aber die Mutter entgegnete: »Die Zeit vergeht wie im Flug, und dein Vater kümmert sich überhaupt nicht um deine Hochzeit, er überläßt alles uns. Und du mußt noch lernen, etwas mehr Abstand zu wahren. Du kannst nicht allen Leuten die Hand schütteln. Ich möchte die Hochzeit beschleunigen, so daß sie bald vorüber ist, denn ich glaube, dein Vater begreift dann vielleicht, daß er jetzt ein Mann in reiferen Jahren ist. Hoffentlich. Er scheint nicht zu bemerken, daß er schon zweiundfünfzig ist. Auf jeden Fall wird er auf dem Standesamt und in der Kirche neben mir stehen, die Glückwünsche entgegennehmen und darauf achten, daß ihn alle als einen würdigen Herrn mittlerer Jahre behandeln. Vielleicht, daß ihn das beeindrucken wird. Vielleicht.«

Ich fühle diese Hand, die mich streichelt, und ich würde ihrer Berührung gern ausweichen, aber mir fehlt die Kraft dazu. Welch nutzlose Zärtlichkeit, Catalina. Wie nutzlos. Was willst du mir sagen? Meinst du, du hättest endlich die Worte gefunden, die du nie über die Lippen gebracht hast? Heute? Wie nutzlos. Sprich nicht, versag dir den Luxus einer Erklärung. Schau: lern von deiner Tochter Teresa. Unserer Tochter: doch was für ein umständliches, was für ein nutzloses ›unser‹. Teresa heuchelt nicht, Teresa hat nichts zu sagen. Schau, da sitzt Teresa mit gefalteten Händen, in ihrem schwarzen Kleid, und sie wartet. Sie täuscht nichts vor. Vorhin, außer meiner Hörweite, hat sie sicher zu dir gesagt: »Ich hoffe, es geht schnell zu Ende. Schließlich ist er dazu fähig, krank zu werden, nur um uns zu ärgern.« Sie muß etwas Ähnliches zu dir gesagt haben; ich habe so etwas gehört, als ich aus dem langen, sanften Schlaf erwachte. Ich erinnere mich verschwommen an die Injektion der vergangenen Nacht, an das Beruhigungsmittel. Und um ihren Worten einen anderen Sinn zu geben, hast du sicher erwidert: »Gebe Gott, daß er nicht lange leidet.« Und jetzt weißt du nicht, welchen Sinn die Worte haben, die ich murmele.

»An jenem Morgen habe ich ihn erwartet. Voller Glück. Wir ritten durch den Fluß.«

Ah, Padilla, komm näher! Hast du das Tonbandgerät mitgebracht? Wenn du wüßtest, was für dich vorteilhaft ist, du würdest es mitbringen, so wie du es jede Nacht in das Haus in Coyoacán mitgebracht hast. Heute, mehr denn je, laß mich glauben, daß alles wie immer sei. Störe nicht den gewohnten Gang, Padilla. Ah, jetzt bist du neben mir. Und sie sehen es nicht gern.

»Nein, Señor Padilla. Wir können es nicht zulassen.«

»Es ist eine langjährige Gewohnheit, Señora.«

»Sehen Sie nicht sein Gesicht?«

»Lassen Sie mich versuchen. Alles ist bereit. Ich muß nur noch den Apparat einschalten.«

»Dann übernehmen Sie die Verantwortung.«

»Don Artemio . . . Don Artemio . . . ich habe heute morgen das Tonbandgerät gebracht . . .«

Ich nicke. Ich versuche zu lächeln. Immer der gleiche. Ein vertrauenswürdiger Mann, dieser Padilla. Er verdient unbedingt mein Vertrauen. Ihm steht wirklich ein gut Teil meines Erbes zu und die Verwaltung meines gesamten Besitzes. Wem sonst? Er weiß alles. Ich muß dich gut bezahlen. Du erbst meinen Ruf.

Teresa hört zu; hinter der aufgeschlagenen Zeitung verbirgt sie ihr Gesicht.

Und ich fühle ihn kommen – mit dem Geruch des Weihrauches, mit seinem schwarzen Rock und dem Weihwasser –, um mir mit aller Strenge einer Predigt Lebewohl zu sagen. Gut! Also sind sie in die Falle gegangen.

Und diese unentwegt weinende Teresa, die jetzt ihren Puder aus der Handtasche nimmt und sich die Nase pudert, um wieder weinen zu können. Ich stelle mir die letzten Augenblicke vor: Der Sarg wird hinuntergesenkt, und eine Schar weinender Frauen pudert sich die Nase über meinem Grab. Ja, es geht mir besser. Ich würde mich ganz gesund fühlen, wäre da nicht dieser Gestank, der aus den Falten der Laken aufsteigt, die ich mit solch lächerlichen Flecken beschmutzt habe. Ist dies unregelmäßige Röcheln mein Atem? Werde ich so diesen schwarzgekleideten Tölpel empfangen und so seinen Segen anhören? Aaaah. Ich muß meinen Atem überwachen. Ich balle meine Fäuste, spanne die Gesichtsmuskeln an, und da ist sein mehliges Gesicht schon dicht vor mir, damit morgen oder übermorgen in jeder Zeitung jene Worte zu Recht erscheinen werden: »mit den Tröstungen der Heiligen Kirche versehen«. Und er nähert sich mit seinem rasierten Gesicht meinen Wangen mit ihrem siedenden Gestrüpp von weißem Haar, bekreuzigt sich und flüstert das *Pater peccavi*, und ich kann nichts tun als meinen Kopf wegwenden und grunzen, während mir Bilder durch den Kopf gehen, die ich ihm gerne ins Gesicht schleudern würde: die Nacht, als jener arme schmutzige Zimmermann sich den Luxus erlaubte, auf der verängstigten Jungfrau zu liegen, welche die Geschichten und Ammenmärchen ihrer Familie glaubte und zwei kleine weiße Tauben zwischen ihren Schenkeln gefangen hielt in der Hoffnung, sie würde dann gebären: als sie im Garten die kleinen weißen Tauben zwischen ihren Beinen, unter ihren Röcken, verdeckt hielt, stieg der Zimmermann auf sie, voll berechtigtem Verlangen, berechtigt, denn sie muß schön, sehr schön gewesen sein, und er legte sich auf sie, während Teresas zorniges Jammern immer mehr anschwillt, diese unerträgliche Teresa, diese bleiche Frau, die fröhlich auf meine letzte Empörung wartet, zum Vorwand für ihre letzte Entrüstung. Und es erscheint unglaublich, daß sie so dasitzen, ruhig und ohne Beschuldigungen auszustoßen. Wie lange wird es dauern? Ich fühle mich jetzt nicht so schlecht. Vielleicht erhole ich mich wieder. Das wäre ein Schlag! Ich will versuchen, besser auszusehen, aus Neugier, ob ihr zwei das nutzt und diese Gesten gezwungener Zuneigung vergeßt und ein letztes Mal euren Herzen Luft macht von all dem Protest und den Schmähungen, die euch in der Kehle würgen, die ihr in euren Augen tragt und in den häßlich gewordenen Körpern. Mangelnde Durchblutung. Das ist es, weiter nichts. Nichts Ernsteres, nichts als mangelnde Durchblutung. Es langweilt mich, sie da sitzen zu sehen. Etwas Reizvolleres sollte im Blickfeld von halb offenen Augen sein, wenn sie die Dinge zum letztenmal sehen. Ah: sie haben mich in dieses Haus gebracht, nicht in das andere. Ha! Wieviel Rücksicht. Ich muß

Padilla noch ein letztes Mal tadeln, Padilla weiß, in welchem Haus ich wirklich daheim bin. Dort, im anderen, könnte ich mich an Dingen freuen, die ich liebe: ich würde meine Augen öffnen und eine Decke aus warmen alten Balken sehen; das goldene Meßgewand am Kopfende meines Bettes wäre in meiner Reichweite, und die Leuchter auf dem Nachttisch, der Samt der Sessel und mein böhmisches Glas. Und Serafín müßte bei mir sitzen und rauchen, und ich könnte seinen Rauch atmen. Sie wäre ordentlich und ruhig, wie ich es immer verlangt habe, ruhig und ordentlich, keine schwarzen Trauerfetzen, und dort würde ich mich auch nicht alt und müde fühlen: alles würde mir versichern, daß ich noch immer lebe, über ein Haus gebiete und der gleiche bin wie vorher, der gleiche, gleiche. Warum sitzen sie da, diese häßlichen, liederlichen, falschen alten Frauen, und erinnern mich, daß ich nicht mehr bin, was ich einst war? Dort ist alles bereit, und sie wissen, was zu tun ist. Hier stören sie meine Erinnerung, sie sagen mir nur, was ich jetzt bin, nicht, was ich einst war. Niemand versucht dort, etwas zu erklären, bevor es zu spät ist. Bah! Wie könnte ich mich hier zerstreuen? Ja: und jetzt sehe ich, sie haben sich bemüht, den Anschein zu erwecken, als käme ich zum Schlafen in dieses Zimmer: im halboffenen Schrank erkenne ich die Umrisse von Jacken, die ich nie getragen habe, Krawatten, die ich nie verknittert habe, neue Schuhe. Ich sehe einen Schreibtisch, auf den man Bücher gelegt hat, die niemand gelesen, Papiere, die niemand unterzeichnet hat. Und wann hat man diesen Möbeln von ungewöhnlicher Eleganz die Schonbezüge heruntergerissen? Ah . . . dort ist ein Fenster. Dort gibt es eine Welt, dort weht frischer Wind, Wind von der Hochebene, Wind, der durch die dunklen und zart verästelten Bäume streicht. Dort atmen . . .

»Macht das Fenster auf.«

»Nein, wenn du dich jetzt erkältest, wird es noch schlimmer.«

»Teresa, dein Vater hört dich nicht.«

»Er hört mich. Er schließt die Augen, doch er hört mich.«

»Sei still!«

»Sei still!«

Sie werden jetzt still sein. Sie entfernen sich vom Kopfende meines Bettes. Ich halte meine Augen geschlossen. Ich erinnere mich, wie ich an jenem Mittag mit Padilla zum Lunch ging. Jetzt erinnere ich mich. Ich habe sie auf ihrem eigenen Feld geschlagen. Alles stinkt, aber ich bin warm. Ich habe sie alle geschlagen. Ja: das Blut fließt warm durch meine Adern, bald werde ich mich erholen. Ja, es fließt warm, gibt noch Hitze. Ich vergebe ihnen. Sie haben mich nicht verletzt. Schon gut, sollen sie reden, sollen sie schwatzen. Was kümmert's mich. Ich vergebe ihnen. Welche Wärme. Bald werde ich gesund sein. Ah!

Du wirst zufrieden sein, daß du ihnen deinen Willen aufgezwungen hast – gib es zu: du hast ihnen deinen Willen aufgezwungen, damit sie dich als ebenbürtig anerkennen: selten hast du dich glücklicher gefühlt. Denn seit du zu dem wurdest, was du heute bist, seit du die Schmiegsamkeit eines feinen Tuches, den Geschmack eines guten Apéritifs und den Duft teurer Gesichtswasser schätzen gelernt hast, all das, was in den letzten Jahren dein einziges Vergnügen war, seitdem bedauerst du unaufhörlich den geographischen Irrtum, dessentwegen du nicht einer der ihren geworden bist. Du bewunderst ihre Tüchtigkeit, ihren Wohlstand, ihre Hygiene, ihre Willensstärke; und du siehst dich um und findest die Unzulänglichkeit, das Elend, den Schmutz, die Schwäche und die Armut dieses Landes unerträglich. Es schmerzt dich, daß du dich noch so sehr anstrengen kannst und doch nie so sein wirst wie sie, sondern bloß ein schwacher Abglanz, ein ungefähres Abbild. Denn – gib es zu – nie hast du, weder in den besten noch in den schlimmsten Augenblicken, die Dinge so einfach gesehen wie sie. Nie. Nie konntest du in den Kategorien von schwarz und weiß, gut und böse, Gott und Teufel denken. Gib doch zu: du hast immer, auch wenn der Schein dagegen sprach, im Schwarz zugleich einen Schimmer Helligkeit entdeckt; enthielt nicht deine eigene Grausamkeit, wenn du grausam warst, eine gewisse Zärtlichkeit? Du weißt, daß jedes Extrem sein Gegenteil einschließt: alle Grausamkeit enthält Zärtlichkeit; aller Mut Feigheit; alles Leben Tod. Irgendwie, fast unbewußt, weißt du's durch dein Sein, deine Herkunft und deine Erfahrung, und deshalb wirst du ihnen, die nichts davon wissen, nie gleichen. Stört dich das? Ja, es ist unbequem. Wieviel bequemer ist es doch, wenn man sagen kann: dies ist gut und dies ist böse. Böse: du wirst es nie bestimmen können, denn wir sind schutzloser als sie und wollen unseren Bereich der Übergänge, des Zwielichtes nicht verlieren, diesen Bereich, wo wir Vergebung finden können. Wo du Vergebung finden könntest! Wer wäre nicht fähig, in einem einzigen Augenblick seines Lebens – wie du – gleichzeitig Gut und Böse zu verkörpern, sich gleichzeitig von zwei geheimnisvollen, verschiedenen Fäden leiten zu lassen, die aus einer Hand kommen, der helle aufsteigend, der dunkle absteigend, und die dennoch schließlich wieder in deinen eigenen Fingern zusammenlaufen. Du denkst lieber nicht darüber nach. Du verabscheust an dir, was dich daran erinnert. Du wärst gerne wie sie, und jetzt, als alter Mann, ist es dir fast gelungen. Doch nur »fast«, nur »fast«. Du selbst machst das Vergessen unmöglich. Deine Tapferkeit ist die Schwester deiner Feigheit, ja, ihre Zwillingsschwester; dein Haß kommt aus der Liebe; dein ganzes Leben hat deinen Tod enthalten und verkündet. Du warst weder gut noch böse, weder großzügig noch selbstsüchtig, weder treu noch verräterisch. Andere sollen über deine Stärken und Schwächen befinden; denn du selbst, wie könntest du leugnen, daß sich jede deiner Bestätigungen selbst verleugnet und jedes Leugnen sich selbst bestätigt? Niemand, außer dir selbst, wird bemerken, daß dein Dasein aus allen Fäden des Webstuhles gewoben ist, genau wie das Leben aller Menschen. Du wirst nur eine einzige Gelegenheit haben, dein Leben so zu gestalten, wie du es wünschst, und sie wird sich nicht wiederholen. Und wenn du so und nicht anders sein wirst, dann liegt es daran, daß du trotz allem wählen mußt. Deine Entscheidungen werden dein noch mögliches Leben, alles das, was dir nach der Wahl bleibt, nicht vernichten: aber diese Möglichkeiten werden verringert, und so sehr verringert, bis heute deine Entscheidung und dein Schicksal eins geworden sind: die Münze hat nicht mehr zwei Seiten: Wunsch und Schicksal sind das gleiche. Wirst du sterben? Es wäre nicht das erstemal: du hast so viel totes Leben gelebt, so viel leere Gesten getan. Wenn Catalina ihr Ohr an die Türe legt, die sie von dir trennt, und deinen Bewegungen lauscht; wenn du dich auf der anderen Seite jener Türe bewegst, ohne zu wissen, daß jemand begierig die Geräusche und Pausen deines Lebens verfolgt: lebt man dann in dieser Trennung? Wenn ihr beide wißt, daß ein Wort genügen würde, und dennoch schweigt: lebt man dann in diesem Schweigen? Nein, nein, daran willst du nicht denken. Lieber willst du an etwas anderes denken: den Namen und das Gesicht, welche die Jahre wegwaschen werden. Aber wenn du dich daran erinnerst, so rettest du dich zwar, doch daß dies zu einfach ist, weißt du auch. Erst mußt du an das denken, was dich verdammt, und wenn du da gerettet bist, mußt du wissen, daß die andere, die scheinbare Erlösung, die eigentliche Verdammnis ist: dann erst kannst du denken, woran immer du magst. Du erinnerst dich an die junge Catalina und vergleichst sie mit der dünkelhaften Frau von heute. Du erinnerst dich und erinnerst dich auch an den Grund. Du verkörperst das, was sie und alle anderen jemals dachten. Du weißt es nicht, denn du hörst nie auf die Worte der anderen, du hast sie immer nur gelebt. Du schließt die Augen: ja, du schließt sie. Du riechst den Weihrauch und du hörst nicht das Schluchzen, du denkst an andere Dinge, andere Tage, Tage, die aus ihrer Nacht zur Nacht deiner geschlossenen Augen kommen und die du nur an der Stimme, niemals durch Anschauen erkennst. Du mußt deiner Nacht blindlings vertrauen, ohne sie zu sehen, ohne sie zu erkennen, als wäre sie der Gott deiner Tage: deine Nacht. Und jetzt denkst du, es genügte schon, die Augen zu schließen, um deiner Nacht Dauer zu verleihen. Du lächelst trotz der Schmerzen, die allmählich wiederkehren, und du versuchst, deine Beine ein wenig zu strecken. Jemand wird deine Hand berühren, aber du erwiderst es nicht, diese ... Liebkosung? Aufmerksamkeit? Kummer? Berechnung? Nein, denn deine geschlossenen Augen haben die Nacht beschworen, und vom Grund jenes tintenfarbenen Ozeans segelt ein Steinschiff auf dich zu, und keine heiße, einschläfernde Mittagssonne kann es aufhellen: dicke, gedunkelte Mauern, die zum Schutz der Kirche gegen die Angriffe der heidnischen Indianer errichtet wurden, um die militärische in der religiösen Eroberung zu vollenden. Sie kommen auf deine geschlossenen Augen zu, die rauhen Soldaten der spanischen Königin Isabella; der Lärm von Pfeifen und Trommeln schwillt an, und du überquerst in der Sonne den weiten, offenen Platz. Ein Steinkreuz erhebt sich in seiner Mitte und offene Kapellen, in den Ecken noch immer Kultgegenstände der Indianer, theatralisch im Freien. Oben bei der Kirche, am Ende des Platzes, wölben sich *tezontle*[1]-Grüfte über vergessene Krummsäbel aus der Zeit der christianisierten Mauren, Zeichen eines anderen Blutstromes, der den der Eroberer überlagert. Du gehst auf die frühbarocke Fassade zu, spanisch zwar, doch reich geschmückt mit weinumrankten Säulen und adlerförmigen Schlußsteinen: die Fassade der *Conquista,* streng und doch fröhlich, mit einem Fuß in der alten toten Welt, mit dem anderen in der neuen, die nicht hier, sondern jenseits des Ozeans begann: die neue Welt brachten sie mit; eine Fassade aus strengen Wänden, um ihre habgierigen, sinnlichen, glücklichen Herzen zu beschützen. Du betrittst das Schiff, wo das Kastilische der Außenmauern von der scheußlichen, lächelnden Verschwendung des indianischen Himmels mit seinen indianischen Heiligen, Engeln und Göttern verdrängt wird: ein einziges ungeheures Schiff, das zu einem Altar mit verwelkten Goldblättern führt, zu dem düsteren Reichtum maskierter Gesichter und zu den finsteren und festlichen Gläubigen, die hier beten und die – sonst immer unterdrückt – hier ihr Heiligtum mit ihrem ruhigen Entsetzen und ihrer Figur gewordenen Ergebenheit, mit der Angst vor dem Leeren in toten Zeiten schmücken dürfen – Zeiten, in welchen ihre Trübseligkeit in ein freiwilliges Werk übertragen wird: die seltenen Augenblicke völliger Unabhängigkeit in Farbe und Form, weit von dieser Welt der Peitschen, Fesseln und Geschwüre. Du gehst durch das Schiff auf die Eroberung deiner eigenen neuen Welt, vorbei an Engelsköpfen, an üppigen Rebstöcken, bunten Blumen, roten, kugeligen Früchten in goldenen Netzen, vorbei an weißen Heiligen, Heiligen mit erstaun-

[1] Rötlicher Stein in Mexiko.

tem Blick, Heiligen aus dem Himmel, den der Indianer nach seinem Bilde schuf. Engel und Heilige mit den Gesichtern von Sonne und Mond, mit Händen, die die Ernte beschützen, mit Zeigefingern, die den Weg weisen, mit den grausamen, leeren, nutzlosen Götzenaugen und dem strengen Ausdruck ihrer Sagen. Gesichter aus Stein hinter freundlichen, rosigen Masken, naiv und fühllos – tot, tot, tot. Laß es Nacht werden. Fülle die schwarzen Segel mit Wind. Schließe deine Augen, Artemio Cruz.

1919: 20. Mai

Er erzählte die Geschichte von Gonzalo Bernals letzten Augenblicken im Gefängnis von Perales, und die Türen des Hauses öffneten sich ihm.

»Er war immer rein«, sagte der Vater, Don Gamaliel. »Er glaubte immer, daß uns das Handeln beschmutzt und zum Verrat an uns selbst zwingt, wenn es nicht von einem sehr klaren Denken beherrscht wird. Ich glaube, daß er deshalb das Haus verließ. Ja, ich glaube, das war zum Teil der Grund, denn der Sturm riß uns alle mit sich fort, sogar diejenigen von uns, die ihren Platz nie verlassen haben. Nein, was ich zu erklären versuche, ist dies: mein Sohn hielt es für seine Pflicht, an der Revolution teilzunehmen, um die Ereignisse zu erklären; ja, ich glaube, er ging wohl fort, weil er nicht wollte, daß sie wie so viele andere zuvor scheiterte, und weil er sich bewähren wollte. Ah, ich weiß nicht. Seine Gedanken waren so kompliziert. Er predigte Toleranz. Ich bin froh, daß er tapfer starb. Ich bin froh, daß Sie hier sind.«

Nicht unvorbereitet war der Fremde zu dem alten Mann gegangen. Er hatte bestimmte Plätze in Puebla besucht, hatte mit gewissen Leuten gesprochen und erfahren, was zu erfahren notwendig war. So konnte er jetzt Don Gamaliels unzusammenhängende Reden anhören, ohne nur im geringsten das Gesicht zu verziehen. Der Kopf des alten Mannes lehnte gegen das blanke Leder seines Stuhles, das Profil zeichnete sich gegen das gelbe Licht ab, das durch den Staub der Bibliothek sickerte. Hohe

Regale bogen sich unter Büchern, die in Kalbs- und Ziegenleder gebunden waren, und die kleinen Räder einer Leiter hatten den ockergelben Boden verschrammt. Dicke Bände in englischer und französischer Sprache, Werke über Kunst, Geographie und Naturwissenschaften, für die man wohl das Vergrößerungsglas brauchte, das Don Gamaliel bewegungslos zwischen den pergamentenen Händen hielt, ohne zu bemerken, wie die Nachmittagssonne durch die Linse fiel und heiß auf die Falte seiner sorgsam gebügelten Hose brannte. Der Besucher beobachtete den Lichtfleck. Ein unbehagliches Schweigen trennte die beiden Männer.
»Verzeihen Sie ... kann ich Ihnen etwas zu trinken anbieten? Oder besser: Sie bleiben zum Essen bei uns.«
Er streckte die Hände mit einer einladenden und freudigen Geste aus, und das Vergrößerungsglas fiel auf seinen Schoß. Ein hagerer alter Mann, ausgetrocknete Haut spannte sich über zerbrechliche Knochen, gelbliches Haar stand um seinen Kopf, auf seinem Kinn und über seinen Lippen.
»Daß sich die Zeiten ändern, regt mich nicht auf«, hatte er vor einer Weile gesagt, mit seiner stets angeregt klingenden und doch gleichmäßigen Stimme. »Welchen Sinn hätte meine Erziehung« – er wies auf die Bücherregale –, »wenn nicht den, daß ich leichter das Unvermeidliche des Wechsels begreife? Die Dinge ändern sich, zumindest dem Anschein nach, ob wir es nun wollen oder nicht – warum sollten wir dies hartnäckig übersehen und der Vergangenheit nachweinen? Um wieviel weniger mühsam ist es, das Unvorhergesehene anzunehmen. Oder sollen wir es nicht beim Namen nennen? Sie – verzeihen Sie, ich habe Ihren Rang vergessen ... ja, Oberst, Oberstleutnant ... Sie, sage ich, und ich kenne weder Ihre Herkunft noch Ihren Beruf, ich schätze Sie, weil Sie die letzten Stunden meines Sohnes teilten – doch was ich meine, ist folgendes: Konnten Sie, der Sie mitgemacht haben, alles voraussehen? Nein, und ich habe nicht mitgemacht und konnte es genausowenig. Vielleicht sind Teilnahme und Gleichgültigkeit gleichermaßen blind und hilflos, und darin ... Obwohl es da natürlich gewisse Unterschiede geben muß. Glauben Sie nicht ... Schließlich ...«

Der Fremde wandte den Blick nicht von den bernsteinfarbenen Augen des alten Mannes, Augen, die zu energisch waren, um eine herzliche Atmosphäre entstehen zu lassen, zu selbstsicher hinter der Maske väterlicher Liebenswürdigkeit. Vielleicht waren diese vornehmen Gesten seiner schlanken Hände, der Adel seines Profils mit dem gepflegten Spitzbart, dies aufmerksame Neigen des Kopfes, vielleicht waren sie natürlich: und dennoch konnte selbst Natürlichkeit geheuchelt sein: eine Maske konnte manchmal zu gut das Mienenspiel eines Gesichtes vortäuschen, das es überhaupt nicht gab. Und gewiß glich die Maske dieses alten Mannes so sehr seinem wahren Gesicht, daß nur eine dünne Linie, ein nicht faßbarer Schatten sie davon trennte. Der Fremde überlegte, daß er dies Don Gamaliel vielleicht eines Tages unverhohlen sagen würde.
Alle Uhren des Hauses schlugen gleichzeitig, und Don Gamaliel richtete sich auf, um die Karbidlampe auf dem Rollpult anzuzünden. Langsam schob er die Lade hoch und tastete zwischen verschiedenen Papieren. Eines nahm er in die Hand und wandte sich halb seinem Gast zu. Dann lächelte er, runzelte die Stirn und lächelte wieder, als er das Papier zuoberst auf die anderen legte. Schalkhaft hob er den Zeigefinger zum Ohr; ein Hund bellte und scharrte mit den Pfoten draußen an der Türe.
Der Besucher betrachtete den alten Mann, der ihm jetzt den Rücken zuwandte, immer noch prüfend. Nicht ein einziger Pinselstrich störte die Harmonie des Bildes: der aufrechte Gang und die eleganten Bewegungen, das weiße, etwas gelichtete Haar und die freundliche Miene. Ein zu vollkommenes Bild. Wahrscheinlich entsprach seine Höflichkeit nur ganz einfach seiner Natur. Aber dies wäre ärgerlich: zu leicht wäre die Eroberung, ihr würde es an Würze fehlen. Don Gamaliel hatte mit langsamen Schritten die Tür erreicht, er blieb stehen, sah mit bernsteinfarbenen Augen über die Schulter zurück, und während seine eine Hand auf der Klinke ruhte, strich er sich mit der anderen sanft den Bart. Seine Augen schienen die Gedanken seines Gastes zu erraten, und sein ein wenig schiefes Lächeln war das eines Zauberers, der sogleich das Unerwartete enthüllen würde. Wenn der Fremde eine Auf-

forderung zu einem höchst verwickelten Schweigen deutlich spürte und auch befolgte, so war das Betragen Don Gamaliels doch so verschlagen und glatt, daß es an der Gelegenheit zu einem erwidernden Blick mangelte, der ihr stummes Übereinkommen besiegelt hätte.

Die Nacht war hereingebrochen, und das ungewisse Licht der Lampe beleuchtete kaum die Goldrücken der Bücher und das silberne Muster der Tapete. Als sich die Tür öffnete, überlegte er, wie viele Räume vom Eingang des Herrenhauses bis zur Bibliothek zu durchqueren waren, Raum um Raum über dem *Patio* aus glasierten Kacheln und blauen Fliesen. Der Hund sprang munter herein und leckte die Hände seines Herrn, hinter ihm erschien das Mädchen in einem weißen Kleid, das sich scharf gegen die Dunkelheit abhob.

Einen Augenblick wartete sie draußen im Schatten. Der Hund sprang zu dem Fremden und beroch dessen Füße und Hände. Lachend packte Señor Bernal das rote Halsband und murmelte etwas Entschuldigendes, das der Fremde nicht verstand. Mit den genauen Bewegungen des Soldaten hatte er seine Jacke zugeknöpft und deren Falten glattgestrichen, als trüge er noch seine Uniform: reglos stand er vor der Schönheit des jungen Mädchens, das den Fuß noch nicht über die Schwelle gesetzt hatte.

»Meine Tochter Catalina.«

Sie rührte sich nicht, ihr glattes, kastanienbraunes Haar fiel über einen langen, zarten Hals bis auf die Schultern; ihre Augen waren feucht und hart mit einem zitternden Ausdruck, gelb wie die ihres Vaters, doch offener, nicht so geübt in der Kunst der Verstellung: gläsern, rund und doppelt, doppelt wie die anderen Rundungen ihres üppigen, jungen Körpers, wie die halb geöffneten, feuchten Lippen, wie die hohen, festen Brüste: Augen, Lippen, Brüste – alle weich und doch hart, zugleich hilflos und haßerfüllt. Das Kleid zeichnete die Bewegungen ihrer Hüften nach, als sie – die Hände gegen die Schenkel gepreßt – auf ihn zukam, ein Körper, dessen blasses Gold sich in der Farbe ihrer Stirn und ihrer Wangen enthüllte. Der Fremde nahm ihre Hand, doch vergeblich hoffte er, darin die Feuchtigkeit der Erregung zu finden.

»Der Herr war während der letzten Stunden deines Bruders bei ihm. Ich habe dir von ihm erzählt.«
»Sie hatten Glück.«
»Er sprach von Ihnen und Ihrem Vater. Er bat mich, Sie zu besuchen. Er war tapfer, bis zuletzt.«
»Nein, er war nicht tapfer. Er liebte all dies« – ihre Hand berührte ihre Brust und beschrieb einen Bogen in der Luft – »er liebte all dies viel zu sehr.«
»Ein Schwärmer, ja, ein großer Schwärmer«, sagte Don Gamaliel sanft. Er seufzte. »Der Herr ißt mit uns zu Abend.«
Das Mädchen nahm den Arm ihres Vaters, und mit dem Hund an seiner Seite führte er sie durch enge, feuchte alte Räume, die vollgestopft waren mit Porzellan und Vasen, Uhren und verglasten Schränken, mit antiken Möbeln und frommen Gemälden von beachtlichen Ausmaßen und geringem Wert: Die vergoldeten Beine der Stühle und Tischchen standen auf dem gleichen Boden aus gestrichenen Brettern, die kein Teppich bedeckte, und die Lampen blieben gelöscht, bis sie das Eßzimmer erreichten, wo ein ausladender Glasleuchter auf Mahagonimöbel herabschien und ein Gemälde, auf dem die irdenen Gefäße und flammenden Früchte der Tropen leuchteten. Mit seiner Serviette verscheuchte Don Gamaliel die Moskitos, welche die Fruchtschale umschwärmten, die im Vergleich zu dem Bild nicht üppig war, und lud mit einer Handbewegung zum Sitzen ein.
Der Fremde saß ihr gegenüber, und so konnte er endlich seinen Blick auf die reglosen Augen des Mädchens richten. Kannte sie den Zweck seines Besuches? Erriet sie in den Augen des Mannes die Bedeutung des Triumphes, den ihre körperliche Gegenwart nun vollkommen machte? Erkannte sie die Zuversicht in seinem leichten Lächeln? Spürte sie den kaum verborgenen Anspruch zu besitzen? Ihre Augen erwiderten nur harte Unabänderlichkeit, als wolle sie ihre Bereitschaft zeigen, zwar alles hinzunehmen, doch nur, um ihre Kapitulation bald in einen Triumph über den Mann zu verwandeln, der schon dabei war, sie schweigend und lächelnd in Besitz zu nehmen.
Sie hingegen war betroffen von dem Mut ihrer Schwäche, von

der Schnelligkeit, mit der sie unterlag. Sie sah vom Tisch auf und betrachtete ohne falsche Scham die kräftigen Züge des Fremden, und sie konnte den Blick seiner grünen Augen nicht vermeiden. Nein, schön war er nicht, aber seine olivfarbene Haut, die sinnliche Kraft seiner Lippen und die pochende Ader in der Schläfe verhießen eine vielleicht unzarte, aber männliche Berührung. Unter dem Tisch streckte er den Fuß aus und stieß leise an ihren Schuh. Das Mädchen schlug die Augen nieder, warf einen raschen Blick auf ihren Vater und zog ihren Fuß zurück. Ihr Vater, ein vollkommener Gastgeber, lächelte so wohlwollend wie immer und spielte mit seinem Glas.

Die alte indianische Dienerin brachte die Reisschüssel. Don Gamaliel bemerkte, daß die Dürreperiode dieses Jahr ein wenig spät zu Ende ginge. Glücklicherweise hätten sich jetzt Regenwolken über den Bergen gesammelt, die Ernte würde gut sein, nicht so reich wie im vergangenen Jahr, aber trotzdem gut. Es sei seltsam, fuhr er fort, wie dies alte Haus die Feuchtigkeit hielte, die sich fleckig in schattigen Ecken niederschlüge und Farne und Moos im *Patio* wachsen ließe. Vielleicht sei dies ein glückverheißendes Symbol für eine Familie, die dank der Früchte der Erde zu Wohlstand gelangt sei: die hier im Tal von Puebla – er aß seinen Reis, indem er ihn achtsam auf die Gabel schob – seit dem Beginn des neunzehnten Jahrhunderts ansässig und stärker gewesen sei als die sinnlosen Abenteuer eines Landes, das keine Ruhe ertrüge, sondern die Unruhe liebe.

»Manchmal scheint es mir, als würden wir ohne Blutvergießen und Tod verzweifeln, als fühlten wir uns nur zwischen Erschießungskommandos und Zerstörung lebendig«, fuhr die verbindliche Stimme des alten Mannes fort.

»Aber wir machen weiter. Wir machen immer weiter, denn wir haben gelernt, wie man überlebt . . .«

Er füllte das Glas seines Gastes mit schwerem, dunklem Wein.

»Freilich müssen wir einen Preis dafür zahlen«, sagte der Fremde trocken.

»Ah, ein annehmbarer Preis läßt sich immer aushandeln . . .« Als er das Glas seiner Tochter füllte, streichelte er ihre Hand. »Es

kommt alles auf die Eleganz an, mit der es geschieht. Es ist nie nötig, jemanden zu beunruhigen, Gefühle zu verletzen. Die Ehre muß unangetastet bleiben.«
Wieder berührte der Fremde den Fuß des Mädchens. Diesmal zog sie ihn nicht zurück. Sie erhob ihr Glas und sah ihn an, ohne zu erröten.
»Man muß unterscheiden können«, sagte der alte Mann, als er den Mund mit der Serviette wischte. »Geschäft und Religion sind zweierlei.«
»Wirkt er nicht sehr fromm, wenn er täglich mit seiner Tochter zum Abendmahl geht? Ja, mein Freund, und denk daran, wenn du ihn dort siehst, daß er alles den Priestern gestohlen hat, als Juárez den Besitz der Kirche meistbietend verkaufte und jeder Handlungsreisende mit ein paar Hundertern in bar ganze Plantagen kaufen konnte.«
Er hatte sechs Tage in Puebla verbracht, ehe er sich bei Don Gamaliel meldete. Seine Kavallerietruppe war von Präsident Carranza aufgelöst worden, und da waren ihm seine Gespräche im Gefängnis mit Gonzalo Bernal wieder eingefallen. Er machte sich auf den Weg nach Puebla. Es war eine reine Frage des Instinkts und der Zuversicht. Wenn man in der zerstörten und verwirrten Welt, wie sie die Revolution hinterlassen hatte, bloß den Namen und die Adresse einer Familie in einer Stadt wußte, so war das schon viel. Die Ironie, daß er und nicht Bernal nach Pueblo ging, amüsierte ihn. In gewisser Hinsicht war es ja eine Maskerade, ein Spiel, das er mit dem größten Ernst spielen würde, und zugleich die Bescheinigung, daß er lebte, daß er die Fähigkeit besaß, zu überleben und sein eigenes Geschick mit dem anderer zu befestigen. Als er Puebla erreichte, als er die roten und gelben Dächer im Tal verstreut liegen sah, fühlte er, daß er nicht als ein einzelner Mann, sondern als ein doppelter ankam, daß er das Leben Gonzalo Bernals dem eigenen hinzufügte, als hätte Bernal im Tode die Möglichkeiten seines unvollendeten Daseins auf ihn übertragen. Vielleicht verlängert der Tod der anderen unser Leben, dachte er bei sich. Doch er war nicht nach Puebla gekommen, um nachzudenken.
»Dieses Jahr war er nicht einmal in der Lage, Saatgut zu kaufen.

Seine Schulden haben weiter zugenommen, denn die Bauern haben sich gegen ihn aufgelehnt und von Feldern Besitz ergriffen, die er nie bebaut hat. Sie sagten, sie würden das bebaute Land nicht bestellen, wenn er ihnen das Brachland nicht geben würde. Aus reinem Stolz weigerte er sich, und so blieb alles liegen, bis die Landpolizei kam und kurzen Prozeß mit den Bauern machte. Aber jetzt weht ein anderer Wind.«

»Und nicht nur das. Auch die Leute, die ihm Geld schulden, sind widerspenstig geworden. Sie wollen nicht zahlen und sagen, mit den Zinsen, die er von ihnen verlangt hätte, hätten sie schon mehr gezahlt, als sie ihm schuldeten. So ist das, Oberst. Alle haben so viel Zuversicht, daß sich die Dinge jetzt ändern.«

»Ah, aber der alte Mann ist so verschlagen wie eh und je. Lieber würde er sterben, als den Leuten das zu geben, was ihnen zusteht.«

Er verlor, als er zum letzten Mal würfelte, zuckte die Achseln und machte dem Barkeeper zur Freude aller ein Zeichen, noch eine Runde auf seine Kosten auszugeben.

»Und wer hat Schulden bei diesem Don Gamaliel?«

»Frag, wer hat keine?«

»Hat er einen guten Freund, einen Vertrauten?«

»Freilich, Pater Paéz.«

»Und bei dem Priester versucht er seine Listen nicht?«

»Oh, damit sich der kleine Pater im Himmel um Don Gamaliel kümmert, nimmt sich Don Gamaliel hier unten seiner an.«

Die Sonne blendete sie, als sie auf die Straße hinaustraten.

»Da geht sie, stolz und verdammt hübsch.«

»Wer ist sie?«

»Wer wird sie schon sein? Die Tochter des alten Bastards.«

Den Blick auf die Schuhspitzen geheftet, ging er durch die alten schachbrettartigen Straßen. Als seine Schritte nicht mehr auf den Pflastersteinen schallten, sondern trockenen grauen Staub aufwirbelten, hob er den Kopf und betrachtete die mit grobem Verputz beworfenen Mauern der alten befestigten Kirche. Er überquerte den weiten Platz und betrat das lange, stille, vergoldete Schiff. Wieder hallten seine Schritte. Er ging auf den Altar zu.

Pater Paéz beobachtete ihn, und seine kohlschwarzen Augen brannten zwischen seinen glühenden Wangen. Er war in einem hohen Rundgang versteckt, der zu dem alten Chor der Nonnen führte. Sie waren unter dem liberalen Regime aus Mexiko geflohen. Als er den Fremden am anderen Ende des Schiffes sah, erkannte er von fern sofort in dessen Bewegungen die Haltung eines Mannes, dem stete Alarmbereitschaft, Befehl und Angriff in Fleisch und Blut übergegangen waren. Es lag nicht nur an den vom Reiten leicht gekrümmten Beinen, sondern vor allem an der nervigen Kraft der Faust, die täglich mit Zügeln und Pistole umgeht. Selbst wenn der Fremde, wie jetzt, mit gefalteten Händen ging, konnte der Priester die Gewalt und Sicherheit ermessen. Oben, im Versteck der Nonnen, überlegte Pater Paéz, daß ein solcher Mann nicht zur Andacht in seine Kirche gekommen war. Er raffte seine Soutane und stieg langsam eine Wendeltreppe hinunter, die zu dem verlassenen Kloster führt: mit geschürzten Röcken, hochgezogenen Schultern, schwarzem Körper und rotem, doch blutleerem Gesicht suchte er sich gespannten Blickes vorsichtig seinen Weg nach unten. Die Treppe war dringend reparaturbedürftig; 1910 war sein Vorgänger darauf ausgerutscht und an den Folgen gestorben. Doch Remigio Paéz schien, einer schwarzen Fledermaus gleich, alle die unsichtbaren Hindernisse und Gefahren in dem schwarzen Abstieg zu sehen. Und Dunkelheit und Gefahr zwangen ihn, alle Sinne anzuspannen. Ein Soldat in Zivil, ohne Kompanie, ohne Eskorte? Ah, die Neuigkeit war zu groß, um unbemerkt zu bleiben. Zum Glück hatte er ihn gesehen. Die Kämpfe, die Gewalttaten, die Kirchenschändungen – er entsann sich der Truppe, die erst vor zwei Jahren die Meßgewänder und alle geweihten Gegenstände aus der Kirche fortgeschleppt hatte – waren jetzt vorüber, und die ewige Kirche, die für alle Zeit gegründet war, würde sich wieder mit den Machthabern der irdischen Gewalt einigen. Ein Soldat in Zivil . . . ohne Eskorte . . . Er stieg hinunter, und seine Hand berührte nur leicht die vorgewölbte Wand. Wasser tropfte herab und benetzte seine Fingerspitzen. Ihm fiel ein, daß die Regenzeit sehr bald beginnen würde. Er hatte sich die Aufgabe gestellt, ihnen mit ganzer Kraft – von der Kanzel herab und im Beichtstuhl – klarzumachen: es ist eine Sünde, eine schwere Sünde, eine Sünde wider den Heiligen Geist, die Gaben des Himmels zu verschmähen. Niemand darf es wagen, sich den Absichten der Vorsehung zu widersetzen. Die Vorsehung hat alles so bestimmt, wie es ist, und so muß es auch hingenommen werden: sie müssen hinausgehen und die Felder bestellen, die Ernte einbringen und die Früchte des Bodens ihrem rechtmäßigen Eigentümer abliefern, einem christlichen Eigentümer, der für sein Verwalteramt pünktlich seinen Zehnten an die Heilige Mutter Kirche entrichtet. Gott straft Ungehorsam, und Luzifer wird immer wieder von den Erzengeln überwunden – von Rafael, Gabriel, Michael, Gamaliel . . . Gamaliel.

»Und die Gerechtigkeit, Pater?«

»Mein Sohn, endgültige Gerechtigkeit gibt es erst da droben. Suche sie nicht in diesem Tal der Tränen.«

»Worte«, murmelte der Priester, als er schließlich zu ebener Erde anlangte und den Staub von der Soutane schüttelte. Worte, verdammte Silben, Funken, die das Blut und die Träume rechtschaffener Menschen entzündeten, Menschen, die sich damit begnügen mußten, rasch durch dies kurze Leben hindurchzugehen, um zum Lohn für ihre tödliche Prüfung das ewige Leben zu erhalten. Er überquerte den Klosterhof und folgte einem Gewölbegang. Gerechtigkeit! Für wen und für wie lange? Wo das Leben so angenehm sein könnte, wenn nur alle die Unabänderlichkeit ihres Loses verstehen wollten und nicht immer versuchen würden, ihm zu entgehen, durch Diebstahl, durch Vertuschen von Schulden, durch Ehrgeiz . . .

»Ich glaube: ja, ich glaube«, wiederholte er leise und öffnete die Türe der Sakristei.

»Ein wundervolles Stück Arbeit, nicht wahr?« sagte er, als er sich dem großen Manne näherte, der vor dem Altar stand. »Die Mönche zeigten den eingeborenen Handwerkern Skizzen und Drucke – und die Indianer schufen danach christliche Kunst nach ihrem Geschmack. Es heißt, hinter allen Altären seien indianische Götzenbilder versteckt. Wenn es stimmt, müssen es gute Götzen sein, die kein Blut fordern wie . . .«

»Sind Sie Paéz?«

»Remigio Paéz«, sagte er mit schiefem Lächeln. »Und Sie? General, Leutnant, Major . . .?«

»Schlicht Artemio Cruz.«

»Ah . . .«

Als sich der ehemalige Oberstleutnant und der Priester einige Zeit später vor der Kirche verabschiedet hatten, faltete Pater Paéz die Hände über dem Bauch und blickte seinem Besucher nach, der sich mit langen Schritten entfernte. Scharf und nah hoben sich die Umrisse der beiden Vulkane gegen den klaren, blauen Morgenhimmel ab – die Silhouetten einer schlafenden Frau und ihres Wächters. Er blinzelte: er konnte die Helligkeit dieses durchsichtigen Lichtes nicht ertragen. Dankbar sah er die schwarzen Wolken aufziehen, die bald das Tal vor Nässe dampfen lassen und die Sonne, wie jeden Nachmittag, mit ihrem pünktlichen grauen Sturzbach auslöschen würden.

Er machte kehrt und ging in den Schatten des Klosters. Er rieb sich die Hände. Was kümmerten ihn schon der Hochmut und die Beleidigungen dieses Schurken. Wenn die Lage dadurch zu retten war und Don Gamaliel auf diese Weise seine letzten Jahre in Frieden verbringen konnte, dann würde Remigio Paéz, Diener des Höchsten, nicht alles durch einen entrüsteten und eifernden Kreuzzug verderben. Ganz im Gegenteil. Wohlgefällig erinnerte er sich seiner weisen Demut. Wenn diesem Mann sein Stolz so viel bedeutete, dann würde ihn Pater Paéz, heute wie morgen, mit gesenktem Kopfe anhören und sogar von Zeit zu Zeit zustimmend nicken, als müßte er bekümmert Vorwürfen beipflichten, die dieser gewaltige Flegel gegen die Kirche vorbrachte. Er nahm seinen schwarzen Hut vom Haken, stülpte ihn achtlos über seine Haarmähne und schlug den Weg zum Hause Don Gamaliels ein.

»Ja, er kann es machen. Warum auch nicht?« sagte am gleichen Nachmittag der alte Mann nach einer Unterhaltung mit dem Priester. »Doch ich frage mich, welchen Vorwand er gebrauchen wird, um dies Haus zu betreten? Pater Paéz erzählte er, daß er heute kommen würde. Nein, Catalina . . . ich verstehe das nicht ganz.«

Sie hob den Blick. Ihre Hand ruhte auf einem sorgfältig mit Blumen bemalten Tuch, das in einen Rahmen gespannt war. Vor drei Jahren hatten sie die Nachricht von Gonzalos Tod erhalten. Seit damals waren Vater und Tochter näher zusammengerückt, um in den langen Nachmittagen, die sie auf den Korbstühlen des *Patio* verbrachten, mehr als nur Trost zu finden – sie würden die Gewohnheit, nach den Worten des alten Mannes, bis zu seinem Tode beibehalten. Es war unwichtig, daß der Reichtum und die Macht von gestern verloren waren. Dies war wohl der Tribut, den das Alter und die Zeit forderten. Don Gamaliel leistete nur passiven Widerstand. Er würde sich nicht hinauswagen, um den Bauern den Boden wieder zu nehmen, von dem sie Besitz ergriffen hatten, doch genausowenig würde er sich mit ihrem unrechtmäßigen Akt abfinden. Er verlangte von seinen Schuldnern weder das Kapital noch die Zinsen zurück – doch von jetzt an würde er ihnen keinen einzigen Cent mehr leihen. Die Not würde sie hoffentlich eines Tages zwingen, ihren Stolz aufzugeben, und dann würden sie auf Knien zu ihm kommen. Inzwischen verschloß er sich in seinem eigenen Stolz.

Und jetzt . . . jetzt war dieser ehemalige Soldat aufgetaucht und hatte allen Bauern Darlehen zu einem weit niedrigeren Zinssatz versprochen als den, den der alte Mann verlangte, hatte Don Gamaliel den dreisten Vorschlag gemacht, er solle ihm umsonst die Schuldpapiere überlassen, mit dem Versprechen, ihm dafür ein Viertel dessen zu geben, was er eintreiben würde. Dies oder nichts.

»Und ich glaube nicht, daß damit seine Ansprüche befriedigt sind.«

»Das Land?«

»Ja, er wird eine Art Verzicht verlangen, du kannst dich darauf verlassen.«

Sie stand auf, ging zwischen den rotgestrichenen Vogelkäfigen hin und her und bedeckte sie mit Tüchern, nachdem sie zugeschaut hatte, wie die Vögel mit aufgeregten Bewegungen ihre Körner pickten und noch einmal zwitscherten, bevor die Sonne unterging.

Der Alte hatte nicht erwartet, daß ihn das Überleben so teuer zu stehen käme. Der letzte Mensch, der Gonzalo lebend gesehen hatte, sein Mitgefangener, der Überbringer seiner letzten Worte an Vater und Schwester, Frau und Sohn.

»Er erzählte Pater Paéz, daß er bis zuletzt an Luisa und das Kind dachte.«

»Vater . . . laß uns nicht darüber reden.«

»Ich sage ja nichts. Doch er konnte nicht wissen, daß sie wieder heiraten und mein Enkel einen fremden Namen tragen würde.«

»Drei Jahre lang hast du ihn nicht erwähnt. Warum gerade jetzt?«

»Du hast recht. Wir haben ihm vergeben. Ich habe gedacht, wir müßten ihm vergeben, daß er zum Feind übergelaufen ist. Ich habe gedacht, wir müßten ihn verstehen.«

»Wir haben ihm wohl während all dieser Nachmittage stillschweigend vergeben.«

»Ja, ja, das stimmt. Du verstehst mich ohne Worte. Wie tröstlich! Du verstehst mich . . .«

Aus diesem Grund geschah es, als ihr gefürchteter und ersehnter Gast kam – denn eines Tages mußte jemand kommen und sagen: ich kannte ihn, ich sah ihn, er dachte an euch – und als er seine ausgeklügelte Falle stellte, ohne überhaupt das eigentliche Problem des Landarbeiteraufstandes und der eingestellten Zahlungen zu erwähnen, aus diesem Grund geschah es, daß sich Don Gamaliel entschuldigte, nachdem er seinen Gast in die Bibliothek geführt hatte und zu Catalinas Schlafzimmer eilte – ein langsamer alter Mann, für den Gelassenheit und Eleganz das gleiche bedeuteten.

»Mach dich fertig. Leg das schwarze Kleid ab und zieh etwas Helles an. Wenn es sieben schlägt, kommst du in die Bibliothek.«

Das war alles, was er sagte. Er wußte, daß sie ihm gehorchen würde: dieser Augenblick wäre die Prüfung für die schwermütigen Nachmittage. Ja, sie würde verstehen. Ihm blieb noch diese letzte Karte. Und Don Gamaliel hatte es genügt, die Ausstrahlung und Willensstärke des Fremden zu spüren, um zu begreifen, daß jedes Zögern tödlich, Widerstand schwierig und das geforderte Opfer leicht und in gewisser Hinsicht keineswegs unangenehm sein würde. Pater Paéz hatte ihn schon vorbereitet: ein

großer, kraftvoller Mann, wortkarg und mit hypnotischen grünen Augen. Artemio Cruz.
Artemio Cruz. So also hieß die neue Welt, die sich aus der Asche des Bürgerkrieges erhoben hatte. So also hießen jene, die gekommen waren, die alte Ordnung abzulösen. Ein unglückliches Land, sagte der alte Mann bei sich, als er langsam zur Bibliothek zurückging, ein unglückliches Land, wo jede Generation die alten Herren stürzen muß, um sie durch neue, ebenso ehrgeizige und habgierige Herrscher zu ersetzen. Der alte Mann betrachtete sich als das Endprodukt einer typisch kreolischen Kultur: als einen erlauchten Despoten; in schweren Zeiten wie ein Vater, schließlich immer ein guter Ernährer und ein Wahrer des traditionellen Geschmacks, der Höflichkeit und der Bildung. Deshalb hatte er den Fremden auch in die Bibliothek geführt. Dieser Raum machte den ehrwürdigen – ja, fast sakralen – Charakter dessen deutlich, was Don Gamaliel verkörperte. Jedoch der Fremde verschloß sich diesem Eindruck. Und Don Gamaliel entging das nicht, als er mit halb geschlossenen Augen den Kopf gegen den Ledersessel lehnte, um seinen Gegner besser studieren zu können, diesen Mann, der mit einer neuen im Feuer geschmiedeten Erfahrung kam, der gewohnt war, alles aufs Spiel zu setzen, da er nichts besaß. Der wahre Zweck des Besuches wurde nicht erwähnt. Auch Don Gamaliel hielt dies für das beste. Vielleicht besaß der Fremde ebenso scharfsinnige Auffassungen wie er selbst, wenngleich die Triebfeder seines Handelns mächtiger war: Ehrgeiz. Der alte Mann lächelte, als er an dies Gefühl dachte, das für ihn nur noch ein Wort war. Ehrgeiz, dieser unbezähmbare Wunsch, das zu fordern, was er in der Schlacht, was er durch seine Opfer und seine Wunden, durch jene Säbelnarbe quer über seine Stirn gewonnen hatte. Und Don Gamaliel konnte lesen, was in den Augen des Fremden geschrieben stand.
Er ging zum Schreibtisch und holte die Liste seiner Schuldner; der Fremde verzog keine Miene. Um so besser. Auf diese Art würden sie einander gut verstehen. Vielleicht würde es nicht nötig sein, unangenehme Einzelheiten zu erwähnen; vielleicht ließ sich alles auf elegantere Weise lösen. Der junge Soldat hatte rasch den

Stil der Macht begriffen, und mit dieser Auffassung ein Erbe anzutreten, würde das Bevorstehende erleichtern.

»Hast du nicht gesehen, wie er mich angestarrt hat?« rief das junge Mädchen, nachdem sich ihr Gast verabschiedet hatte. »Hast du nicht bemerkt, was er wollte . . . diese schamlosen Augen?«

»Ja, ja«, sagte der alte Mann und streichelte sie beruhigend. »Es ist nur natürlich. Du bist sehr schön, weißt du, und du bist selten ausgegangen. Es ist nur natürlich.«

»Und ich werde nie wieder ausgehen!«

Ihr Vater zündete gemächlich eine der Zigarren an, die seinen Schnurrbart bräunlich gefärbt hatten.

»Ich dachte, du würdest verstehen«, sagte er und strich sich den Bart. Er schaukelte in seinem Korbstuhl und blickte zum Himmel. Es war eine der letzten Nächte der trockenen Jahreszeit. Das Firmament war so klar, daß er mit zusammengekniffenen Augen die wahren Farben der Sterne erkennen konnte. Das Mädchen verbarg ihr glühendes Gesicht in den Händen.

»Was hat dir Pater Paéz gesagt? Daß er ein Ketzer ist! Ein gottloser Mensch, der nichts fürchtet, weder . . . Und hast du das Märchen geglaubt, das er uns über Gonzalo erzählt hat?«

»Sachte, sachte, mein Liebes. Vermögen werden nicht immer im Schatten der Gottheit erworben.«

»Hast du das Märchen geglaubt? Warum mußte Gonzalo sterben, und dieser Señor lebt, wenn sie beide verurteilt, beide in der gleichen Zelle waren? Warum starben nicht beide? Eines weiß ich, und ich weiß es genau: was er uns erzählt hat, ist nicht wahr. Er hat diese Geschichte erfunden, um dich zu demütigen, so daß ich . . .«

Don Gamaliel hörte auf zu schaukeln. Alles löste sich so schön, so leise von selbst. Und jetzt brachte Catalina mit ihrer weiblichen Intuition alle die Einwände vor, die er selbst schon bedacht, erwogen und als belanglos verworfen hatte.

»Du hast die Phantasie deines Alters.« Er hatte sich erhoben und drückte die Zigarre aus. »Doch wenn du wünschst, daß ich offen bin, so werde ich offen sein. Dieser Mann kann uns retten. Jede andere Überlegung müssen wir beiseite schieben.«

Er seufzte und streckte die Arme aus, um die Hände seiner Tochter zu berühren.
»Denk an die letzten Jahre deines Vaters. Findest du nicht, er verdient es, ein wenig . . .«
»Ja, Papa. Ich sage nichts mehr.«
»Und denk auch an dich selbst!«
Sie senkte den Kopf. »Ja, seit dem Tag, da Gonzalo das Haus verlassen hat, wußte ich, daß früher oder später so etwas geschehen mußte. Wenn er noch am Leben wäre!«
»Aber er lebt nicht mehr.«
»Ich denke nicht an mich. Wer weiß, woran ich denke?«
Don Gamaliel hielt die Lampe hoch, und sie folgten ihrem Lichtkegel durch die kühlen alten Räume. Wirre Erinnerungen bestürmten das Mädchen: Da waren die gespannten, verschwitzten Gesichter von Gonzalos Schulfreunden, die sich zu langen Diskussionen im hinteren Zimmer trafen; da war das eigensinnige wache, angstvolle Gesicht ihres Bruders und sein nervöser Körper, der manchmal fast unwirklich schien; sein Sinn für die Annehmlichkeiten des Daseins: seine Freude am guten Essen, an gutem Wein und an Büchern – alles Neigungen, die er in heftigen Zeiten des Zornes verabscheut hatte. Da waren die Kälte ihrer Schwägerin Luisa und die heftigen Wortwechsel, die unvermittelt abbrachen, wenn sie – damals noch ein kleines Mädchen – ins Wohnzimmer kam. Das Schluchzen, das im Gelächter erstickte, mit dem Luisa die Nachricht von Gonzalos Tod aufgenommen hatte. Luisas schweigende Abreise im kalten Morgenlicht, als sie glaubt, das ganze Haus schliefe noch. Doch die inzwischen Halbwüchsige hatte hinter den Rouleaus des Wohnzimmers gestanden und den steifen Hut, den Rohrstock und die harte Hand des Mannes gesehen, der Luisas Hand genommen hatte, um ihr mit dem kleinen Kind in den dunklen Wagen zu helfen, der schon mit dem Gepäck der Witwe beladen war.
Sie konnte den Tod ihres Bruders rächen – Don Gamaliel küßte sie auf die Stirn und öffnete die Tür zu ihrem Schlafzimmer –, wenn sie diesen Fremden umarmte, ohne ihm die Zärtlichkeit zu geben, die er bei ihr suchen würde. Sie würde ihn bei lebendigem

Leibe langsam morden, würde Bitterkeit destillieren, bis er vergiftet wäre. Prüfend besah sie sich im Spiegel, doch vergebens suchte sie nach Veränderungen, die dieser Entschluß in ihrem Gesicht zurückgelassen hätte. Und damit wären auch ihr Vater und sie selbst dafür gerächt, daß Gonzalo sie verlassen, daß er sie seinem verrückten Idealismus geopfert hatte: indem sie ihren gerade zwanzigjährigen Mädchenkörper – warum weinte sie Tränen des Selbstmitleids, warum beweinte sie ihre Jugend? – diesem Mann auslieferte, der Gonzalos letzte Stunden geteilt hatte, Stunden, an die sie nicht denken konnten, ohne ihr Selbstmitleid zu unterdrücken, und indem sie sich ihrem toten Bruder zuwandte, ohne zorniges Schluchzen und ohne eine Miene zu verziehen; und wenn ihr niemand die Wahrheit sagte, dann würde sie sich an das klammern, was sie dafür hielt. Sie zog ihre schwarzen Strümpfe aus. Als ihre Hände über ihre Beine strichen, schloß sie die Augen; sie brauchte nicht länger an den rauhen, kräftigen Fuß zu denken, der sie während des Essens gesucht hatte und in ihr ein fremdes, unzähmbares Gefühl erregt hatte. Vielleicht war ihr Körper nicht das Werk Gottes, sondern das Werk anderer Körper, doch ihr Geist – sie neigte den Kopf und preßte ihre verschlungenen Finger gegen die Stirn – kam von Gott. Sie würde nicht zulassen, daß ihr Körper – hungrig nach Zärtlichkeit – dem Weg der Lust und der Selbstvergessenheit folgen würde, wenn ihr Geist es anders befahl. Sie schlug die Decke zurück und schlüpfte mit geschlossenen Augen ins Bett. Dann streckte sie die Hand aus, löschte das Licht und zog das Kissen über den Kopf. Sie brauchte nicht daran zu denken. Nein, sie brauchte nicht daran zu denken, mehr gab es nicht dazu zu sagen. Sie würde jetzt jenen anderen Namen nennen... sie konnte ihrem Vater von ihm erzählen. Nein, nein, es war sinnlos, ihren Vater zu demütigen. Nächsten Monat oder vielleicht noch früher würde der Fremde im Genuß des Geldes, des Landes und des Körpers von Catalina Bernal sein: was gab es da noch zu sagen? Ramón? Nein, jetzt nicht diesen Namen. Jetzt nicht. Sie schlief.

»Sie haben es selbst gesagt, Don Gamaliel«, sagte der Fremde, als er am nächsten Tag wieder kam. »Sie können die Entwicklung nicht aufhalten. Geben Sie schon den Bauern diese Felder. Schließlich ist es doch nur trockenes Land mit sehr geringen Erträgen. Wir teilen es so unter die Indianer auf, daß sie gerade etwas für ihren eigenen Bedarf anbauen können. Und Sie werden sehen, wenn sie uns verpflichtet sind, überlassen sie die Arbeit auf den kleinen Äckern ihren Frauen und kommen wieder zu uns, um auf unseren bewässerten Feldern zu arbeiten. Schauen Sie: Sie werden zum Helden der Landwirtschaftsreform, und es kostet Sie nichts.«

Der alte Mann beobachtete ihn mit einem belustigten Lächeln, das sein Bart verdeckte. »Haben Sie schon mit meiner Tochter gesprochen?«

»Ja, Señor.«

Sie konnte sich nicht beherrschen: ihr Kinn zitterte, als seine Hand näher kam, um ihren gesenkten Kopf mit den geschlossenen Augen zu heben. Zum erstenmal berührte er diese milchige, glatte Haut. Die durchdringenden Gerüche des *Patio* umgaben sie: der Geruch verrottender Erde und der Duft von Pflanzen und Kräutern, die fast in Feuchtigkeit erstickten. Er würde sie lieben. Als er sie berührte, wußte er, daß er sie lieben würde. Und er würde ihr klarmachen, daß seine Liebe echt war, obwohl der Schein dagegen sprach. Er würde sie lieben, wie er zuvor, wie er das erstemal geliebt hatte: er war erfahrener Meister jener Zärtlichkeit. Wieder berührte er ihre heiße Wange. Sie fühlte diese unbekannte Hand auf ihrer Haut, und doch konnte ihre starre Beherrschung die Tränen zwischen ihren Wimpern nicht verhindern.

»Du wirst nicht enttäuscht sein. Du wirst keinen Grund zur Klage haben«, murmelte der Mann und näherte sein Gesicht den Lippen, die seiner Berührung auswichen. »Ich weiß, wie man dich lieben muß.«

»Wir sind Ihnen zu Dank verpflichtet . . . daß Sie zu uns gekommen sind«, erwiderte sie mit fast unhörbarer Stimme.

Er öffnete seine Hand und strich über ihr langes Haar. »Du verstehst doch? Du wirst an meiner Seite leben. Du mußt vieles vergessen. Ich mische mich nicht in deine Angelegenheiten. Du jedoch mußt mir versprechen, nie wieder . . .«

Sie hob den Kopf, und ihre Augen verengten sich in einem nie gefühlten Haß. Plötzlich war ihr Mund wie ausgetrocknet. Wer war dieser Mann? Wer war dieses Ungeheuer, das alles wußte, alles ergriff und alles zerstörte?
»Schweig!« sagte das Mädchen und befreite sich von seiner Hand.
»Ich habe mit ihm geredet. Er ist ein Schwächling. Er würde dich nie richtig lieben. Er ließ sich sehr leicht einschüchtern.«
»Nein, er ist nicht so stark wie du! Er ist kein solches Tier wie du.«
Er nahm sie beim Arm, lächelte und preßte ihre Faust.
»Der kleine Ramón verläßt Puebla. Du wirst ihn nie wieder sehen.«
Sie riß sich los und rannte zu den roten Vogelkäfigen: die Vögel sangen, und unter dem ungerührten Blick des Mannes öffnete sie ein Türchen nach dem anderen. Ein Kardinal erschien und flog auf. Die Lerche – sie war an ihr Wasser und ihre Körner gewöhnt – wollte nicht fort. Das Mädchen hob den Vogel auf ihren kleinen Finger, küßte seinen Flügel und warf ihn in die Luft. Als der letzte Vogel davongeflogen war, schloß sie die Augen und ließ zu, daß der Mann ihren Arm nahm und sie in die Bibliothek führte, wo Don Gamaliel wartete – geduldig wie immer.

Ich fühle Hände, die mich unter den Achseln fassen und hochheben, um mich bequemer in die weichen Kissen zu betten, und das kühle Leinen ist wie Balsam für meinen glühenden und fröstelnden Körper. Ich fühle Hände. Doch als ich die Augen öffne, sehe ich die Zeitung, deren ausgebreitete Seiten das Gesicht des Lesers verbergen. Da – denke ich – ist die *Vida Mexicana,* und sie wird jeden Tag da sein, keine Macht auf Erden kann dies verhindern. Teresa – denn sie ist es – läßt die Zeitung beunruhigt sinken.
»Ist etwas? Geht es dir schlechter?«
Ich beruhige sie mit einer Handbewegung, und sie vertieft sich wieder in die Zeitung. Nein, es geht mir nicht schlechter. Ich fühle

mich so zufrieden, als hätte ich einen phantastischen Witz gemacht. Vielleicht wäre es überhaupt der Witz meines Lebens, wenn ich mein Testament in meiner Zeitung veröffentlichen ließe und wenn darin die Wahrheit über mein Experiment mit der Pressefreiheit stünde. Nein, ich ereifere mich zu sehr, in meinen Eingeweiden ist wieder das Stechen. Ich taste hilfesuchend nach Teresa, doch sie ist in ihre Lektüre versunken. Vorhin sah ich den Tag hinter den großen Fenstern verblassen und hörte das barmherzige Geräusch von Vorhängen. Jetzt, im Zwielicht dieses Schlafzimmers mit seiner gewölbten Decke und seinen Eichenschränken, kann ich die Gesichter am anderen Ende des Raumes nicht leicht unterscheiden. Das Zimmer ist groß, doch sie kann ich sehen: steif sitzt sie da, mit farblosem Gesicht, das Spitzentaschentuch zwischen den Fingern. Vielleicht hört sie nicht, wie ich murmle:
»An jenem Morgen wartete ich auf ihn. Voller Glück. Wir ritten durch den Fluß.«
Und jener Fremde, glatt rasiert und mit den schwarzen Brauen, ist neben mir und verlangt, ich solle bereuen, und er bietet mir die Schlüssel zum Himmel, während ich an den Zimmermann und die Jungfrau denke.
»Was sagen Sie? Betrunken und doch reuig?«
Ich habe ihn erschreckt. Doch Teresa verdirbt alles, indem sie bitter sagt: »Dann lassen Sie ihn, Vater, lassen Sie ihn. Sehen Sie nicht, daß wir nichts tun können? Wenn er es nicht anders will, dann lassen Sie ihn so sterben, wie er gelebt hat: kalt und spöttisch.«
Der Priester macht ihr ein Zeichen, sie solle zurücktreten. Er nähert seine Lippen meinem Ohr, fast küßt er mich. »Sie brauchen uns nicht zu hören.«
Es gelingt mir zu knurren: »Dann tun Sie mir einen Gefallen und versuchen Sie, diese alten Vetteln zu erlösen.«
Er steht auf, und die Stimmen der beiden Frauen sind voller Mißbilligung, als sie ihn beim Arm nehmen. Padilla kommt, und sie sehen es nicht gern.
»Nein, Señor Padilla. Wir können es nicht zulassen.«
»Es ist eine langjährige Gewohnheit, Señora.«

»Dann übernehmen Sie die Verantwortung.«
»Don Artemio . . . Don Artemio . . . ich habe heute morgen das Tonband gebracht . . .«
Ich nicke. Ich versuche zu lächeln. Immer der gleiche. Ein vertrauenswürdiger Mann, dieser Padilla.
»Die Steckdose ist neben dem Toilettentisch.«
»Danke.«
Ja, das ist meine Stimme, meine Stimme von gestern – gestern oder heute morgen? Ich kann mich jetzt nicht entsinnen. Ich spreche mit Pons, meinem Chefredakteur – ah, wie das Band kreischt, leg es fest ein, Padilla, laß meine Stimme rückwärts ablaufen, sie schnattert wie ein Papagei. So, da bin ich wieder:
Wie sieht die Lage aus, Pons?
Schlecht, aber im Augenblick kein Anlaß zur Sorge.
Gut, dann bringen wir es jetzt ins Blatt. Schlag hart zu. Halte nichts zurück.
Wie Sie wollen, Don Artemio!
Es ist besser, die Öffentlichkeit ist gut vorbereitet.
Wir haben uns so viele Jahre damit geplagt.
Ich will die erste Seite sehen und alle Leitartikel. Kommen Sie damit zu mir, egal wann.
Alles wird gut zusammenstimmen. Decken Sie die rote Verschwörung auf. Ausländischer Einfluß, der den Kern der mexikanischen Revolution zerstört.
Diese gute alte mexikanische Revolution!
Arbeiterführer von ausländischen Agenten manipuliert. Tambroni geht zum Angriff über. Blanco gibt für uns eine hübsche Spalte ab: der Gewerkschaftsführer wird mit dem Antichrist identifiziert. Beißende Karikaturen . . . Wie fühlen Sie sich?
Nun, nicht besonders, nicht besonders. Das Übliche, es geht schon vorüber. Ja, wenn wir noch einmal so wie früher wären, eh?
Ja, so wie früher.
Mr. Corkery soll hereinkommen.
Ich huste auf dem Tonband. Ich höre, wie sich eine Türe in den Angeln bewegt, wie sie erst auf- und dann zugeht. Ich fühle, daß sich nichts in meinem Bauch bewegt, nichts, gar nichts, die Gase

entweichen nicht, so sehr ich mich auch anstrenge. Aber ich sehe die Frauen. Sie sind zurückgekommen. Die Türe schließt sich hinter ihnen, und ihre Schritte sind lautlos auf dem dicken Teppich. Sie haben die Fenster geschlossen.
»Macht das Fenster auf!«
»Nein, wenn du dich jetzt erkältest, wird es noch schlimmer.«
»Macht . . .«
Are you worried, Mr. Cruz?
Ziemlich. Bitte setzen Sie sich, und ich erkläre Ihnen alles. Etwas zu trinken? Rollen Sie bitte den Servierwagen herüber. Ich fühle mich nicht sonderlich wohl.
Ich höre das Geräusch der kleinen Räder, das Klirren von Flaschen.
You look okay.
Eis fällt in ein Glas. Sodawasser zischt.
Passen Sie auf: ich erkläre Ihnen die Lage, für den Fall, daß die anderen sie nicht verstanden haben. Sagen Sie im Hauptbüro, wenn die sogenannte Bewegung zur Säuberung der Gewerkschaft siegt, können wir den Schwanz einziehen.
Schwanz einziehen?
»Stell das Ding ab!« schreit Teresa und geht zum Tonbandgerät. »Was für eine vulgäre Ausdrucksweise . . .!«
Es gelingt mir, die Hand zu bewegen und eine Grimasse zu schneiden. Ein paar Worte entgehen mir.
. . . schlagen die Eisenbahngewerkschaftler vor?
Jemand niest heftig. Wer?
. . . sagen Sie den Gewerkschaften, sie sollen nicht so naiv sein zu glauben, wir würden uns mit einer demokratischen Bewegung einlassen, um eine korrupte Führungsspitze loszuwerden. Nein.
I'm all ears, Mr. Cruz.
Ja, es war wohl der Gringo, der niesen mußte. Hah-hah.
»Nein, wenn du dich jetzt erkältest, wird es noch schlimmer.«
»Macht . . .«
Ich, aber nicht nur ich, sondern auch andere Menschen können in den Düften, die der Wind bringt, das hergewehte Aroma anderer Mittage atmen: ich kann riechen, kann Gerüche entdecken,

die weit weg sind von diesem kalten Schweiß, von diesen verfluchten Gasen. Sie sollen das Fenster öffnen. Ich kann atmen, was ich will, kann mich damit unterhalten, die verschiedenen Gerüche zu unterscheiden, die der Wind zu mir bringt: ja, Herbstwälder; ja, verbranntes Laub; ach ja, reife Pflaumen; ja, ja, faulige Tropenpflanzen; ja, Salzlager; Ananas, welche das Buschmesser gespalten hat; Tabak, der im Schatten hängt; Rauch von Lokomotiven; Wellen des offenen Ozeans; schneebedeckte Pinien; ah, Metall und Dünger: so viele Gerüche, die dieser ewige Hauch zu mir trägt. Aber nein, nein, sie lassen mich nicht atmen, wie ich will. Sie setzen sich wieder, sie stehen auf und laufen herum, sie setzen sich zusammen, als wären sie ein Schatten, als könnten sie nicht getrennt denken und handeln, sie setzen sich wieder, gleichzeitig, mit dem Rücken zum Fenster, um mich von der frischen Luft abzuschließen, um mich zu ersticken, um mich zu zwingen, daß ich die Augen schließe und mich erinnere, weil sie mich nicht atmen lassen. Verfluchte Weiber, wie lange habt ihr gewartet, bis ihr einen Priester geholt habt, der mir Schuldbekenntnisse entreißen und damit meinen Tod beschleunigen sollte? Und da ist sein glattes Gesicht, und er liegt auf den Knien und müht sich noch immer. Ich versuche, ihm den Rücken zuzukehren, doch der Schmerz in meinen Rippen ist zu stark. Ayyy. Jetzt ist er wohl fertig und hat mir die Absolution erteilt. Ich möchte schlafen. Das Stechen in meinem Bauch fängt wieder an. Ahhh – und die Frauen. Nein, nicht diese. Die Frauen. Frauen, die besänftigen. Ja. Nein. Ich weiß nicht. Ich habe dein Gesicht vergessen, das liebte. O Gott, ich habe dies Gesicht vergessen. Nein, ich darf es nicht vergessen. Wo ist es? Ah, dies Gesicht war so wundervoll, so wundervoll, wie kann ich es vergessen? Ahhh. Ich liebte dich, wie kann ich dich vergessen? Wer bist du, bitte, wer bist du? Ich möchte an dich glauben, mit dir schlafen, wo bist du, wie kann ich dich zu mir rufen? Was? Warum? Noch eine Spritze? Aber warum? Nein, nein, laßt mich an etwas anderes denken, schnell, etwas anderes, denn es tut weh, tut weh, weh.

Du wirst die Augen schließen und merken, daß die Lider nicht undurchlässig sind und daß – auch wenn du sie schließt – Licht auf deine Netzhaut fällt, Sonnenlicht, das von dem offenen Fenster gerahmt wird, und deine geschlossenen Augen verwischen alle Einzelheiten, verändern Schatten und Farbe, ohne das Bild selbst auszulöschen; die Helligkeit der Kupfermünze, die du gegen Abend ausgeben wirst. Du wirst die Augen schließen, und wieder wirst du sehen, doch nur das, was dich dein Gehirn sehen läßt: mehr und doch weniger als die Welt: du wirst die Augen schließen, und die wirkliche Welt wird nicht länger mit der Welt deiner Vorstellungen wetteifern. Du wirst die Augen schließen, und das unbewegliche, unveränderliche, stets gleiche Sonnenlicht wird dir eine neue Welt erschaffen, eine Welt, die sich hinter deinen Lidern bewegt: bewegtes Licht, das dich ermüden, erschrekken, verwirren, beglücken oder betrüben kann. Hinter deinen geschlossenen Lidern wirst du wissen, daß die Gewalt des Lichtes, das bis auf den Grund deiner Augen dringt, unbekannte und vom Willen völlig unabhängige Empfindungen wecken kann; und trotzdem wirst du deine Augen schließen und eine vorübergehende Blindheit erzeugen. Du kannst nicht deine Ohren schließen, um Taubheit zu erzeugen; du kannst nicht aufhören zu berühren, selbst wenn du nur die Luft berührst; du kannst dir nicht das Ende aller Empfindungen vorstellen, du kannst nicht den Speichel aufhalten, der deine Zunge und deinen Gaumen befeuchtet, noch kannst du den Gerüchen entfliehen oder das mühsame Auf und Ab deiner Brust einstellen, das deine Lungen und dein Blut belebt: du kannst keinen teilweisen, keinen versuchsweisen Tod sterben, du wirst immer sehen, immer fühlen, schmekken, riechen und hören. Du wirst aufschreien, wenn sie deine Haut mit einer hohlen Nadel durchstechen, die mit einer betäubenden Flüssigkeit gefüllt ist: du wirst aufschreien, lange bevor du den Schmerz fühlst. Die Nachricht von dem Schmerz eilt dem Schmerz selbst voraus ins Gehirn, um dich auf den Schmerz vorzubereiten, um dich vor ihm zu warnen, so daß du empfänglicher für ihn wirst, daß du ihn bewußter aufnimmst: denn die Bewußtheit schwächt uns, wir werden durch unsere Bewußtheit zu

Opfern, wenn wir uns des Schmerzes bewußt werden, der uns nicht befragt, da er nichts von uns weiß:
Und du fühlst dich gespalten in einen, der aufnimmt, und einen, der danach handelt: in einen wahrnehmenden Teil und einen tätigen Teil, ein Mensch mit Organen, die ein Gefühl durch Millionen winziger Fasern weiterleiten, bis zum äußersten Teil deiner Großhirnrinde, bis zur runzeligen Oberfläche deiner oberen Gehirnhälfte, wo einundsiebzig Jahre lang die Farben der Welt, die Berührungen der Körper, die Gerüche und Düfte der Erde, die Geräusche des Windes aufgenommen, gespeichert, ausgebreitet, zerlegt und wieder zusammengesetzt wurden, um von dort an das Bewegungszentrum, das Nervensystem, die Drüsen und Muskeln weitergeleitet zu werden, an alle Organe, die deinen Körper bewegen und das kleine Stück Welt verändern, das dich zufällig umgibt:
doch in deinem Halbschlaf wird der Nerv, der Lichtimpulse mitteilt, mit dem Gesichtszentrum deines Gehirns nicht in Verbindung stehen; du wirst die Farben eher hören als sehen, so wie du Berührungen schmecken, Gerüche berühren und Geräusche riechen wirst, und du wirst deine Arme weit ausbreiten, um nicht in den Abgrund des Chaos zu stürzen, um die vertraute Ordnung des Empfindens wiederzufinden, die Ordnung, die ein Ereignis registriert und über die Nerven als Gehirn weiterleitet, um es von dort wieder über die Nerven zurück zu den Muskeln zu bringen und noch einmal wirksam, noch einmal Ereignis werden zu lassen. Du wirst deine Arme ausbreiten, und hinter deinen geschlossenen Augen wirst du Farben aus deinem Geiste sehen, und schließlich wirst du die Ursache der Berührung fühlen – nicht sehen, sondern hören –: es sind die Bettlaken, die du krampfhaft zwischen deinen Fingern reibst. Du wirst deine Hände öffnen und bemerken, daß deine Handflächen feucht sind, und vielleicht wirst du daran denken, daß diese Handflächen bei deiner Geburt leer waren und ohne die Linien des Lebens, des Glücks und der Liebe; mit glatten Handflächen wurdest du geboren, wirst du geboren werden; doch daß du geboren worden bist, ist schon genug, um diese unbeschriebenen Oberflächen in wenigen Stunden mit Linien und Vorzeichen zu füllen. Und sterben wirst du mit klaren, tiefen

Linien in den Handflächen, doch daß du gestorben bist, ist schon genug, um in wenigen Stunden alle Spuren auf den Flächen zu verwischen, und deine Hände sind wieder ohne Vergangenheit und Zukunft;

Chaos: es kennt keinen Plural

Ordnung, Ordnung: du wirst dich an deine Laken klammern und leise, für dich, noch einmal die Empfindungen wachrufen, welche die ordnende und klärende Kraft deines Geistes für dich bewahren und hervorbringen wird. Unter gewaltigen Mühen wirst du die Teile deines Gehirns ausmachen, die Hunger, Durst, Schweiß, Fieberschauer, Gleichgewicht und Schwindel anzeigen: du wirst sie in der unteren Hälfte ausmachen, in der niedrigeren, dienenden Hälfte, welche die lebensnotwendigen Aufgaben erfüllt und damit den anderen Teil für Denken, Vorstellen und Begehren freihält: Kind der List, der Notwendigkeit und des Zufalls, für dich wird die Welt nie einfach sein, du kannst sie nicht untätig kennenlernen, sondern mußt immer reflektieren, damit dich nicht die geballten Gefahren vernichten; mußt dir immer etwas einfallen lassen, damit du dich nicht reinen Vermutungen auslieferst, und du mußt immer etwas begehren, damit dich nicht das Gewebe aus Ungewißheit zu Boden reißt: du wirst überleben:

du wirst dich erkennen:

du wirst andere erkennen, und du wirst dich anderen – und ihr! – zu erkennen geben; und du weißt, daß du jedem einzelnen feindlich gegenüberstehst, weil jeder ein weiteres Hindernis für dein Begehren ist;

du wirst begehren, und wie sehr wünschst du, daß dein Verlangen und sein

Gegenstand ein und dasselbe seien; wie sehr träumst du von unmittelbarer Erfüllung;

du wirst mit geschlossenen Augen ruhen, aber unaufhörlich wirst du sehen, und unaufhörlich wirst du begehren. Die Begierde wird dich wieder zur Erinnerung führen, und du wirst dich erinnern, wirst weiter und weiter zurückgehen, nie vorwärts, um die Begier zu stillen:

denn Erinnerung ist gestillte Begier:

und mit der Erinnerung wirst du überleben, bevor es zu spät wird,
bevor das Chaos die Erinnerung auslöscht.

913: 4. Dezember

Er fühlte ihre feuchte Kniekehle an seinen Lenden. Frisch und leicht, so schwitzte sie immer: als er seinen Arm unter ihr wegzog, fühlte auch er sich feucht an. Er streckte seine Hand aus, um ihren Rücken langsam und schlaftrunken zu streicheln: stundenlang konnte er so verharren, nur damit beschäftigt, ihren Rücken zu liebkosen. Als er die Augen schloß, dachte er an die liebende Unendlichkeit dieses jungen Körpers, der sich fest an ihn schmiegte. Ein ganzes Leben würde nicht ausreichen, diese sanft geschwungene Landschaft mit ihren schwarzen und rosigen Stellen zu erforschen und kennenzulernen. Ihr Körper wartete neben ihm, und er streckte sich wortlos, blicklos, bis er die Eisenstäbe des Bettes mit den Zehen- und Fingerspitzen berührte. Die Dämmerung war noch fern. Sie lebten im schwarzen Kristall der Nacht. Das Moskitonetz schloß sie von der Außenwelt ab. Er schlug die Augen auf. Ihre Wangen berührten sich, und sein struppiger Bart kratzte die Haut des Mädchens. Ihre großen, halb offenen Augen leuchteten trotz der Dunkelheit. Er atmete heftig. Reginas Hände verschlangen sich hinter seinem Nacken, und ihre beiden Körper berührten sich wieder in ihrer ganzen Länge. Die Hitze ihrer Schenkel verschmolz zu einer einzigen Flamme. Er seufzte: das Schlafzimmer mit gestärkten Blusen und Röcken, mit aufgeschnittenen Quitten auf dem Nußbaumtisch, mit gelöschtem Kerzenlicht. Und neben ihm der feuchte, weiche Meereshauch dieser Frau. Ihre Fingernägel kratzten zwischen den Laken, sie zog wieder leicht die Beine hoch, um seinen Körper zu umklammern. Ihre Lippen suchten seinen Hals. Die Spitzen ihrer Brüste zitterten, als seine Lippen und der struppige, geteilte Bart sie streifte. Wenn sie redete, legte er seine Hand auf ihre Lippen und fühlte ihren Atem. Ohne Sprache, ohne Augen, nur das stumme Fleisch, seiner eigenen Lust hingegeben. Sie verstand. Sie preßte sich gegen ihn. Ihre Hand glitt zu seinem Geschlecht, und die seine berührte ihre feste Scham, fast haarlos wie die eines Kindes. Er dachte daran, wie sie nackt vor ihm gestanden war, jung und hart, solang sie sich nicht rührte, aber biegsam und weich, wenn sie ging, um sich unbeobachtet zu waschen, um die Vorhänge zurückzuziehen, um das Feuer im Kohlenbecken zu schüren. Wieder sanken sie in Schlaf. Nur ihre Hände, eine Hand, bewegte sich in ihrem lächelnden Traum.

Ich werde dir folgen.

Wo wirst du leben?

Ich werde in jede Stadt schlüpfen, bevor sie erobert wird, und dort werde ich auf dich warten.

Wirst du alles zurücklassen?

Alles, außer ein paar Kleidern. Du gibst mir Geld, daß ich Obst und etwas zu essen kaufen kann, und dann warte ich auf dich. Wenn du in eine Stadt kommst, werde ich schon da sein. Mit dem Kleid, das ich habe.

Dieser Rock lag jetzt in dem gemieteten Zimmer über dem Stuhl. Es machte ihm Freude, ihn beim Aufwachen zu berühren, und ebenso ihre anderen Sachen: die Kämme, die kleinen schwarzen Schuhe, die winzigen Ohrringe auf dem Tisch. In solchen Augenblicken hätte er ihr gerne mehr geboten als diese flüchtigen Tage schwieriger Begegnungen und unvermeidlicher Trennungen. Und manchmal würden sie wochenlang nicht zusammen sein: ein plötzlicher Befehl, die Notwendigkeit, den Feind zu verfolgen, oder eine Niederlage, die sie zwang, wieder nach Norden kehrt zu machen. Wie ein Sturmvogel schien sie fähig, die Gezeiten der Revolution vorauszuahnen, trotz des raschen Wechsels von Ebbe und die Flut der Schlachten, und geduldig ging sie von *Pueblo* zu *Pueblo*, fragte nach dem Bataillon und achtete auf die Antworten alter Männer und Frauen, die daheim geblieben waren:

Sie sind hier vor etwa vierzehn Tagen durchgezogen.

Keiner soll am Leben geblieben sein.

Wer weiß, vielleicht kommen sie zurück. Sie haben welche von ihren Geschützen vergessen.

Gib auf die Bundestruppen acht. Sie lesen jeden auf, der etwas mit den Aufständischen zu tun hat.
Und so wie jetzt würden sie sich wieder treffen. Das Zimmer wäre bereit, mit Früchten – frischen Quitten – und etwas zu essen, ihr Rock über einen Stuhl geworfen, alles bereit, um keine Minute zu verlieren. Er würde ihr zusehen, wie sie hin und her ging, das Bett richtete und die Haare herunterließ. Dann würde er ihr die letzten Kleider ausziehen und vor ihr knien, während sie stand, würde ihren ganzen Körper küssen, seine Lippen würden ihn erforschen, würden ihre Haut schmecken, würden das Beben dieses stehenden, erregten Kindes aufnehmen, bis Regina schließlich seinen Kopf zwischen die Hände nehmen würde, daß er anhielte, verweilte, seine Lippen an einer Stelle ließe. Und er würde aufstehen, während sie noch immer seinen Kopf hielt. Sie würde seufzen, und wenn sie matt wurde, trug er sie zum Bett.
Artemio, werde ich dich wiedersehen?
Frag nicht. Denk nur daran, daß wir uns zumindest einmal begegnet sind.
Und sie fragte nie wieder. Sie schämte sich, daß sie einmal gedacht hatte, ihre Liebe könne enden oder sei meßbar wie die Zeit der anderen Dinge. Nichts brauchte sie außer ihrer Liebe zu kümmern. Sie trafen sich während der kurzen Tage der Ruhe, wenn ein *Pueblo* erobert war und das Bataillon haltmachte, um sich wieder zu erholen, um sich zu zeigen, wo vorher Diktatur geherrscht hatte, um sich Proviant zu besorgen und den nächsten Angriff vorzubereiten. So hatten sie beide es beschlossen, ohne ein Wort oder einen Gedanken an die Gefahren des Krieges oder die Zeit der Trennung zu verschwenden. Wenn einer nicht an dem nächsten Treffpunkt erschien, ging jeder wortlos seines Weges, er nach dem Süden, zur Hauptstadt, sie zurück zum Norden, zur Küste, wo er sie gefunden und geliebt hatte.
Regina . . . Regina . . .
Erinnerst du dich noch an den Felsen, der sich wie ein Steinschiff ins Meer warf? Er muß noch immer da sein.
Dort habe ich dich getroffen. Bist du oft dorthin gegangen?
Jeden Nachmittag. Zwischen den Felsen ist eine kleine Lagune,

und man kann sich im stillen Wasser spiegeln. Eines Tages sah ich ins Wasser, und dein Gesicht erschien neben dem meinen. Nachts spiegelten sich die Sterne im Meer und tags die glühende Sonne.
Ich wußte an jenem Nachmittag nicht, was tun. Wir hatten gekämpft, und plötzlich brach der Gegner zusammen und ergab sich, und von einem Augenblick zum anderen wurde es friedlich. Ich dachte wieder an friedliche Dinge und ging zum Meer, wo ich dich auf jenem Felsen fand. Mit nassen Füßen.
Und ich wollte es auch. Du warst neben mir, dicht neben mir, und hast dich im gleichen Wasser gespiegelt. Hast du gemerkt, daß ich es auch wollte?
Die Dämmerung zögerte, ein grauer Schleier lag über dem Schlaf ihrer Körper, und sie hielten sich nur bei den Händen gefaßt. Er wachte zuerst auf und betrachtete sie. Ihr Schlaf war der zarteste Faden aus dem Gespinst der Jahrhunderte. Schlaf, Zwilling des Todes. Sie hatte die Beine angezogen, ihr freier Arm lag über seiner Brust, und ihre Lippen waren feucht. Sie liebten sich gern in der Morgendämmerung, sie feierten so den neuen Tag. Das graue Licht zeichnete kaum die Umrisse von Reginas Körper nach. In einer Stunde würden sie die Geräusche des *Pueblo* hören; jetzt war nur ihr Atem da, sie allein lebte in dieser schlafenden Welt. Nichts hatte ein Recht, sie zu wecken, außer einem anderen Glück, größer noch als das heitere Glück ihres Schlafes. Hatte er das Recht, diesen dunklen, zusammengerollten Körper, der sich von dem weißen Tuch abhob, zu wecken? Seine Phantasie übersprang die Vereinigung, und er betrachtete sie, als schliefe sie schon danach. Wann ist das Glück größer? Er streichelte Reginas Brüste und dachte an ihre neue Umarmung, die gleiche Umarmung; doch die Freude wurde des Erinnerns müde, und wieder wuchs die Begierde und drängte zu einem neuen Liebesakt: Glück. Er küßte ihr Ohr und sah ganz nah ihr erstes Lächeln. Ihre Hand spielte wieder mit ihm. Unter seinen Fingern blühte ihre Begierde, wurde feucht, und ihre Beine suchten seine Lenden. Ihre Hände wußten alles. Seine Erektion glitt aus ihren Fingern und zuckte mit ihnen, die Schenkel spreizten sich bebend und weit, und hart drang der Penis in sie ein, gestreichelt und bald umgeben von

zitterndem Pulsen und festgehalten von weichem und liebendem Druck. Sie wurden irdische Verbindung, Saat der Vernunft, zwei Stimmen in der Stille, die drinnen alle Dinge mit Namen tauften, drinnen dachte er an alles außer dem einen, dachte, zählte, dachte an nichts, damit es nicht zu Ende sei, wollte sich an Meer, Sand, Wind, an Früchte, Häuser, Tiere, Fische und Saaten erinnern, damit es nicht aufhöre: dann hob er das Gesicht mit geschlossenen Augen, und die Adern an seinem Hals waren geschwollen und gespannt, und Regina verlor sich und antwortete schwer atmend, mit verzerrtem Gesicht und lächelnden Lippen: ja, ja, es gefalle ihr, ja, sie sei bereit, nicht aufhören, ja, weiter, weiter, niemals aufhören, ja, und dann die Entdeckung, daß für beide sich alles im gleichen Augenblick ereignet hatte, ohne daß eines das andere hätte ansehen können, da sie eins waren und die gleichen Worte sagten:

»Jetzt bin ich glücklich.«

»Jetzt bin ich glücklich.«

»Ich liebe dich, Regina.«

»Ich liebe dich, du bist mein Mann.«

»Hab ich dich glücklich gemacht?«

»Es hört niemals auf. Es dauert und dauert. Wie du mich erfüllst.«

Und draußen auf der Straße des *Pueblo* klatschte ein Eimer voll Wasser auf den Staub, und wilde Enten kamen schnatternd am Fluß vorbei. Ein Pfiff kündigte den gewohnten und durch nichts aufzuhaltenden Gang der Dinge an: Sporen klirrten, Hufe stampften, und der Geruch von Speck und Öl drang in die Häuser. Er streckte die Hand nach dem Zigarettenpäckchen in seiner Hemdtasche aus. Regina ging zum Fenster und öffnete es weit. Sie stand dort auf Zehenspitzen und atmete tief mit ausgebreiteten Armen. Die dunkle Gebirgskette rückte in der aufgehenden Sonne immer näher. Der Geruch von Brot stieg von der Bäckerei des *Pueblo* auf, und von fern her kam Myrtenduft vermischt mit dem Gestank der verrotteten Steilufer des Flusses. Sie war nackt. Am liebsten hätte sie den Tag bei den Schultern gepackt und mit sich ins Bett gezogen.

»Willst du dein Frühstück?«
»Es ist noch früh. Laß mich die Zigarette zu Ende rauchen.«
Ihr Kopf lag wieder auf seiner Schulter. Die große, kräftige Hand streichelte wieder ihre Hüfte. Sie lächelten beide.
Als ich ein kleines Mädchen war, gab es viele herrliche Augenblicke in meinem Leben: Ferien, Feste, Sommertage und Spiele. Ich weiß nicht; als kleines Mädchen hatte ich nie etwas vermißt, aber als ich größer wurde, sehnte ich mich nach etwas anderem. Darum ging ich zum Strand. Ich dachte, es sei das beste, zu hoffen. Wie habe ich mich in diesem Sommer verändert. Ich bin kein Kind mehr.
Du bist noch immer ein Kind. Glaub mir.
Ein Kind, nach allem, was wir tun?
Er lachte und küßte sie, und sie zog die Beine hoch, daß sie aussah wie ein Vogel mit gefalteten Flügeln. Sie umschlang seinen Hals und fragte zwischen Lachen und gespieltem Weinen:
Und du?
Ich weiß nicht mehr. Ich habe dich gefunden, und ich liebe dich sehr.
Sag: Warum wußte ich gleich, als ich dich sah, daß alles andere unwichtig würde! Ich wußte, daß ich mich da entschieden hatte. Und daß mein ganzes Leben verloren wäre, wenn du an mir vorübergehen würdest. Und du?
Mir ging es genauso. Aber hast du nicht gedacht, ich wäre einer der vielen Soldaten, die sich nur ein bißchen zerstreuen wollten?
Nein. Ich hab nicht einmal deine Uniform bemerkt. Ich sah deine Augen im Wasser und wußte, daß ich sie von nun an immer neben meinen Augen erblicken würde.
»Schön! Liebes . . . geh und schau, ob wir Kaffee haben.«
Als sie sich an jenem Morgen trennten, einem Morgen gleich den anderen jener sieben Monate ihrer Liebe, fragte sie, ob die Truppe bald wieder weiter müsse. Er sagte, er kenne die Pläne des Generals nicht. Soldaten der geschlagenen Bundestruppen zogen noch immer in Banden durch die Gegend, und vielleicht mußten sie hinaus, um sie ein für allemal zu vertreiben. Auf jeden Fall würde dies *Pueblo* auch fernerhin ihr Standquartier sein, denn hier gab

es genügend Wasser und Vieh: der Ort war gut, um eine Weile zu bleiben. Sie waren sehr erschöpft von Sonora gekommen und brauchten Ruhe. Um elf Uhr mußte sich jeder beim Hauptquartier auf der *Plaza* zur Stelle melden. In jedem *Pueblo,* durch das sie kamen, untersuchte der General die Arbeitsverhältnisse, gab Erlasse heraus, die den Arbeitstag auf acht Stunden beschränkten, und verteilte Land unter die Bauern. Wenn eine *Hacienda* in der Gegend war, schickte er ein Kommando hin, um die Speicher zu verbrennen. Wenn Geldverleiher da waren – und es waren immer welche da –, erklärte er alle Schulden für null und nichtig. Der Haken an diesem eifrigen Reformprogramm war, daß bedauerlicherweise niemand zu Hause war, der die Erlasse des Generals hätte befolgen können, da fast die gesamte Bevölkerung in einem der beiden feindlichen Lager kämpfte. Unter diesen Umständen hielt der General es für das beste, den Reichen, die es in jedem *Pueblo* gab, alles Geld abzunehmen und der Revolution nach dem endgültigen Sieg die Einzelheiten der Land- und Arbeitsreform zu überlassen. Nun mußten sie nach Mexico City und den Säufer Huerta, den Mörder von Don Panchito Madero, vom Präsidentenstuhl jagen. Was es alles gibt! murmelte der junge Offizier, als er sein Khakihemd in die weißen Hosen stopfte: Was es alles gibt! Von Veracruz, seiner Heimatstadt, war er nach Mexico City und von dort nach Sonora gegangen, weil ihn sein Lehrer Sebastián um etwas gebeten hatte, was ein alter Mann nicht mehr tun kann: nach Norden gehen, Waffen nehmen und Mexiko befreien. Er war damals noch ein halbes Kind, obwohl er schon fast einundzwanzig Jahre zählte. Ehrenwort, er hatte noch nicht einmal mit einer Frau geschlafen. Doch wie hätte er seinem Lehrer Sebastián eine Bitte abschlagen und ihn enttäuschen können, ihn, der ihn alles, was er konnte, gelehrt hatte: lesen, schreiben und die Priester hassen.

Regina stellte den Kaffee auf den Tisch.

»Der ist heiß!«

Es war früh. Sie gingen auf die Straße: sie in ihrem gestärkten Rock, er mit dem Sombrero aus Filz und der weißen Uniform. Sie wohnten nahe am Steilufer des Flusses, Glockenblumen hingen ins Leere, und ein Kaninchen, das der Koyote gerissen hatte, verfaulte im Laubwerk. Auf dem Grund floß ein Bach. Regina versuchte, das Wasser zu sehen, als hoffte sie, darin noch einmal den Widerschein ihres Wunschtraumes zu finden. Sie faßten sich bei der Hand. Der Weg kletterte bis an den Rand der Schlucht, und von den Bergen kam das Echo von Drosselrufen. Plötzlich ertönte Hufgetrappel, das in einer Staubwolke näher kam.

»Leutnant Cruz! Leutnant Cruz!«

Das Pferd bäumte sich mit einem einzigen trockenen Wiehern. Es war Loreto, der immer lächelnde Adjutant des Generals.

»Kommen Sie schnell«, keuchte er und wischte sich das Gesicht mit dem Taschentuch. »Wir brechen auf, gleich jetzt. Haben Sie schon etwas gegessen? Sie teilen Eier im Lager aus.«

»Ich hab schon gegessen«, sagte er mit einem Lächeln.

Sie umarmten sich, als die Staubwolke wieder aufwirbelte.

»Warte auf mich.«

»Was, glaubst du, ist geschehen?«

»Nichts Ernstes. Wahrscheinlich ein paar Plünderer in der Umgebung.«

»Du willst also, daß ich hierbleibe?«

»Ja, unternimm nichts. Ich bin heute abend oder spätestens morgen früh wieder da.«

»Artemio . . .«

»Ja?«

»Gehen wir eines Tages wieder dorthin zurück?«

»Wer weiß? Wer weiß, wie lange es noch dauert. Denk nicht daran. Weißt du, daß ich dich sehr liebe!«

»Und ich dich. Sehr. Immer, glaube ich.«

Die Truppen hatten schon die neuen Befehle erhalten, und in den Ställen und dem Hof des Hauptquartiers trafen die Soldaten mit fast ritueller Gelassenheit ihre Vorbereitungen. Sie reihten die Geschütze hintereinander auf, die von weißen, hohläugigen Maultieren gezogen wurden, es folgten die beladenen Protzen auf den Schienen, die vom Hauptquartier zum Bahnhof führten. Die Kavalleristen prüften das Zaumzeug, nahmen die Futtersäcke ab, zerrten an den Sattelgurten und streichelten die struppigen Mäh-

nen ihrer Pferde, die mit diesen geschickten Reitern sanft und langsam waren; zweihundert staubige Pferde mit zeckenbesäten Bäuchen warteten geduldig vor dem Lager: Füchse, Rotschimmel und schwarze Hengste. Infanteristen ölten ihre Gewehre und defilierten an dem grinsenden Zwerg vorbei, der die Patronen austeilte. Hüte aus dem Norden: graue Filzhüte mit hochgeschlagener Krempe. Halstücher. Um die Hüften geschnallte Patronengürtel. Selten Stiefel; Schuhe aus gelbem Leder, oft Sandalen; Drillichhosen. Hie und da – auf den Straßen, im Hauptquartier und auf dem Bahnhof – mit grünen Zweigen geschmückte Hüte, wie sie die *Yaki*-Indianer tragen. Leute von der Militärkapelle mit Trommelschlegeln in den Händen und Blechinstrumenten über den Schultern. Letzte Schlucke warmes Wasser. Teller, vollgehäuft mit Eiern und gebackenen Bohnen. Vom Bahnhof erscholl lautes Rufen und Schreien: unter rhythmischem Trommellärm fuhr ein Gestellwagen mit Mayas in die Stadt; die Indianer schwenkten bunte Bogen und grobgeschnitzte Pfeile.
Er bahnte sich den Weg durch die Menge. Drinnen, vor einer provisorisch an die Wand gehefteten Karte, erklärte der General: »Die Bundestruppen haben eine Gegenoffensive auf unsere Nachhut eröffnet, in einem Gebiet, das die Revolution schon befreit hatte. Sie wollen uns abschneiden. Heute morgen hat einer unserer Wachtposten im Gebirge gesehen, wie sich dicke Staubwolken auf die von Oberst Jiménez besetzten *Pueblos* zu bewegten. Der Oberst hat ein Signalsystem: Holzstöße werden verbrannt, falls er angegriffen wird. Wir müssen uns aufteilen. Die eine Hälfte geht über das Gebirge zurück, um Jiménez zu unterstützen. Die andere Hälfte macht diesen Banden, die wir erst gestern besiegt haben, die Hölle heiß und kundschaftet aus, ob man uns nicht wieder vom Süden angreifen will! Nur eine Kompanie bleibt in diesem *Pueblo*. Aber es ist unwahrscheinlich, daß sie so weit kommen. Major Gavilán ... Leutnant Aparicio ... Leutnant Cruz: Sie gehen nach Norden zurück.«
Die Signalfeuer brannten, als er gegen Mittag an dem Wachtposten in dem Gebirgseinschnitt vorbeikam. Unten konnte man den überfüllten Militärzug sehen: er fuhr ohne zu pfeifen, und

er war mit ihren Geschützen und Mörsern, ihren Maschinengewehren und Ausrüstungskisten beladen. Mühsam kletterte die Kavallerietruppe den steilen Abhang hinunter. Von der Bahnlinie begannen die Geschütze die *Pueblos* zu beschießen, die der Feind mutmaßlich wieder besetzt hatte.

»Schneller«, befahl er. »Das Schießen wird ungefähr zwei Stunden dauern, dann müssen wir hin und nachsehen.«

Er hat später nie begriffen, warum er damals, als die Hufe seines Pferdes endlich ebenen Grund berührten, nachdenklich den Kopf senkte und seinen Auftrag aus dem Sinn verlor. Seine Umgebung, seine Männer und die feste Absicht, seine Befehle auszuführen, alles entschwand ihm. Statt dessen erfüllte ihn eine seltsame Zärtlichkeit, ein inneres Weinen um etwas Verlorenes, und er wünschte, zu Regina zurückzukehren, um in ihren Armen alles zu vergessen. Es war, als hätte die lodernde Sonne alles vernichtet: Worte, Denken, Pflicht, die Soldaten, ja selbst das ferne Donnern der Geschütze. An Stelle der wirklichen Welt träumte er eine andere, in der nur er und Regina ein Recht auf Leben und Rettung besaßen.

Erinnerst du dich noch an den Felsen, der sich wie ein Steinschiff ins Meer warf? Er muß noch immer da sein.

Wieder sah er sie an und wollte sie küssen. Aber er fürchtete, sie zu wecken, und gehörte sie ihm nicht allein durch seinen Blick! Nur ein Mann beherrscht ihre geheimen Gedanken, dachte er, und dieser Mann besitzt sie und wird sie nie aufgeben. Wenn er Regina betrachtete, betrachtete er sich selbst. Seine Hände ließen die Zügel sinken. Die ganze Wirklichkeit, seine ganze Liebe umschloß ihr Körper, der sie beide enthielt. Er wollte umkehren, ihr dies sagen, ihr sagen, wie sehr er sie liebte ... sie sollte es wissen.

Das Pferd wieherte und bäumte sich. Er stürzte auf steinharten, dornigen Boden. Granaten der Bundestruppen regneten auf seine Kavalleristen, und als er wieder stand, sah er durch den Rauch den brennenden Bug seines Pferdes und die Leiber von vierzig oder fünfzig zu Boden gerissenen Pferden. Über ihm – nicht höher als er selbst – hing eine Wolke aus Staub und Qualm, und

er rannte deckungsuchend zu den niedrigen Bäumen, deren Zweige durch den Rauch verhüllt waren. Er erreichte ein dichtes Gestrüpp. Verworrenes Geschrei drang an sein Ohr. Ein herrenloses Pferd kam vorbei. Er sprang auf, schwang ein Bein hinüber, duckte sich hinter dem Hals und trieb das Pferd mit den Sporen zum Galopp. Seinen Kopf und seinen Oberkörper ließ er herabhängen, während er sich verzweifelt an Sattel und Zügel klammerte. Endlich erlosch das gleißende Mittagslicht; er war im Schatten, konnte die Augen öffnen, aus dem Sattel gleiten und sich bis zu einem Baumstamm rollen lassen.
Dort fühlte er es wieder. Er war von wirrem Gefechtslärm umgeben, doch zwischen ihm und dem Getöse lag eine unbestimmte Entfernung; er hörte sogar das leise Rauschen der Bäume und das flüchtige Rascheln der Eidechsen. Allein, gegen einen Baum gelehnt, fühlte er wieder das süße, warme Leben, das träge durch seine Adern floß, ein körperliches Behagen, das alle rebellischen Absichten seines Geistes verdrängte. Seine Kavalleristen? Sein Herz schlug gleichmäßig. Würden sie ihn suchen? Seine Arme und Beine durchdrang ein müdes, schlaffes und wohliges Gefühl. Was würden sie ohne seine Befehle tun? Er blickte empor und sah durch das Blätterdach eine Schar Vögel. Würden sie die Disziplin verlieren; würden auch sie fortlaufen, um sich in diesem Dickicht zu verstecken? Aber zu Fuß konnte man das Gebirge nicht mehr überqueren; er würde hier warten müssen. Und wenn er gefangen würde? Weiter kam er mit seinen Gedanken nicht: jemand wimmerte ganz nah an seinem Gesicht, ein Körper taumelte in seine Arme und brachte ihn fast aus dem Gleichgewicht. Ein roter Fetzen Fleisch baumelte von der einen Schulter. Der Verwundete flüsterte:
»Wir . . . machen . . . ihnen . . . Hölle . . . heiß.«
Er fühlte den zerschmetterten Arm über seiner Schulter, und Blut tropfte über seinen Rücken. Er versuchte das schmerzverzerrte Gesicht des Mannes wegzudrehen, dieses Gesicht mit offenem Mund und geschlossenen Augen, mit einem wirren Bart, der nicht länger als sein eigener war. Mit seinen grünen Augen hätte der Mann sein Zwillingsbruder sein können.

»Bist du geflohen? Verlieren wir? Weißt du was von den Kavalleristen? Ziehen sie sich zurück?«
»Zurück? Teufel ... nein ... wir sind vorwärts ...« Mit seinem gesunden Arm versuchte er zu deuten. Der schreckliche Ausdruck seines Gesichtes blieb stets der gleiche.
»Vorwärts? Wie?«
»Jagen sie ... Wasser, Wasser ... verdammt ... oh, verdammt ...«
Er wurde ohnmächtig und klammerte sich dabei mit merkwürdiger Kraft an den jungen Leutnant. Behutsam machte dieser sich los und ließ den bleiernen Körper, der so sehr seinem eigenen glich, zu Boden. Ein schwacher, kaum spürbarer Wind bewegte die Baumkronen. Wieder unterbrach der Geschützdonner die Stille. Er nahm den Verletzten bei seinem gesunden Arm und legte ihn auf das Wurzelgeflecht des Bodens. Er schraubte seine Feldflasche auf, nahm einen kräftigen Schluck und hielt sie dann an die Lippen des Verwundeten, bis Wasser über das geschwärzte Kinn lief. Sein Herz schlug noch immer gleichmäßig, ohne Stockungen; und wie er so neben dem Verwundeten kniete, fragte er sich, ob das Herz dieses Mannes noch lange schlagen würde. Er öffnete die schwere silberne Gürtelschnalle des Verwundeten, dann kehrte er ihm den Rücken. Wie sah es dort draußen aus? Wer würde gewinnen? Er stand auf und ging tiefer in das Gehölz, weg von dem Verwundeten.
Es war sehr buschig, und er mußte sich seinen Weg vorantasten; mit gesenktem Kopf, um das Gesicht zu schützen, räumte er die Zweige aus dem Weg. Er war nicht verwundet, er brauchte keine Hilfe. An einer Quelle hielt er und füllte seine Feldflasche. Ein Bach entsprang aus der Quelle, doch bald schon versickerte er im Dickicht, unter der stechenden Sonne. Er kniete nieder und zog seinen Rock aus. Mit beiden Händen wusch er sich Brust und Achseln, seine heißen Schultern, die steifen Arme und die olivene, sonnenverbrannte Haut. Er wollte sich im Wasser spiegeln, doch die Wirbel hinderten ihn daran. Sein Körper war ein verschwommener Fleck. Nicht sein Körper, sondern der von Regina, die ihren gegen den seinen getauscht hatte; doch mit jeder Zärtlichkeit hatte er ihn wieder zurückverlangt. Nicht seinen Körper,

sondern ihren, und für sie mußte er diesen Körper retten: sie lebten nicht getrennt und jedes für sich, sondern sie hatten die trennenden Mauern niedergerissen, sie waren zwei und doch eins. Für immer ... und ewig. Die Revolution würde enden; Städte und Menschen würden vergehen; nur dies würde bleiben. Er wusch sein Gesicht, knöpfte den Rock zu und ging aus dem Gehölz hinaus in die Ebene.

Kavalleristen der Aufständischen galoppierten auf sein Versteck und das Gebirge zu. Reitpeitschen sausten auf Pferdeleiber, Hufe schlugen den Boden, Gewehrsalven knallten – dann war er allein. Er begriff nichts: Was machten sie? Sie stürmten zum Gebirge, während er zu den *Pueblos* ging. Flohen sie? Er war verwirrt und drehte sich einmal um sich selbst, die Hände zum Kopf erhoben. Es war lebenswichtig, ein klares Ziel vor Augen zu haben und diesen goldenen Faden nie zu verlieren: nur so würde er das Folgende begreifen. Eine Minute der Verwirrung genügte, um die Präzision des kriegerischen Schachspiels in ein unbegreifliches Durcheinander zielloser Hast zu verwandeln. Die Staubwolke ... die wilden Pferde, die auf ihn zustürmten ... der schreiende Reiter, der einen blanken Säbel schwang ... der Zug hielt in der Entfernung ... die Staubwolke näher und näher ... auch die betäubende Sonne immer näher ... die Klinge, die über seine Stirn schlug ... Pferde, die an ihm vorbeibrausten, als er zu Boden stürzte ...

Er raffte sich wieder auf und berührte vorsichtig seine verletzte Stirn. Er würde zum Dickicht zurückgehen, dort wäre er in Sicherheit. Er taumelte. Die Sonne löste alles auf, und der Horizont, die Linien der Ebene und des Gebirges zerbrachen in Splitter. Als er im Schatten war, stützte er sich gegen einen Baumstamm, bis er wieder klar denken konnte. Dann knöpfte er seinen Rock auf und riß einen Ärmel in Streifen, spuckte auf den Stoff und wickelte ihn um die Stirn. Neben ihm knackten Zweige unter Stiefeln, und er fuhr heftig zusammen. Erschreckt sah er an den Beinen des Fremden hoch. Es war ein Aufständischer, der einen Körper über der Schulter trug.

»Hab ihn am Rand des Dickichts gefunden. Im Sterben. Sie

haben seinen Arm glatt weggeschossen. Ich glaub, er ist auf mir gestorben« – er kniff die Augen zusammen, um die Rangabzeichen des jungen Offiziers zu erkennen –, »Leutnant. Er ist schwer wie ein Toter.«

Der große Soldat legte den Körper auf die Erde, mit dem Rücken gegen den Baum, genau wie Artemio Cruz es eine halbe, eine viertel Stunde zuvor getan hatte. Er beugte sich über das Gesicht des Mannes.

»Ja, er ist tot. Wär ich etwas früher gekommen, vielleicht hätt ich ihn retten können.« Mit seiner breiten Hand schloß er die Augen des Toten. Er hakte die silberne Gürtelschnalle zu, bettete den Kopf behutsam auf die Erde und stieß zwischen seinen weißen Zähnen hervor:

»Verflucht, Leutnant, wenn es in dieser Welt nicht solche Jungens mit Mumm in den Knochen gäbe, wo wären dann wir anderen?«

Der junge Offizier wandte sich weg und rannte in die Ebene hinaus, fort von dem Leichnam und dem großen Soldaten, um nichts mehr zu hören, nichts mehr zu sehen.

Er stolperte über einen Leichnam. Ohne zu wissen, weshalb, kniete er sich neben ihn. Da drang eine Stimme durch den Lärm:

»Leutnant Cruz! Leutnant!«

Eine Hand berührte seine Schulter. Er hob das Gesicht.

»Sie sind verwundet, Leutnant, Sie sind böse verwundet. Kommen Sie mit uns. Die Bundestruppen sind abgehauen! Jiménez hat die *Plaza* gehalten. Kommen Sie mit zu dem Lager in Río Hondo. Was für ein Gefecht die Kavallerie geliefert hat! Sie haben sich selbst übertroffen, ja, wirklich, sie haben sich selbst übertroffen! Auf, Leutnant, Sie sehen nicht gut aus.«

Er lehnte sich an die Schulter des Offiziers und murmelte:

»Zum Lager? Ja, gehen wir heim.«

Er hatte den Faden verloren: den Faden, der ihn durch das Labyrinth des Krieges geführt hatte. Ohne verlorenzugehen. Ohne fahnenflüchtig zu werden. Er war zu schwach, um die Zügel zu halten, und so wurde ein Halfter an Major Gavilán's Sattel befestigt. Ein langer, langsamer Ritt lag vor ihnen. Sie mußten das Gebirge überqueren, welches das Schlachtfeld von dem Tal trennte,

wo sie wartete. Der Faden führte ihn nicht weiter. Tief unten lag Río Hondo unverändert: die gleichen verschachtelten Häuser mit zerbrochenen Dachziegeln, Ziegelmauern, rotbraun, rosa, weiß, von Kakteen umzäunt. Er glaubte dicht bei dem grünen Streifen des Steilufers das Fenster zu erkennen, hinter dem sie ihn erwartete.
Gavilán trottete vor ihm. Das Gebirge warf lange Nachmittagsschatten über die beiden müden Männer. Der Major hielt einen Augenblick an, bis Artemio an seiner Seite war. Er bot ihm eine Zigarette an. Kaum war das Streichholz erloschen, fiel er wieder in Trott. Gavilans Gesicht war voll Trauer gewesen. Der Leutnant senkte den Kopf. So kannten sie also die Wahrheit seiner Fahnenflucht während dem Kampf, und sie würden ihm die Abzeichen abreißen. Aber sie kannten nicht die volle Wahrheit: daß er sich hatte retten wollen, um zu Reginas Liebe zurückzukehren; und sie würden es nicht verstehen, nicht einmal, wenn er es ihnen erklärte. Noch wußten sie, daß er einen verwundeten Kameraden im Stich gelassen hatte, ein Leben, das er hätte retten können. Doch Reginas Liebe würde für seine Schuld zahlen. Er senkte den Kopf, bis er mit dem Kinn die Brust berührte, und zum erstenmal in seinem Leben schämte er sich. Schande: aber es war kein Vorwurf der Schande in den klaren, offenen Augen des Majors. Gavilán strich sich mit der freien Hand den blonden Bart, der starr war von Staub und Schweiß.
»Wir verdanken euch unser Leben, Leutnant. Sie und Ihre Leute haben den Angriff zurückgeschlagen. Der General wird Sie als Held empfangen . . . Artemio. Darf ich Sie Artemio nennen?«
Gavilán versuchte zu lächeln. Er legte seine Hand auf die Schulter des anderen und fuhr mit einem trockenen Lachen fort:
»Wir haben lange zusammen gedient, und trotzdem duzen wir uns nicht.«
Mit einem Blick bat Gavilán um eine Antwort. Durchsichtig wie Glas brach die Nacht herein, und die Berge hoben sich gegen die letzte Farbe des Tages ab, fern jetzt, eingesunken und flach durch die Dunkelheit, Feuer, die sie bei Tag nicht gesehen hatten, loderten im *Pueblo*.
»Schweinehunde!« sagte der Major mit abgehackter Stimme. »Sie

haben uns überfallen. Natürlich konnten sie nie bis zum Lager vordringen. Aber sie kamen in das angrenzende Wohnviertel und haben sich dort gerächt. Sie haben geschworen, jedes *Pueblo* zu bestrafen, das uns hilft. Sie nahmen zehn Geiseln fest. Sie drohten, sie zu hängen, wenn wir die Befestigung nicht übergeben würden. Der General antwortete ihnen mit den Geschützen.«

Die Straße wimmelte von Soldaten und Zivilisten, von herrenlosen Hunden und verirrten Kindern, die weinend unter den Torwegen standen. Einige Feuer waren noch nicht erloschen, und die Frauen saßen auf geretteten Möbeln, die sie in der Straßenmitte zusammengetragen hatten.

»Leutnant Cruz«, sagte Gavilán und beugte sich herab, um von ein paar Soldaten gehört zu werden. »Leutnant Cruz.«

»Leutnant Cruz.« Das Flüstern ging von den Soldaten zu den Frauen und weiter durch die Menge.

Die Menge gab eine Gasse frei für die beiden Pferde: den Braunen des Majors, der im Gedränge scheute, und den schwarzen Hengst des Leutnants, der am Halfter folgte. Hände streckten sich empor, Kavalleristen berührten zum Zeichen des Grußes sein Bein und wiesen auf den blutigen Fetzen um seinen Kopf. Man beglückwünschte ihn zu seinem Sieg. Sie ritten weiter durch das *Pueblo,* zum Absturz des Ufers, und Bäume bewegten sich im Abendwind. Er sah hoch: das vertraute weiße Haus. Doch das Fenster war geschlossen. Kerzenlicht erhellte ferne Türen, unter anderen standen dunkle, in Tücher gehüllte Gestalten schwatzend beisammen.

»Laßt sie hängen!« rief Leutnant Aparicio. Er warf sein Pferd herum und stieß mit der Peitsche die flehend erhobenen Hände weg. »Jeder soll es sehen, damit es keiner vergißt! Damit ihr wißt, gegen wen wir kämpfen. Sie haben Männer aus dem *Pueblo* gezwungen, ihre Brüder zu töten. Seht genau hin! So haben sie den ganzen Yaki-Stamm umgebracht, weil die Yakis ihren Boden nicht hergeben wollten. So haben sie die Arbeiter in Río Blanco und Cananea umgebracht, weil sie ihnen aus Hunger Widerstand leisteten. Und so werden sie euch alle umbringen, wenn wir sie nicht zur Hölle schicken! Seht, Leute, seht!«

Der Finger des Leutnants zeigte auf die Bäume beim Ufer: grobe schlecht gedrehte Hanfstricke und immer noch Blut, das von den gebrochenen Hälsen floß. Offene Augen, violette Zungen, leblose Körper, die manchmal leise im Wind schwankten, der von den Bergen kam. Der Ausdruck ihrer Gesichter: verloren die einen, einige wütend, die meisten sanft und verständnislos, voll wortlosen Schmerzes. Schmutzige Sandalen, die nackten Füße eines Kindes, die schwarzen Schuhe einer Frau. Er stieg ab und ging näher. Mit einem gebrochenen Schrei umarmte er Reginas gestärkten Rock: er weinte die ersten Tränen seit seiner Kindheit.

Aparicio und Gavilán brachten ihn in das gemietete Zimmer. Er mußte sich hinlegen, und sie säuberten seine Wunde und legten statt dem schmutzigen Fetzen einen Verband an. Als sie gegangen waren, preßte er das Kissen gegen sich und verbarg sein Gesicht. Er wollte schlafen, schlafen, nichts als schlafen; vielleicht würde der Schlaf alles ungeschehen machen und sie wieder vereinigen. Auf diesem Bett, unter diesem gelblichen Moskitonetz war der Duft ihres feuchten Haares, ihres glatten Körpers, ihrer warmen Schenkel. Sie war da, war in seinem Fieber wirklicher und lebendiger denn je im Leben; war in seiner Erinnerung mehr sie selbst, mehr die Seine denn je zuvor. Nie hatte er während der kurzen Monate ihrer Liebe mit soviel Erregung ihre Augen betrachtet. Schwarze Gemmen, tiefes stilles Meer unter der Sonne, Abgründe aus Sand von der Zeit gewiegt, dunkle Kirschen vom Baum ihres Fleisches und seines heißen Herzens. Er hatte ihr das nie gesagt: es war keine Zeit dazu gewesen. Es war keine Zeit für so viele ungesagte Liebesworte gewesen; es war keine Zeit gewesen für das letzte Wort. Wenn er die Augen schloß, würde sie vielleicht wieder kommen, würde die beschwörende Zärtlichkeit, die in seinen Fingerspitzen pochte, sie wieder ins Leben rufen. Vielleicht würde der Gedanke an sie genügen, um sie wieder bei sich zu haben. Vielleicht konnte die Erinnerung das Leben wirklich fortsetzen, ihre Körper vereinen, das Fenster in der Morgendämmerung öffnen, ihr langes Haar kämmen und die Geräusche, Gerüche und Berührungen zurückbringen. Er setzte sich auf. In der Dunkelheit tastete er nach der Flasche mit *Mezcal*-

Schnaps – doch nicht um zu vergessen, sondern um sich deutlicher zu erinnern.
Er würde an den Strand und zu den Felsen zurückkehren, während der weiße Alkohol in ihm brannte. Er würde zurückkehren: wohin? Zu jenem mythischen Strand, den es nirgends gab? Zu ihrer kindlichen Lüge? Zu der Begegnung am Meer, die sie erfunden hatte, um sich rein und unschuldig und seiner Liebe gewiß zu fühlen? Der Alkohol war gut, um Lügen zu zerstören, anmutige Lügen:
Wo sind wir uns begegnet?
Weißt du's nicht mehr?
Sag es mir.
Erinnerst du dich nicht mehr an jenen Strand? Ich bin jeden Nachmittag dorthin gegangen.
Jetzt erinnere ich mich. Du hast mein Gesicht neben dem deinen im Wasser gesehen.
Erinnere dich: ich wollte mich nie ohne dein Spiegelbild neben mir sehen.
Ich erinnere mich.
Er sollte diese anmutige Lüge immer, bis zuletzt, glauben. Nichts war daran wahr. Aber es war auch nicht ganz so, daß er in der Gegend von Sinaloa in jenes *Pueblo* gegangen war – wie schon in so viele zuvor –, um die erstbeste Frau zu packen, die sich unvorsichtigerweise auf die Straße wagen würde. Es war nicht ganz so, daß er ein achtzehnjähriges Mädchen wehrlos über sein Pferd gelegt hatte, und daß er sie zu dem Schlafsaal der Offiziere gebracht hatte, um sie dort in der Stille – weit vom Heer – zu vergewaltigen. Es war nicht wahr, daß sie ihm in ihrer Anständigkeit stillschweigend verziehen hatte: ihr Widerstand schmolz in der Lust dahin, und Arme, die nie zuvor einen Mann berührt hatten, umschlangen ihn voll Freude, und ihr feuchter Mund flüsterte wie letzte Nacht: ja, ja, sie mochte es, mit ihm mochte sie es sehr, sie wollte mehr, sie hatte sich vor solchem Glück gefürchtet. Regina: schlaftrunken, erregt: Regina. Sie hatte ihre Lust, die sie für Liebe hielt, selbstverständlich hingenommen. Die Geschichte vom Meer und ihren Gesichtern in dem stillen Wasser

war eine Erfindung, die alles auslöschen sollte, was ihn später, wenn er sie auch liebte, beschämen würde. Eine Frau für ein ganzes Leben, Regina, leidenschaftliches Mädchen, Zauberin der Überraschung, ohne Entschuldigung, ohne Worte der Selbstrechtfertigung. Nie gelangweilt, nie anklagend, immer da, wenn nicht in diesem, so im nächsten *Pueblo*. Es war eine Ausgeburt der Phantasie, dieser starre Körper, der an einem Baum hing; er würde aufwachen, und Regina würde im nächsten *Pueblo* warten. Wie immer. Sie war fort, nach dem Süden gegangen. Sie war durch die Linien der Bundestruppen geschlüpft und hatte ein Zimmer im nächsten *Pueblo* gemietet. Ja, bestimmt, denn sie konnte ebensowenig ohne ihn leben wie er ohne sie. Er brauchte nur weiterzuziehen, sein Pferd zu satteln, die Pistole zu nehmen und zu kämpfen, bis er sie am nächsten Stützpunkt wiederfinden würde.

Er zog seine Jacke in der Dunkelheit an und hing die gekreuzten Patronengürtel über die Brust. Draußen stand das ruhige schwarze Pferd an einen Pfosten gebunden. Noch immer warteten viele Leute bei den Gehenkten, aber er sah nicht hinüber. Er saß auf und ritt zum Lager.

»Wo sind die Schweinehunde hin?« rief er einem Wachtposten zu.

»Sie sind auf der anderen Seite des Flusses, sie haben sich bei der Brücke eingegraben und warten auf Verstärkung. Sieht aus, als wollten sie das *Pueblo* wieder erobern. Kommen Sie herein, etwas essen.«

Er stieg vom Pferd. Ohne Hast ging er über den Lagerhof zu den Küchenfeuern, wo Tonkessel von gekreuzten Stöcken hingen und Frauenhände *tortillas*[1] aus Weizen klopften. Er tauchte einen Holzlöffel in eine Suppe aus Kutteln, nahm eine Zwiebel und streute Ajipfeffer und Majoran darüber. Er kaute die knusperigen, frischen *tortillas* des Nordens. Schweinsfüße dazu. Er lebte.

Eine Fackel in einem rostigen Eisenring beleuchtete den Lagereingang. Er riß sie heraus. Seine Sporen gruben sich in den Leib des schwarzen Hengstes. Menschen, die noch immer auf der Straße waren, sprangen zur Seite. Das Pferd bäumte sich, als er

---

[1] Kleine runde Maismehlkuchen.

es hart an den Zügeln riß und ihm wieder die Sporen gab. Es war nicht länger das Pferd eines verwundeten Deserteurs, eines von Zweifeln erfüllten Mannes, der bei einbrechender Dunkelheit das Gebirge überquert hatte. Er riß an der Mähne des Pferdes, es sollte verstehen. Jetzt brauchte er ein Streitroß, ein Tier, das ebenso wild und schnell wie er selbst war. Er hielt die Fackel in die Höhe und ritt zur Brücke über den Fluß.
Ein Wachfeuer brannte auf der anderen Seite der Brücke. Die Kepis der Schweinehunde leuchteten blaß. Sein schwarzes Pferd preschte vor, die Hufe wirbelten Gras, Dreck und Dornen auf, und Funken sprühten von der Fackel, als er mitten auf das Feuer zuritt, über es hinwegsetzte und seine Pistole auf ihre erstaunten Augen und ihre dunklen Rücken richtete, auf die taumelnden Gestalten, die nicht wußten und nicht begriffen, was geschah. Hastig zogen sie die Geschütze zurück, ohne zu bemerken, daß sie von einem einzelnen Reiter angegriffen wurden, einem Reiter, der nach dem Süden, zum nächsten *Pueblo* weitermußte, wo sie auf ihn wartete.
»Aus dem Weg, ihr Schweinehunde!« schrie mit tausend Stimmen dieser Mann.
Die Stimme des Schmerzes und der Lust, die Stimme der Pistole und die Stimme der Fackel, die jetzt in die Munitionskisten flog. Und das Pulver explodierte, und sie flohen in wilder Hast, ein Chaos aus Schreien, Gewieher und Knallen, dem nun ein Echo vom *Pueblo* her antwortete, wo die Glocken in dem vom Feuer erhellten Kirchturm läuteten. Andere Hufe donnerten über die Brücke und fanden die Zerstörung, die Spuren der Flucht, die brennenden Feuer, doch sie fanden weder die Bundessoldaten noch den Leutnant, der nach Süden ritt, die Fackel über dem Kopf, über den funkensprühenden Augen seines Pferdes ... nach Süden, den Faden in der Hand ... nach Süden.

Ich überlebte. Regina. Wie war dein zweiter Name? Nein: nur Regina. Namenloser Soldat, wie heißt du? Ich überlebte. Alle anderen starben, ich überlebte. Ah: sie haben mich in Ruhe gelassen, sie glauben, ich würde schlafen. Ich erinnerte mich an dich, erinnerte mich an deinen Namen. Aber du hast keinen Namen. Und die beiden kommen auf mich zu, sie halten sich bei den Händen, sie kommen mit ihren leeren Augenhöhlen und glauben, sie könnten mich überzeugen, könnten mein Mitleid erregen. Ach, nein. Nein. Keiner von euch verdanke ich mein Leben. Ich verdanke es meinem Stolz. Ich forderte das Schicksal heraus, ich wagte etwas. Tugend? Demut? Barmherzigkeit? Pah, man kann auch ohne sie leben, aber man kann nicht ohne Stolz leben. Barmherzigkeit? Wozu? Hätte sie denn etwas genützt? Demut? Wozu? Du, Catalina, was hättest du mit meiner Demut getan? Du hättest mich besiegt, verachtet und verlassen. Und du verzeihst dir, indem du an die Heiligkeit des Sakramentes denkst. Wäre nicht mein Geld gewesen, hättest du dich schnell scheiden lassen, ungeachtet des Sakramentes und seiner Heiligkeit. Und du, Teresa, obwohl ich dich ertrage, haßt und beleidigst du mich: wie hättest du mich wohl hassen und beleidigen können, wenn ich dich im Elend und ohne Geld gelassen hätte. Stellt euch vor, wie euch beiden ohne meinen Stolz zumute wäre, ihr Heuchlerinnen: in der Menge verloren, mit müden geschwollenen Füßen, immer und ewig an Straßenecken auf den nächsten Bus warten, in einem Laden oder Büro arbeiten, eine Maschine bedienen, Pakete pakken, Pfennig um Pfennig sparen, damit ihr einen Wagen auf Kredit kaufen könnt, Kerzen für die Heilige Jungfrau anzünden, daß sie eure Träume beschütze, irgendein schäbiges Stückchen Land abzahlen, euch nach einem Kühlschrank sehnen, jeden Samstag in einem billigen Vorstadtkino sitzen, Erdnüsse und Popcorn knabbern, danach versucht ihr, ein Taxi anzuhalten, und einmal im Monat eßt ihr auswärts: stellt euch all die Verlogenheit vor, die ich euch erspart habe: ihr braucht nicht zu glauben, nur in Mexiko könne man das Leben ertragen, ihr braucht nicht stolz zu sein auf unsere bunten Ponchos, den berühmten Cantinflas[1], auf den Mariachitanz und den *mole poblano*[2], um das

---

[1] Berühmter mexikanischer Komiker.

[2] Scharfes mexikanisches Fleischgericht.

Leben zu ertragen! Stellt euch vor, ihr müßtet eure Hoffnung tatsächlich in die Freigebigkeit der Kirche, die Fastentage, Pilgerzüge und Gebete setzen . . . um leben zu können!
»domine non sum dignus . . .«
Beifallsrufe. Erstens wollen sie alle Darlehen der nordamerikanischen Banken an die Pazifik-Eisenbahngesellschaft streichen. Wissen Sie, wieviel Zinsen die Bank jährlich für diese Darlehen zahlt? Neununddreißig Millionen Pesos. Zweitens wollen sie diejenigen von uns ausschließen, welche für die Rehabilitation der Bahn maßgeblich waren. Wissen Sie, wieviel wir verdienen? Zehn Millionen jährlich, zehn Millionen. Drittens wollen sie alle loswerden, welche die nordamerikanischen Darlehen verwalten. Wieviel haben Sie, mein Freund, und ich letztes Jahr daran verdient?
Jeder drei Millionen Pesos . . .
Haarscharf. Und das ist noch nicht alles. Tun Sie mir den Gefallen und telegrafieren Sie dem National Fruit Express, daß diese roten Funktionäre die Pachtverträge für die Gefrierwaren kündigen wollen, die jedes Jahr der Gesellschaft zwanzig Millionen Pesos und uns eine gute Kommission einbringen. Beifallsrufe.
Ha, das hab ich gut gesagt. Ihr Gauner. Ja, wenn ich nicht eure Interessen verteidigen würde, ihr Gauner! Oh, schert euch alle zum Teufel, ich will zuhören! Ich will sehen, ob sie mich verstehen, ob sie verstehen, was ein Finger nach oben . . .
Setz dich, Täubchen. Einen kleinen Augenblick. Und du, Díaz, gib ja acht, daß in der Zeitung kein Wort darüber erscheint, welche Methoden die Polizei gegen die Unruhestifter angewandt hat.
Aber anscheinend gab es einen Toten, Señor. Mitten in der Stadt. Es wird nicht leicht sein . . .
Ach was. Befehl von oben.
Aber eines der Arbeiterblätter will den Vorfall bringen.
Und du sitzt hier herum. Bezahle ich dich nicht dafür, daß du nachdenkst? Die anderen bezahlen ja auch ihren Berichterstatter dafür, daß er sich etwas einfallen läßt. Wende dich an die Procuraduría[1]*, daß die Druckerei dieser Zeitung stillgelegt wird.*

---

[1] Staatsanwaltschaft.

Wie wenig braucht es für einen Einfall. Einen Funken. Einen Funken, um den ganzen Komplex, das riesige Netz unter Spannung zu setzen. Niedrigere Wesen brauchen einen Energiestoß, der uns töten würde. Doch ich brauche wilde Wirbelwasser, um zu steuern, brauche ferne Ziele und Feinde. Ah ja. Mitten im dichtesten Gedränge. Nein, Ruhe ist nichts für mich.
María Luisa.
Dieser Juan Felipe Couto will, wie üblich, als gerissener Bursche gelten. Das ist alles.
Gib mir das Glas Wasser, Täubchen.
Ich sagte: er will als gerissener Bursche gelten. Wie Federico Robles, weißt du noch? Aber bei mir nicht . . .
Wann, Chef?
Durch mich bekam er die Konzession zum Bau der Landstraße in Sonora. Und außerdem half ich ihm, einen Kostenvoranschlag durchzubringen, der das Dreifache der wirklichen Kosten betrug, denn ich wußte, daß die Straße durch bewässerte Gebiete führen würde, die ich Ejido-Farmern abgekauft hatte. Und jetzt erfahre ich gerade, daß der schlaue Hund selbst Grund erworben hat und die Straße so umleiten will, daß sie durch seinen Besitz führt . . .
Was für ein Dreckskerl! Und er sieht so nett aus.
So, das wär's, Freundchen. Und ich möchte, daß in deiner Spalte ein wenig über die bevorstehende Scheidung unseres Freundes geklatscht wird. Sehr geschickt, nichts Plumpes, gerade genug, um ihn zu beunruhigen.
Chef, wir haben von Couto ein paar Schnappschüsse in einem Kabarett. Mit einer großen Blonden, die ganz offensichtlich nicht Madame Couto ist.
Halt die Bilder noch zurück. Erst wenn er sich nicht rührt . . .
Es heißt, die Zellen eines Schwammes seien nicht im geringsten miteinander verbunden, und doch sei der Schwamm ein Ganzes: es wird auch gesagt, wenn man einen Schwamm zerreiße, würden sich die einzelnen Stücke wieder verbinden. Nie verliert er seine Einheit. Immer findet er einen Weg, seine verstreuten Zellen wieder zusammenzufügen. Er stirbt nie . . . stirbt nie.

»An jenem Morgen wartete ich auf ihn. Voll Glück. Wir ritten durch den Fluß.«

»Du hast ihn beherrscht, zugrunde gerichtet und von mir fortgenommen.«

Er steht auf, und die Stimmen der beiden Frauen sind voll Mißbilligung. Sie fassen ihn beim Arm, während ich an den Zimmermann denke und jetzt an den Sohn des Zimmermanns und an alles, was wir uns erspart hätten, wenn wir ihn mit seinen zwölf Presseagenten freigelassen hätten, frei wie eine Ziege, und er hätte vom Ruhm seiner Wunder gelebt und umsonst gegessen und gewohnt wie die Zaubermänner, bis Alter und Vergessenheit ihn endgültig zugrunde gerichtet hätten; und Catalina, Teresa und Gerardo sitzen in den Sesseln in der anderen Ecke des Zimmers. Verfluchte Weiber, wie lange habt ihr gewartet, bis ihr einen Priester geholt habt, der mir Schuldbekenntnisse entreißen und damit meinen Tod beschleunigen sollte? Ah, wie gern ihr es wüßtet. Wie ich mich amüsieren werde. Und du, Catalina, bist imstande, mir Worte zu sagen, die nie über deine Lippen gekommen sind, nur damit ich weich werde und es verrate! Ich weiß, was du wissen möchtest. Und auch das scharfe Gesicht deiner Tochter verbirgt nicht ihre Neugier. Und ihr Mann: es wird nicht lange dauern, bis der arme Teufel versuchen wird, durch Fragen und Jammern etwas aus mir herauszubringen. Ach, wie wenig ihr mich kennt. Glaubt ihr, ich würde mein Vermögen drei Heuchlern vermachen, drei blinden Fledermäusen, die nicht einmal fliegen können? Drei blinden Fledermäusen ohne Flügel: drei blinden Mäusen? Die mich verachten. Ja. Die den Haß von Bettlern fühlen. Die das Haus verabscheuen, in dem sie leben, die Pelze, die sie tragen, und die Juwelen, mit denen sie sich schmücken, weil all dies von mir kommt. Nein, sie sollen mich jetzt nicht anfassen ...

»Laßt mich.«

»Aber Gerardo ist gekommen ... der kleine Gerardo, dein Schwiegersohn ... schau.«

»Ah, der arme Teufel.«

»Don Artemio ...«

»Mama, ich halte das nicht aus, ich halte es nicht aus, ich halte es nicht aus!«
»Er ist krank . . .«
»Bah, ich stehe auf. Ihr werdet schon sehen . . .«
»Ich hab es euch ja gesagt.«
»Laß ihn in Ruhe.«
»Ich werde euch sagen, was er macht! Er verstellt sich wie immer, um uns wieder einmal zum Narren zu halten . . . wie immer.«
»Nein, nein, der Arzt sagt . . .«
»Was weiß der Arzt schon? Ich kenne ihn besser. Er macht wieder Possen.«
»Sei jetzt endlich still.«
Seid jetzt endlich still. Der Priester kommt mit dem Öl. Er salbt meine Lippen. Meine Lider. Die Nasenlöcher. Nein, sie kennen den Preis nicht, den ich dafür zahlen mußte. Die Hände. Meine kalten Füße, aus denen jegliches Gefühl gewichen ist. Diese Frauen wissen nichts davon. Sie mußten nie alles aufs Spiel setzen. Meine Augen. Sie spreizen meine Beine, und er salbt meine Schenkel.
»Ego te absolvo.«
Sie wissen nichts. Sie hat nicht gesprochen. Sie hat nichts gesagt.

EINUNDSIEBZIG Jahre wirst du gelebt haben ohne wahrzunehmen, daß dein Blut fließt, dein Herz schlägt, gelbe Flüssigkeit aus deiner Gallenblase tropft, deine Leber Galle erzeugt, deine Nieren Urin produzieren, deine Bauchspeicheldrüse den Zucker in deinem Blut reguliert: du hast diese Vorgänge in deinem Körper nie mit dem Willen gesteuert; du hast zwar gewußt, daß du atmest, doch nicht daran gedacht, weil deine Atmung nicht von deinem Willen abhing: du hast nicht darauf geachtet und hast weitergelebt: es gab vieles, was du nicht konntest: auf Glassplittern schlafen, auf Feuer gehen, einen Scheintod sterben und die autonomen Funktionen deines Körpers überwachen: du wirst einfach gelebt und deinen Körper sich selbst überlassen haben. Bis heute . . . Bis heute, wo dich die autonomen Funktionen deines Körpers zwingen, sie zur Kenntnis zu nehmen: sie werden dich beherrschen und quälen und deine Persönlichkeit zerstören: jeder Atemzug, der mühsam zu deinen Lungen gelangt, wird dich daran erinnern, daß du atmest, jeder Pulsschlag in den Adern deines Unterleibes wird dir schmerzlich die Zirkulation deines Blutes bewußt machen: deine autonomen Funktionen werden dich beherrschen und besiegen, weil sie dich zwingen werden, die Lebensvorgänge zu beachten, statt einfach zu leben. Du wirst versuchen – und dies wird zwingende Notwendigkeit –, noch das geringste Pulsen zu registrieren, die leiseste Hin- und Herbewegung – und was noch schlimmer ist, selbst Bewegungen, die keine mehr sind. Du wirst versuchen, dir deinen Bauch vorzustellen, das die Bauchhöhle auskleidende Bauchfell, das sich eng um die Eingeweide schmiegt und in einer Faltenbildung Blut- und Lymphgefäße führt und so Magen und Darm mit dem übrigen Körper verbindet – das Fettanhängsel von der Coelicalarterie durchzogen, welche den Stoffaustausch von Eingeweide und Magen übernimmt, hinter der Bauchspeicheldrüse entlangführt, die Gekrösewurzel durchdringt und schräg nach unten verlaufend den mittleren Eingeweideteil erreicht – und du wirst dir die andere, unterhalb davon entspringende Arterie vorstellen, die ein Drittel des Zwölffingerdarms und den oberen Teil deiner Bauchspeicheldrüse versorgt, deinen Zwölffingerdarm kreuzt, vorbei an der Aorta, der unteren großen Hohlvene, dem rechten Harnleiter, deinem Genito-Femoral-Nerv und an den Venen deiner Hoden: einundsiebzig Jahre wußtest du nichts von dieser Ader, in der dickes rotes Blut floß, doch heute wirst du von ihr wissen, denn heute wird der Strom nicht mehr fließen, der Fluß wird versiegen. Einundsiebzig Jahre lang haben deine Mesenterialgefäße ausgezeichnet funktioniert: doch an einem Punkt ihrer absteigenden Bahn berührt sie ein Segment deines Rückgrats, so daß sie nach unten, nach vorn und wieder nach hinten ausweichen müssen: einundsiebzig Jahre ist dein Blut ohne Stockungen durch diesen Engpaß geflossen, bis heute: heute geht es nicht, die Ader wird der Belastung nicht länger gewachsen sein, heute wird der reibungslose Blutstoß im gebogenen Gefäß durch eine Zusammenballung aufgehalten, durch einen Blutklumpen, welcher die Blutzirkulation zu deinen Eingeweiden verstop-

fen wird. Du wirst das Pulsen des zunehmenden Druckes spüren: du wirst spüren, daß dieses Pulsen dein Blut sein wird, das zum erstenmal in einundsiebzig Jahren blockiert ist, das nicht länger zu den Gestaden des Lebens fließen kann, blockiert, geronnen, im heißen Hohlraum deiner Eingeweide – faulend, stagnierend, unfähig, die Gestade des Lebens zu erreichen.
Und jetzt wird Catalina an dein Bett treten und fragen, ob du etwas vermißt, aber du kannst nichts tun, als gegen die wachsenden Schmerzen ankämpfen, indem du versuchst, sie mit deinem Willen zu bezwingen, zu schlafen und dich zu entspannen. Und sie wird die Geste nicht unterdrücken können: die Hand, die sich zögernd herantastet, gleich wieder ängstlich zurückzieht und sich mit der anderen Hand auf ihrer matronenhaften Brust vereint, nur um sich gleich wieder zitternd deiner Stirn zu nähern: sie wird deine Stirn streicheln, und du wirst es nicht merken: in deine stechenden Schmerzen verloren, wirst du nicht merken, daß Catalina zum erstenmal seit Jahrzehnten ihre Hand auf deine Stirn gelegt hat, sie streichelt, die verschwitzten Haare zurückstreicht und dich in einer Aufwallung von Zärtlichkeit angstvoll liebkost – eine scheue Zärtlichkeit, die sich dafür schämt, daß du nicht einmal ihre Berührung fühlst; und vielleicht werden unter ihren Fingern Worte wach, die sich mit den Erinnerungen vermischen, die verloren in den Abgründen dieser Stunden, unbewußt, unabhängig von deinem Willen von selbst wiederkehren, um durch die Mauerspalten des Schmerzes zu schlüpfen, Worte, die du damals nicht gehört hast. Auch sie wird an ihren Stolz denken. Und so wird der Funke zünden. Du wirst sie in jenem, euch gemeinsamen Spiegel hören, dem Wasserspiegel, der eure beiden Gesichter spiegelt, und in dem ihr beide ertrinken werdet, wenn ihr versucht, euch als Spiegelbilder im Wasser zu küssen: Warum drehst du nicht einfach den Kopf und betrachtest die Catalina aus Fleisch und Blut? Warum küßt du nur ihr kaltes Spiegelbild? Weil ihr Gesicht wie das deine tief unter dem toten Wasser ist und sie jetzt, da du sie nicht hörst, immer wieder zu dir sagt: »Habe ich mich gehen lassen?« Ihre Hände erzählen dir von einer hemmungslosen Freiheit, welche sich selbst vernichtet: die Freiheit, die

einen himmelstürmenden Turm errichtet, der den Himmel doch nicht erreicht, einen Turm, der die Hölle vierteilt und die Erde spaltet. Du benennst es: Trennung. Du wirst dich selbst verleugnen, stolz, du wirst überleben, Artemio Cruz, indem du das Wagnis der Freiheit auf dich nimmst, wirst siegen, und wenn du keine Feinde mehr hast, wirst du dein eigener Feind werden, damit der stolze Kampf weitergehen kann: wenn alle besiegt sind, wirst nur du selbst zu besiegen bleiben: Dein Gegner steigt dir aus dem stillen Wasserspiegel, und du schlägst deine letzte Schlacht: gegen die feindliche Nymphe der Leidenschaft und des Schluchzens, gegen diese Tochter der Götter und diese Mutter des bockfüßigen Verführers, Mutter des einzigen Gottes, der seit Menschheitsgedenken gestorben ist: die Mutter des Großen Pan wird aus dem Spiegel treten, die Nymphe des Stolzes, dein Doppel, und noch einmal dein Doppel, dein letzter Feind in einem Land, das dein Stolz entvölkert hat: du wirst überleben: du wirst entdecken, daß die Tugend nur erstrebenswert, der Stolz indes nur notwendig ist: und die Hand, die eben jetzt deine Stirn streichelt, wird kommen und mit ihrer leisen Stimme den herausfordernden Schrei zum Schweigen bringen und dich daran erinnern, daß am Ende – und es ist das Ende – der Hochmut überflüssig und Demut angebracht ist: ihre bleichen Finger werden deine fiebrige Stirn berühren, um deine Schmerzen zu lindern, um dir heute zu sagen, was sie nie gesagt haben, dreiundvierzig Jahre lang . . .

1924: 3. Juni

Er hörte ihre Worte nicht, als sie von ihrer Schlaflosigkeit erwachte. *Ich ließ mich gehen.* Sie lag neben ihm. Ihr langes kastanienbraunes Haar bedeckte ihr Gesicht, und mit jeder Faser ihres Körpers fühlte sie lähmende Schwüle, Sommermattigkeit. Sie legte eine Hand auf den Mund und sah in Gedanken den neuen Tag – die Sonne im Zenit, den gewöhnlichen tropischen Regenguß am Nachmittag, den nächtlichen Übergang von drückender Hitze zu angenehmer Kühle. Sie wollte nicht daran denken, was weiter

in der Nacht geschah. Sie verbarg ihr Gesicht im Kissen: »Ich ließ mich gehen, ich ließ mich gehen«, sagte sie.
Die Morgendämmerung wischte die letzten Spuren der Nacht weg und drang kalt und klar durch das halb offene Fenster. Was in der Umarmung der Nacht zerflossen war, nahm wieder feste Formen an.
Schließlich bin ich jung. Es ist mein Recht . . .
Sie zog ihren Morgenrock über und floh von der Seite des Mannes, ehe noch die Sonne über die Berge stieg.
Oh, welche Schwäche! Immer mit diesem Gefühl der Schwäche und mit diesem Haß zu erwachen. Die Verachtung, die ich empfinde . . .
Ihr Blick begegnete dem des lächelnden Indianers, der durch das Gattertor des Obstgartens trat. Ventura zog seinen Sombrero aus Stroh und nickte ihr zu.
Wenn ich aufwache und ihn neben mir liegen sehe.
Die weißen Zähne des Indianers glänzten, als er näher kam.
Liebt er mich wirklich?
Der Herr der *Hazienda* stopfte sein Hemd in die engen Hosen, während Ventura sich von dem Fenster abwandte, an dem die junge Frau saß.
Es ist jetzt fünf Jahre her . . . Sie wandte sich vom Fenster und den Feldern ab.
»Was gibt's so früh, Ventura?«
»Mir ist da etwas zu Ohren gekommen. Kann ich die Kelle haben?«
»Ist im *Pueblo* alles bereit?«
Der Indianer nickte. Er ging zur Zisterne, tauchte die Kelle ins Wasser, trank und füllte sie von neuem.
. . . vielleicht hat er vergessen, weshalb er mich geheiratet hat . . .
»So, und was ist dir da zu Ohren gekommen, Ventura?«
»Daß der alte Pizarro Sie nicht ausstehen kann.«
»Ist das denn eine Neuigkeit?«
»Und daß er das heutige Durcheinander dazu benützen will, mit ihnen ein für allemal abzurechnen.«
»Ventura, gesegnet seien deine Ohren.«

... und jetzt liebt er mich vielleicht wirklich ...

»Gesegnet sei meine Mutter, die mich lehrte, die Ohren immer gründlich zu waschen.«

»Gut, du weißt, was zu tun ist.«

... liebt mich und bewundert meine Schönheit ...

Der Indianer lachte lautlos. Er drehte die Krempe seines ausgefransten Strohhutes in den Händen und sah zur Terrasse unter dem Ziegeldach hinüber, wo sich die junge Frau in einen Schaukelstuhl gesetzt hatte.

... und meine Leidenschaft ...

Ventura dachte daran, wie er sie während der letzten Jahre immer dort gesehen hatte, bisweilen mit dickem, rundem Leib, bisweilen schlank und schweigend, doch immer schön und teilnahmslos für die beladenen Kornfuhrwerke, die brüllenden Stiere unter dem glühenden Eisen, für die in der Hitze verdorrenden *tejocotes*[1], die der neue Herr um die Gebäude der *Hazienda* gepflanzt hatte.

... das was ich bin ...

Sie beobachtete die beiden Männer einen Moment lang mit dem Blick eines Kaninchens, das ängstlich die Entfernung zwischen sich und den Wölfen abschätzt. Der Tod ihres Vaters hatte sie abrupt des stolzen Widerstandes der ersten Monate beraubt: Don Gamaliel hatte die alte Ordnung und die alte Hierarchie verkörpert. Und kurze Zeit danach hatte ihr die erste Schwangerschaft als Vorwand gedient, sich zurückzuziehen und sich ihm zu versagen.

Aber mein Gott, warum kann ich nachts nicht so sein wie am Tage ...

Und als er sich umwandte, um dem Blick des Indianers zu folgen, sah er in das reglose Gesicht seiner Frau und überlegte, daß er während all dieser frühen Jahre ihrer Kälte gegenüber gleichgültig geblieben war. Es hatte ihm an Zeit gefehlt, sich mit ihrer Welt zu beschäftigen, mit dieser anderen Welt, die ihm gehörte, doch in die er nie gepaßt, um die er sich nie gekümmert und die er nie gekannt hatte, bevor er ihr begegnet war.

... nachts nicht so sein wie am Tag ...

---

[1] Mexikanische Rosenart.

Anderes, Dringlicheres hatte ihn beansprucht.
»Der Gouverneur kümmert sich nicht um uns, Señor Artemio. Deshalb sind wir zu Ihnen gekommen.«
»Dafür bin ich da, Männer. Ihr bekommt eine neue Straße, Ehrenwort. Doch unter einer Bedingung: daß ihr euer Korn nicht mehr zur Mühle von Don Cástulo Pizarro bringt. Hat der alte Geizhals jemals Boden unter euch verteilt? Dann unterstützt ihn auch nicht. Bringt mir euer Korn zum Mahlen, und ich verkaufe das Mehl auf dem Markt.«
»Señor, Sie haben völlig recht, aber Don Pizarro wird uns umbringen.«
»Ventura: teile Gewehre unter die Männer aus, damit sie sich verteidigen können.«
Sie schaukelte langsam hin und her und dachte an die Tage, ja Monate, in denen kein Wort über ihre Lippen gekommen war.
Er hat mir nie die Kälte vorgeworfen, mit der ich ihn bei Tag behandle . . .
Alles schien ohne ihre Teilnahme zu geschehen. Spätabends kam er heim, mit schwieligen Händen, staub- und schweißbedecktem Gesicht, und noch mit der Peitsche in der Hand eilte er zu ihr und fiel erschöpft ins Bett, um vor Sonnenaufgang wieder unterwegs zu sein auf dem anstrengenden Ritt durch das Land, das Erträge und Gewinne abwerfen und der Grundstein seines Reichtums werden sollte . . .:
. . . die Leidenschaft, mit der ich ihn nachts empfange, scheint ihm zu genügen.
. . . die Kornfelder zwischen den schmalen Bewässerungsgräben, welche die Ruinen der alten *Haziendas* umgaben: Bernal, Labastida, Pizarro. Weiter weg, wo der steinharte Lehmboden wieder begann, erstreckten sich Agavenfelder.
»Sind sie nicht zufrieden, Ventura?«
»Sie wissen, Chef, die Kerle sagen nichts, denn schließlich geht es ihnen besser als früher: Aber sie sind sich darüber im klaren, daß Sie nur trockenes Land unter sie aufgeteilt und die bewässerten Felder selbst behalten haben.«
»Was noch?«

»Ja, es heißt, Sie würden genauso hohe Zinsen für die Darlehen verlangen wie früher Don Gamaliel.«

»Paß auf, Ventura. Geh und sag ihnen, daß ich die hohen Zinsen nicht von ihnen nehme, sondern von den Kaufleuten und den Großgrundbesitzern wie Pizarro. Sag ihnen, wenn sie sich durch meine Darlehen übers Ohr gehauen fühlen, würde ich sie eben streichen. Ich dachte, ich würde ihnen einen Dienst erweisen. Doch wenn ...«

»Nein, nein, das wollen sie nicht.«

»Sag ihnen, daß bald die Hypotheken von Pizarro fällig werden und daß ich den Grund mit ihnen teilen werde, sobald er mir gehört. Wir werden die bewässerten Felder genauso wie das Trockenland aufteilen. Sag ihnen das, und sag ihnen, sie sollten die Geduld nicht verlieren und mir vertrauen. Sie würden schon sehen.«

Er war tatsächlich ein Mann.

Doch seine Müdigkeit und seine Sorgen machten ihn mir fremd. Und ich bat ihn nie um die hastige Liebe, die er mir Nacht für Nacht gab.

Don Gamaliel, der die Gesellschaft, seine Spaziergänge und die Annehmlichkeiten der Stadt liebte, vernachlässigte die *Hazienda* und überließ deren Verwaltung völlig seinem Schwiegersohn.

Ich nahm ihn, weil mein Vater mich darum gebeten hatte. Ich machte mir nichts vor: er hatte mich gekauft, und ich mußte bleiben ...

Es war nicht so schlimm auf dem Land, solang ihr Vater noch lebte und sie ihn alle vierzehn Tage besuchen konnte: sie verbrachte den ganzen Tag mit ihm, füllte die Wandschränke mit Süßigkeiten und den bevorzugten Käsesorten, ging mit ihm zur Andacht in die Kirche des heiligen Franziskus, schlenderte über den Parián-Markt und die Plaza de Armas, bekreuzigte sich vor dem großen steinernen Taufbecken der Kathedrale oder sah ihrem Vater nur zu, wie er zwischen der Bibliothek und dem *Patio* hin und her ging.

Natürlich gehorchte ich ihm: hatte er mich nicht beschützt und beschirmt?

Damals verlor sie noch keineswegs die Hoffnung auf ein besseres Leben, und die geliebte, vertraute Welt ihrer Mädchenjahre blieb für sie wirklich genug, so daß sie jedesmal wieder ohne allzu großes Bedauern zu ihrem Mann aufs Land zurückkehrte.
Ich wurde gekauft. Ohne Stimme, ohne Willen wurde ich gekauft, ein stummes Zeugnis seines unerschütterlichen Willens.
Das Leben auf der *Hazienda* war für sie wie ein Besuch in einer fremden Welt, die ihr Mann aus Dreck geschaffen hatte. Ihr wirkliches Zuhause war der schattige *Patio* von Puebla, und ihre Freude war das frische Leinen auf dem Mahagonitisch ihres Vaters, die handgemalten Teller, das polierte Silber und die vertrauten Gerüche.
Aufgeschnittene Birnen, Quitten, Pfirsichkompott.
(»Ich weiß, daß Sie Don León Labastida zugrunde gerichtet haben. Die drei Häuser in Puebla, die Sie von ihm haben, sind ein Vermögen wert.«
»Sie wissen doch selbst, wie es gekommen ist, Pizarro. Er wollte ein Darlehen nach dem anderen und kümmerte sich nicht um die Zinsen. Er hat sich selbst sein Grab gegraben.«
»Sie finden es lustig, wie die stolzen alten Namen verlöschen. Aber mich werden Sie nicht soweit bringen, Cruz. Ich bin keiner dieser verweichlichten Städter wie Labastida.«
»Sie zahlen Ihre Verpflichtungen pünktlich und verschulden sich nicht.«
»Niemand wird mich kleinkriegen, Cruz, so wahr mir Gott helfe.«)
Don Gamaliel, der das Nahen des Todes fühlte, bereitete seine prunkvolle Beerdigung selbst in allen Einzelheiten vor. Sein Schwiegersohn konnte ihm die tausend klingenden Pesos dafür nicht abschlagen. Der chronische Husten verschlimmerte sich. Die Brust schnürte sich ihm zu, und er hatte Mühe, dünne Luft durch eine immer härter werdende Masse aus Schleim und Blut in die Lungen zu ziehen.
Ja, und manchmal Gegenstand der Lust . . .
Der Alte ordnete einen silberbeschlagenen Leichenwagen an, ein Bahrtuch aus schwarzem Samt und acht Pferde mit silbernem Ge-

schirr und schwarzen Federbüschen auf den Köpfen. Er ließ sich in seinem Rollstuhl auf den Balkon des Wohnzimmers bringen und betrachtete mit fiebrigem Blick den Leichenwagen und die geputzten Pferde, wie sie ein um das andere Mal vorüberzogen.

Eine Mutter? Wer hat ohne Glück und ohne Schmerz geboren?

Er bat seine Tochter, die vier großen goldenen Leuchter aus den Glasschränken zu nehmen und polieren zu lassen: sie sollten ihn während der Totenwache und der Seelenmesse umgeben. Dann bat er sie, ihn eigenhändig zu rasieren, da sein Bart noch ein paar Stunden weiterwachsen würde: nur den Hals und die Wangen und ein wenig den Spitzbart und den Knebelbart. Sie sollte ihm das gestärkte Vorhemd und seinen Frack anziehen und den Hund vergiften lassen.

Reglos und stumm, selbst bei der Geburt. Aus Stolz.

Er setzte sein Testament auf, in dem er alles seiner Tochter vermachte und deren Mann zum Vermögensverwalter bestimmte. In diesen letzten Wochen behandelte er sie mehr denn je als das kleine Mädchen, das an seiner Seite herangewachsen war. Nie erwähnte er Gonzalos Tod und den ersten Besuch seines Schwiegersohnes: der Tod schien eine Gelegenheit, sich von all diesen Begebenheiten barmherzig für immer zu befreien und endlich mit einer letzten Geste die verlorene Welt wiederherzustellen.

Habe ich das Recht, seine Liebe zu zerstören, wenn sie wahrhaftig ist?

Zwei Tage vor seinem Ende verließ Don Gamaliel den Rollstuhl und legte sich zu Bett. Gegen einen Berg Kissen gelehnt, bewahrte er noch immer seine aufrechte Eleganz, sein scharfgeschnittenes, feines Profil. Manchmal streckte er die Hand aus, um sich zu vergewissern, daß Catalina bei ihm war. Der Hund lag winselnd unter dem Bett. Und dann öffneten sich seine schmalen Lippen in einem Krampf des Entsetzens, und er konnte die Hand nicht mehr ausstrecken; still lag sie auf seiner reglosen Brust. Catalina saß daneben und starrte auf diese Hand. Damals begegnete sie zum erstenmal dem Tode, denn ihr Bruder war in der Ferne gestorben und ihre Mutter, als sie noch ein kleines Kind war. So also ist das, dachte sie: diese beklemmende Stille, diese reglose Hand.

Nur wenige Familien begleiteten den Leichenwagen zur St. Franziskus-Kirche und anschließend zum Friedhof. Vielleicht fürchteten sich die Leute noch immer vor ihm. Sein Schwiegersohn ließ das Haus in Puebla vermieten.

Wie einsam ich mich damals fühlte! Das Kind genügte mir nicht, Lorenzo war nicht genug. Und ich dachte daran, wie das Leben mit dem anderen, mit Ramón, geworden wäre, das Leben, das Artemio verhinderte.

(»Chef, der alte Pizarro ist den ganzen Tag auf der *Hazienda* und sitzt mit einem Gewehr vor den zerstörten Gebäuden. Er tut keinen Schritt von den Ruinen weg.«

»Ja, Ventura, das ist auch alles, was ihm geblieben ist.«

»Oh, es sollen immer noch ein paar Männer zu ihm halten, und tapfere, was das anbelangt.«

»Ich weiß, Ventura. Präg dir ihre Gesichter ein.«)

Eines Nachts bemerkte sie, daß sie ihn, ohne es zu wollen, in einem unbewußten Augenblick beobachtete. Nach und nach verlor sie die mühelose Gleichgültigkeit der ersten Jahre, und in den braunen Abendstunden wurde sie auf seinen Blick achtsam, auf die lässige Bewegung, mit der er seine Beine auf dem Lederschemel ausstreckte, auf die Art, wie er niederkniete, um an kalten Wintertagen Feuer im alten Kamin zu machen.

Ach, es muß ein Blick voll Schwäche und Selbstmitleid sein, ein jammervoller und ruheloser Blick, denn ich kann die Traurigkeit und Verlassenheit nicht vergessen, in die mich der Tod gestoßen hat. Ich glaubte, die Ruhelosigkeit sei nur mein . . .

Sie bemerkte nicht, daß er sich damals veränderte, sie mit anderen Augen ansah, als wolle er ihr sagen, daß die harten Zeiten jetzt vorüber seien.

(»Na, Chef, jetzt fragen alle, wann Sie den Boden von Don Pizarro wohl aufteilen.«

»Sag ihnen, sie sollen sich gedulden. Sie sehen doch, daß Pizarro noch nicht aufgegeben hat. Sag ihnen, sie sollen sich gedulden und ihre Gewehre bereithalten, falls der Alte es wagt, sich mit uns einzulassen. Wenn die Lage sich beruhigt hat, teilen wir das Land auf.«

»Ich kenne Ihr Geheimnis, Chef. Ich weiß, daß Sie schon begonnen haben, das beste Land von Don Pizarro an Siedler zu verkaufen und gegen Baugrund in Puebla einzuhandeln.«
»Die kleinen Grundbesitzer werden den *Campesinos*[1] auch Arbeit geben, Ventura. Hier, das ist für dich, und reg dich nicht auf.«
»Danke, Don Artemio. Sie wissen, ich bin . . .«)
Ein veränderter Mann, der ihr jetzt, nachdem sein materieller Wohlstand gesichert war, zeigen wollte, daß seine Stärke auch dem Glück dienen könne. Nachts, wenn sein Blick endlich zur Ruhe kam, um ihr einen Augenblick stummer Aufmerksamkeit zu schenken, dachte sie zum erstenmal seit langer Zeit wieder an ihr Aussehen und hob eine Hand prüfend an ihr Haar im Nacken.
. . . während er am Kamin stand und mir mit einer . . . einer neuen Offenherzigkeit zulächelte. Habe ich das Recht, mir ein mögliches Glück zu versagen?
(»Sag ihnen, sie sollen ihre Gewehre wieder abliefern, Ventura. Sie brauchen sie jetzt nicht mehr, nachdem jeder sein eigenes Stück Land hat. Und die größeren Plantagen gehören entweder mir oder meinen Freunden. Sie haben jetzt nichts mehr zu befürchten.«
»Geht in Ordnung, Chef! Die Leute sind damit einverstanden und Ihnen für Ihre Hilfe dankbar. Natürlich haben einige viel mehr erträumt. Aber sie haben sich jetzt mit den Tatsachen abgefunden und sagen, es könnte schlimmer sein.«
»Such zehn oder zwölf der Tüchtigsten aus, und ihnen läßt du die Gewehre. Wir wollen auf die Unzufriedenen beider Seiten acht haben.«)
Später fühlte ich Groll. Ich ließ mich gehen . . . Und ich genoß es. Wie demütigend.
Er wollte die Erinnerung an den Beginn ihrer Ehe auslöschen; sie sollte ihn lieben und vergessen, warum sie ihn hatte heiraten müssen. Er lag an ihrer Seite und bat stumm, und sie spürte, daß die verschlungenen Finger jetzt mehr waren als eine plötzliche Aufwallung.

---

[1] Bauern.

Vielleicht hätte ich mit dem anderen noch mehr empfunden. Ich weiß es nicht, ich habe nur die Liebe meines Mannes gekannt, den seine Leidenschaft fortriß, als könne er keinen Augenblick länger leben, wenn ich sie nicht teilte.

Vorwurfsvoll dachte sie daran, wie sehr der Anschein dagegen sprach: wie konnte sie glauben, er habe sie vom ersten Augenblick an geliebt, als er sie auf einer Straße von Puebla gesehen hatte und noch nicht wußte, wer sie war?

Und danach, wenn wir einschlafen, wenn ein neuer Tag für uns anbricht, ist alles vorüber, und nicht eine Geste erinnert an die Liebe der Nacht.

Er hätte es ihr sagen können. Aber eine Erklärung hätte die andere nach sich gezogen, und alle hätten zu einem Tag, zu einem Ort, zu einem Gefängnis und zu einer Oktobernacht geführt. Dies wollte er vermeiden; er wußte, daß er sie nur wortlos gewinnen konnte, und er sagte sich, daß sein Körper und seine Zärtlichkeiten ihre eigene Sprache hätten. Aber ein neuer Zweifel befiel ihn. Konnte sie alles verstehen, was er ihr sagen wollte, wenn er sie in die Arme schloß? Wußte sie seine Zärtlichkeiten zu deuten? War ihre Sinnlichkeit nicht zu stark, zu sehr bloßer Widerhall? Würde sie im selbstvergessenen Spiel nicht versäumen, ihn wirklich zu verstehen?

Vielleicht war es Scham, daß sie die Nächte absonderte wie etwas, das kein Tageslicht verträgt. Vielleicht war es auch der Wunsch, die Nächte von ihrem übrigen Leben zu trennen, um ihnen dadurch größeres Gewicht zu verleihen.

Er wagte weder zu reden noch zu fragen. Er vertraute auf die Macht des Wirklichen – und auch auf Gewöhnung, Notwendigkeit und Unabänderlichkeit. Denn wohin sollte sie schon blicken? Es gab nur die Zukunft an seiner Seite. Schließlich mußte diese einfache Tatsache jenen anderen, den ersten Mann auslöschen. Mit dieser Hoffnung schlief er an ihrer Seite ein, träumte davon.

Vergib mir, daß ich über meiner Lust den Grund meines Hasses vergessen habe. Mein Gott, wie soll ich dieser Stärke, der Kraft dieser grünen Augen widerstehen? Was vermag meine Stärke schon gegen das Ungestüm und die Zärtlichkeit dieses Mannes, der nicht fragt, ob ich es will, und nicht um Verzeihung bittet für alles, was ich ihm ins Gesicht schleudern könnte. Und es hat keinen Namen. Die Dinge geschehen, bevor man sie benennen kann . . .

(»Du bist heute nacht so still, Catalina. Hast du Angst, das Schweigen zu brechen? Sagt es dir etwas?«

»Nein . . . sprich nicht!«

»Du bittest mich nie um etwas. Ich wäre froh, wenn du manchmal . . .«

»Ich lasse dich reden. Du weißt von diesen . . . diesen Dingen, die ich . . .«

»Ja, du brauchst nichts zu sagen. Du machst mich so glücklich, so glücklich. Ich hätte nie geglaubt, daß . . .«)

Nachts ließ sie sich gehen und erwiderte sein Begehren. Doch wenn sie morgens erwachte, erinnerte sie sich an den Anfang und setzte seiner Stärke von neuem ihren stillen Groll entgegen.

Ich werde es dir nicht sagen. Du besiegst mich in der Nacht, doch ich besiege dich bei Tag. Ich werde es dir nicht sagen, daß ich nie an die Geschichte geglaubt habe, die du für uns erfunden hast. Mein Vater verstand es, seine Demütigung hinter Würde und Lebensart zu verbergen, ich dagegen werde mich ein Leben lang heimlich rächen.

Sie stand auf und flocht ihr langes Haar, ohne noch einmal auf das zerwühlte Bett zu sehen. Sie zündete Licht an und betete wortlos, so wie sie wortlos bei Tag darzutun suchte, daß sie nie erobert worden sei; was freilich die Nächte und ihre zweite Schwangerschaft widerlegten. Und nur in Augenblicken wirklicher Einsamkeit, wenn ihre Gedanken weder vom Haß der Vergangenheit noch von der Scham über ihr gegenwärtiges Vergnügen erfüllt waren, gestand sie sich ein, daß er, sein Leben und seine Stärke sie gewinnen könnten . . .

Mir bietet sich dies außergewöhnliche Abenteuer, und es macht mir Angst.

Ein Ansporn zum Abenteuer, zu einer ungesicherten, unbekannten Zukunft, nichts war vertraut und gewährte Sicherheit. Er erfand sich alles neu, als wäre da vorher nichts gewesen: Adam ohne Vater, Moses ohne Gesetz. Das Leben in Don Gamaliels geordneter Welt hatte anders ausgesehen.

Wer ist er? Wie ist er aus sich selbst hervorgegangen? Nein, ich bin nicht stark genug, um sein Leben zu teilen. Ich muß mich zusammennehmen, daß ich nicht weine, wenn ich an meine Mädchenjahre denke.

Sie verglich die ruhigen Tage ihrer Kindheit mit der Gegenwart und ihrem Wirbel von harten Gesichtern, Ehrgeiz, von zerrütteten oder aus dem Nichts geschaffenen Vermögen, von fälligen Hypotheken und maßlosem Stolz.

(»Dein Mann hat uns ins Elend gebracht. Wir wollen mit dir nichts mehr zu tun haben. Du bist ein Teil dessen, was er uns angetan hat.«)

Es stimmte. Dieser Mann . . .

. . . dieser Mann, der gekommen war, sie zu zerstören: es war ihm gelungen, und nur sie hatte sich gerettet, weil sie, wenn auch nicht ihre Seele, so doch ihren Körper an ihn verkauft hatte. Sie verbrachte lange Stunden am Fenster, blickte über das Tal, in dem wilde Birnbäume wuchsen, und schaukelte manchmal die Wiege des Kindes, sie wartete auf die zweite Niederkunft und versuchte, sich die Zukunft auszumalen, die ihr dieser Abenteurer bieten würde. Er nahm die Welt, wie er ihren Körper nahm. Er besiegte die Scham mit dem gleichen Vergnügen, mit dem er alle Regeln des Anstands brach. Er saß am gleichen Tisch mit den Aufsehern der *Hazienda* und mit Bauern, die nichts von guten Manieren wußten. Das alte Haus wurde zu einem Stall, den Landarbeiter bevölkerten, die von unverständlichen, langweiligen Dingen sprachen. Dann wieder empfing er Abordnungen von Nachbarn und hörte Schmeicheleien: er sollte nach Mexico City gehen, um sie im neuen Kongreß zu vertreten. Sie würden ihn nominieren. Wer könnte ihre Interessen wahren, wenn nicht er? Wenn er und die Señora nächsten Sonntag durch die *Pueblos* des Distrikts fahren wollten, würden sie sehen, wie beliebt sie seien und wie sicher er der Wahl sein könne.

Ventura nickte noch einmal, bevor er seinen Sombrero wieder aufsetzte. Die Kalesche fuhr vor, und er wandte Ventura den Rücken und ging zu dem Schaukelstuhl hinüber, wo die schwangere Frau saß.

Oder ist es meine Pflicht, ihn bis zuletzt zu hassen?

Er streckte die Hand aus, und sie nahm sie. Die verkümmerten Rosen breiteten sich zu ihren Füßen aus, Hunde umsprangen bellend die Kutsche, und die Zweige der Pflaumenbäume waren noch naß von Tau. Als er ihr in den Wagen half, preßte er unabsichtlich ihren Arm. Er lächelte.

»Habe ich dich mit etwas gekränkt? Dann verzeih bitte.«

Er wartete einen Augenblick. Wenn sie doch wenigstens ein wenig verwirrt gewesen wäre. Irgendein Zeichen hätte ihm schon genügt: wenn nicht Zuneigung, so zumindest eine Spur von Schwäche, von Sanftmut oder von Hilfsbedürftigkeit.

Wenn ich mich nur entschließen könnte, wenn ich es nur könnte.

Wie damals bei ihrer ersten Begegnung berührte er ihre Hand, doch er fand keine Erregung. Er nahm die Zügel. Ohne ihn anzusehen, öffnete sie ihren blauen Sonnenschirm.

»Gebt auf den Jungen acht.«

Ich habe mein Leben in Tag und Nacht gespalten, als müßte ich zwei widerstreitenden Anforderungen gerecht werden. Mein Gott, warum kann ich mich nicht für eine der beiden entscheiden?

Er lenkte den Wagen nach Osten. Maisfelder begleiteten die Straße. Die Bauern hatten die bewässernden Rinnsale mit Händen gegraben, damit die kleinen Erdhügel nicht zerstört würden, in denen die Saat lag. Hoch über ihnen kreisten Sperber. Die grünen Zepter der Agaven tauchten auf. Die Macheten hieben Kerben in die Stämme: man fing den Saft auf. Nur die Sperber konnten von oben die Ausdehnung dieses feuchten, fruchtbaren Landes ermessen, das jetzt ihm gehörte – einst das Land von Bernal, Labastida und Pizarro.

Ja, er liebt mich. Er muß mich lieben.

Die Silberlinien der Bewässerungsgräben hörten bald auf, und das Land sah wieder aus wie immer: eine kalkige Ebene mit Agaven. Wenn die Kutsche vorbeifuhr, vergaßen die Arbeiter ihre Macheten und Hacken, und die Eselstreiber trieben ihre Tiere an. Staubwolken erhoben sich über dem ausgedorrten, unberührten

Land. Weiter vorn zog einem Bienenschwarm gleich eine fromme Prozession; die Kutsche hatte sie bald eingeholt.

Ich will noch einmal alles bedenken, was für seine Liebe spricht. Beweisen es nicht die Worte, die er mir im Bett sagt, sein Ungestüm und seine unverhohlene Lust? Selbst jetzt, wo ich schwanger bin, kann er nicht von mir lassen. Ist das kein Beweis?

Der langsame Zug der Pilger hielt sie auf: Kinder in weißen, mit Goldlitzen besetzten Hemden, einige mit Heiligenscheinen aus Silberpapier, die über ihren schwarzen Köpfen schwankten; verhüllte Frauen mit glühenden Wangen und gläsernem Blick führten sie an der einen Hand, während sie sich mit der anderen bekreuzigten und alte Litaneien murmelten. Sie lagen auf den Knien, mit bloßen Füßen, den Rosenkranz in den Fingern. Einige Frauen stützen einen Mann mit verkrüppelten Beinen, der ein Gelübde ablegen wollte; andere peitschten einen Sünder, einen Gesetzesbrecher, der einen Gürtel aus dornigen Zweigen trug und mit Wonne die Schläge empfing. Dornenkronen öffneten Wunden auf dunklen Stirnen, geweihte Opuntienbänder gruben sich in die nackten Oberkörper der Büßer. Indianische Laute, keine spanischen. Der Boden war mit Blutstropfen bedeckt, und ihre Füße gingen darüber hinweg: dreckverkrustete, schwielige Füße. Der Wagen kam nicht vorbei.

Warum kann ich all das nicht ohne Schuldgefühl, ohne Vorbehalt annehmen? Ich will es als Beweis, daß er meinem Körper nicht widerstehen kann, doch ich nehme es auch nur als Beweis dafür, daß er mir unterliegt, daß ich jede Nacht diese Liebe bei ihm wekken kann, um sie am nächsten Tag mit meiner Kälte und meiner Fremdheit zu entwürdigen. Warum kann ich mich nicht entscheiden? Warum muß ich es denn?

Die Kranken preßten Zwiebelbrei gegen die Schläfen oder ließen sich mit Palmzweigen von den Frauen antreiben. Hunderte und aber Hunderte: ein endloses Jammern und Gebetemurmeln: selbst die räudigen Köter folgten mit hängenden Köpfen der Prozession, die sich langsam auf zwei ferne rötliche Türme, eine gekachelte Fassade und Kuppeln aus gelbem Mosaik zubewegte. Kürbisflaschen hoben sich zu schmalen Lippen, und das klebrige Weiß des

Pulque-Schnapses lief ihnen übers Kinn. Weiße Augen, von der Krätze zerfressene Gesichter, rasierte Köpfe kranker Kinder, pokkennarbige Nasen, von der Syphilis ausradierte Brauen: der Stempel der Konquistadoren auf den Leibern der Eroberten. Barfuß, auf Knien, auf allen vieren krochen sie zu dem Heiligtum, das zu Ehren des spanischen Gottes errichtet worden war. Hunderte und aber Hunderte von nackten Füßen, schwieligen Händen, das Zeichen des Kreuzes, Schweiß, Jammern, Striemen, Flöhe, Schmutz, Lippen, Zähne, Hunderte.

Ich muß mich entscheiden. Ich habe keine andere Wahl, als bis zu meinem Tode die Frau dieses Mannes zu sein. Warum finde ich mich nicht einfach damit ab? Ja, es ist leicht gedacht, nicht leicht dagegen ist es, zu vergessen, warum ich ihn hasse. Gott, mein Gott, sag mir, ob ich mir selbst ein Glück zerstöre. Sag mir, ob ich ihn meinen Pflichten als Schwester und Tochter vorziehen soll ...«

Die Kutsche bahnte sich nur mühsam einen Weg durch den Staub und die Menge, die keine Eile kannte und sich auf Knien zur Kirche schleppte. Wegen der Agavenreihen entlang des Weges konnte er nicht in das Feld ausweichen. Die Frau hielt ihren Sonnenschirm gegen die Sonne, und er schwankte leise über den Köpfen der Büßer. Mit Rehaugen, rosigen Ohrläppchen und weißer Haut saß sie neben ihm und hielt ihr Taschentuch vor Nase und Mund – mit hohen Brüsten unter der blauen Seide, mit gewölbtem Leib und gekreuzten Füßen in zierlichen Atlasschuhen. Hände ...

Wir haben einen Sohn. Mein Vater und mein Bruder sind tot. Warum komme ich von der Vergangenheit nicht los? Ich muß in die Zukunft blicken. Aber ich kann mich nicht entscheiden. Werde ich einfach dasitzen und mir die Entscheidung von den Ereignissen abnehmen lassen? Vielleicht. Mein Gott, ich erwarte wieder ein Kind ...

Hände streckten sich ihr entgegen: der schwielige Arm eines alten Indianers, die nackten Arme der Frauen. Ein Murmeln der Bewunderung und der Zärtlichkeit ging durch die Menge, man wollte sie berühren, und Stimmen erhoben sich: »Kleine Mutter ... kleine Mutter.« Die Kutsche hielt, und er sprang herunter. Er schwang die Peitsche über den dunklen Köpfen und schrie, sie sollten Platz machen. Er war groß, ganz in Schwarz gekleidet, und sein Sombrero reichte bis zu den Brauen.

Mein Gott, warum hast du mich vor diese schwere Entscheidung gestellt?

Sie ergriff die Zügel und riß das Pferd heftig nach rechts, einige stürzten zu Boden, und das Pferd bäumte sich, schlug mit den Vorderfüßen aus, zerbrach rote Tonkrüge, stieß Kisten mit gakkernden Hühnern um und streifte die Köpfe von gestürzten Indianern. Das Pferd drehte sich im Kreise, und sie erstickte unter dem Schweiß und den offenen Wunden dieser dunklen Körper, unter dem dumpfen Lärm, den Insekten und dem Gestank nach Pulque. Sie stand auf, wankte unter dem Gewicht ihres Leibes und ließ die Peitsche auf den Pferderücken herabsausen. Die Indianer stolperten mit kleinen Schreien der Überraschung und des Schreckens zur Seite und fielen mit erhobenen Armen rückwärts gegen die Mauer der Agaven. Der Wagen zog an, und sie fuhr zurück.

Warum hast du mir dies Leben gegeben, in dem ich mich entscheiden muß? Ich bin dem nicht gewachsen.

Sie keuchte, als das Pferd auf das Haus zugaloppierte, das hinter Obstbäumen versteckt lag – er hatte sie gepflanzt.

Ich bin eine schwache Frau. Alles, was ich will, ist ein Leben in Frieden, in dem andere für mich entscheiden. Nein, ich kann mich nicht entscheiden . . . ich kann nicht, kann nicht . . .

Man hatte in der prallen Sonne vor der Kirche lange Tische aufgestellt. Fliegenschwärme summten über den großen Töpfen mit Bohnen und den Bergen harter *tacos*[1], die man auf ausgebreitete Zeitungen geschichtet hatte. Große Flaschen Pulque-Schnaps, den man mit süßen Kirschen angesetzt hatte, gekochte Maiskolben und Mandelmilchbonbons in drei Farben. Der Bürgermeister bestieg eine kleine Plattform und hielt eine Lobrede auf Cruz. Gelassen nahm er seine Nominierung zum Kreisdeputierten an. Sie war schon vor Monaten in Puebla und Mexico City mit der Re-

[1] Kleine zigarrenförmige Pastete aus Fleisch, Mais und Gewürzen.

gierung vereinbart worden, die seine Verdienste während der Revolution und seinen vorbildlichen Entschluß anerkannte, nach der Entlassung aus der Armee das Programm der Landwirtschaftsreform durchzuführen. So würdigte sie seine hervorragenden Leistungen, als er in einer Zeit mangelnder Staatsgewalt auf eigenes Risiko und eigene Kosten in den umliegenden Gebieten für Ordnung gesorgt hatte. Um ihn erhob sich das anhaltende dumpfe Murmeln der Pilger, die gerade die Kirche betraten oder schon wieder verließen, laut riefen sie Gott und die Jungfrau an, wehklagten und tranken aus den Pulque-Flaschen. Irgend jemand schrie plötzlich auf, ein paar Schüsse wurden abgegeben, doch der neue Kandidat bewahrte seine Haltung, und die Indianer kauten ungerührt ihre *tacos* weiter. Ein Trommelwirbel ertönte zu seinen Ehren, und die Sonne verschwand hinter den Bergen, als er einem einheimischen Redner das Wort überließ.

»Wie ich Ihnen gesagt habe«, brummte Ventura, als der pünktliche Nachmittagsregen einsetzte. »Don Pizarros Totschläger. Kaum waren Sie auf der Plattform, haben sie schon auf Sie angelegt.«

Er trug keinen Hut und zog jetzt den mit Spreu bedeckten Regenmantel über den Kopf. »Und wie geht es ihnen?«

»Sie sind kaltgemacht. Wir hatten sie umzingelt, noch ehe die Versammlung begann.«

Er setzte seinen Fuß in den Steigbügel. »Wirf sie vor Pizarros Tür.«

Er haßte seine Frau, als er den kahlen, getünchten Raum betrat: wie sie in ihrem Schaukelstuhl saß und die Arme rieb, als fröstele sie bei seinem Anblick, als wehe sie sein Atem kühl an, als ginge ein kalter Hauch von dem getrockneten Schweiß seines Körpers und dem zögernden Ton seiner Stimme aus. Ihre schmalen, geraden Nasenflügel bebten. Er warf seinen Sombrero auf den Tisch und ging auf sie zu, seine Sporen klirrten auf dem Backsteinboden.

»Die Leute . . ., sie haben mich erschreckt.«

Er sagte nichts. Er zog den Regenmantel aus und hing ihn in die Nähe des Kamins. Der Regen prasselte auf die Dachziegel. Es war das erstemal, daß sie versuchte, sich zu entschuldigen.

»Man hat mich nach meiner Frau gefragt. Es war ein wichtiger Tag für mich.«
»Ja, ich weiß . . .«
»Wie soll ich es dir erklären . . . wir alle brauchen . . . alle brauchen wir Zeugen für unser Leben, damit wir es leben können.«
»Ja.«
»Aber du . . .«
»Aber ich habe mir mein Leben nicht ausgesucht!« sagte sie schneidend und klammerte sich an die Armlehnen des Schaukelstuhls. »Wenn du deinen Willen aufzwingst, dann erwarte später keinen Dank oder . . .«
»Gegen deinen Willen? Warum macht es dir dann soviel Spaß? Warum stöhnst und tobst du so im Bett, wenn du danach ein langes Gesicht ziehst? Wer soll da aus dir klug werden?«
»Schuft!«
»Los, antworte mir. Warum?«
»Ich wäre mit jedem Mann so!«
Sie sah ihn herausfordernd an. Jetzt war es gesagt. Besser so, ohne Beschönigung. Sie fuhr fort: »Was weißt du schon? Du könntest für mich genausogut ein anderes Gesicht und einen anderen Namen haben . . .«
»Catalina . . . ich habe dich geliebt. Es hat an nichts gefehlt, von meiner Seite.«
»Laß mich. Ich bin für immer in deinen Händen, du hast, was du wolltest. Gib dich damit zufrieden und verlang nichts Unmögliches.«
»Warum beklagst du dich? Ich weiß, daß es dir Spaß macht . . .«
»Laß mich. Rühr mich nicht an. Halt mir meine Schwäche nicht vor. Ich schwöre, daß ich mich nie wieder mit dir gehen lasse . . . nicht so.«
»Du bist meine Frau.«
»Komm mir nicht zu nahe. Oh, ich werde mit dir schlafen, du wirst nichts verlieren, du wirst bekommen, was dir zusteht, aber das wird auch alles sein.«
»Ja, und du wirst es für den Rest deines Lebens ertragen müssen.«

»Ich weiß mich zu trösten. Mit Gottes Hilfe und mit meinen Kindern wird mir nichts fehlen.«
»Und was hat das mit Gott zu tun?«
»Deine Beleidigungen treffen mich nicht. Ich weiß mich zu trösten.«
»Wofür denn?«
»Als ob du es nicht wüßtest. Daß ich mit dem Mann leben muß, der meinen Bruder verraten und meinen Vater gedemütigt hat.«
»Du wirst es dir schwer machen. Du bringst mich auf die Idee, dich jedesmal an deinen Vater und deinen Bruder zu erinnern, wenn du dich für mich auf den Rücken legst . . .«
»Du kannst mich nicht mehr beleidigen.«
»Sei nicht so sicher.«
»Mach, was du willst. Verletzt dich die Wahrheit? Du hast meinen Bruder getötet.«
»Deinem Bruder blieb keine Zeit, verraten zu werden. Er wollte ein Märtyrer werden. Er wollte sich nicht retten.«
»Er starb, und du bist da und lebst von seinem Erbe. Das ist alles, was ich weiß.«
»Dann quäl dich, Catalina, und denk daran, daß ich nie auf dich verzichten werde, nie, nicht einmal, wenn ich sterbe, denn auch ich verstehe zu demütigen. Du wirst noch bereuen, wie wenig du berücksichtigt hast, daß . . .«
»Glaubst du, ich sehe nicht das Tier in deinem Gesicht, wenn du mir von Liebe sprichst?«
»Ich habe dich nicht nur so geliebt. Du warst ein Teil meines Lebens . . .«
»Rühr mich nicht an. Es gibt Dinge, die du nicht kaufen kannst.«
»Catalina, laß uns diesen Tag vergessen. Denk daran, daß wir unser ganzes Leben zusammen verbringen werden.«
»Geh. Ich weiß das alles, ich habe darüber nachgedacht.«
»Dann vergib mir. Ich bitte dich noch einmal.«
»Würdest du mir verzeihen?«
»Es gibt nichts, was ich dir zu verzeihen hätte.«
»Vielleicht doch: ich gebe dir nämlich Schuld, daß ich allmählich den Mann vergesse, der mich wirklich liebte. Wenn ich mich nur

an sein Gesicht erinnern könnte ... Auch das werfe ich dir vor, daß ich sein Gesicht vergessen habe. Wenn ich nur seine Liebe vor der deinen gekannt hätte, dann hätte ich wirklich gelebt. Glaube mir, ich hasse ihn sogar noch mehr als dich: er ließ sich Angst einjagen und kam nie wieder. Vielleicht sage ich dir diese Dinge nur, weil ich sie ihm nicht sagen kann. Ja, sag schon, daß dies feige von mir ist. Vielleicht, ich weiß es nicht, ich bin schwach ... aber du, du kannst viele Frauen haben, wenn du willst, während ich an einen Mann, an dich, gebunden bin. Wenn er ... wenn er mich einfach gewaltsam genommen hätte, brauchte ich nicht mehr an ihn zu denken, brauchte ich ihn nicht zu hassen, obgleich ich mich an sein Gesicht nicht mehr deutlich erinnere. Aber er hat mich für immer unbefriedigt gelassen ... verstehst du das? Und weil ich nicht den Mut habe, die Schuld an allem auf mich zu nehmen, und weil er nicht da ist für meinen Haß, gebe ich dir die Schuld, hasse ich dich, und du bist stark genug, es zu ertragen. Sag: kannst du mir all das vergeben? Denn ich kann dir nicht vergeben, solang ich mir nicht vergeben habe und ihm, der so schwach war, der fortlief ... Aber ich will nicht daran denken, ich will nicht davon reden. Ich will nur in Frieden leben und Gott – nicht dich – um Vergebung bitten ...«

»Bist du bald fertig? Dein Schweigen ist mir wahrhaftig lieber.«

»So, jetzt weißt du es. Du kannst mich nun verletzen, soviel du magst; ich habe dir die Waffen dazu gegeben. Und ich will, daß du mich haßt. Laß uns beide unsere Illusionen ein für allemal begraben.«

»Es wäre einfacher, alles zu vergessen und von vorn anzufangen.«

»Nein, wir sind dafür nicht geschaffen.«

Sie saß bewegungslos vor ihm und dachte an ihren ersten Entschluß, an das, was sie damals nach dem Gespräch mit Don Gamaliel beschlossen hatte: die Ereignisse hinzunehmen und abzuwarten; sich jetzt zu opfern, um sich später dafür zu rächen.

»Du kannst meinen Haß nicht hindern, siehst du das nicht? Nenn mir einen Grund, der mich hindern könnte.«

»Haß ist zu einfach.«

»Rühr mich nicht an. Nimm deine Hände weg!«

»Zu einfach. Liebe ist schwer. Sie verlangt mehr, sie . . .«
»Haß ist natürlich, er ist eben mein natürliches Gefühl.«
»Er verlangt keine Mühe, keine Anstrengung. Er kommt von allein.«
»Faß mich nicht an!«
Sie sah ihn jetzt nicht mehr an. Das Verstummen löschte die Nähe des großen, schwarzgekleideten Mannes mit seinem Schnurrbart aus. Der Schmerz legte sich wie mit eisernen Klammern um seinen Kopf. Und er erriet noch mehr in den wundervollen, düsteren Augen seiner Frau. Dieser zusammengekniffene, von Verachtung verzerrte Mund schleuderte ihm Worte entgegen, die nie über ihre Lippen kämen:
Glaubst du, nach allem, was du getan hast, hättest du noch ein Recht auf Liebe? Glaubst du, das Gesetz des Lebens würde sich ändern, damit dir außer allem anderen auch noch Liebe zuteil würde? Du hast deine Unschuld in der einen Welt verloren, du kannst sie in einer anderen nicht zurückverlangen. Vielleicht hattest du deinen Garten. Auch ich hatte meinen Garten, mein kleines Paradies. Jetzt haben wir es beide verloren. Denk dran: in mir wirst du nicht finden, was du für immer, aus eigener Schuld, verloren hast. Ich weiß weder, woher du kommst, noch was du früher getan hast. Ich weiß nur, daß dein Leben damals schon etwas eingebüßt hatte, was du später auch aus dem meinen verbannt hast: den Traum und die Unschuld. Keiner von uns wird je wieder so sein wie einst.
Er versuchte, in ihrem reglosen Gesicht zu lesen. Unwillkürlich drängte sich ihm eine Erklärung auf, die sie nicht ausgesprochen hatte. Auf seine verborgene Angst antwortete es: Kain. Ein furchtbares Wort, das nie über ihre Lippen kommen durfte, denn selbst wenn alle Hoffnung auf Liebe verloren war, würde sie bis zuletzt sein stummer, argwöhnischer Zeuge sein. Er biß die Zähne zusammen. Nur eines konnte diese Mauer der Trennung und Bitterkeit niederreißen. Bestimmte Dinge mußten gesagt werden – jetzt oder nie. Wenn er sie überzeugen konnte, würden sie beide vergessen und von vorn anfangen. Wenn nicht . . .
Ja, ich lebe und bin bei dir, weil ich andere für mich sterben ließ.

Ich kann dir von ihnen erzählen, denn ich habe meine Hände in Unschuld gewaschen und die Achseln gezuckt. Nimm mich so, mit dieser Schuld, und sieh in mir einen, der Hilfe braucht . . . Hasse mich nicht. Hab Mitleid mit mir, geliebte Catalina. Denn ich liebe dich; wäge meine Schuld gegen meine Liebe, und du wirst sehen, daß meine Liebe schwerer wiegt . . .

Er wagte es nicht. Er fragte sich, warum sie nicht die Wahrheit von ihm verlangte – die Wahrheit, die er von allein nicht über die Lippen brachte, obwohl er wußte, daß gerade auch diese Feigheit sie trennte und an ihrer zerbrochenen Liebe schuld war – warum bestand sie nicht darauf, so daß sie sich gemeinsam von der Schuld reinwaschen könnten, die er teilen wollte, um erlöst zu werden?

Nicht allein; allein kann ich es nicht. Aber jetzt bin ich stark. Und meine Stärke liegt darin, daß ich dies Schicksal widerspruchslos hinnehme.

Während dieses kurzen Augenblicks stummer Besonnenheit fügte auch er sich in die Unmöglichkeit, noch einmal umzukehren und es noch einmal zu versuchen. Sie stand auf und sagte, das Kind schliefe allein in ihrem Zimmer. Als sie gegangen war, stellte er sich vor, wie sie vor dem Kruzifix aus Elfenbein kniete und sich endgültig von seinem Schicksal und seiner Schuld löste, die an ihre Erlösung geknüpft war, wie sie – trotz seines wortlosen Angebots – verwarf, was ihr gemeinsames Schicksal hätte sein sollen. Sie würde nicht zu ihm zurückkehren.

Er kreuzte die Arme und ging in die Nacht der Felder hinaus. Er hob den Kopf zur strahlenden Venus, dem ersten der vielen Sterne, die bald am Nachthimmel aufleuchten würden. In einer anderen Nacht, vor langer Zeit, hatte er genauso zu den Sternen emporgeblickt. Aber es war fruchtlos, daran zu denken; weder er noch die Sterne waren dieselben wie damals.

Der Regen hatte aufgehört. Aus dem Obstgarten kam der schwere Duft von Gujava-Bäumen, von Rosen, Pflaumen und Pfirsichen. Er hatte die Bäume dieses Gartens gepflanzt, und er hatte die Hecke gezogen, die das Haus und den Obstgarten – sein eigenstes Reich – von den Feldern trennte.

Als er nasse Erde unter seinen Stiefeln spürte, steckte er die

Hände in die Hosentaschen und ging langsam auf das Tor zu. Er öffnete es und ging zu der Gruppe kleiner Häuser hinüber, wo die junge Indianerin wohnte, die er während der ersten Schwangerschaft seiner Frau gelegentlich besucht hatte. Nie hatte sie etwas gefragt, nie hatte sie von später gesprochen.
Ohne anzuklopfen stieß er die Tür der baufälligen Lehmhütte auf und trat ein. Er nahm sie beim Arm, rüttelte sie wach und spürte die Wärme ihres dunklen, schlaftrunkenen Körpers. Erschrocken starrte das Mädchen auf sein verzerrtes Gesicht, das wirre Haar, das über seine grünen Augen hing, die dicken Lippen und den struppigen Schnurrbart.
»Komm, hab keine Angst.«
Sie hob die Arme, um in ihre weiße Bluse zu schlüpfen, und griff nach dem Umschlagtuch. Er ging mit ihr hinaus. Sie stöhnte leise wie ein angebundenes Kalb. Er hob ihr Gesicht zu den Sternen.
»Siehst du den großen Stern? Sieht er nicht aus, als könnte man ihn anfassen? Und doch weißt du, daß man ihn nicht erreichen kann. Wir verzichten besser auf das, was wir nicht mit den Händen berühren können. Komm. Du sollst mit mir in dem großen Haus leben.«
Mit gesenktem Kopf betrat das Mädchen den Obstgarten. Regennasse Bäume schimmerten in der Dunkelheit. Die Erde strömte betäubende Gerüche von Gärung aus.
Und oben, im Schlafzimmer, ließ die Frau die Tür angelehnt und legte sich nieder. Sie zündete das Nachtlicht an, wandte das Gesicht zur Wand, faßte sich mit den Händen um die Schultern und zog die Beine hoch. Einen Augenblick später setzte sie sich auf den Bettrand und tastete nach den Pantoffeln. Sie stand auf und durchmaß das Zimmer der Länge nach, wobei sie den Kopf abwechselnd hob und senkte. Selbstvergessen summte sie dem Kind, das in seinem Bettchen schlief, eine Melodie. Sie strich sich über den Leib und legte sich wieder hin, um mit offenen Augen auf das Geräusch seiner Schritte im Gang zu warten.

Ich lasse die Leute um mich herum machen, was sie wollen. Ich kann weder denken noch wünschen. Ich gewöhne mich allmählich an den Schmerz: nichts kann ewig dauern, ohne schließlich zur Gewohnheit zu werden, der Schmerz, den ich unter meinen Rippen spüre, um den Nabel, in den Eingeweiden; er ist jetzt mein Schmerz geworden, ein Schmerz, der eher nagt als bohrt: der Geschmack nach Erbrochenem auf meiner Zunge ist mein Geschmack, der geschwollene Höcker meines Bauches ist das Kind in meinem Leib, und ich finde es komisch. Ich versuche, es zu berühren, und fahre mit der Hand vom Nabel zum Schambein. Neu. Rund. Teigig. Aber der kalte Schweiß hat aufgehört. Da ist wieder das farblose Gesicht, das sich flüchtig in den Glasfacetten von Teresas Börse spiegelt, als diese an meinem Bett vorbeikommt. Sie trennt sich nie von ihrer Börse, als ob Diebe in diesem Schlafzimmer wären. Ich bin zusammengebrochen, das ist alles, was ich weiß. Der Arzt ist gegangen, und er hat gesagt, er müsse noch mehr Ärzte holen. Er will nicht allein für mich verantwortlich sein. Das ist alles, was ich weiß. Aber ich sehe sie. Sie kommen herein. Die Mahagonitür öffnet und schließt sich, und ihre Schritte sind lautlos auf dem dicken Teppich. Sie haben die Fenster geschlossen. Sie haben die grauen Vorhänge mit einem zischenden Geräusch zugezogen. Sie sind hereingekommen. Ah, dort ist ein Fenster. Dort gibt es eine Welt, dort weht frischer Wind, Wind von der Hochebene. Wind, der durch die dunklen und zart verästelten Bäume streicht. Dort atmen . . .

»Macht das Fenster auf.«

»Nein, wenn du dich jetzt erkältest, wird es noch schlimmer.«

»Macht das . . .«

»Domine non sum dignus . . .«

»Ich pfeif auf Gott . . .«

»Weil du an ihn glaubst . . .«

»Sehr schlau. Das war wirklich schlau. Es beruhigt mich. Ich will jetzt nicht an diese Dinge denken. Ja, warum sollte ich ihn lästern, wenn es ihn gar nicht gibt. Das scheint mir richtig. Ich werde jetzt alles über mich ergehen lassen, denn wenn ich mich auflehne, bedeutet es, daß ich die Wirklichkeit dieser Dinge zugestehe. Ja, so werde ich es machen. Verzeihung. Der Priester versteht mich. Ich werde ihnen nicht durch Auflehnung recht geben. Der andere Weg ist besser. Ich werde ein gelangweiltes Gesicht aufsetzen. Das scheint mir das beste. Wieviel Wichtigkeit er all dem beimißt. Mich ginge es am meisten an, und doch bedeutet es mir nur das Ende aller Wichtigkeit. Ja: jetzt sind wir auf dem rechten Weg. Ich begreife, daß alles, was für mich seine Wichtigkeit verliert, für sie zum Wichtigsten überhaupt wird, der eigene Schmerz und die Errettung einer fremden Seele. Mit hohlem Schnarchen atme ich durch die Nase, lasse sie machen, was sie wollen, und kreuze die Arme über dem Magen. Schert euch alle zum Teufel, ich will zuhören! Ich will sehen, ob sie mich verstehen, ob sie verstehen, daß ein Finger nach oben bedeutet ...

... sie behaupten, diese Gefrierwagen ließen sich auch in Mexiko herstellen. Wir müssen das verhindern. Zwanzig Millionen Pesos, das heißt anderthalb Millionen Dollar ...

Zuzüglich unserer Kommission.

Das Eis wird Ihrer Erkältung nicht besonders gut tun.

Bloß Heufieber. Gut, ich werde ...

Ich bin noch nicht fertig. Außerdem sagen sie, die Frachtsätze, welche die Bergbaugesellschaften vom Landesinneren bis zur Grenze zahlen, seien außerordentlich niedrig und kämen einer Subvention gleich. Sie sagen, es sei teurer, Gemüse zu transportieren als das Erz unserer Gesellschaften ...

Scheußlich, scheußlich ...

Allerdings. Und wie Sie wissen, rentiert es sich nicht mehr, unsere Lager abzubauen, wenn die Frachtsätze höher werden.

Weniger Profit, klar, weniger profitieren, weniger, weniger ...

»Was ist los, Padilla? Padilla, hörst du nicht? Was ist das für ein verfluchter Lärm?«

»Das Band ist abgelaufen. Einen Augenblick. Ich drehe es sofort um.«

»Er hört nicht zu, Señor Padilla.«

Padilla lächelt wohl, denn er weiß es besser. Padilla kennt mich. Ich höre zu. Oh ja, ich höre zu. Und dieses Geräusch elektrisiert mein Gehirn, dies Geräusch meiner eigenen Stimme, meiner um-

gekehrten Stimme, die beim Rückspulen wie ein Eichhörnchen quietscht, eine Stimme gleich den elf Buchstaben meines Namens, den man auf tausend Arten schreiben kann – Amuc Reoztrir Zurtec Marzi Itzau Erimor – und der doch seinen Schlüssel, seine Schablone hat: Artemio Cruz. Ah, ich höre meinen Namen, wie er quietscht, rückwärts abläuft, anhält:
Mr. Corkery, seien Sie bitte so freundlich und telegrafieren Sie an alle Interessenten in den Vereinigten Staaten, damit eine Pressekampagne gegen die kommunistischen Eisenbahner Mexikos gestartet wird.
Klar, wenn Sie sagen, daß es Kommunisten sind, ich glaube nur, daß es meine Pflicht ist, auf jeden Fall die Aufrechterhaltung unserer . . .
Ja, ja, ja. Wie gut, daß sich unsere Ideale mit unseren Interessen decken. Aber noch etwas anderes: reden Sie doch bitte mit Ihrem Gesandten, daß er die mexikanische Regierung etwas unter Druck setzt. Alle sind dort neu im Amt und noch recht unerfahren.
Oh, wir intervenieren nie.
Entschuldigen Sie bitte meine Direktheit. Ich meinte vielmehr: legen Sie dem Gesandten doch bitte nahe, er möge die Lage in aller Ruhe untersuchen und unsere Regierung seine unparteiische Meinung wissen lassen, die nur von der verständlichen Sorge um die Interessen unserer amerikanischen Landsleute bestimmt ist. Und er soll bitte betonen, daß ein günstiges Investitionsklima gewahrt bleiben muß, bei diesen Unruhen jedoch . . .
Okay, okay.
Oh, was für ein Schwall von Bedeutungen, von schweigenden Folgerungen, von Worten: wie ermüdend, was für eine Sprache, die keine Sprache ist. Aber ich habe all das gesagt, es ist mein Leben, und ich muß es anhören. Sie werden meine Geste nicht verstehen, denn ich kann die Finger kaum bewegen: abstellen, es langweilt mich, es bedeutet nichts, nichts als Gewäsch, leeres Gewäsch . . . Ich muß ihnen etwas sagen.
»Du hast ihn beherrscht, zugrunde gerichtet und von mir fortgenommen.«

»An jenem Morgen wartete ich auf ihn. Voll Glück. Wir ritten durch den Fluß.«

»Ich gebe dir die Schuld, nur dir. Du bist der Schuldige.«

Teresa läßt die Zeitung sinken. Dicht neben meinem Bett sagt Catalina, als könnte ich sie nicht hören: »Er sieht arg elend aus.«

»Hat er gesagt, wo es ist?« Teresas Stimme ist sehr leise.

Catalina schüttelt den Kopf. »Die Rechtsanwälte haben nichts. Er muß es selbst geschrieben haben. Aber ihm ist durchaus zuzutrauen, daß er ohne Testament stirbt, nur um uns das Leben zu erschweren.«

Ich höre ihr mit geschlossenen Augen zu und verstelle mich, verstelle mich.

»Der Pater konnte nichts aus ihm herausbringen?«

Catalina hat wohl verneint. Sie kniet am Kopfende des Bettes, und ich höre ihre Stimme, langsam und gebrochen: »Wie geht es dir? Willst du nicht ein wenig plaudern? Da ist noch ... Artemio ... da ist noch etwas sehr Ernstes. Wir wissen nicht, ob du ein Testament hinterlassen hast. Und wir wüßten gerne, wo ...«

Meine Schmerzen lassen nach. Sie sehen nicht den kalten Schweiß, der von meiner Stirn rinnt, und nicht meine gespannte Reglosigkeit. Ich höre ihre Stimmen, und jetzt kann ich auch ihre Umrisse unterscheiden. Alles rückt wieder in seinen gewohnten Brennpunkt, und ich kann sie deutlich erkennen, ihre Gesichter, ihre Haltung. Ich wollte, der Schmerz in meinem Bauch kehrte wieder. Ich sage mir, sage mir ganz deutlich, daß ich sie nicht liebe, daß ich sie nie geliebt habe.

»Wir wüßten gerne, wo ...«

Sollen sie doch glauben, sie hätten mit einem Krämer zu tun, der keinen Kredit gibt, die alten Vetteln; mit einem Hausbesitzer, der die Mieter auf die Straße setzt, mit einem Winkeladvokat, einem Kurpfuscher. Sollen sie doch glauben, sie gehörten zum schäbigen Mittelstand, die alten Vetteln. Sollen sie sich doch zu denen zählen, die nach Magermilch Schlange stehen, Grundsteuern zahlen, irgendwann einmal zum Chef gerufen werden, ein Darlehen erhalten; zu denen, die Schlange stehen und dabei vom Vorwärts-

kommen träumen, die Frau und Tochter von Artemio Cruz beneiden – um ihr Auto, ihr Haus in den Lomas de Chapultepec, ihre Nerzmäntel, ihre Smaragdkolliers, ihre Auslandsreisen. Ja, sollen sie sich doch vorstellen, sie gehörten zu einer Welt ohne meinen Stolz und meine Entscheidungskraft, einer Welt, in der ich tugendsam und demütig wäre: dort unten, woher ich komme, oder hier oben, wo ich jetzt bin: nur hier, sage ich ihnen, ist Würde möglich, nicht dort unten, in Mittelmaß, Neid, Eintönigkeit und Schlangestehen: alles oder nichts. Ob sie wissen, daß ich so spiele? Alles oder nichts, alles auf Rot oder Schwarz, wenn man ein Kerl ist. Alles aufs Spiel setzen, alles riskieren, sich der Gefahr aussetzen, von jenen unter oder über einem erschossen zu werden. So muß ein rechter Mann sein, ein Mann von meinem Schlage, und nicht, wie ihr ihn gewollt habt ... eine halbe Portion, einen jähzornigen Kerl, einen Muskelprotz, einen Mann der Freudenhäuser und der Wirtschaften, eine Postkartenschönheit. Ich nicht! Ich mußte euch nicht anbrüllen, ich mußte nicht betrunken heimkommen, um euch Angst zu machen, ich mußte euch nicht verprügeln, um mich durchzusetzen. Ich mußte mich nie demütigen, um Zärtlichkeiten zu erflehen. Ich gab euch Reichtum und erwartete keinen Dank, weder Zärtlichkeit noch Verständnis, und weil ich nichts von euch verlangte, konntet ihr mich nicht verlassen; ihr habt an meinem Luxus gehangen, und ihr habt mich verflucht, wie ihr eine kümmerliche Lohntüte nie verflucht hättet; doch ihr mußtet mich achten, wie ihr Mittelmäßigkeit nie geachtet hättet; oh, ihr alten Vetteln, ihr anmaßenden, unfruchtbaren Matronen, die ihr alle Vorteile des Reichtums besessen habt, aber die ihr nie die kleinlichen Seelen des Mittelstandes verloren habt; wenn ihr wenigstens euren Vorteil genützt hättet, wenigstens begriffen hättet, wozu Reichtum dienen kann. Ich hingegen hatte alles, was man kaufen kann, und auch das, was nicht käuflich ist. Ich hatte Regina, ich liebte Regina, sie hieß Regina, und sie liebte mich, als ich noch arm war, sie folgte mir, sie gab meinem Leben dort unten einen Sinn: hört ihr mich? Aber ich hörte dich, Catalina, ich hörte dich eines Tages sagen:
»Dein Vater ... dein Vater, Lorenzo, glaubst du ... glaubst du,

Gott kann wahrscheinlich ...? Ich weiß nicht, die Heiligen, die echten Märtyrer ...«
»Domine non sum dignus ...«

Selbst in der Tiefe deiner Schmerzen wirst du den Weihrauch riechen, der dich immer noch umgibt, und trotz deiner geschlossenen Augen wirst du wissen, daß man die Fenster zugemacht hat und du nicht mehr die frische Abendluft atmest, sondern nur noch den Weihrauch, die Schweißfährte des Priesters, der gekommen ist, dir die Absolution zu erteilen, einen Dienst, den du nicht von ihm verlangt hast und den du trotzdem annehmen wirst, um ihnen nicht in deiner letzten Stunde das Schauspiel der Auflehnung zu bieten: du wünschst, alles möge weitergehen, ohne daß du jemandem etwas schuldest, und du möchtest dich an ein Leben erinnern, in dem es überhaupt keine Schulden gibt: sie wird dich freilich daran hindern, die Erinnerung an sie – du wirst sie Regina nennen; wirst sie Laura nennen; wirst sie Catalina nennen; wirst sie Lilia nennen – wird all deine Erinnerungen zusammenfassen und dich zwingen, ihr zu danken: doch selbst diese Dankbarkeit wird sich in Selbstmitleid verwandeln – und du wirst es im Aufschrei der Pein wissen – in dem Verlust deines Verlustes: niemand wird dir mehr geben und mehr nehmen als jene Frau, die du unter vier Namen geliebt hast: wer sollte dir mehr geben? Du wirst dich beherrschen, denn insgeheim hast du dir geschworen, deine Schulden nicht einzugestehen: du hast Teresa und Gerardo in die gleiche Vergessenheit gehüllt, und du hast es damit gerechtfertigt, daß du wirklich nichts von ihnen weißt. Das Mädchen wuchs bei seiner Mutter heran, weit weg von dir, der du nur für deinen Sohn gelebt hast, und sie heiratete den jungen Mann, dessen Gesicht du dir nie richtig einprägen konntest, der farblose, graue Mann darf die Gnadenfrist, die deiner Erinnerung gewährt wurde, nicht ausfüllen und verschwenden. Und Sebastián: du willst dich nicht an deinen Lehrer Sebastián erinnern, an seine Hände, die dich an den Ohren zogen und dich mit einem Lineal schlugen: du willst dich nicht an deine schmerzenden Knöchel er-

innern, an deine kreideverschmierten Finger, die Stunden vor der Tafel, als du Lesen und Multiplizieren lerntest und das Zeichnen von Häusern, Dreiecken und Kreisen: du willst nicht daran denken, denn dies sind deine Schulden: du wirst schreien, und Arme werden dich niederhalten, da du aufzustehen versuchst und herumlaufen willst, um deine Schmerzen zu besänftigen:
du wirst den Weihrauch riechen,
du wirst den umzäunten Garten riechen,
und du wirst bei dir denken, daß man nicht wählen kann, daß man nicht wählen muß, daß du an jenem Tag nicht gewählt hast: du hast es einfach geschehen lassen, du warst nicht verantwortlich, du hast weder die eine noch die andere Moral geschaffen, vor deren Wahl du gestellt warst: du konntest nicht verantwortlich sein für Möglichkeiten, die du nicht geschaffen hattest: du wirst deinen gepeinigten Körper vergessen und das Messer, das sich in deine Eingeweide bohrt, bis Tränen in deine Augen treten, und du von der Ordnung deines Lebens träumst, die du selbst geschaffen hast und die du nie enthüllen kannst, da die Welt dir nie die Möglichkeit dazu gibt, sondern dir nur ihre vorhandenen Gesetze, ihre Kampfregeln bietet, die du weder träumst, noch denkst, noch lebst:
der Weihrauch wird ein Geruch sein, der Zeit und Erzählungen enthält:
Pater Paéz wird in deinem Hause wohnen, und Catalina wird ihn im Keller verstecken: und du wirst nicht schuld sein, du wirst nicht verantwortlich sein:
und du kannst dich nicht entsinnen, was du und der Priester euch in jener Nacht im Keller gesagt habt, und ob du es warst oder er, der sagte: scheint jener nicht widernatürlich, der sich freiwillig wie eine Frau kleidet, entmannt und mit dem scheinbaren Blut eines Gottes betrinkt? Aber er ist voller Liebe, ich schwöre es, denn die Liebe Gottes ist unendlich, sie wohnt in allen Körpern und gibt ihnen ihre Daseinsberechtigung: wir haben unsere Körper durch Gottes Gnade empfangen, um sie den Augenblicken der Liebe zu schenken, die uns das Leben rauben will: du fühlst keine Scham, du fühlst überhaupt nichts, aber dafür wirst du

deine Schmerzen vergessen, es kann keine Sünde sein, denn alles, was unsere kurze, flüchtige Liebe – eine Liebe von heute, nie von morgen – spricht und tut, ist Trost, den wir uns selbst spenden: wir erkennen das notwendige Übel an, das unsere Reue erst nachträglich rechtfertigt: denn wie könnten wir reuig sein, ohne das Böse in uns einzugestehen? Wie könnten wir knien und um Vergebung unserer Sünden bitten, wenn wir nicht gesündigt hätten? Vergiß dein Leben, laß mich das Licht ausblasen, vergiß alles, und später wollen wir gemeinsam um Vergebung flehen und beten, daß unsere Augenblicke der Liebe ausgelöscht werden: damit wir diesen Körper weihen können, diesen Körper, der von Gott erschaffen wurde, der von Gott spricht – in jedem erfüllten oder unerfüllten Verlangen, in jeder geheimen Liebkosung, in dem Erguß des Samens, den Gott in deinem Körper geschaffen hat: leben heißt Gott betrügen; jede Handlung unseres Lebens, alles, was unser Leben bestätigt, zwingt uns, die Gebote Gottes zu mißachten:

und in jener Nacht wirst du mit Major Gavilán und all deinen alten Kameraden in einem Freudenhaus reden, und du wirst dich an das Gesagte nicht mehr erinnern, wirst dich nicht mehr entsinnen, ob die anderen oder du in jener Nacht mit einer kalten, unmenschlichen Stimme, einer Stimme der Macht und des Eigennutzes, sagtest: Wir wollen das Beste für unser Land, solang es mit unserem eigenen Wohl vereinbar ist; wenn wir schlau sind, werden wir weit kommen; laßt uns das Notwendige tun und nicht das Unmögliche versuchen; laßt uns heute nacht entscheiden, welche Grausamkeiten und Gewalttaten jetzt notwendig sind, denn wir wiederholen sie später nicht gern: laßt uns vorläufig nur einen Teil der Gewinne aufteilen, damit das Volk Ruhe gibt; im Augenblick kann die Revolution die Leute zufriedenstellen, aber morgen verlangen sie vielleicht mehr und mehr, und was könnten wir ihnen dann geben, wenn wir schon alles verteilt hätten? Unser Leben: doch warum sollten wir sterben, wenn wir nicht die Früchte unseres Heldentodes erleben können? Wir wollen etwas in Reserve behalten. Wir sind Menschen, keine Märtyrer: alles wird uns erlaubt sein, wenn wir die Macht bewahren:

verlieren wir die Macht, wird man uns vernichten. Denkt an unsere Zukunft, wir sind jung, und der Glanz der siegreichen Revolution umgibt uns: haben wir gekämpft, um Hungers zu sterben? Wenn Gewalt notwendig ist, ist sie auch gerechtfertigt: Macht läßt sich nicht teilen:
und morgen? Morgen werden wir tot sein, Abgeordneter Cruz; und unsere Nachfolger müssen sehen, wie sie zurecht kommen:
domingo non sum dignus, domine non sum dignus: ja, ein Mensch, der betrübt mit Gott sprechen kann, ein Mensch, der Sünden vergeben kann, weil er Sünden begangen hat, ein Priester, der ein Recht hat, Priester zu sein, weil seine menschliche Erbärmlichkeit es ihm erlaubt, seinen Leib von den Sünden reinzuwaschen, ehe er die übrige Menschheit von ihren Sünden losspricht: *domine non sum dignus:*
du wirst deine Schuld zurückweisen: du wirst das Gesetz nicht anerkennen, das du nicht geschaffen hast, das schon gemacht war, ehe du kamst: du hättest geliebt
geliebt
geliebt
geliebt
wie glücklich waren doch jene Tage mit deinem Lehrer Sebastián, an den du dich nicht mehr erinnern willst; jene Tage, als du auf seinen Knien saßest und die Grundregeln lerntest, von denen du dich jetzt freimachen mußt, um ein freier Mensch zu sein und nicht Sklave der Gebote, die ohne dich verfaßt wurden: wie glücklich waren doch jene Tage des Lernens, als er dir alles gab, was du fürs Leben brauchtest, Tage des Schmiedens und des Hämmerns, in denen Sebastián müde heimkam und dir trotzdem deine Stunden gab, damit etwas aus dir würde und du deine eigenen Gesetze schaffen könntest: du rebellischer, freier, neuer, einmaliger Mensch: du willst dich daran nicht erinnern: er bat dich, die Revolution mitzumachen, und du bist gegangen: und diese Erinnerung kommt nicht aus mir und erreicht dich nicht:
du wirst keine Antwort wissen auf die beiden widersprüchlichen Gesetze, denen du unterworfen bist;
du Unschuldiger,

mit dem Wunsch nach Unschuld,
in jener Nacht hast du nicht gewählt.

1927: 23. November

SEINE grünen Augen blickten zum Fenster, und der andere fragte, ob er nichts trinken wolle; er blinzelte, und seine grünen Augen blickten zum Fenster. Da riß der andere, der bis zu diesem Augenblick sehr, sehr ruhig geblieben war, die Pistole aus dem Gürtel und warf sie krachend auf den Tisch: er hörte den Krach und das Klirren der Gläser und Flaschen, und er streckte die Hand aus, aber der andere lächelte schon, noch ehe er das körperliche Gefühl deuten konnte, welches die heftige Bewegung, der Stoß und das Klirren der blauen Kristallgläser, der weißen Flaschen in seiner Magengrube ausgelöst hatten. Der andere lächelte, und ein Auto raste unter Schreien und Verwünschungen die Gasse hinunter, und die Scheinwerfer strichen über den runden Kopf des anderen, der die Trommel des Revolvers herumwirbelte und bemerkte, er habe nur noch zwei Kugeln; wirbelte sie nochmals herum, entsicherte den Hahn und legte die Mündung an seine Schläfe. Er versuchte wegzusehen, doch der winzige Raum bot dem Blick keinen festen Halt; kahle, blaugestrichene Wände, nackter Steinboden, die beiden Tische, die beiden Stühle, die beiden Männer. Der andere wartete, bis sich die grünen Augen in dem Raum umgesehen hatten und zu seiner Faust, dem Revolver und seiner Schläfe zurückkehrten. Er lächelte, aber er schwitzte auch – sie schwitzten beide. Er versuchte, das Ticken seiner Uhr in der Westentasche zu hören. Vielleicht war es nicht so laut wie sein Herz. Jedenfalls hatte er den Knall der Pistole schon in den Ohren; und doch ertränkte die gespannte Stille gleichzeitig alle Geräusche, einschließlich dem noch nicht abgefeuerten Pistolenschuß. Der Dicke wartete. Er beobachtete ihn. Der Dicke drückte ab. Ein trockenes, metallisches Klicken verlor sich im Schweigen, und draußen blieb die mondlose Nacht die gleiche. Noch immer hatte der andere die Pistole auf seinen Kopf gerichtet und begann zu lächeln, zu lachen, aus vollem Halse zu lachen: sein fetter Körper bebte von innen heraus wie ein Milchpudding, während sein Fleisch äußerlich nicht einmal zitterte. Einige Sekunden verharrte er so, ohne sich zu rühren; er roch den Weihrauch, der ihn seit heute morgen ständig begleitete, und durch die imaginären Rauchschwaden sah er das Gesicht des dicken Mannes, der noch immer von innen heraus lachte, bis er die Pistole wieder auf den Tisch legte und mit kurzen, dicken gelben Fingern langsam zu ihm herüberschob. Das verwirrte Glück in den Augen des anderen waren vielleicht zurückgehaltene Tränen; er wollte es nicht wissen. Sein Magen krampfte sich noch immer zusammen bei der Erinnerung – fast war sie noch Gegenwart – an diese feiste Gestalt mit der gegen die Schläfe gerichteten Waffe; die Angst des anderen, diese stets beherrschte Angst, zog seine Eingeweide zusammen und raubte ihm die Sprache: es wäre sein Ende, wenn sie ihn hier mit dem toten dicken Mann finden würden, wenn sie erfahren würden, daß es Streit gegeben hatte: längst hatte er erkannt, daß die Pistole seine eigene war, die immer in einer Schublade der Kommode lag, und jetzt sah er auch, daß der Dicke das Metall nicht berührte, daß ein Taschentuch um seine Hand gewickelt war. Vielleicht hätte er ihm die Waffe aus der Hand nehmen können: aber wenn es schiefgegangen wäre, wäre der Selbstmord offensichtlich gewesen. Offensichtlich für wen? Ein Polizeikommandant stirbt in einem leeren Raum unter den Blicken seines Feindes. Wer war in wessen Macht? Der Dicke lockerte seinen Gürtel und trank das Glas in einem Zuge leer. Schweiß rann seinen Nacken herab und färbte das Hemd unter den Achseln dunkel. Die kurzen, wie abgehackt aussehenden Finger schoben die Pistole näher und näher zu ihm hin. Was würde er sagen? Daß von seiner Seite aus alles bewiesen sei: würde er sich aufspielen? Er fragte, was bewiesen sei, und der andere sagte, an ihm könne man doch nicht mehr zweifeln: er habe soeben sein Leben aufs Spiel gesetzt, und das sei schließlich kein Scherz, man könne nicht immer den gleichen Versuchsballon loslassen; ja, und so stünden die Dinge. Wenn ihn das nicht überzeuge, was sollte ihn sonst überzeugen. So sei dies also ein Beweis, erwiderte er dem anderen, daß er zu ihnen überwechseln solle: wenn ihm einer unter Einsatz seines Lebens versichere, daß sie ihn ihrerseits haben wollten? Er zündete eine Zigarette an, und auch der andere nahm sich eine; dann riß er ein Streichholz an und hielt es vor das kaffeebraune Gesicht des Dicken: doch der Dicke blies es aus, und er fühlte sich plötzlich verloren. Er nahm die Pistole und ließ die Zigarette schwankend auf dem Rand des Glases liegen, ohne zu bemerken, wie Asche in den Tequila-Schnaps fiel und auf den Grund des Glases sank. Er preßte die Mündung gegen seine Schläfe, und das Metall war weder heiß noch kalt, obwohl er dachte, es müsse sich kalt anfühlen, und es fiel ihm ein, daß er achtunddreißig Jahre alt war, doch daß dies niemanden interessierte, und schon gar nicht den Dicken oder gar ihn selbst.

Und an jenem Morgen hatte er sich vor dem großen ovalen Spiegel angekleidet, und der Weihrauch war ihm in die Nase gestiegen, und für einen Augenblick hatte er innegehalten. Aus dem Garten, von der frischen, trockenen Novembererde stieg der Geruch von Kastanien auf. Er betrachtete sich im Spiegel: ein starker Mann mit starken Armen und einem flachen Bauch ohne Fett und festen Muskeln unter dem dunklen Nabel. Er fuhr mit der Hand über seine zerbrochene Nase, und wieder roch er den Weihrauch. Er nahm ein sauberes Hemd aus der Kommode. Daß der Revolver fehlte, bemerkte er nicht; dann beendete er seine Toilette und öffnete die Tür des Schlafzimmers. »Ich habe keine Zeit, ich habe wirklich keine Zeit. Ich sage dir doch, ich habe keine Zeit.«

Den Garten hatte man mit frischen Rosenbüschen, Lilien und Sträuchern in Hufeisenform geschmückt – ein grüner Gürtel umgab das zweistöckige Haus im Florentiner Stil, mit weißen Säulen und einem Stuckfries über dem Eingang. Die Mauern waren rosa gestrichen, und in den Räumen, die er an jenem Morgen durchschritt, zeichneten sich gegen das erste schwache Licht vergoldete Kandelaber ab, eine Marmorstatue, Samtvorhänge, hochlehnige, mit Brokat bezogene Stühle, Glasvitrinen, die Goldverzierungen der Causeusen[1]. Hinten im Wohnzimmer hielt er vor der Seiten-

---

[1] Polstersofas aus dem 18. Jahrhundert.

türe, die Hand auf der Bronzeklinke. Er hatte keine Lust, sie zu öffnen und hinunterzugehen.
»Er war einer von denen, die gewöhnlich in Frankreich lebten. Wir kauften es für ein Spottgeld, doch die Restaurierung war sehr teuer. Ich sagte zu meinem Mann, überlaß alles mir, laß mich nur machen, ich weiß schon wie ...«
Der Dicke sprang von seinem Sitz und stieß die Hand mit der Pistole beiseite: niemand vernahm den Schuß, denn es war schon spät, und sie waren allein; ja, deshalb hörte ihn wohl niemand. Die Kugel schlug in die blaue Wand, und der Kommandant lachte und sagte, es sei jetzt genug der Spiele und vor allem der gefährlichen. Wozu denn, wo sich alles so einfach regeln ließe? So einfach, dachte er; wir leben in einer Zeit der einfachen Lösungen. Werde ich nie in Frieden leben?
»Warum lassen Sie mich nicht in Ruhe? Warum nicht?«
»Aber das ist doch ganz klar, Sie sind wichtig. Alles hängt von Ihnen ab.«
»Wo sind wir?«
Er war nicht gekommen, sondern sie hatten ihn gebracht; und obgleich er wußte, daß sie sich in der Stadtmitte befanden, hatte ihn der Fahrer verwirrt – rechts, links, rechts – er hatte das einfache System der rechtwinkligen spanischen Straßen in ein Labyrinth verwandelt. Es war verwirrend wie die kurze zarte Hand, mit der der andere die Waffe weggestoßen hatte; jetzt setzte er sich wieder, immer noch lachend, immer noch schwer, dick, schwitzend, mit funkelnden Augen.
»Sind wir nicht beide richtige Hurensöhne?« kicherte der Dicke. »Hm? Such dir deine Freunde immer unter den großen Hurensöhnen aus, dann weißt du, daß sie dich nicht aufs Kreuz legen. Trinken wir einen.«
Sie tranken, und der Dicke sagte, in dieser Welt gibt es Hurensöhne und solche, die aufs Kreuz gelegt werden, und man könne sich für die einen oder die anderen entscheiden. Er fügte hinzu, es wäre eine Schande, wenn er – der Abgeordnete – nicht klug genug wäre, rechtzeitig seine Wahl zu treffen. Sie seien anständige und ehrliche Leute, die jedem eine Chance gäben, aber nicht

alle seien so beweglich wie der Abgeordnete, einige seien verstockt, hielten sich für eisern und machten Schwierigkeiten ... wo es doch so leicht sei, das Lager zu wechseln, auf der richtigen Seite zu sein, wer würde das nicht vorziehen, gegenüber ...? »Außerdem wechselst du das Lager doch bestimmt nicht zum erstenmal? Wo hast du nur die letzten fünfzehn Jahre verbracht?« Eintönig fuhr die Stimme fort, schwer und ölig wie der dicke Mann selbst – eine raunende, von Alkohol und schweren Havannazigarren geschmierte Kehle, die von den fetten, beweglichen Ringen des Halses zusammengezogen schien. »Gefällt dir's nicht?«

Der andere sah ihn unverwandt an, während er selbstvergessen seine silberne Gürtelschnalle rieb, bis ihn das Metall an die Wärme – oder war es die Kälte – der Pistole erinnerte.

»Die Priester werden morgen erschossen. Ich sage dir das als Freundschaftsbeweis und weil ich weiß, daß du kein Schwätzer bist.«

Sie schoben die Stühle zurück. Der andere ging zum Fenster, klopfte hart gegen die Scheibe und machte ein Zeichen, dann reichte er ihm die Hand und blieb im Gang zurück, während er einen stinkenden, dunklen Treppenschacht hinabstieg. Er warf einen Abfalleimer um, und überall roch es nach verfaulten Apfelsinenschalen und feuchten Zeitungen. Der Mann neben dem Ausgang hob einen Finger zum Sombrero und wies ihm den Weg zur Avenida 16 de Septiembre.

»Und was denkst du?«

»Daß wir wohl oder übel ins andere Lager überwechseln müssen.«

»Ich nicht.«

»Und du?«

»Ich höre.«

»Kann uns sonst niemand hören?«

»Saturna kann man trauen, und aus ihrem Hause sickert kein Gerede durch.«

»Und wenn doch etwas durchsickert, werde ich sie ...«

»Wir sind mit dem Chef aufgestiegen und wir werden mit ihm zusammen untergehen.«

»Er ist verloren. Der Neue hat eine gute Organisation, ein gutes Team.«
»Und was schlägst du vor?«
»Wir müssen Farbe bekennen, sage ich.«
»Lieber lasse ich mir die Ohren abschneiden! Sind wir vielleicht nichts, zum Teufel!«
»Wie?«
»Es gibt verschiedene Möglichkeiten.«
»Aber im Augenblick keine sehr klaren.«
»Natürlich, wer weiß . . .«
»Nein, nein, ich sage ja nichts.«
»Vielleicht ja und nein zugleich . . .«
»Seien wir doch Männer, entscheiden wir uns entweder für den einen oder den anderen, für den Alten oder den Neuen.«
»General, aufwachen, es wird hell.«
»So, und wie steht's?«
»Jeder weiß, wo er hingehört.«
»Das heißt . . .«
»Du denkst also wirklich, daß der Chef diesmal nicht durchkommt?«
»Sieht so aus, sieht so aus.«
»Wie?«
»Nein . . . ich bin nicht sicher, aber ich glaube, daß es so kommt.«
»Und du . . . hast du dich entschlossen?«
»Allmählich kommt es mir so vor.«
»Aber wenn es soweit ist, denk dran, daß wir nie davon gesprochen haben.«
»Man kann sich nicht an etwas erinnern, was nie geschehen ist.«
»Ich meine, nur falls du Zweifel hast.«
»Die verfluchten Zweifel.«
»Oh, halt den Mund. Du da, bring uns einen Drink.«
»Die verfluchten Zweifel, Monsieur.«
»Zusammen? Ja oder nein?«
»Gut, das wär's.«
»Wollen Sie nicht etwas essen, General Jiménez?«

»Jeder kennt seine eigene Geschichte.«
»Und wenn jemand redet . . .«
»Verdammt, woran denkst du, Bruder. Wir sind hier doch alle Brüder?«
»Ich könnte ›ja‹ sagen. Aber dann denkt man an die kleine Mutter, die uns alle geboren hat, und beginnt zu zweifeln.«
»Diese verdammten Zweifel, wie Saturna sagt.«
»Diese gottverdammten Zweifel, Oberst Gavilán.«
»Und es bleibt einem nichts übrig, als ja zu sagen oder . . .«
»Man ist allein, und man entscheidet sich allein, so ist das nun einmal.«
»Trotzdem möchte man gern seine Haut retten. Hm?«
»In Ehren, Herr Abgeordneter. Stets in Ehren?«
»Natürlich in Ehren, Herr General. Nicht anders!«
»Was . . .?«
»Nichts, wir haben kein Wort gesagt.«
»Nichts, gar nichts.«
»Wollen sie wirklich unseren Führer auspeitschen?«
»Welchen, den früheren oder den jetzigen?«
»Den früheren, den früheren . . .«
Chicago, Chicago, that toddlin' town . . .
Saturna hob den Tonarm des Plattenspielers ab und klatschte in die Hände.
»Ruhe, Kinder, Ruhe.«
Er setzte den flachen Strohhut auf, schob lachend die Vorhänge auseinander, und aus den Augenwinkeln sah er sie in dem schmutzigen Spiegel dieses Raumes: dunkelhäutige, weißgepuderte Mädchen, Schönheitspflästerchen auf Wangen, Brüsten und Lippen; Pantöffelchen aus Atlas und Lackleder, kurze Röcke, blaue Lider, auch der Zerberus war gepudert und zurechtgemacht – er hielt ihm die Hand hin:
»Mein kleines Trinkgeld, Señor?«
Und es würde alles schön glatt gehen, überlegte er, während er seinen Bauch rieb, in dem kleinen Garten vor Saturnas Absteigequartier stehenblieb, den Sprühregen und die Frische des Springbrunnens atmete: schön glatt, General Jiménez hätte inzwischen

seine blaue Brille abgenommen, würde seine trockenen entzündeten Lider reiben, und die Schuppen würden langsam in seinen Bart rieseln: er würde jemanden bitten, ihm die Stiefel auszuziehen, denn er war müde und gewohnt, daß man ihm die Stiefel auszog, und sie würden lachen, denn der General würde die Gelegenheit nützen, die Röcke des Mädchens zu heben, um ihren runden, dunklen Popo in lila Seide zu sehen. Einige jedoch würden lieber nach den sonst stets verborgenen Augen sehen, die jetzt offen standen wie quallige, fade Austern. Und alle Freunde, Kameraden und Brüder würden ihre Arme ausstrecken und sich die Jacken ausziehen lassen von Saturnas jungen Pensionistinnen, die wie Bienen um die Männer in Uniform schwirren würden, als verberge sich ein Geheimnis unter den Uniformen und den Knöpfen mit Adler und Schlange und den goldenen Rangabzeichen: ja, er hatte sie so erlebt; noch frisch und schlank waren sie so um ihn herumgetänzelt, mit ihren erhobenen Mestizinnenarmen, mit Puder und Quaste in den Händen, um die Köpfe ihrer guten Freunde zu bestäuben, all der Kameraden und Brüder, die mit gespreizten Beinen, kognakbefleckten Hemden und verschwitzten Gesichtern, aber trockenen Händen auf den Betten lagen, während der Rhythmus des Charleston hereindrang und die Mädchen sie langsam auszogen, jede entblößte Stelle küßten und kreischten, sobald sie nach ihnen griffen. Er betrachtete den Halbmond seines Daumens und die weißen Punkte seiner Fingernägel, an welchen sich angeblich die Wahrheit erwies, und in der Nähe bellte der Hund. Er schlug den Mantelkragen hoch und wandte sich heimwärts, obgleich er lieber in das Bordell zurückgekehrt wäre, um dort in gepuderten Armen zu schlafen und die Schärfe loszuwerden, die an seinen Nerven fraß, statt hier mit aufgerissenen Augen herumzustehen und die Reihen niedriger, grauer Häuser anzustarren, die mit Porzellan- und Glasvasen beladenen Balkone, die Reihen der trockenen, staubbedeckten Palmen entlang der Straße; statt daß er einfach dastand und den Geruch von *elotes enchilados*[1] und Essig einsog.

---

[1] Scharfe Fleischpastete mit Maisteig.

Er strich sich über den struppigen Bart und suchte den passenden Schlüssel aus dem unpraktischen Bund. Sie würde in diesem Augenblick unten sein: sie, die lautlos die teppichbelegten Treppen hinauf- und hinunterstieg und immer zusammenfuhr, wenn er heimkam: »Oh, wie du mich erschreckt hast. Ich hatte dich nicht erwartet. Nein, ich hatte dich wirklich nicht so früh erwartet.« Er fragte sich, warum sie aus seinem Kommen eine geheime Verschwörung machte . . . immer kam er zu früh, und immer warf sie es ihm vor. Ihre Begegnungen, die Anziehung, die schon widerrufen wurde, noch ehe sie bei ihm eine Bewegung ausgelöst hatte, die gegenseitige Abneigung, die sie manchmal anzog, war namenlos – vorher und nachher –, denn Anziehung und Abstoßung waren die gleiche Regung. Einmal in der Dunkelheit berührten sich ihre Finger auf dem Treppengeländer, sie drückte seine Hand, und er machte Licht, um nicht zu straucheln; sie kam die Treppe herab, und er ging nach oben; ihr Gesicht fühlte sich nicht wie ihre Hand an, und sie knipste das Licht sofort wieder aus. Er wollte es pervers nennen, doch auch dieser Ausdruck stimmte nicht, denn Gewohnheit kann nicht pervers sein, wenn sie weder vorbedacht noch außergewöhnlich ist. Er kannte sie noch immer als etwas Weiches, in Seide und Laken Gehülltes, etwas zum Betasten, nicht zum Sehen, denn in diesen Augenblikken waren die Schlafzimmerlichter stets gelöscht. Nur in dem Augenblick auf der Treppe hatte sich ihr Gesicht weder verborgen noch unter einer Maske versteckt. Nur dies einzige Mal, das eigentlich zu keiner Erinnerung verpflichtete; doch in seinem Innern brannte der bittersüße Wunsch, diesen Augenblick zu wiederholen. Er dachte darüber nach und entdeckte, daß er sich gleichwohl wiederholt hatte; im Dunkeln, diesmal auf dem Geländer der Kellertreppe, hatte ihre Hand die seine berührt, und obgleich kein Licht brannte, hatte sie gefragt: »Was suchst du hier?«, bevor sie sich verbesserte und mit gleichmäßiger Stimme sagte: »Oh, wie du mich erschreckt hast. Ich hatte dich nicht erwartet. Nein, ich hatte dich wirklich nicht so früh erwartet, bei allen Heiligen, ich hatte dich nicht so früh erwartet.« – Mit gleichmäßiger Stimme, ohne Hohn, während er diesen Geruch einsog, fast scharlachrot von Weihrauch, diesen Geruch voller Worte und eintönigem Singsang.

Er öffnete die Kellertür, und zuerst konnte er ihn nicht sehen, so dicht war der Weihrauch; sie ergriff den Arm des heimlichen Gastes, als er versuchte, die Falten seiner Soutane zwischen den Beinen zu verstecken und die heiligen Rauchschwaden mit den Armen zu vertreiben, bis er auf einmal die Nutzlosigkeit ihres Schutzes und seiner schwarzen erschreckten Gebärden erkannte. Da senkte er den Kopf mit einem Ausdruck von Vollendung, als müsse er sich mit den heiligen Gesten der Resignation stärken und trösten, und dies sollte ihm wenigstens zu seiner eigenen Zufriedenheit gelingen und vielleicht auch die Zeugen beeindrukken, die allerdings nicht ihn, sondern einander ansahen. Er betete, der Mann, der gerade eingetreten war, möge ihn sehen und erkennen, doch aus den Augenwinkeln sah er, daß jener die Augen nicht von der Frau abwenden konnte; und auch ihr Blick wurde von dem des Mannes gefesselt, je mehr sie versuchte, diesen Diener des Herrn zu verbergen und zu beschützen. Und der Priester fühlte, wie sich sein Magen zusammenkrampfte, fühlte seine Augen gelb werden und die Zunge schwer bei dem Gedanken an das Entsetzen, das er im nächsten Augenblick – dem Augenblick davor, denn einen anderen gab es nicht – nicht würde verbergen können. Der Geistliche dachte, daß ihm nur dieser Augenblick blieb, um sein Schicksal anzunehmen, doch in diesem Augenblick hatte er keine Zeugen. Der Mann mit den grünen Augen flehte: er flehte seine Frau an, sie möchte ihn bitten, ihn mutig bitten und sich seinem Ja oder Nein auszuliefern, doch sie konnte nichts erwidern, konnte nichts entgegnen. Und der Priester überlegte, daß sie neulich mit der Möglichkeit der Erwiderung und der Bitte auch sein eigenes Leben geopfert hatte. Das Kerzenlicht fing sich in ihrer durchsichtigen, schimmernden Haut und warf schwarze Schatten an die Wand, die ihr Profil, ihre Kehle und ihre Arme wiederholten. Der Mann wartete darauf, daß sie sprechen, daß sie ihn bitten würde, und er sah, wie sich diese Kehle, die er gern geküßt hätte, zusammenschnürte. Der Priester seufzte: sie würde nicht bitten, und so gab es für ihn vor diesem Manne mit den grünen Augen nur diesen einen Augenblick, um seine Ergebung auszudrücken, denn morgen würde er es nicht können, würde es unmöglich sein, die Ergebung würde ihren Namen vergessen und hieße Eingeweide, und Eingeweide kennen die Sprache Gottes nicht.

Er schlief bis zum Mittag. Von der Straße kam die Musik einer Drehorgel und weckte ihn, doch er versuchte nicht, das Lied zu erkennen, denn das Schweigen der letzten Nacht – oder seine Erinnerung, die Nacht und Schweigen war – brachte lange, tote Augenblicke mit sich, welche die Melodie löschten; langsam und melancholisch begann sie von neuem und wehte durch das angelehnte Fenster herein, bis die lautlose Erinnerung sie wieder unterbrach. Das Telefon schrillte, und er nahm den Hörer ab und hörte das beherrschte Lachen des anderen:

»Hallo.«

»Wir haben ihn auf der Kommandantur, Herr Abgeordneter.«

»Ja?«

»Der Präsident ist schon benachrichtigt.«

»Und . . .?«

»Du weißt schon. Eine kleine Geste. Ein Besuch. Du brauchst nichts zu sagen.«

»Wann?«

»Schau gegen zwei vorbei.«

»Gut, bis dann.«

Im angrenzenden Schlafzimmer hatte sie an der Tür gehorcht, und sie begann zu weinen, jedoch dann wurde es still, und sie trocknete ihre Tränen, bevor sie sich vor den Spiegel setzte.

Er kaufte einem Zeitungsjungen ein Blatt ab und versuchte, am Steuer zu lesen, doch er konnte nur die Schlagzeilen entziffern, welche die Erschießung der Attentäter berichteten, die einen Anschlag auf das Leben des anderen, des neuen Diktators begangen hatten. Er dachte an die großen Augenblicke des alten Mannes, seines Führers, im Feldzug gegen Villa, als sie im Präsidentenpalast alle Treue geschworen hatten, und sein Blick fiel auf das Bild von Pater Pro, wie er mit ausgebreiteten Armen die Salve empfing. Draußen die neuen Autos mit hellen Verdecks, die kur-

zen Röcke der Frauen und die breitrandigen Strohhüte, die Ballonhosen der eleganten jungen Männer und die Stiefelputzer, die rings um den Froschbrunnen hockten. Doch sein glasiger, starrer Blick sah nicht die Stadt, sondern das Wort: er genoß es, und er las es in den flüchtigen Blicken, die sich an den Seitenstraßen mit dem seinen kreuzten, in der Haltung der Leute, in ihrem Achselzucken, den unanständigen Gesten der Finger. Er umklammerte das Lenkrad und fühlte sich erschreckend lebendig, berauscht von den Gesichtern, den Gesten, von den aufragenden Pfosten zwischen dem doppelten Pendel der Wegweiser. Heute bist du dran, und morgen sind es die anderen. Das Licht spiegelte sich in einer Scheibe, und geblendet hob er die Hand vor die Lider: er hatte seine Wahl immer gut getroffen und sich von der sinkenden zur aufgehenden Sonne gewandt. Der riesige Zócalo-Platz öffnete sich vor ihm, kleine Stände von Straßenhändlern zwischen den Arkaden, und der tiefe Bronzeton der Glocken schlug von der Kathedrale zwei Uhr. Am Eingang der Moneda zeigte er der Wache die Ausweispapiere des Abgeordneten vor. In der kristallklaren Winterluft der Hochebene zeichneten sich die Umrisse des alten kirchlichen Mexikos gegen den Himmel ab, und von der Argentina- und Guatemala-Straße kamen Gruppen von Studenten, die gerade Examen machten. Er parkte auf dem großen Innenhof und fuhr mit dem Fahrstuhl hinauf, durchschritt die Säle aus Rosenholz mit ihren schimmernden Kronleuchtern und nahm in einem Vorzimmer Platz. Er hörte sehr leise Stimmen, die sich nur dann erhoben, wenn sie salbungsvoll das eine Wort aussprachen:
»Der Präsident.«
»Dör Pröhsödont.«
»Der Prissidint.«
Der dicke Mann umarmte ihn, und sie klopften sich auf den Rücken und die Brust; und der Dicke lachte wie immer von innen heraus und machte mit dem Finger eine Geste, als würde er sich in den Kopf schießen, und wieder lachte er ohne Stimme mit dem lautlos schüttelnden Körper und bebenden dunklen Hängebacken. Mühsam knöpfte er den Kragen seiner Uniform zu und fragte ihn, ob er Zeitung gelesen habe; er bejahte und verstand, was

gespielt wurde, doch für ihn war es bedeutungslos, denn er war nur gekommen, den Präsident seiner Ergebenheit, seiner bedingungslosen Ergebenheit erneut zu versichern. Der Dicke fragte, ob er irgend etwas Besonderes wünsche, und er erwähnte gewisse unbebaute Grundstücke vor der Stadt, die im Augenblick nicht viel wert seien, sich aber vielleicht später in Parzellen aufteilen ließen. Der andere versprach, sich darum zu kümmern, denn schließlich seien sie jetzt Brüder, ja, fast Zwillingsbrüder, und der Herr Abgeordnete kämpfe ja schon seit . . . du lieber Himmel, seit 1913 und hätte nun einen Anspruch auf Sicherheit, fern von dem Auf und Ab der Politik; und nach diesen Worten klopfte er ihm auf Arme und Rücken, um ihre Freundschaft zu besiegeln. Die Tür mit den vergoldeten Klinken öffnete sich, und heraus kamen General Jiménez, Oberst Gavilán und andere Freunde, die in der vergangenen Nacht bei Saturna gewesen waren; ohne ihn anzusehen, gingen sie mit gesenkten Köpfen vorbei, und der Dicke lachte und meinte, anscheinend hätten viele seiner alten Freunde das dringende Bedürfnis verspürt, sich in dieser Stunde der nationalen Einheit dem Präsidenten zur Verfügung zu stellen, und mit einer Geste forderte er ihn auf, einzutreten.

Am anderen Ende des Amtszimmers sah er ihn neben einem grünlichen Licht, die Augen, jene Augen eines Tigers im Hinterhalt. Und er senkte den Kopf und sagte:

»Ich stehe zu Ihren Diensten, Señor Präsident... Um Ihnen bedingungslos zu dienen, seien Sie dessen versichert, Señor Präsident...«

Ich rieche das alte Öl, das sie auf meine Augen schmieren, auf meine Nase, meine Lippen, meine kalten Füße und blauen Hände, meine Schenkel und um mein Geschlecht, und ich bitte sie, das Fenster zu öffnen: ich will atmen. Ich ziehe die Luft mit hohlem Röcheln durch die Nase, ich lasse sie machen, was sie wollen, und kreuze die Arme über dem Magen. Das Leinen der Bettwäsche, seine Frische. Das ist so wichtig. Was wissen sie schon, Catalina, der Priester, Teresa und Gerardo?

»Laßt mich.«

»Was weiß der Arzt schon? Ich kenne ihn besser. Es ist wieder eine Posse.«
»Sei endlich still.«
»Teresita, widersprich nicht deinem Vater . . . ich meine, deiner Mutter. Siehst du nicht, daß . . .«
»Oh, du bist genauso verantwortlich wie er. Du für Schwäche und Feigheit, er für . . . für . . .«
»Genug, genug.«
»Guten Abend.«
»Hier ist er.«
»Bei Gott, jetzt reicht's.«
»Mach weiter, weiter . . .«
Woran habe ich gedacht? An was habe ich mich erinnert?
». . . wie Bettler. Warum sollte Gerardo unbedingt arbeiten müssen?«
Was wissen sie schon, Catalina, der Priester, Teresa und Gerardo? Was werden ihr Schluchzen oder die ehrenden Worte in den Zeitungen schon bedeuten? Wer wird die Ehre haben zu sagen – und ich sage es jetzt –, daß meine Liebe nur materiellem Besitz und sinnlicher Eroberung galt? Das habe ich erstrebt. Das Bettuch, das ich berühre. Das, was ich vor Augen habe. Ein Boden aus italienischem Marmor von grünen und schwarzen Adern durchzogen. Flaschen, die ferne Sommer in sich bewahren. Alte Gemälde mit rissigem Firnis, in dem sich das Licht der Sonne oder der Lüster fängt und die zum langsamen Betrachten und Betasten einladen, wenn man auf einem Sofa aus weißem, goldverziertem Leder sitzt, in der einen Hand ein Glas Kognak, in der anderen eine Zigarre, mit einem leichten Seidensmoking bekleidet und die Lacklederschuhe auf einem dichten, weichen Wollteppich. Da besitzt man die Landschaft oder die Gesichter der anderen, da oder auf einer Terrasse am Pazifik, wenn man den Sonnenuntergang betrachtet und seinen Sinnen – den gespanntesten von ihnen, den köstlichsten von ihnen – erlaubt, das Vor und Zurück, das Heranrollen der silbernen Wellen über den nassen Sand mitzuerleben. Land. Land, das sich in Geld verwandeln läßt. Land, das in Stadtquadrate aufgeteilt ist, über denen sich der Wald der Stahlkonstruk-

tionen erhebt. Gelbes und grünes Ackerland – immer das beste, in der Nähe der Dämme – von stoßenden Traktoren durchpflügt. Steiles Land erzhaltiger Berge. Maschinen: dieser herrliche Geruch der Rotationspresse, die in rascher Folge Blatt um Blatt ausspeit...
Na, Don Artemio, geht's Ihnen nicht gut?
Nein, es ist die Hitze. Diese verdammte Sonne. Was gibt's, Mena, kann ich die Fenster aufmachen?
Natürlich.
Ah, die Geräusche der Straße. Alle zusammen, alle gleichzeitig. Man kann sie nicht auseinanderhalten.
Womit kann ich dienen, Don Artemio?
Mena, Sie wissen doch, wie enthusiastisch wir Präsident Batista hier bis zum letzten Augenblick verteidigt haben. Aber nachdem er jetzt nicht mehr an der Macht ist, wird es so einfach nicht sein; und noch weniger einfach ist es, General Trujillo zu verteidigen, obwohl er noch immer an der Macht ist. Sie vertreten beide, und Sie müssen verstehen ... Es läßt wenig ...
Machen Sie sich darüber keine Sorgen, Don Artemio. Ich werde schon einen Weg finden, trotz aller Quertreibereien. Dabei fällt mir ein, ich habe hier ein Manuskript, in dem das Werk des Wohltäters geschildert wird ... Wenn Sie wollen ...
Selbstverständlich, lassen Sie es da. Ah, schauen Sie, Díaz, wie gut, daß er kommt. Bringen Sie das unter einem Pseudonym auf der ersten Seite. Auf Wiedersehen, Mena, ich werde von Ihnen hören ...
Hören. Hören. Ich werde von Ihnen hören. Hören von meinen weißen Lippen ... aaay, eine Hand, gebt mir eine Hand, aaay, einen Puls, der meinen wieder belebt, weiße Lippen ...
»Du bist schuld, nur du.«
»Fühlst du dich besser? Auf. Laß uns durch den Fluß reiten. Laß uns in meine Heimat zurückkehren. Meine Heimat.«
»... wir wüßten gerne, wo ...«
So, endlich, endlich erlebe ich dies Vergnügen: sie kommen auf Knien, tatsächlich auf Knien, um mich zu bitten. Der Priester hat es schon vorweggenommen. Irgendein Unheil muß drohen, wenn auch die Frauen an mein Bett kommen, mit diesem leichten Zit-

tern, das meiner Aufmerksamkeit nicht entgeht. Sie versuchen, meine Posse zu erraten, die letzte Posse, die ich meinerseits so sehr genossen habe, diese letzte Demütigung, die ich zwar nicht bis zum Schluß auskosten kann, doch deren erste Krämpfe mich in diesen Augenblicken entzücken. Vielleicht wird dies mein letzter kleiner Triumph ...

»Wo ...?« flüstere ich, ganz Sanftmut, ganz Verstellung. »Wo ...? Laßt mich nachdenken ... Teresa, ich glaube, ich erinnere mich ... Die kleine Mahagonischachtel ... wo ich meine Zigarren aufbewahre ...? Sie hat einen doppelten Boden ...«

Ich brauche den Satz nicht zu beenden. Die beiden Frauen springen auf und stürmen zu dem riesigen hufeisenförmigen Tisch, von dem sie glauben, daß ich manchmal schlaflose Stunden dort lesend verbringe: jedenfalls wünschten sie dies. Sie reißen die Schubladen auf, verstreuen Papiere und stoßen schließlich auf das Ebenholzkästchen. Oh, da war es also. Ich dachte, da sei noch ein anderes. Sie haben es gefunden. Hastig öffnen ihre Finger den doppelten Boden, reißen ihn heraus. Nichts da. Wann habe ich zuletzt gegessen? Ich habe uriniert, doch es ist schon eine Weile her. Aber zu essen. Ich habe mich übergeben. Aber zu essen.

Der Untersekretär ist am Telefon, Don Artemio.

Sie haben die Vorhänge zugezogen, nicht wahr? Es ist Nacht, nicht wahr? Es gibt Pflanzen, die das Licht der Nacht brauchen, um zu blühen. Sie warten, bis die Dunkelheit anbricht. So entfaltet die Winde ihre Blätter erst am Abend. Die Winde. An jener Hütte am Fluß wuchs eine Winde. Abends entfaltete sie ihre Blätter.

Vielen Dank, Señorita ... Hallo ... Ja, Artemio Cruz. Nein, nein, nein, es gibt keine vernünftige Versöhnung. Es handelt sich um einen eindeutigen Versuch, die Regierung zu stürzen. Es ist ihnen schon gelungen, daß die Gewerkschaftler in Scharen aus der offiziellen Partei ausgetreten sind. Wenn das so weitergeht, auf was wollen Sie sich dann stützen, Herr Untersekretär? Ja ... das ist der einzige Weg: erklären Sie den Streik für ungültig, ziehen Sie sie zum Militär ein, vernichten Sie sie auf einen Schlag und sperren Sie ihre Rädelsführer ein. Es wird sein, als wäre nichts geschehen, Señor ...

Auch Mimosen, fällt mir ein, auch Mimosen fühlen: sie können empfindsam und schamhaft, stolz und erregt sein, sie leben, Mimosen . . .

. . . ja gewiß. Und noch etwas, um die Wahrheit zu sagen: wenn sie nicht stark bleiben, müssen meine Teilhaber und ich unser Kapital aus Mexiko abziehen. Wir brauchen Garantien. Hören Sie, was würde zum Beispiel geschehen, wenn zweihundert Millionen Dollar innerhalb von vierzehn Tagen aus dem Lande abgezogen würden? Wie? . . . Ah, jetzt verstehe ich. Mehr braucht es gar nicht!

Da. Das Band ist abgelaufen. Das war alles. War es tatsächlich alles? Wer weiß. Ich kann mich nicht entsinnen. Denn eine ganze Weile habe ich diesen Stimmen aus dem Apparat nicht zugehört, ich habe nur so getan und in Wirklichkeit an anderes gedacht, an etwas, das ich gern esse: es ist wichtiger, an Nahrung zu denken, denn ich habe seit Stunden nichts mehr zu mir genommen. Padilla schaltet das Gerät aus, und ich lasse die Augen geschlossen und weiß nicht, was sie denken und sagen, Catalina, Teresa, Gerardo und das junge Mädchen – nein, Gloria ist nicht mehr da, sie ist vor einer Weile mit Padillas Sohn weggegangen, sie schäkern im Wohnzimmer miteinander und nutzen die Gelegenheit, allein zu sein – denn ich mache die Augen nicht auf und denke nur an Schweinsrippchen, Lendenbraten, an Fleisch vom offenen Bratrost, gefüllten Truthahn und an die Suppen, die mir so gut schmecken, fast so gut wie Desserts; ja, ich war immer fürs Süße, und hierzulande sind die Desserts köstlich – aus Mandeln und Ananas, aus Kokosnüssen und geronnener Milch, und auch die *chongos*[1] aus Zamora, die kandierten Früchte, *huachinangos*, Barschlippfische, Flundern, Austern und Krabben.

»Wir ritten durch den Fluß. Und wir kamen bis zum Deich und zum Meer. In Veracruz.«

Entenmuscheln und Tintenfische, Polypen und *ceviches*, Bier, so bitter wie das Meer, Bier, Wildbret aus Yucatan, ich bin nicht alt, obwohl ich einmal in einem Spiegel alt war, und die reifen Käse,

---

[1] Fladenbrot aus Maismehl und Wasser.

wie ich sie mag: ich denke, ich wünsche, und das alles belebt mich. Wie langweilig, meiner eigenen Stimme zuzuhören, meiner bestimmten, befehlsgewohnten, überredenden Stimme, die immer die gleiche Rolle spielt, welch ein Überdruß, wo ich essen und essen und essen könnte: ich esse, ich schlafe, ich hure und sonst? Was? was? was? Wer will mit meinem Geld essen, schlafen und huren? Du, Padilla, und du, Catalina, du, Teresa, und du, Gerardo, und du, Paquito Padilla – heißt du so? Was knabberst du im Halbdunkel des Wohnzimmers an den Lippen meiner Enkelin herum, du, der du noch grün hinter den Ohren bist; weil ich hier nicht recht lebendig bin, seid ihr alle jung, aber ich verstehe gut zu leben, und deshalb lebe ich hier nicht, bin ich ein alter Mann, ja? Ein alter Mann mit vielen Ticks, der ein Recht darauf hat, denn in jener Nacht legte er sie aufs Kreuz, legte er sie alle aufs Kreuz, er wählte rechtzeitig wie in jener anderen Nacht, ah, jetzt erinnere ich mich an sie, an jene Nacht, an jenes Wort, an jene Frau: sie sollen mir etwas zu essen bringen: warum bringen sie mir nichts zu essen: raus mit euch, raus: ay, es tut mir weh: raus mit euch, raus: Fick deine Mutter!

Du wirst es aussprechen, es ist dein Wort, und dein Wort ist auch meines: Ehrenwort, Männerwort, Paradewort, Kampfwort: Fluch, Grußwort, Wunschtraum, Verbrüderung, Erinnerung, Stimme der Hoffnungslosen, Befreiung der Armen, Ruf der Mächtigen, Aufforderung zum Streit und zur Arbeit, Epigraph der Liebe, Zeichen der Herkunft, Drohung und Scherz, Eid, Begleiter der Feste und der Saufereien, Schwert des Mutes, Thron der Kraft, Hauer der List, Wappen des Geschlechts, Grenze, Sinn der Geschichte, Mexikos Kenn- und Losungswort, dein Wort und mein Wort:

Fick deine Mutter

Fickender Bastard

Wir ficken sie alle

Hör auf, herumzuficken

Komm her, du kleiner Ficker

Laß dich von ihnen nicht beficken

Ich fickte die Nutte

Fick dich

Fick dich selbst
Ich fickte tausend Pesos aus ihm heraus
Ich war fickrig auf diesen Job
Fick nicht den ganzen Tag herum
Wir werden alle gefickt
Die Nutte fickte ihn
Ich fickte herum, aber ich kniff nicht
Die Indios wurden gefickt, und die Spanier fickten
Fickende Gringos kann ich nicht ausstehen
Es lebe Mexiko, fickend, gefickt, ferkelnd, fosend, mistend, pressend, pflügend, plackend, gepreßt, besudelt: Erzeugnis des Wortes. Leben durch Ficken, zu Tode gefickt und bloß zum Ficken da: Bauch der Schwangeren und letztes Laken, alles steckt darin. Es formt das Gesicht, es verteilt das Spiel, gibt die Vorhand, enthüllt das Zögern und das gezinkte Blatt, bringt Feigheit und Mut ans Licht, berauscht, schreit, ergibt sich, lebt in jedem Bett, herrscht im Tun der Freundschaft, des Hasses, der Macht. Unser Wort. Du und ich sind Brüder dieser Loge, dieses Ordens der Zeugung. Du bist, was du bist, weil du es kannst und dich nicht fertigmachen läßt; Kette aus Wollust, die uns fesselt nach vorwärts, nach rückwärts, die uns verbindet mit allen, die uns verloren und uns vorangingen, und mit allen, die uns verlieren und uns folgen: Erbe, verurteilt zur Lust derer, die über dir stehen, berechtigt zur Lust an denen, die unter dir kriechen: Kind der Kinder des Wortes, Vater der Söhne des Wortes: unseres Wortes, das uns ansieht aus jedem Gesicht, das sich, obgleich verachtet, verbirgt hinter jedem Zeichen: Stachel, Dreck, Spalte, Rute; das Wort erfüllt deine Erwartungen, obsiegt über deine Opfer; fick dich selbst: du hast keine Mutter, aber du hast das Wort; fick deine Mutter, du hast dein Gemächt; du hast deine Weiber, deine Vetteln und Bürotipsen, und du hast dein Wort, damit fühlst du dich allem gewachsen, mit dem Wort proletest du herum und wirst faltig und alt mit ihm, und du suhlst dich in ihm und trennst dich nicht von ihm, klammerst dich an das Wort. Und wo kommst du hin damit?
o Geheimnis, Täuschung! Sehnsucht! Du glaubst, es würde dich

an deinen Anfang zurückbringen: aber zu welchem Anfang? Nicht zu deinem: niemand will zurück zur Lüge vom Goldenen Zeitalter, zu den düsteren Anfängen, zum tierischen Grunzen, zum Kampf um das Fleisch des Bären und den Feuerstein; zu Opfer und Irrsinn, zum namenlosen Entsetzen des Urbeginns, zum geweihten Fetisch, zur Angst vor Sonne, Sturm, Finsternis und Feuer, der Angst vor Masken und Götzen, der Angst vor der Mannbarkeit, der Angst vor Wasser, Hunger, Hilflosigkeit und kosmischem Schrecken: Pyramide aus Verneinungen, blutiger Altar der Furcht

o Geheimnis, Täuschung, Sinnentrug: glaubst du, daß du mit dem Wort vorankommst, dich behauptest? Vorwärts in welche Zukunft? Nicht in deine: niemand will der Verdammnis entgegengehen, dem Argwohn, der Vergeblichkeit, dem Unwillen, dem Haß, dem Neid, dem Groll, der Verachtung, der Unsicherheit, dem Elend, dem Mißbrauch, der Beleidigung, der Einschüchterung, dem falschen Stolz, der Prahlerei mit der Korruption deines Hurenwortes.

laß das Wort hinter dir, töte es mit fremden Waffen: töte es, es steht zwischen uns, versteinert uns, zersetzt uns mit seinem Gift aus Götzen und Kreuz, so daß es weder unsere Antwort noch unser Schicksal sein kann

bete, während der Priester deine Lippen, deine Nase, deine Lider, deine Beine und dein Glied mit der Letzten Ölung salbt: bitte, das Wort möge weder unsere Antwort noch unser Schicksal sein: das Wort und die Kinder des Wortes, das Wort, das die Liebe vergiftet, Freundschaften zugrunde richtet, Zärtlichkeit in Härte wandelt, das Wort, das spaltet, zerstört und vergiftet: eine Scham mit Schlangen und Obsidian besetzt, das Rülpsen des betrunkenen Priesters auf der Pyramide, des Fürsten auf dem Thron, des Kirchenfürsten in der Kathedrale: Rauch, Spanien und Anáhuac; Rauch, Ding des Wortes, Auswürfe des Wortes, Gipfel des Wortes: mit wem wirst du es heute treiben, um zu existieren? und mit wem morgen? wer wird es mit dir treiben? wer wird sich deiner bedienen: die Kinder des Wortes sind Geschöpfe, die du in Objekte verwandeln wirst, in Objekte deines Gebrauchs, deines

Vergnügens, deiner Herrschaft, deiner Verachtung, deines Sieges und deines Lebens: das Kind des Wortes ist etwas, dessen du dich bedienst: besser als nichts
du ermüdest
du wirst es nie besiegen
du hörst das Murmeln anderer Gebete, die dein Gebet nicht hören: das Wort möge weder unsere Erwiderung noch unser Schicksal sein: reinige dich von dem Wort
du ermüdest
du wirst es nie besiegen
du hast es dein ganzes Leben lang gebraucht
auch du bist ein Kind des Wortes
der Gewalt, die du auslöschtest, indem du andere vergewaltigtest
des Vergessens, das du brauchst, um dich zu erinnern
an die endlose Kette der Ungerechtigkeiten
du ermüdest
du ermüdest mich und eroberst mich: du zwingst mich, mit dir in diese Hölle hinabzusteigen: du möchtest an andere Dinge denken, nicht an das: du zwingst mich, zu vergessen, daß nichts war, nichts ist und daß doch etwas sein wird: du besiegst mich mit dem Wort
du ermüdest
ruh dich aus
träum von deiner Unschuld
von dem, was du versucht hast und versuchen willst: sag, daß die Vergewaltigung es dir eines Tages mit gleicher Münze heimzahlen wird, daß sie ihr anderes Gesicht zeigen wird: wenn du als junger Mann das vergewaltigen wolltest, wofür du als alter Mann dankbar sein mußtest: der Tag, an dem du etwas bemerken wirst, das Ende davon: ein Tag, an dem du aufwachen wirst – ich besiege dich –, an dem du in den Spiegel blicken wirst und endlich sehen wirst, daß du etwas hinter dir gelassen hast: du wirst dich an ihn erinnern, an jenen ersten Tag ohne deine Jugend, den ersten Tag einer neuen Zeit: denk an ihn, denn du wirst an ihn denken wie an eine Statue, die von allen Seiten sichtbar ist: du wirst die Vorhänge zurückschieben, damit die frühe Brise herein kann: oh, wie

es dich anwehen wird, und du wirst den Weihrauch vergessen und den Geruch, der dich verfolgt! Wie es dich reinigen wird: die Brise wird dich an keinen Zweifel erinnern, sie wird dich nicht am Faden jenes ersten Zweifels führen:

947: 11. September

Er zog die Vorhänge auseinander und atmete die reine Luft. Die frühe Brise wehte herein und bewegte die Vorhänge. Er sah nach draußen, diese Stunden der Morgendämmerung waren die besten und heitersten eines Frühlings, der sich Tag für Tag wiederholte. Nicht lange, und die flimmernde Sonne würde alles ersticken. Doch früh um sieben schimmerte der Strand in frischem Frieden, und schweigend lag die Bucht vor dem Balkon. Die Wellen plätscherten kaum, und die Stimmen der wenigen Badegäste konnten die einsame Begegnung der aufgehenden Sonne mit dem ruhigen Meer und dem von den Gezeiten gekämmten Sand nicht stören. Er schob die Vorhänge auseinander und atmete die frische Luft. Drei kleine Kinder gingen mit ihren Eimerchen am Strand entlang und sammelten die Schätze der Nacht: Seesterne, Muscheln, polierte Holzstücke. Ein Segelboot schaukelte nicht weit vor der Küste. Durch einen Filter zartblassen Grüns spannte sich ein durchsichtiger Himmel über das Land. Nicht ein einziges Auto fuhr über die Straße, die das Hotel vom Strand trennte.
Er ließ die Vorhänge fallen und ging in das Bad mit den maurischen Kacheln. Im Spiegel sah er sein schlafverschwollenes Gesicht, obwohl sein Schlummer nur kurz und anders als sonst gewesen war. Behutsam schloß er die Tür. Er drehte die Wasserhähne auf, stöpselte das Becken zu und warf seine Schlafanzugsjacke über den Deckel der Toilette. Er nahm eine neue Klinge, wickelte sie aus dem Wachspapier und legte sie in den vergoldeten Rasierapparat ein. Er tauchte den Apparat in das heiße Wasser, weichte ein Handtuch ein und bedeckte sich damit das Gesicht. Der Dampf beschlug das Glas. Er wischte es mit der Hand frei und knipste die Neonröhre über dem Spiegel an. Seine Rasier-

creme war ein neues Produkt aus den Vereinigten Staaten, das man ohne Pinsel auftrug. Er verteilte die weiße, erfrischende Creme über Wangen, Kinn und Hals. Als er den Rasierapparat aus dem heißen Wasser nahm, verbrannte er sich die Finger, und ärgerlich schüttelte er die Hand; dann straffte er mit der linken Hand die Haut einer Backe und begann sich zu rasieren, von oben nach unten, sorgsam, mit zusammengepreßtem Mund. Er schwitzte im Dampf und fühlte die Schweißtropfen die Rippen hinunterlaufen. Jetzt, bei der Feinrasur, rieb er sich das Kinn, um sich von der Glätte zu überzeugen. Dann drehte er die Hähne wieder auf, machte das Handtuch naß und preßte es nochmals gegen das Gesicht. Er wischte sich die Ohren und rieb sich das Gesicht mit einem adstringierenden Hautwasser, daß er die Luft vor Behagen tief ausstieß. Er säuberte die Klinge, trocknete sie ab, legte sie in den Rasierapparat zurück und diesen wiederum in das Lederetui. Er zog den Stöpsel heraus und beobachtete einen Augenblick, wie das graue Seifenwasser mit den Barthaaren gurgelnd im Abfluß verschwand. Er betrachtete sein Gesicht im Spiegel: er wünschte, es möge sein wie immer, denn als er erneut das Glas sauberwischte, empfand er halb unbewußt – in dieser morgendlichen Stunde der unbedeutenden, doch unumgänglichen Verrichtungen, der leichten Übelkeit, der unbestimmten Hungergefühle und der unerwünschten Gerüche, die aus dem Unterbewußtsein des Schlafes aufstiegen – empfand er, daß er sich schon seit langem täglich im Spiegel des Bades betrachtet hatte, ohne sich dabei wirklich zu sehen. Nur dies Viereck aus Glas und Quecksilber bildet wahrhaftig das Gesicht mit grünen Augen, energischem Mund, breiter Stirn und vorspringenden Backenknochen ab. Er machte den Mund auf und streckte die belegte Zunge heraus; dann untersuchte er die Zahnlücken. Seine Zahnprothesen lagen auf dem Boden eines Wasserglases im Arzneikästchen; er nahm sie heraus, spülte sie rasch, und mit dem Rükken zum Spiegel befestigte er sie. Er drückte eine grünliche Paste auf die Bürste, putzte die Zähne und gurgelte. Dann zog er die Schlafanzugshose aus, drehte die Dusche auf und prüfte das Wasser mit der Hand. Der ungleiche Strahl klatschte auf seinen Nakken, als er seinen mageren Körper einseifte, die Rippen, den weichen Bauch und die Muskeln, die noch immer eine gewisse nervöse Spannung bewahrt hatten, die jedoch anscheinend dazu neigten, auf groteske Weise einzufallen, wenn er nicht sehr auf seine Haltung achtete, und manchmal fühlte er sich während der letzten Tage im Hotel und am Strand von unverschämten Blicken beobachtet. Er hielt sein Gesicht unter den Strahl, drehte die Hähne zu und frottierte sich mit dem Badetuch. Eine angenehme Empfindung erfüllte ihn, als er sich Brust und Achseln mit Lavendelwasser abrieb und mit dem Kamm durch sein lockiges Haar fuhr. Er nahm die Badehose und ein weißes Polohemd aus dem Badezimmerschrank, schlüpfte in seine italienischen Sandalen und öffnete vorsichtig die Tür.

Noch immer bewegte die Brise die Vorhänge, und die Sonne schien unverändert vom Himmel: es wäre eine Schande, wirklich eine Schande, so einen Tag nicht zu nützen . . . im September konnte man nie wissen. Er sah zu dem Doppelbett hinüber. Lilia schlief noch immer in dieser entspannten, gelösten Haltung: den Kopf auf die Schulter geneigt, einen Arm quer über dem Kissen, die Schulter entblößt und ein Knie angezogen, das unter der Decke hervorsah. Er ging zu dem jungen Körper hinüber, auf dem das frühe Licht anmutig spielte, sich in den goldenen Härchen ihrer Arme, den feuchten Winkeln ihrer Lider und Lippen und dem strohfarbenen Haar ihrer Achseln fing. Er beugte sich herab, um die winzigen Schweißperlchen auf ihrer Oberlippe zu betrachten und die Wärme zu spüren, die von diesem sonnengebräunten tierhaften Geschöpf aufstieg – unschuldig und schamlos zugleich. Er streckte die Arme aus, um sie herumzudrehen, um ihren Körper von vorn zu betrachten. Die leicht geöffneten Lippen schlossen sich, und das Mädchen seufzte. Er ging zum Frühstück hinunter.

Als er mit dem Kaffee fertig war, wischte er sich die Lippen an der Serviette ab und sah sich um. Zu dieser Stunde schienen immer sämtliche Kinder unter der Aufsicht ihrer Kinderfrauen zu frühstücken. Einige hatten der Versuchung nicht widerstehen können, noch vor dem Frühstück zu baden, und die schickten sich jetzt schon wieder an, in ihren feuchten Badeanzügen zum Strand zurückzukehren, wo der Rhythmus dieser – mal kurzen, mal langen – Stunden nur von der Phantasie jedes einzelnen Kindes bestimmt wurde, von Burgen und Befestigungen aus Sand, von Sandbegräbnissen, teerbefleckten Spaziergängen, von Balgereien, von Körpern, die keine Zeit kannten außer dem Stand der Sonne, vom Geschrei im weichen, gestaltlosen Wasser. Es war seltsam, wie sie ihre Paläste aus Sand bauten und den langen Strand nach der Stelle absuchten, wo ein vergrabener Schatz liegen sollte. Jetzt verschwanden die Kinder aus dem Speisesaal, und es kamen nach und nach die erwachsenen Hotelgäste.

Er steckte eine Zigarette an und spürte die leichte Benommenheit, die seit einigen Monaten immer den ersten tiefen Zug begleitete. Er blickte auf den geschwungenen Strand, der sich vom offenen Meer in vielen Windungen zu dem Halbrund der Bucht hinzog, in der jetzt einzelne Segelboote auftauchten und der Lärm einer zunehmenden Betriebsamkeit anschwoll. Ein ihm bekanntes Ehepaar ging vorbei und grüßte ihn mit einer Geste. Er nickte ihnen zu und tat einen langsamen Zug.

Auch im Speisesaal wurde es lauter: Bestecke auf Tellern, Löffel in Tassen, das Sprudeln von Mineralwasser, Stühlerücken, die Stimmen von Paaren und Touristengruppen. Und der zunehmende Lärm der Brandung, die sich nicht von menschlichem Lärm übertönen lassen wollte. Von seinem Tisch aus konnte er das neue moderne Gesicht Acapulcos sehen, hastig erbaute Hotels für die vielen Gäste aus Nordamerika, die der Krieg um Waikiki, Portofino und Biarritz gebracht hatte, und die Fassaden verdeckten die schmierigen, schmutzigen Hinterhöfe der armen Fischer, die Hütten, zwischen denen Kinder mit aufgedunsenen Bäuchen und räudige Hunde bei der trichinen- und bazillenverseuchten offenen Kloake wimmelten. Diese doppelgesichtige Stadt, diese Stadt mit dem Januskopf, wie weit war sie doch von dem, was sie einst war, und dem, was sie sein wollte.

Er rauchte. Seine Beine waren leicht geschwollen, und selbst morgens um elf ertrug er nicht die leichte Sommerkleidung. Sonnenbrand. Er rieb sich unauffällig das Knie. Die Kühle mußte wohl von innen kommen, denn der Morgen explodierte von Licht, und der Sonnenball brannte orangenfarben und anmaßend vom Himmel. Lilia betrat den Raum, die Augen hinter dunklen Brillengläsern versteckt. Er stand auf, rückte ihr den Stuhl zurecht und winkte einen Kellner herbei. Das ihm bekannte Ehepaar tuschelte. Lilia bestellte *papaya* [1] und Kaffee.

»Gut geschlafen?«

Das Mädchen nickte, lächelte mit geschlossenem Mund und berührte seine Hand, die sich braun gegen das weiße Tischtuch abhob.

»Müßten die Zeitungen aus Mexico City nicht schon da sein?« fragte sie und schälte sich eine Frucht.

»Sieh doch mal nach.«

»Gut. Aber beeil dich. Die Yacht erwartet uns um zwölf.«

»Wo essen wir zu Mittag?«

»Im Club.«

Er ging zum Empfang. Ja, es würde ein Tag wie gestern werden, voll mühsamer Konversation, voll müßiger Fragen und müßiger Antworten. Nachts, wenn sie schwiegen, war es freilich anders. Was wollte er mehr? Ihr wortloses Übereinkommen bedurfte keiner Liebe, nicht einmal des Scheins persönlicher Anteilnahme. Er hatte ein Mädchen für die Ferien gewollt. Montag würde alles vorbei sein, er würde sie nicht wiedersehen. Was wollte er mehr? Er kaufte die Zeitungen und ging nach oben, um Flanellhosen anzuziehen.

Im Wagen vergrub sich Lilia in die Zeitungen. Sie las Bruchstücke von Filmbesprechungen vor, schlug die bronzefarbenen Beine übereinander und ließ eine Sandale vom Fuß gleiten. Er steckte die dritte Zigarette dieses Morgens an, verschwieg ihr, daß ihm die Zeitung gehörte, und zerstreute sich damit, die Reklame auf den neuen Gebäuden zu betrachten und jenen merkwürdigen Übergang von dem fünfzehnstöckigen Hotel und dem Hamburger Restaurant zu dem aufgerissenen Berg, dem Bagger die rötlichen Eingeweide bloßgelegt hatten.

---

[1] Tropische Frucht.

Lilia sprang anmutig an Deck. Nach einem kurzen Kampf um sein Gleichgewicht ging auch er an Bord. Der andere war schon da, fast nackt, nur mit einer winzigen Badehose bekleidet, mit dunklem Gesicht, um die Augen mit Sonnenöl verschmiert, und starken, ausdrucksvollen Brauen. Er streckte ihnen die Hand entgegen, um mit der Bewegung eines unschuldigen Wolfes ihnen an Bord zu helfen: kühn, treuherzig und verschwiegen.

»Ich heiße Xavier Adame ... Don Rodrigo meinte, Sie hätten nichts dagegen, das Boot mit mir zu teilen.«

Er nickte und suchte nach einem Platz in der schattigen Kabine. Zu Lilia gewandt, fuhr Adame fort:

»... der Alte hat mich schon vor über einer Woche eingeladen und es dann wohl völlig vergessen.«

Lilia lächelte und breitete ihr Handtuch auf dem sonnigen Achterdeck aus.

»Möchtest du etwas trinken?« fragte der junge Mann, als der Steward mit Gläsern und Flaschen erschien.

Sie hatte sich hingelegt und machte mit dem Finger ein verneinendes Zeichen. Er ging aus dem Schatten zum Karren des Stewards hinüber, der ihm einen gin-and-tonic mixte, während er ein paar Mandeln knabberte. Xavier Adame war auf dem Dach der Kabine verschwunden. Man hörte seinen energischen Schritt und einen kurzen Wortwechsel mit jemandem auf der Mole, dann das Geräusch, wie er sich auf das Deck legte.

Die kleine Yacht verließ langsam die Bucht. Er setzte seine Mütze mit dem durchsichtigen Schirm auf und lehnte sich zurück, um seinen gin-and-tonic zu trinken.

Lilia lag vor ihm in der Sonne. Sie löste den Verschluß ihres Büstenhalters und sonnte ihren Rücken. Ihr Körper war ein einziger Ausdruck des Behagens. Sie hob die Arme und steckte ihr offenes kupfernes Haar im Nacken hoch. Feine Schweißperlen rannen über ihren Hals und ihren Nacken und bedeckten das runde, weiche Fleisch ihrer Arme, ihres glatten Rückens und den scharfen Einschnitt zwischen ihren Brüsten. Er beobachtete sie aus der Tiefe seiner Kabine. Sie schlief jetzt in der gleichen Haltung wie heute morgen. Sie lag auf der Seite, ein Bein angezogen. Er sah,

daß sie die Achseln rasiert hatte. Der Motor wurde lauter, und die Wellen öffneten sich vor ihnen in zwei Fontänen aus Gischt, die über Lilias Körper fielen. Das Wasser durchtränkte ihren Badeanzug, klebte ihn an ihre Schenkel und zeichnete ihre Rundungen nach. Seemöwen segelten kreischend an dem schnellen Boot vorbei. Gemächlich schlürfte er seinen Drink. Weit davon entfernt, ihn zu erregen, erfüllte ihn dieser junge Körper mit einem Gefühl mißgünstiger Strenge. Wie er so im Schatten der Kabine in seinem Liegestuhl lag, spielte er mit dem Gedanken, wie er heute nacht seine Lust an ihr befriedigen würde, all die Begierde, die er für die Stille und Einsamkeit aufgespeichert hatte, wenn ihre Körper in der Dunkelheit untertauchen und nicht mehr Gegenstand von Vergleichen sein würden. Nachts würde er ihr seine erfahrenen Hände bieten, welche die Verhaltenheit und die Überraschung liebten. Er blickte auf seine Hände hinunter mit ihren dicken, grünlichen Adern, wo früher Kraft und Ungeduld gewesen waren.
Sie hatten die Bucht hinter sich gelassen. Die unbewohnte Küste mit wirrem Gestrüpp und Felsbastionen spiegelte sich in den aufsteigenden Hitzewellen. Die Yacht änderte plötzlich ihren Kurs in dem bewegten Meer, und ein Brecher traf das Boot und durchnäßte Lilia. Sie schrie fröhlich auf, und mit einem tiefen Atemzug hoben sich ihr Oberkörper und die festen Brüste mit den rosigen Spitzen. Dann legte sie sich wieder hin. Der Steward kam mit einem Tablett duftender weicher Pflaumen, geschälter Orangen und Pfirsiche. Er schloß die Augen, und ein gequältes Lächeln erschien auf seinem Gesicht bei dem Gedanken, daß auch ihr schlanker, nasser Körper, dieser feste, volle Leib in einer winzigen Zelle den Krebs der Zeit verbarg. Vergängliches Wunder, was wird in zwanzig Jahren von dir geblieben sein? Kadaver in der Sonne, von Öl und Wasser triefend, mit deiner flüchtigen Jugend, ein Wimpernschlag der Zeit, und sie ist verloren. Schenkel, die sich zusammenpressen und in Geburtswehen spreizen werden, und der angstvolle Aufenthalt auf der Erde, die elementaren Vorgänge, die sich immer und immer wiederholen und alle Einmaligkeit eingebüßt haben. Er öffnete die Augen und sah sie an.
Xavier Adame kam vom Deck. Er sah die behaarten Beine, dann

die knappe Hose, unter der sich das Geschlecht abzeichnete, und schließlich den gebräunten Oberkörper. Ja, er bewegte sich wie ein Wolf. Er duckte sich, als er die Kabine betrat, nahm zwei Pfirsiche von der Schüssel auf Eis, lächelte ihm zu und ging nach draußen. Er kauerte mit gespreizten Beinen vor dem Gesicht des Mädchens, und er berührte ihre Schulter. Lilia lächelte und nahm einen Pfirsich mit ein paar Worten, die er in der Kabine nicht verstehen konnte, die im Lärm des Motors, des Windes und der raschen Wellen untergingen. Jetzt kauten sie beide, und der Saft troff von ihrem Kinn. Wenn er wenigstens ... ja. Der junge Mann schloß die Beine und legte sich auf der dem Hafen zugewandten Seite hin. Seine lächelnden Augen sahen zu dem hellen Himmel empor, und er runzelte die Stirn. Lilia sah ihn an, und ihre Lippen bewegten sich, und Xavier sagte etwas, streckte den Arm aus und deutete zur Küste hinüber. Auch Lilia versuchte, etwas an der Küste zu sehen, während sie ihren Büstenhalter über den Brüsten festhielt. Xavier rutschte näher zu ihr, und beide lachten, als er ihren Büstenhalter zumachte und sie sich aufsetzte und zu dem kleinen Strand hinter der fernen Brandung hinüberstarrte, der wie eine gelbe Muschel vor dem dichten Dschungel lag. Ihre nassen Brüste hoben sich scharf gegen den Himmel ab. Xavier stand auf und gab einen Befehl. Die Yacht nahm Kurs auf den Strand. Lilia legte sich wieder hin und zog ihre Tasche zu sich her, um Xavier eine Zigarette anzubieten. Sie plauderten.

Er sah die beiden Körper, Seite an Seite, beide gleich dunkel, gleich glatt, eine einzige ununterbrochene Linie vom Kopf bis zu den Zehenspitzen. Bewegungslos, doch gespannt von sicherer Erwartung, verbunden durch ihre Neuheit, durch ihr kaum verhülltes Begehren, sich zu erproben, sich anzubieten. Er schlürfte seinen Drink und setzte die dunkle Brille auf, die zusammen mit dem durchsichtigen Schirm seiner Mütze das Gesicht verbarg.

Sie plauderten. Sie hatten ihre Pfirsiche bis auf den Kern gegessen und sagten:

Schmeckt gut

oder vielleicht

Ich mag Pfirsiche

etwas, was niemand zuvor gesagt hatte, etwas, was die Körper jener sagen, die gerade erst anfangen zu leben. Sie würden sagen ...

»Warum sind wir uns nicht schon früher begegnet? Ich bin immer in der Nähe des Clubs ...«

»Nein, ich nicht ... Auf, werfen wir die Kerne. Eins, zwei ...«

Er sah sie die Kerne werfen, mit ein und derselben Bewegung, mit ein und demselben Lachen, das nicht bis in die Kabine drang. Er sah die Stärke von Adames Arm.

»Ich habe gewonnen«, rief Xavier, als die Kerne weit von der Yacht entfernt ins Wasser fielen. Sie lachte. Sie legten sich wieder hin.

»Fährst du gern Wasserski?«

»Ich kann es nicht.«

»Ich bring dir's bei ...«

Was würden sie sagen? Er hustete und ging zu dem Karren, um sich noch einen Drink zu machen. Xavier würde entdecken, wie sehr er und das Mädchen sich glichen. Sie würde ihre kleine, schmutzige Geschichte erzählen. Und er würde die Achseln zukken, sicher, daß sie zumindest für eine Nacht seinen Wolfkörper vorziehen würde, zur Abwechslung. Aber lieben ... lieben ...

»Es kommt darauf an, daß du die Arme steif machst. Siehst du? Nicht abwinkeln.«

»Erst will ich sehen, wie du es machst.«

»Natürlich. Wart, bis wir am Strand sind.«

Ah ja. Jung sein, jung und reich.

Die Yacht hielt einige Meter vor der versteckten Bucht. Sie schaukelte müde und stieß Gasolindämpfe aus, die das kristallgrüne Meer und seinen weißen Grund trübten. Xavier nahm die Ski und warf sie ins Wasser. Er machte einen Kopfsprung, tauchte lächelnd wieder auf und zog sie an.

»Wirf mir die Leine zu!«

Das Mädchen fand den Griff der Leine und warf ihn zu ihm hinunter. Das Boot zog kraftvoll an. Xavier hob sich aus den Wellen und folgte im Kielwasser, einen Arm grüßend in der Luft, während Lilia ihn beobachtete und er seinen gin-and-tonic trank. Das

Stück Meer, das diese beiden jungen Menschen trennte, verband sie auf geheimnisvolle Weise: es verband sie enger als der Akt der Liebe, es ließ sie zu einer Einheit erstarren, bewegungslos, als pflüge die Yacht nicht durch den Pazifik, als wäre Xavier Adame für immer eine Marmorstatue, für immer von dem Boot gezogen, als wäre Lilia auf einer der Wellen versteinert, die aus keinem Stoff zu sein schienen, stiegen, fielen, zerschellten, verebbten, verschmolzen, immer bewegt, immer gleich, unberührt von der Zeit, Abbild ihrer selbst, Abbild der ersten Welle, des verlorenen und des kommenden Jahrtausends. Er sank in den niederen bequemen Stuhl zurück. Was würde er jetzt wählen? Wie würde er diesem Zufall entfliehen, den Bedürfnisse beherrschten, die sich seinem Willen entzogen?

Xavier ließ die Leine fahren und versank dicht vor dem kleinen Strand. Lilia machte einen Kopfsprung, ohne ihn oder den anderen anzusehen. Eine Erklärung würde nicht ausbleiben. Welche wohl? Würde sie Xavier über ihn aufklären, würde Xavier eine solche Erklärung fordern, oder würde sie ihn über Xavier aufklären? Als Lilias Kopf glitzernd, von Sonne und Wasser übersprüht, neben Xavier auftauchte, wußte er, daß niemand, außer ihm, es wagen würde, eine Erklärung zu verlangen; daß dort unten im strahlenden Wasser niemand nach Gründen suchte und die unausweichliche Begegnung nicht aufhielt, daß niemand verhindern würde, was war, ja sogar sein mußte. Was war zwischen die beiden jungen Leute getreten? Sein in den Stuhl gesunkener Körper mit dem Polohemd, den Flanellhosen und der durchsichtigen Schirmmütze? Sein impotenter Blick? Dort unten im Wasser schwammen lautlos die beiden Körper, die er wegen der Reling nicht sehen konnte. Xavier pfiff. Die Yacht zog wieder an, und Lilia erschien für einen Augenblick auf der Oberfläche des Meeres. Sie fiel, das Boot stoppte; volles, offenes Lachen schlug an sein Ohr. Nie hatte er sie so lachen hören. Als wäre sie neu geboren, als gäbe es keine Vergangenheit, keine Meilensteine der Geschichte und der Geschichten, kein Rauben und kein Plündern, keine Schande, nicht seine Schande, nicht ihre Schande.

Die Schande aller. Dies war das unerträgliche Wort: alle. Seine bitter zusammengepreßten Lippen konnten nicht hindern, daß das Wort aus ihm hervorbrach, daß es alle Triebfedern der Macht und der Schuld zerbrach, seine Herrschaft über andere, über irgendwen, über ein Mädchen, das er gekauft hatte: das Wort schleuderte ihn in eine grenzenlose Welt des Gewöhnlichen, der gleichen Schicksale und der Erfahrungen ohne den Stempel des Eigentums. Er hatte sie nicht für immer gezeichnet; sie würde nicht für immer die Frau sein, die er bei Gelegenheit genommen hatte; dies würde nicht ihre Bestimmung, ihr Schicksal bedeuten: das zu sein, was sie war ... weil sie in einem bestimmten Augenblick ihm gehört hatte. Aber würde sie lieben können, als ob es ihn nie gegeben hätte?

Er ging zum Achterdeck und rief:

»Es wird spät. Wir müssen zum Essen in den Club zurück.«

Er war sich seines Gesichtes bewußt, seiner ganzen steifen, bleichen Gestalt. Niemand hatte ihn gehört. Sie konnten ihn schwerlich hören, diese beiden Körper, die unter dem schillernden Wasser schwammen, Seite an Seite, ohne sich zu berühren, als glitten sie durch eine zweite Schicht der Luft.

Xavier Adame verließ sie auf der Mole und ging zur Yacht zurück: er wollte noch etwas Ski laufen. Er winkte vom Bug zurück. Die Brise kräuselte ihre Bluse, und in ihren Augen stand nichts von dem, was er gern gesehen hätte. Xavier hatte nicht gefragt. Lilia hatte ihm ihr trauriges, kleines Melodram nicht erzählt. Er goutierte es, wie er unter den Palmdächern am Rand des Hafens das reiche Aroma des Vichysoisse genoß: die mittellose Heirat, der übliche brutale Typ, Frauenschläger und armer Teufel; die Scheidung und die Prostitution. Er wollte es Xavier erzählen, vielleicht war es seine Pflicht. Zweifellos würde es schwierig sein, die Geschichte noch einmal zusammenzubringen, denn an diesem Nachmittag war sie aus Lilias Augen verschwunden, als hätte dieser Morgen ihre Vergangenheit ausgelöscht.

Doch die Gegenwart ließ sich nicht auslöschen, sie lebten sie, während sie auf ihren geflochtenen Stühlen saßen und mechanisch ein Menü aßen, das er extra bestellt hatte: Vichysoisse, Hummer, Côtes du Rhône, Baked Alaska. Sie saß ihm gegenüber, und er hatte sie gekauft. Sie zögerte einen Augenblick, ehe sie die kleine Hummergabel zum Munde führte: er hatte sie gekauft, doch sie entglitt ihm. Er konnte sie nicht länger halten. Heute nachmittag, noch heute abend würde sie auf Xavier warten, sie würden sich heimlich treffen, sie hatten sich schon verabredet. Und Lilias Augen blickten verloren in das schlafende Wasser unter den vorbeiziehenden Segelbooten und sagten nichts. Natürlich konnte er es aus ihr herauspressen, ihr eine Szene machen ... er hatte sich selbst gegenüber ein ungutes, unbehagliches Gefühl, und er aß seinen Hummer weiter. Und was jetzt? Eine verhängnisvolle Begegnung hatte seinen Willen besiegt. Nun, Montag würde alles vorbei sein, er würde sie nicht wiedersehen, würde sie nicht in der Dunkelheit suchen, sicher, ihren warmen, nackten Körper im Bett zu finden, er würde nicht ...

»Bist du nicht müde?« murmelte Lilia, als das Dessert aufgetragen wurde. »Macht dich der Wein nicht benommen?«

»Ja, ein wenig. Nimm dir.«

»Nein, ich möchte kein Eis ... ich will mich ein wenig hinlegen.«

Als sie das Hotel erreicht hatten, verabschiedete sich Lilia mit einem Winken, und er überquerte die Straße und bat einen Jungen, ihm einen Liegestuhl im Schatten der Palmen aufzustellen. Er hatte Mühe, seine Zigarette anzustecken, ein unsichtbarer Windhauch, kaum wahrnehmbar an diesem heißen Nachmittag, blies ihm immer wieder die Streichhölzer aus. In seiner Nähe hielten ein paar junge Paare ihre Siesta, sie lagen einander in den Armen, einige mit verschlungenen Beinen, andere, die Körper unter einem Handtuch. Er begann zu wünschen, Lilia möge herunterkommen und ihren Kopf auf seine mageren, harten, flanellbedeckten Knie legen. Er litt am Geheimnis dieser Liebe. Er fühlte sich verletzt, gestört, unsicher: er litt unter der Erinnerung an ihr unmittelbares, wortloses Einverständnis, das sie vor seinen Augen mit Handlungen besiegelt hatten, die an sich nichts bedeuteten, die jedoch in seiner Gegenwart, der Gegenwart eines in seinen Liegestuhl gesunkenen, hinter seinem Mützenschirm und seiner Brille verborgenen Mannes ... Eines der Mädchen in seiner Nähe streckte sich mit einer schmachtenden Bewegung, ließ Sand auf den Nacken ihres Begleiters rieseln. Sie schrie, als der junge Mann in gespieltem Ärger aufsprang und nach ihrem Badeanzug griff. Sie balgten sich im Sand; sie sprang auf und rannte; der junge Mann hinterher, bis er sie keuchend und stark eingeholt hatte und zur Brandung trug.

Er schlüpfte aus seinen italienischen Sandalen und fühlte den warmen Sand unter seinen Fußsohlen. Den Strand entlanggehen bis zu seinem Ende, allein. Die Augen auf die eigenen Spuren geheftet, ohne zu bemerken, daß die Gezeiten sie ausgelöscht haben und daß jeder Abdruck nur das einmalige, unvergängliche Zeugnis seiner selbst war.

Die Sonne stand in Augenhöhe.

Das junge Liebespaar kam aus dem Meer, und verwirrt fragte er sich nach der Dauer dieses langen Koitus, fast in Sichtweite des Strandes, doch verhüllt durch die Decke des abendlich silbernen Meeres. Das spielerische Ungestüm, mit dem sie zur Brandung gestürzt waren, hatte sich in eine schweigende Einheit ihrer beiden Köpfe verwandelt, in den gesenkten Blick dieses bezaubernden dunklen Mädchens. Jung, jung. Sie legten sich wieder dicht neben ihn und bedeckten die Köpfe mit dem Handtuch. Und gleichzeitig brach die Nacht herein und deckte sie zu. Der Neger begann die Strandstühle einzusammeln, die er vermietet hatte. Er stand auf und ging zum Hotel.

Er beschloß, sich rasch im Schwimmbad abzukühlen, ehe er hinaufging. Der Umkleideraum lag neben dem Becken; er setzte sich auf eine Bank, um die Sandalen auszuziehen. Die Kleiderspinde verbargen ihn. Hinter ihm platschten nasse Fußtritte über den Gummiboden. Atemloses Lachen; sie trockneten sich gerade ab. Von der anderen Seite der Kabine stieg der durchdringende Geruch von Schweiß, schwarzem Tabak und Kölnischwasser auf. Ein Rauchwölkchen schwebte zur Decke empor.

»Die Schöne und das Untier sind heute nicht aufgekreuzt.«

»Nein, heute nicht.«

»Ein hübsches Ding.«

»Eine Schande. An dem alten Knochen hat sie bestimmt nicht viel Spaß.«

»Der stirbt noch eines Tages am Herzschlag.«
»Ja. Beeil dich.«
Sie gingen. Er zog seine Schuhe und sein Hemd wieder an und ging auch.
Er stieg die Treppe hinauf und öffnete die Tür. Nichts, was ihn hätte überraschen können. Das Bett war von ihrer Siesta zerwühlt, doch sie war nicht da. Er blieb in der Mitte des Zimmers stehen. Der Ventilator summte. Draußen auf der Terrasse begann wieder eine Nacht der Grillen und Johanniskäfer. Wieder eine Nacht. Er schloß das Fenster, damit sich ihr Duft nicht verlöre. Er sog den Geruch aus kürzlich versprühtem Parfüm, Körper und nassen Handtüchern ein. Doch diese Dinge, diese Düfte hatten andere Namen. Das noch zusammengedrückte Kissen war Garten, Frucht, feuchte Erde, Meer. Langsam ging er zu der Kommode, wo sie ... Er nahm ihren seidenen Büstenhalter und hielt ihn an die Wange. Seine Bartstoppeln rauhten ihn auf. Eigentlich war er schon zu spät dran. Er mußte noch baden und sich für heute nacht rasieren. Er ließ den Büstenhalter sinken und ging, wieder mit sich selbst eins, mit sicheren Schritten zum Bad.
Er knipste das Licht an, öffnete den Heißwasserhahn, breitete das Hemd über den Deckel der Toilette. Er betrachtete ihre gemeinsamen Sachen: Zahnpasta, Rasiercreme mit Menthol, Schildpattkämme, cold cream, ein Röhrchen Aspirintabletten, Tabletten gegen Sodbrennen, Tampons, Lavendelwasser, blaue Rasierklingen, Pinzetten, Nagelzeug, Lippenstift, Augentropfen, Nasentropfen zum Inhalieren, Hustensaft, Desodorant. Er griff nach seinem Rasierapparat. Unter dem Rand der Klinge klebten braune Haare. Er hielt inne. Er setzte die Klinge unter den Lippen an, und unwillkürlich schloß er die Augen. Als er sie wieder öffnete, grinste ihn ein alter Mann mit eingesunkenen Augen, grauen Backen und welkem Mund aus dem Spiegel an, ein alter Mann, der nicht sein anderes Ich, nicht sein vertrautes Spiegelbild war.

Ich sehe sie. Sie sind hereingekommen. Die Mahagonitür öffnet und schließt sich, und ihre Schritte sind lautlos auf dem dicken

Teppich. Sie haben die Fenster geschlossen. Sie haben die grauen Vorhänge mit einem zischenden Geräusch zugezogen. Dort draußen gibt es eine Welt, dort weht frischer Wind, Wind von der Hochebene, Wind, der durch die dunklen, zartverästelten Bäume streicht. Ich muß atmen ... Sie sind hereingekommen.
»Geh zu ihm, Kind, daß er dich erkennen kann. Sag ihm, wie du heißt.«
Nimm einen tiefen Atemzug. Sie riecht gut. Ja, ich kann sie mit ihren geröteten Wangen, ihren glänzenden Augen, ihrem jungen, anmutigen Körper sehen, der sich mir zögernd nähert.
»Ich bin ... ich bin Gloria.«
»An jenem Morgen wartete ich auf ihn. Voll Glück. Wir ritten durch den Fluß.«
»Siehst du, was er für ein Ende nimmt? Siehst du's? Wie mein Bruder. Er endete genauso.«
»Geht es dir besser? Mach es ...«
»Ego te absolvo ...«
Das frische, wohlklingende Knistern neuer Geldscheine und Pfandbriefe in der Hand eines Mannes wie ich. Der geräuschlose Start eines teuren Wagens – Sonderanfertigung mit Klimaanlage, eingebauter Bar und Telefon, mit Spezialpolstern und Fußbänken: na, was meinst du, Priester, wird es dort oben auch so sein? Und mein Himmel, der Macht bedeutet über unzählige Menschen mit verborgenen Gesichtern und vergessenen Namen, Tausende von Namen auf den Lohnzetteln meiner Bergwerke, meiner Fabriken, meiner Zeitung: das anonyme Gesicht, das mir an meinem Namenstag gratuliert, das seine Augen unter dem Helm verbirgt, wenn ich die Stollen besichtige, das Gesicht, das sich ehrerbietig neigt, wenn ich durch meine Felder reite, das Gesicht, das meine Karikatur in den Zeitungen der Opposition zeichnet. Diesen Himmel gibt es wirklich, und er gehört mir. Heißt das nicht Gott sein? Sag mir, wie ich all das retten kann, und ich laß dich all deine Zeremonien ausführen. Ich will mich an die Brust schlagen, auf Knien zu einem Tempel kriechen, Essig trinken, mich mit Dornen krönen. Sag mir, wie kann ich dies alles retten, denn der Geist ...
»... des Sohnes und des Heiligen Geistes, Amen ...«

Und da ist sein glattes Gesicht, und er liegt auf den Knien und müht sich noch immer. Ich versuche, ihm den Rücken zuzukehren, doch der Schmerz in meinen Rippen ist zu stark. Auu. Jetzt ist er wohl fertig und hat mir die Absolution erteilt. Ich möchte schlafen. Das Stechen in meinem Bauch fängt wieder an. Ahhh – und die Frauen. Nein, nicht diese. Die Frauen. Frauen, die besänftigen. Natürlich. Nein. Ich weiß nicht. Ich habe dein Gesicht vergessen, als du liebtest. O Gott, ich habe dies Gesicht vergessen. Nein, ich darf es nicht vergessen. Wo ist es? Oh, dieses Gesicht war so wundervoll, so schön, wie kann ich es vergessen? Es gehörte mir, wie kann ich es je vergessen?

Padilla . . . Padilla; ruf mir den Nachrichtenchef und den Wirtschaftsredakteur.

Deine Stimme, Padilla, der hohle Klang deiner Stimme auf diesem Tonband.

Ja, Don Artemio. Don Artemio, wir haben ein dringendes Problem. Die Unruhen der Indianer dauern noch immer an. Sie verlangen, daß wir ihr Holz bezahlen.

Was? Wie hoch?

Eine halbe Million.

Ist das alles? Sag dem Kommissar der Ejido-Ländereien, er soll sie zur Vernunft bringen. Dafür bezahle ich ihn schließlich.

Mena ist da. Was soll ich ihm sagen?

Er soll hereinkommen.

Ah, Padilla, ich kann meine Augen nicht aufmachen und dich ansehen, aber deine Gedanken kann ich lesen – trotz meiner Maske aus Schmerz, Padilla: der Mann in der Agonie heißt Artemio Cruz, schlicht Artemio Cruz: nur dieser Mann stirbt, sonst niemand. Dieser Tod gleicht einem Wurf des Zufalls, der den Tod der anderen noch aufschiebt. Diesmal stirbt nur Artemio Cruz. Und sein Tod kann andere vertreten, vielleicht deinen Tod, Padilla . . . Ah. Nein. Ich muß noch vieles erledigen. Sie brauchen nicht so zuversichtlich zu sein, nein . . .

»Ich habe es euch ja gesagt.«

»Laß ihn in Ruhe.«

»Ich werde euch sagen, was er macht!«

Ich sehe sie dort hinten. Ihre Finger öffnen hastig den doppelten Boden, sie reißen ihn ab. Nichts da. Aber jetzt bewege ich meinen Arm, weise auf die Eichenwand, auf den langen Schrank, der eine Seite des Schlafzimmers ausfüllt. Sie rennen hin, reißen alle Türen auf, einen Bügel nach dem anderen durchwühlen sie meine Anzüge, blaue und gestreifte Anzüge, Anzüge mit zwei Knöpfen und aus irisch Leinen, ohne daran zu denken, daß dies nicht meine Anzüge sind, daß meine Kleider zu Hause sind: sie sehen hastig alle Bügel durch, als ich mit zwei Fingern, die ich kaum bewegen kann, ein Zeichen mache, daß sich das Dokument vielleicht in der rechten Innentasche eines meiner Jacketts befindet. Ihre Hast nimmt zu, schamlos wühlen jetzt ihre Hände, sie streuen die Jacken über den Boden, bis sie alle durchgesehen haben, dann wenden sie sich wieder zu mir. Mein Gesicht könnte nicht ernsthafter sein. Ich bin gegen die Kissen gelehnt und atme mühsam, aber mir entgeht nichts. Meine Blicke sind flink und begierig. Ich bedeute ihnen, zu mir zu kommen.
»Jetzt erinnere ich mich . . ., in einem Schuh . . ., ich erinnere mich ganz deutlich . . .«
Beim Anblick dieser beiden Frauen, die auf allen vieren zwischen meinen zerstreuten Anzügen herumkriechen, die unter obszönem Keuchen meine Schuhe durchwühlen, während ihr breiter Hintern in die Luft ragt, trübt bittere Süße meinen Blick. Ich greife nach meinem Herzen und schließe die Augen.
»Regina . . .«
Die wilde Suche und das entrüstete Murmeln verlieren sich in der Dunkelheit. Ich bewege die Lippen und wiederhole den Namen. Es bleibt mir nicht viel Zeit, sie zu erinnern, die andere zu erinnern, die ich liebte . . . Regina . . .
Padilla . . . Padilla . . . Ich möchte etwas Leichtes essen. Mein Magen ist nicht ganz in Ordnung. Iß mit mir, falls ich etwas bekomme . . .
Wie? Du wählst, du baust, du erschaffst, du bewahrst, du machst weiter: das ist alles . . . Ich . . .
Ja, bis bald. Meine Empfehlung . . .
Gut gesagt, Señor. Es ist leicht, sie zu vernichten.

Nein, Padilla, es ist nicht leicht. Gib mir den Teller ..., den dort mit den kleinen Brötchen. Ich habe diese Leute schon in Aktion gesehen. Wenn die sich einmal etwas in den Kopf gesetzt haben, sind sie schwer aufzuhalten ...

Wie ging doch das Lied? Aus meiner Heimat vertrieben, von der Regierung verjagt, ging ich nach dem Süden, und als ein Jahr vergangen war, da kehrte ich zurück; oh, was für unruhige Nächte ohne dich, ohne dich; kein Freund, kein Verwandter, niemand trauert um mich; nur die Liebe, nur die Liebe dieser Frau ließ mich zurückkehren ...

Deshalb müssen wir jetzt handeln, wo sich die Unzufriedenheit noch nicht fest verwurzelt hat, jetzt läßt sie sich noch im Keim ersticken. Noch sind sie nicht organisiert. Sie setzen alles aufs Spiel. Greif zu, nimm dir, die Brötchen reichen für uns beide ...

Fruchtloser Versuch ...

Ich habe meine beiden Pistolen mit den Elfenbeingriffen, um die Sache mit diesen Eisenbahnerhunden auszutragen, ich bin ein Eisenbahner, ich habe meinen Juan, und er ist mein Traum, und ich brenne vor Verlangen: nur weil ihr mich in Stiefeln seht, glaubt ihr, ich sei ein Soldat, aber ich bin ein armer Eisenbahner von der Zentraleisenbahn ...

Nicht, wenn sie recht haben. Aber sie haben nicht recht. Sie, der Sie in Ihrer wilden Jugend ein Marxist waren, sollten es besser verstehen. Sie sind erschreckt über die Ereignisse dieser Tage. Ich nicht mehr ...

Campanela wartet draußen ...

Was haben sie gesagt? Eine Zyste? Ein Blutsturz? Ein Bruch? Eine Okklusion? Eine Perforation? Eine Strangulation? Eine Kolik?

Ah, Padilla, ich müßte auf einen Knopf drücken, damit du eintrittst. Ich sehe dich nicht, Padilla, denn meine Augen sind geschlossen; ich habe meine Augen geschlossen, denn ich kann den kleinen Kameras, die man Netzhäute nennt, nicht länger trauen: was, wenn meine Augen und meine Netzhäute nichts mehr empfangen und keine Nachrichten mehr an mein Gehirn übermitteln: was dann?

»Macht das Fenster auf.«
»Ich gebe dir die Schuld. Genauso wie ich meinem Bruder die Schuld gebe.«
Ja.

Du wirst nichts wissen, du wirst nicht verstehen, warum Catalina neben dir sitzt und mit dir die eine Erinnerung teilen will, die sie allen aufzwingen möchte: du in diesem Land und Lorenzo in einem anderen? Woran will sie sich überhaupt erinnern? Du und Gonzalo im Gefängnis? Lorenzo ohne dich auf jenem Berg? Du wirst es nicht wissen, du wirst es nicht verstehen, ob du an seiner Stelle bist oder ob er an deiner Stelle sein wird, ob du jenen Tag ohne oder mit ihm verbrachtest, er für dich, du für ihn. Du wirst dich erinnern. Ja, an jenem letzten Tag wart ihr beide zusammen – deshalb lebte weder er diesen Tag für dich, noch umgekehrt, sondern ihr wart zusammen. Er fragte dich, ob ihr zusammen ans Meer gehen würdet; ihr rittet; er fragte dich, ob ihr zusammen zum Meer reiten würdet: er wird dich fragen, wo ihr essen werdet, und er sagte – er wird sagen – Papa, er wird lächeln und den Arm mit der Flinte heben, als er mit nacktem Oberkörper aus dem Fluß kommt und die Flinte und die Jagdtasche in die Höhe hält. Sie wird nicht dabei sein. Catalina wird sich nicht daran erinnern. Deshalb wirst du versuchen, dich daran zu erinnern, um das zu vergessen, woran sie dich erinnern möchte. Sie wird zurückgezogen leben und zitternd auf den Tag warten, an dem er auf einen Sprung nach Mexico City zurückkehrt, um sich zu verabschieden. Wenn er doch zurückkäme, um Lebewohl zu sagen. Sie glaubt daran, aber er wird nicht kommen. Er wird den Dampfer in Veracruz besteigen und fortgehen. Sie wird sich an jenes Schlafzimmer erinnern müssen, wo die Schleier des Traumes nicht weichen wollen, obwohl die Frühlingsluft durch die geöffnete Balkontür hereindringt. Sie wird sich an die getrennten Betten, an die getrennten Zimmer erinnern müssen, an die seidenbespannten Kopfteile, die zerwühlten Laken in den beiden getrennten Zimmern, die Kuhlen in den Matratzen, die dauernden Spuren derer, die in diesen Betten schliefen. Sie wird sich nicht an die schwarze Hinterhand der Stute erinnern können, glänzend und naß vom Fluß. Aber du. Jenseits des Flusses werden du und er ein unwirkliches Land sehen, das sich aus dem Dunst des Morgens erhebt. Der Kampf der dunklen Wildnis mit der brennenden Sonne wird eine doppelte Spiegelung aller Dinge erzeugen, ein Trugbild, in dem sich die Feuchtigkeit mit dem Widerschein des Lichtes vereint. Es wird nach Bananen riechen. Es wird Cocuya sein. Catalina wird nie wissen, was Cocuya war, ist oder sein wird. Sie wird auf ihrer Bettkante sitzen, den Spiegel in der einen, die Haarbürste in der anderen Hand, sie wird warten und sitzenbleiben, mit verlorenem Blick und dem Wunsch, nichts, gar nichts zu tun; und sie wird sich sagen, daß sie nach jedem Streit so zurückbleiben muß: leer. Nein: nur du und er, nur ihr beide werdet fühlen, wie sich die Pferdehufe in die lokkere Erde des Flußufers eingraben. Und nur ihr beide werdet die Frische empfinden, die sich mit der Hitze des Dschungels in dem Augenblick mischt, da ihr aus dem Fluß kommt. Ihr werdet zurückblicken auf die träge Strömung, die am anderen Ufer die Moosflechten sanft bewegt, und weiter hinten, am Ende des mit blühenden Tabachinen bestandenen Weges, seht ihr die frisch gestrichenen Gebäude der *Cocuya Hazienda* in der schattigen Lichtung. Catalina wird wieder und wieder sagen: Mein Gott, habe ich das verdient? Und sie wird den Spiegel heben und sich fragen, ob Lorenzo sie bei seiner Rückkehr so sehen wird, wenn er überhaupt zurückkehrt: die zunehmende Schlaffheit um Kinn und Hals; wird er unter dem Puder die Falten um ihre Augen und in ihren Wangen bemerken? Sie wird wieder ein graues Haar entdecken und ausreißen. Und du mit Lorenzo an deiner Seite wirst tief in den Dschungel hineinreiten. Vor dir der nackte Rücken deines Sohnes, auf dem Schattenflecken mit dem Licht wechseln, das durch das dichte Blätterdach der Mangobäume dringt. Knotige Wurzeln kriechen gewunden über den Pfad, den das Buschmesser gehauen hat und der bald wieder mit Lianen zuwachsen wird. Lorenzo wird jetzt aufrecht im Sattel sitzen, ohne den Kopf zu bewegen, und er wird mit seiner Reitpeitsche über die Flanken der Stute schlagen, um die Fliegen zu verscheuchen. Catalina wird mißtrauisch werden, sie wird ihm nicht eher trauen wollen, als bis er sie ansieht wie früher in seiner Kinderzeit, und mit einem Seufzer wird sie sich hinlegen, die Arme ausbreiten und die seidenen Pantöffelchen von ihren Füßen streifen, während sie düster an ihren Sohn denkt, der so sehr seinem Vater gleicht, ebenso schlank, ebenso dunkel. Trockene Zweige werden unter den Pferdehufen knacken, und die Ebene wird sich weiß von schwankendem Rohr vor dir auftun. Lorenzo wird seinem Pferd die Sporen geben. Er wird zurückblicken, und seine Lippen werden sich zu einem Lächeln öffnen, er wird einen Freudenschrei ausstoßen und einen starken, olivfarbenen Arm heben: sein Lächeln ist weiß wie das Lächeln deiner eigenen Jugend: dieser Ort und die Jugend deines Sohnes werden dich an deine eigene Jugend erinnern, aber du wirst ihm nie erzählen, wieviel dir dies Land bedeutet, weil du ihn dadurch beeinflussen könntest: du wirst dich erinnern, um dich an deine Erinnerung zu erinnern. Catalina wird auf dem Bett an die kindlichen Zärtlichkeiten Lorenzos denken, damals während der schweren Tage von Don Gamaliels Tod, sie wird an den kleinen Jungen denken, der neben ihr kniete, den Kopf auf ihrem Schoß, während sie ihn die Freude ihres Lebens nannte. Ja, vor seiner Geburt habe sie schwer gelitten, ohne die Kraft, es auszusprechen, denn sie habe unantastbare Verpflichtungen gehabt, und das Kind sah sie verständnislos an: weil, weil, weil. Du wirst Lorenzo nach Cocuya bringen, damit er dort lebt und das Land von selbst lieben lernt, ohne daß du erklären müßtest, weshalb du die ausgebrannten Mauern der alten *Hazienda* so liebevoll wieder aufgebaut hast, und weshalb du die Steppe wieder urbar gemacht hast. Kein weil; ohne weil; weil. Du wirst aus dem Dschungel herauskommen und den breitkrempigen Sombrero aufsetzen, der dir über dem Rücken hängt: die ruhige Luft wird durch euren Galopp in Bewegung geraten, und das Echo der Hufe wird in deinen Ohren dröhnen, da Lorenzo eine weiße Staubwolke aufwirbelt: er reitet den Weg hinunter und zwischen den Feldern vor dir her, und während du ihm folgst, bist du sicher, daß ihr beide das gleiche empfindet –

daß der schnelle Ritt euren Blick schärft und weitet, wenn ihr über dieses ausgedehnte, fruchtbare Land reitet, das so verschieden ist von den Hochebenen und Wüsten, die du kennst. Ein Land, das in große rote, grüne und schwarze Felder unterteilt ist, hie und da mit hohen Palmen bewachsen, ein dunkles, heftiges Land, das nach Exkrementen und Fruchtschalen riecht, ein Land, das deine ermatteten Sinne belebt, während dem schnellen Ritt mit deinem Sohn, bei dem sich deine Nerven und all deine vergessenen Muskeln aus ihrer Erstarrung lösen. Deine Sporen werden sich in den Leib des Pferdes graben, bis es blutet: Lorenzo möchte davonstürmen. Sein fragender Kinderblick schneidet Catalina das Wort ab: sie bricht ab, überlegt, wohin das alles führen soll, und sagt sich, daß es nur eine Frage der Zeit ist, wann sie ihm nach und nach die Gründe enthüllen wird, bis er sie richtig versteht. Sie sitzt in dem großen Sessel: er zu ihren Füßen, die Arme um die Knie geschlungen. Die Erde wird unter den Hufen zittern; du beugst den Kopf hinunter, als wolltest du den Mund an das Ohr des Pferdes legen, aber da ist dies Gewicht, das Gewicht des Yaki-Indianers, der mit dem Gesicht nach unten über dem Pferderücken liegt, der Yaki, der den Arm ausstreckt, um sich an deinem Gürtel festzuhalten: der Schmerz betäubt dich: dein Arm und dein Bein hängen schlaff herab, und der Yaki umklammert noch immer deinen Leib und stöhnt mit schmerzverzerrtem Gesicht: und dann ragen die hohen Grabhügel aus Gebirgsstein um dich auf, als ihr weiterreitet, der tiefen Bergschlucht folgt, die unterirdischen Steintäler entdeckt, tiefe Einschnitte über ausgetrockneten Flußbetten, Pfade voller Dornen und Gestrüpp: wer wird sich mit dir erinnern? Lorenzo auf dem Berg ohne dich? Gonzalo in dem Dorfgefängnis mit dir?

1915: 22. Oktober

Er hüllte sich in seine blaue Decke, denn der eisige Nachtwind dieser Stunden fuhr raschelnd durch die Stoppeln und verwehte die senkrechte Hitze des Tages. Sie hatten im Freien genächtigt, ohne etwas zu essen. Keine zwei Kilometer entfernt erhoben sich die Basaltkronen des Gebirges, das in hartem Wüstenboden wurzelte. Drei Tage war der Spähtrupp nun schon ohne Weg und Marksteine unterwegs, nur vom Gespür des Hauptmanns geleitet, der die Listen und Wege von Villas zersplitterter Armee zu kennen glaubte. Etwa siebzig Kilometer hinter ihnen wartete der Hauptteil ihrer Armee auf einen Boten seines Trupps, um Villas letzte Soldaten anzugreifen, bevor sie sich mit frischen Truppen in Chihuahua vereinigen konnten. Aber wo waren denn die versprengten Reiter dieses Räuberhauptmannes? Er glaubte es zu wissen: auf unwegsamen Pfaden waren sie in einen rauhen, weglosen Teil des Gebirges geritten. Heute, am vierten Tag, mußte der Spähtrupp in die Sierra vordringen, während die anderen Streitkräfte Carranzas zu dem Lager marschierten, das er mit seinen Leuten bei Tagesanbruch verlassen würde. Gestern hatten sie ihren letzten Mais geröstet. Und in der vergangenen Nacht hatte der Sergeant, der mit all ihren Feldflaschen fortgeritten war, kein Wasser von dem kleinen Bach mitgebracht, der sonst die Felsen herabrauschte und bei der ersten Berührung mit dem Wüstenboden versickerte: das kleine Flußbett war von rötlichen Adern durchzogen, sauber, runzelig und völlig ausgetrocknet. Als sie vor zwei Jahren hier schon einmal durchgekommen waren, war es während der Regenzeit gewesen. Jetzt hing nichts als eine runde, glühende Sonne von morgens bis abends über ihren Köpfen. Sie hatten keine Lagerfeuer angezündet: ein Wachtposten im Gebirge könnte sie entdecken, und wozu Feuer, da sie nichts zu kochen hatten, und wärmen würde es auch niemanden in der ungeheuren Weite der flachen Wüste. Er zog seine blaue Decke enger um sich und rieb sein schmales Gesicht. Die Enden seines Schnurrbartes gingen kraus in den mehrere Tage alten Bart über. Staub sammelte sich in seinen Mundwinkeln, seinen Brauen und an der Nasenwurzel. Einige Meter von ihm entfernt lagerten achtzehn Männer: ob er schlief oder wachte, immer trennte ihn ein schmaler Streifen Erde von den anderen, immer war er allein. Auf der anderen Seite flatterten die Mähnen der Pferde im Wind, und ihre schwarzen Silhouetten zeichneten sich gegen den gelben

Grund ab. Er wollte bald aufbrechen: der Ursprung des Cañons lag im Gebirge, und aus jenen Felsen kam auch der einsame Hauch von Frische. Er wollte aufbrechen: der Feind konnte nicht weit sein. Sein Körper war in der Dunkelheit gespannt. Hunger und Durst hatten seine Augen geweitet und geschärft, seine grünen Augen mit ihrem kalten Blick.

Unter einer Maske aus Staub wartete er, wach und reglos. Beim ersten schwachen Lichtschimmer der Morgendämmerung würden sie sich in Marsch setzen: am vierten Tag, gemäß ihrem Befehl. Fast niemand schlief. Mit angezogenen Knien in ihre Decken gehüllt, saßen sie da, ohne sich zu rühren, und blickten in die Ferne. Jene, die die Augen schlossen, kämpften gegen Hunger, Durst und Müdigkeit an. Die anderen blickten zum Hauptmann oder zu den Reihen der Pferde, die an einen dicken Mezquitestamm gebunden waren, der wie ein verlorener Finger aus der Erde ragte. Die müden Pferde starrten auf den Boden. Die Sonne mußte gleich hinter dem Gebirge aufgehen. Es war Zeit.

Alle warteten darauf, daß er sich erhob, die blaue Decke abwarf und seine über der Brust verschränkten Patronengurte, die glänzende Schnalle seiner Offiziersjacke und seine Gamaschen aus Schweinsleder freimachte. Wortlos standen sie auf und gingen zu ihren Pferden. Er hatte recht: hinter den niedrigeren Gipfeln fächerte Helligkeit in den Himmel und warf einen schwachen Lichtbogen. Vögel, denen das Schweigen dieses verlorenen Landes gehörte, hatten in der Ferne zu singen angefangen. Er beugte sich zu dem Yaki Tobías herab und sagte in dessen Dialekt:

»Du reitest am Schluß. Und im Augenblick, wo wir sie entdecken, reitest du mit der Botschaft zurück.«

Der Indianer nickte und setzte seinen flachen Sombrero mit dem runden Kopfteil auf, in dessen Band eine rote Schmuckfeder steckte. Der Hauptmann schwang sich in den Sattel, und der Trupp setzte sich in Bewegung und ritt in leichtem Trab auf das Tor der Sierra zu: auf das Cañon zu, den ockerfarbenen Engpaß. Drei Gesimse erhoben sich über dem Einschnitt der Schlucht. Der Trupp nahm das zweite, das zwar am schmalsten war, aber doch breit genug, daß die Pferde einzeln durchkamen: dieses führte zum Ursprung des Cañons. Die leeren Feldflaschen schlugen hohl gegen die Schenkel der Männer, und das Geröll, das sich unter den Pferdehufen löste, wiederholte dies leere, hohle Geräusch, das sich ohne Echo verlor wie die vereinzelten Schläge einer gespannten Trommel. Von seinem Standpunkt aus wirkte die kurze Kolonne gedrückt. Er kehrte den Blick nicht von den Gipfeln vor ihm, er kniff die Augen in der Sonne zusammen und ließ das Pferd sich seinen Weg alleine suchen. Er fühlte weder Angst noch Stolz. Die Angst hatte er hinter sich gelassen, nicht in den ersten, doch in den vielen darauffolgenden Gefechten, in denen die Gefahr zur Gewohnheit und die Ruhe zur bedrohlichen Überraschung des Lebens geworden war. Deshalb beunruhigte ihn auch die Stille des Cañons. Seine Finger umklammerten die Zügel, und unbewußt spannten sich seine Muskeln, um für den Griff nach der Pistole bereit zu sein. Er hielt sich nicht für hochmütig: zuerst die Furcht, die Gewohnheit später hatten jede Überheblichkeit unmöglich gemacht. Er konnte keinen Stolz empfinden, als das erstemal die Kugeln um seine Ohren pfiffen und es ihm wie durch ein Wunder gelang, nicht getroffen zu werden; er konnte nur staunen vor dem blinden Wissen seines Körpers, wenn er auswich, sich duckte, sich aufrichtete oder gerade noch rechtzeitig hinter einen Baumstamm sprang; Staunen und Verachtung, wenn er an die Zähigkeit dachte, mit der sein Körper, der viel schneller war als sein Willen, ihn schützte. Auch später, viele Schlachten später konnte er keinen Hochmut empfinden, als er an das Pfeifen der Kugeln so gewöhnt war, daß er sie nicht einmal mehr hörte. Er wurde nur dann unruhig, er spürte nur dann ein trockenes, beherrschtes Unbehagen, wenn ihn überraschende Ruhe und Stille umgaben. Jetzt, während er in das Cañon ritt, fühlte er dies Unbehagen, und er schob den Unterkiefer vor.

Der scharfe Pfiff eines Soldaten hinter ihm bestätigte die Gefahr. In der gleichen Sekunde ging der Pfiff in einer Gewehrsalve und dem bekannten Schlachtruf von Villas Soldaten unter. Feindliche Reiter machten einen selbstmörderischen Angriff den steilen Hang des Cañons geradeaus hinunter, während Schützen, die auf der .dritten Felsplatte in Deckung lagen, den Spähtrupp beschossen. Blutüberströmte Pferde bäumten sich auf, strauchelten und stürzten in einer Wolke von Staub über die zackigen Felsen in die Tiefe. Er wandte sich um und sah, wie Tobías, dem Beispiel der Villistas folgend, in einem hoffnungslosen Versuch sein Pferd geradeaus nach unten lenkte: das Tier des Yaki verlor den Halt, drehte sich einen Augenblick in der Luft und schlug unten auf die Felsen des engen Grundes, wobei es seinen Reiter unter sich begrub. Das Geheul schwoll an. Das Gewehrfeuer wurde immer dichter. Er glitt vom Pferd und schlitterte den Abhang der Schlucht hinunter, wobei er mit Händen und Füßen seinen Sturz zu bremsen suchte: blitzartig sah er über sich aufgebäumte Pferdeleiber und seine Soldaten, die sinnlos um sich feuerten, die weder fliehen noch ihre Pferde zügeln konnten. Wild um sich greifend und tretend stürzte er hinunter, während Villas Reiter auf das zweite Gesims herunterprasselten und das Handgemenge begann. Er kam unten an und riß die Pistole aus dem Halfter. Stille. Das Kommando war vernichtet. Mit schmerzenden Armen und Beinen schleppte er sich hinter einen mächtigen Felsen.

»Komm, Hauptmann Cruz. Ergib dich schon . . .«

Mit trockener Kehle rief er zurück: »Um erschossen zu werden? Ich bleib, wo ich bin.«

Aber seine rechte Hand war taub vor Schmerz und konnte die Pistole kaum halten. Er hob den Arm und spürte ein scharfes Stechen im Bauch. Er feuerte mit gesenktem Kopf, bis der Abzug nur noch klickte. Dann warf er die Pistole über den Felsen, und die Stimme von oben rief von neuem:

»Komm heraus, und die Hände hoch.«

Auf der anderen Seite des Felsens lagen dreißig oder noch mehr tote und verendende Pferde. Einige versuchten den Kopf zu heben; andere humpelten auf einem gebrochenen Bein; die meisten hatten blutige Einschußwunden in Stirn, Hals und Körper. Und die Toten beider Seiten lagen in verzerrten Haltungen über und unter den Pferden, mit dem Gesicht nach oben, als warteten sie in diesem trockenen Cañon auf einen Schwall Wasser, mit dem Gesicht nach unten, als küßten sie den Fels. Alle tot, außer einem, der unter dem Gewicht einer rotbraunen Stute ächzte.

»Laßt mich den Mann befreien«, rief er der Gruppe über ihm zu. »Vielleicht ist er einer der Euren.«
Wie? Mit welchen Händen? Mit welcher Kraft? Kaum hatte er sich herabgebeugt, um den eingeklemmten Körper von Tobías unter den Achseln zu packen, pfiff eine Kugel an ihm vorbei und prallte gegen den Stein. Er sah auf. Der Offizier der siegreichen Truppe hielt den Schützen mit einer Geste zurück. Schweiß mit Staub vermischt rann von seinen Handgelenken. Den einen Arm konnte er nicht bewegen, mit dem anderen zerrte er so lange, bis er Tobías befreit hatte.
Hinter sich hörte er die Hufe der Reiter, die herunterkamen, um ihn gefangenzunehmen. Als er die zerquetschten Beine des Indianers unter dem Pferdekörper hervorgezogen hatte, hatten sie ihn auch schon umzingelt. Sie rissen ihm die über der Brust gekreuzten Patronengurte herunter.
Es war sieben Uhr früh.
Nachmittags um vier, als er das kleine Dorfgefängnis in Perales betrat, konnte er sich kaum noch an den Gewaltmarsch erinnern, den Oberst Zagal befohlen hatte. In neun Stunden über unwegsame Gebirgspfade hinunter zu dem kleinen Chihuahua-Ort. Dumpfer Schmerz marterte seinen Kopf; kaum sah er den Weg. Offensichtlich war er der verborgenste, aber gewiß auch der einfachste für jemanden, der wie Zagal zwanzig Jahre lang mit Pancho Villa dies Gebirge kreuz und quer durchzogen hatte, bis er jeden Schlupfwinkel und jeden Pfad, jedes Cañon und jede Abzweigung kannte. Zagals pilzförmiger *Sarakof* verbarg sein Gesicht bis zur Hälfte, doch seine Zähne, die ein schwarzer Bart umrahmte, lächelten immer. Er lächelte, als der Gefangene mühsam aufsaß, und er lächelte, als der gebrochene, noch immer lebende Körper des Yaki mit dem Kopf nach unten über das Kreuz seines Pferdes geworfen wurde. Er lächelte, als der kleine Trupp einen natürlichen unterirdischen Gang betrat, der ihm und allen Carranzisten unbekannt war und durch den sie in einer Stunde eine Strecke zurücklegen konnten, für die sie an der Oberfläche vier gebraucht hätten. All das nahm er kaum wahr. Er wußte, daß die Aufständischen wie die Bundestruppen gefangene

Offiziere gewöhnlich sofort erschossen, und er fragte sich, weshalb ihn jetzt Zagal zu einem unbekannten Ziel mitnahm.
Der Schmerz betäubte ihn. Sein Arm und sein Bein, die er sich bei dem Sturz böse gequetscht hatte, hingen schlaff herab, und der Yaki umklammerte ihn und ächzte mit schmerzverzerrtem Gesicht. Sie kamen an mächtigen Felsen vorbei, und im Schatten der Berge ritten sie zur Sohle des Gebirges. Fast unterirdische Felstäler. Tiefe Einschnitte der ausgetrockneten Flußbetten. Pfade, wo überhängendes Gebüsch und vorspringende Felsen Deckung gewährten. Vielleicht haben nur Villas Truppen diese Gegend je durchquert, dachte er, und wahrscheinlich haben sie daher früher die vielen Siege errungen, die das Rückgrat der Diktatur gebrochen haben. Sie waren Meister der Überraschung, des Umzingelns, der raschen Flucht. Sie waren in allem das Gegenteil von der Militärschule General Álvaro Obregóns, der in Begriffen der herkömmlichen Schlachtordnung auf offenem Feld dachte, mit genauen Anordnungen und Manövern auf gründlich erforschtem Terrain.
»Zusammenbleiben und in Reihe. Nicht verstreuen«, rief Oberst Zagal jedesmal, wenn er die Spitze des Zuges verließ und staubschluckend und zähneknirschend zurückgaloppierte. »Wir haben das Gebirge jetzt verlassen und müssen auf alles gefaßt sein. Alle anhalten und Obacht geben. Paßt auf, ob ihr Staub entdeckt. Alle zusammen sehen wir besser als ich allein . . .«
Die Felsmassen wurden allmählich spärlicher. Sie befanden sich jetzt auf einem Hochplateau, und zu ihren Füßen breitete sich die hügelige, von Mezquite übersäte Chihuahua-Wüste aus. Die Sonnenhitze wurde von Windstößen der Gebirgsluft gemildert, ein frischer Hauch, der das glühende Land dort unten nie erreichte.
»Wir reiten am Bergwerk vorbei, der Weg ist kürzer«, sagte Zagal. »Halt deinen Freund gut fest, Cruz, es ist steil.«
Die Hand des Yaki umklammerte Artemios Gürtel. Doch in seinem Griff war mehr als der Wunsch, nicht zu fallen: etwas, was er mitteilen wollte. Artemio lehnte sich vor, tätschelte den Hals des Pferdes und wandte sich dem schmerzverzerrten Gesicht von Tobías zu.
Der Indianer murmelte in seiner Sprache: »Wir kommen bald an

einem verlassenen Bergwerk vorbei. Wenn wir dicht an einem der Eingänge sind, wirf das Pferd herum und renn hinein. Überall sind da Seitenstollen, und sie werden dich wohl kaum finden.«
Er fuhr fort, das Pferd zu tätscheln, während er sich aufsetzte und den Eingang zu erspähen suchte, von dem Tobías gesprochen hatte.
»Denk nicht an mich«, flüsterte der Indianer. »Meine Beine sind gebrochen.«
Zwei Uhr? Ein Uhr? Die Sonne brannte heißer und heißer.
Zwei Ziegen erschienen auf einer Felsplatte, und ein paar Soldaten rissen das Gewehr hoch und feuerten. Eine entkam, die andere fiel von dem Vorsprung. Ein Soldat saß ab und brachte die Ziege über der Schulter zurück.
»Dies war das letztemal, daß jemand gejagt hat!« sagte Zagal mit rauher, lächelnder Stimme. »Eines Tages werden dir diese Kugeln fehlen, Korporal Payán.«
Dann richtete er sich in den Steigbügeln auf und wandte sich der ganzen Truppe zu:
»Merkt euch eines, ihr Dreckskerle: die verfluchten Carranzisten sind uns auf den Fersen. Daß mir niemand mehr in der Gegend herumknallt. Was, zum Teufel, denkt ihr eigentlich? Daß wir uns auf einem Siegeszug nach dem Süden befinden wie früher? Nein. Wir sind geschlagen und reiten, so schnell wir können, zum Norden zurück, wo wir herkommen.«
»Aber Oberst«, ächzte der Korporal, »jetzt könnten wir doch ein bißchen was essen.«
»Einen Hundsdreck können wir«, brüllte Zagal.
Die Männer lachten, und Korporal Payán band die tote Ziege hinter sich aufs Pferd.
»Niemand rührt das Wasser oder das Maismehl an, bis wir unten sind«, befahl Zagal.
Artemio blickte gespannt nach vorn. Da, unmittelbar hinter einer Biegung des Pfades, war das aufgerissene Maul des Bergwerks. Die Hufe von Zagals Pferd schlugen gegen die schmalen Metallschienen, die etwa einen halben Meter vor den Eingang herausführten. Cruz warf sich vom Pferd und stürzte hinein, noch ehe

die Gewehre in Anschlag gebracht werden konnten. Er fiel in der Dunkelheit auf die Knie. Die ersten Schüsse wurden laut, und das Stimmengewirr schwoll an. Die plötzliche Kühle tat seinem Kopf wohl, aber in der Dunkelheit fiel es ihm schwer, sein Gleichgewicht zu wahren. Vorwärts: die Beine rannten und vergaßen den Schmerz, bis er gegen Felsen prallte. Er breitete die Arme aus und entdeckte, daß sie zwei verschiedene Stollen berührten, durch den einen kam ein starker Luftzug; im anderen herrschte stickige Hitze; seine ausgestreckten Finger spürten die verschiedenen Temperaturen. Er entschied sich für den heißen Stollen, der tiefer sein mußte, und rannte weiter. Jetzt verfolgten sie ihn; er konnte das Klirren ihrer Sporen vernehmen. Ein Streichholz warf einen orangenen Funken. Er verlor den Boden unter den Füßen und stürzte einen senkrechten Schacht hinunter, bis sein Körper auf verrottetes Holz aufschlug. Über ihm ließ der Sporenlärm nicht nach, und Stimmengewirr hallte von den Wänden der Grube wider. Mühsam richtete er sich auf. Er versuchte herauszufinden, wohin er gestürzt war, wohin er seine Flucht fortsetzen könnte.
»Besser, ich bleibe, wo ich bin . . .«
Die Stimmen wurden lauter, als seien sie verschiedener Meinung. Dann hörte er deutlich, wie Oberst Zagal auflachte. Die Stimmen entfernten sich. Irgendwo, weit weg, pfiff jemand. Er hörte andere, unbestimmte, gedämpfte Geräusche, die er sich nicht erklären konnte. Dann plötzliche Stille. Seine Augen gewöhnten sich allmählich an die Dunkelheit.
»Sieht aus, als wären sie gegangen. Es könnte eine List sein. Besser, ich warte hier.«
In der Hitze des verlassenen Stollens griff er an seine Brust und tastete die Rippen ab, die er sich bei seinem Sturz durch den Schacht verletzt hatte. Er befand sich in einem gewölbten Raum ohne Ausgang: bestimmt der Boden einer Höhle. Zerbrochene und verrottete Balken lagen auf dem Grund; andere stützten die schwache Decke über seinem Kopf. Er prüfte die Tragfestigkeit einer der Stützen und legte sich dann hin, damit Zeit verstriche. Ein Balken reichte schräg bis zu der Öffnung hinauf, durch die er gefallen war. Es würde nicht schwer sein, hinaufzukriechen und

wieder die Höhe des Eingangs zu erreichen. Seine Finger entdeckten mehrere Risse in seiner Hose und dem Rock seiner Uniform. Erschöpfung. Hunger. Müdigkeit. Er streckte die Beine aus und fühlte das starke Pulsen in seinen Schenkeln. Dunkelheit und Ruhe, das leichte Keuchen und seine geschlossenen Augen. Er dachte an die Frauen, die er gern besitzen würde, denn er konnte sich nicht an jene erinnern, die er besessen hatte. Die letzte war aus Fresnillo gewesen. Eine aufgedonnerte Hure, eine von denen, die gleich anfangen zu heulen, wenn man fragte, woher sie kommen und warum sie auf den Strich gehen. Immer die gleiche alte Frage, um ein Gespräch in Gang zu bringen und ihnen die Gelegenheit zu geben, eine Geschichte zu erfinden. Aber diese erfand nichts, sie weinte nur. Und der endlose Krieg. Klar, daß dies die letzten Operationen waren. Er kreuzte die Arme über der Brust und versuchte, gleichmäßiger zu atmen. Wenn sie endlich die verstreuten Überbleibsel von Villas Armee erledigt hätten, würde es Frieden geben. Frieden.
»Was tun, wenn der Krieg zu Ende geht? Aber wozu jetzt ans Ende denken? Ich denke nie ans Ende.«
Vielleicht bot der Frieden eine gute Gelegenheit, etwas aufzubauen. Er hatte Mexiko kreuz und quer durchzogen, aber immer nur zerstörend. Verwüstete Felder müßten neu ausgesät werden. In Bajío hatte er einst einen bezaubernden Hof gesehen, wo man ein Haus mit Arkaden und *Patios* voller Blumen bauen und über die Aussaat wachen könnte. Man könnte die Saat heranreifen sehen; sich um sie kümmern, die jungen Pflanzen hegen und später die Früchte ernten. Es könnte ein gutes Leben sein. Ein gutes Leben.
»Nicht einschlafen. Halt dich bereit.«
Er preßte die Schenkel zusammen. Die Muskeln seines Nackens zogen seinen Kopf zurück.
Von oben kam kein Laut mehr. Er konnte die Lage erforschen. Er kletterte auf den schrägen Balken und tastete mit den Füßen nach Felsvorsprüngen. Griff für Griff zog er sich mit dem unverletzten Arm hinauf, bis sich seine Nägel in die obere Plattform krallten. Er befand sich wieder in dem heißen Schacht. Aber jetzt

schien er ihm noch dunkler und stickiger als zuvor. Er ging zurück, und er erkannte den Hauptstollen, als er an die Gabelung gelangte, wo der kühle Luftzug herkam. Doch dort, wo der Eingang sein sollte, fiel kein Licht herein. War es draußen schon dunkel? Hatte er jeden Zeitbegriff verloren?

Blind tastete er nach der Öffnung. Nicht die Nacht hatte sie verschlossen, sondern eine Barrikade aus schweren Felsen, welche die Villisten aufgetürmt hatten, bevor sie gegangen waren. Sie hatten ihn in dies Grab aus abgebauten Flözen eingesperrt.

Sein Magen sagte ihm, daß dies das Ende war. Doch unwillkürlich witterte er und versuchte zu atmen; er hob die Finger an die Schläfen und rieb sie, als er an den anderen Schacht mit dem Abzug dachte. Diese Luft kam von draußen, kam von der sonnengepeitschten Ebene. Er rannte zurück. Seine Nase folgte der frischen Luft, und mit den Händen tastete er sich an den unebenen Wänden entlang, während er durch die Dunkelheit stolperte. Ein Wassertropfen fiel auf seine Hand. Er legte seinen offenen Mund an das Gestein und suchte nach dem Ursprung des Wassers. Vereinzelte, langsame Tropfen fielen von der Decke. Er fing wieder einen mit der Zunge auf, wartete auf den dritten, den vierten. Der Schacht schien zu enden. Er senkte den Kopf und sog prüfend die Luft ein. Sie kam von unten, er spürte sie an den Fußknöcheln. Er kniete nieder und untersuchte den Grund mit den Händen. Die Steine waren lose. Eine verdeckte Öffnung. Er warf die Steine beiseite, bis der Spalt breiter wurde und schließlich groß genug für ihn war, daß er in eine neue, von Silberadern schwach erhellte Galerie schlüpfen konnte. Er konnte nicht aufrecht stehen, sondern mußte auf dem Bauch vorwärtskriechen. So schlängelte er sich weiter, ohne eine Ahnung, wohin er auf diese Weise gelangen würde. Nur die silbergrauen Adern und die Goldreflexe seiner Offizierstressen leuchteten. In seinen Augen spiegelten sich die schwärzesten Winkel der Dunkelheit, und ein Speichelfaden lief über sein Kinn. Auf der Zunge hatte er den Geschmack von Tamarinden. Bei dem Gedanken an eine Frucht lief ihm das Wasser im Munde zusammen: vielleicht hatte die stille Wüstenluft einen fernen Duft bewahrt und zu ihm getragen. Sein geschärfter Geruchssinn nahm noch etwas anderes wahr: den unverwechselbaren Geruch von Erde ... unverwechselbar für einen Menschen, der seit Stunden zwischen Felsen und ihrem trockenen Staub eingesperrt war. Ein ganzer Mund, eine ganze Lunge voll frischer Luft. Die niedrige Galerie senkte sich nach unten, brach plötzlich ab und öffnete sich auf eine weite Kammer mit Sandboden. Er glitt hinunter. Ranken boten sich seinem Blick. Wo kamen sie her?

»Ja, es geht wieder aufwärts. Aber ist dort Licht? Es sieht aus wie ein Reflex des Sandes. Nein, es ist Licht!«

Er rannte mit äußerster Kraft zu dem in Sonnenlicht gebadeten Ausgang. Er rannte drauflos, ohne zu sehen und ohne zu hören: ohne die langsame Gitarre und die träge, sinnliche Stimme zu hören, die Stimme eines müden Soldaten:

Las muchachas durangueñas se visten de azul y verde,
de las ocho en adelante, la que no pellizca muerde ...

Ohne das kleine Feuer zu sehen, über dem das Gerippe der Ziege hing, die sie im Gebirge erlegt hatten, ohne die Finger zu sehen, die Fetzen vom Fleisch herunterrissen.

Ohne zu sehen, ohne zu hören, stürzte er auf die sonnenüberflutete Erde. Drei Uhr nachmittags, die Sonne im Westen und der weiße Pilz von Oberst Zagals *Sarakof*. Der Oberst streckte die Hand aus:

»Los, Hauptmann. Du hältst uns auf. Sieh dir deinen Yaki-Freund an, wie er schlemmt. Und jetzt könnt ihr endlich auch an eure Feldflaschen.«

Las muchachas chihuahuenses ya no saben ni qué hacer,
pidiendo a Dios que haya un hombre que las sepa bien querer ...

Der Gefangene hob den Kopf und ließ seinen Blick über das dürre Land mit seinen spitzen Felsen und Kakteen wandern, das sich weit und träge, schweigend und bleiern vor ihm dehnte. Er stand auf und ging zu der Runde, die sich um den Oberst geschart hatte. Der Yaki sah ihn unverwandt an. Er beugte sich herab, riß sich einen versengten Streifen vom Rücken der Ziege und setzte sich zum Essen.

Perales.

Ein Dorf aus Lehmhütten, das sich kaum von tausend anderen Dörfern unterschied. Nur der Platz vor dem sogenannten Rathaus war gepflastert. Die übrigen Straßen waren Staub, der festgetreten war von den nackten Füßen der Kinder, den Krallen der Truthähne, die sich an den Straßen aufplusterten, und von den Pfoten der Hundemeute, die in der Sonne döste, wenn sie nicht gerade kläffend herumtollte. Höchstens ein oder zwei gute Häuser mit großen Haustüren, Metallschlössern und Dachrinnen aus Messing: das Haus des Geldleihers und des politischen Oberhauptes – wenn die beiden nicht ein und dieselbe Person waren –, und sie befanden sich jetzt auf der Flucht vor Pancho Villas schneller Gerichtsbarkeit. Die Truppen hatten diese beiden Anwesen belegt, die Innenhöfe mit Pferden und Heu, die Kisten mit Werkzeug, Munition und Ausrüstungsgegenständen vollgestopft, mit allem, was die besiegte División del Norte auf ihrem Rückzug hatte retten können. Die Farbe des *Pueblos* war braun; nur die Fassade des Rathauses schimmerte rötlich, doch ihre Seitenwände und *Patios* waren ebenfalls braun. Der *Pueblo* lag an einem Fluß, dessentwegen dieser Ort – kaum größer als ein Dorf – hier gegründet worden war; sein Reichtum erschöpfte sich in ein paar Truthähnen und Hühnern, ein paar trockenen Maisfeldern, die in staubigen Streifen bebaut wurden, einigen Schmieden, einer Schreinerei und ein wenig Heimarbeit. Es war ein Wunder, wie dieser Ort existierte. Er existierte schweigend. Wie die meisten mexikanischen *Pueblos* schienen sich seine Bewohner irgendwo zu verstecken. Morgens wie nachmittags, nachmittags wie abends konnte man vielleicht die Schläge eines Hammers auf Eisen hören oder den Schrei eines Neugeborenen, doch vergebens würde man auf den glühenden Straßen nach einer lebenden Seele suchen. Manchmal erschienen Kinder, winzig und barfuß. Auch die Soldaten waren hinter den Mauern der düsteren Häuser versteckt oder in den *Patios* des Rathauses, dem sich die erschöpfte Truppe näherte. Als sie absaßen, kam ein Wachtposten auf sie zu, und Oberst Zagal wies auf den Yaki-Indianer.

»Steck ihn ins Gefängnis. Cruz, Sie kommen mit mir.«

Diesmal lächelte der Oberst nicht. Er öffnete die Türen zu einem

weißgetünchten Amtszimmer und wischte den Schweiß mit dem Ärmel von der Stirn. Er lockerte seinen Gürtel und setzte sich. Der Gefangene blieb stehen.
»Rücken Sie sich einen Stuhl heran, damit wir uns in aller Ruhe unterhalten können. Eine Zigarette?«
Der Gefangene nahm eine. Ihre Gesichter begegneten sich über dem Streichholz.
»Gut«, Zagal lächelte wieder. »Die Sache ist ganz einfach. Sie nennen uns die Pläne der Armee, die uns verfolgt, und wir lassen Sie frei. Ich bin offen zu Ihnen. Wir wissen, daß wir verloren sind, aber wie dem auch sei, wir wollen uns verteidigen. Sie sind ein guter Soldat, Sie verstehen das.«
»Ja. Und deshalb werde ich auch nicht reden.«
»Was wir von Ihnen wissen wollten, wäre nur sehr wenig. Sie und alle, die in dem Cañon starben, waren ein Spähtrupp, das ist klar. Das heißt, daß der Hauptteil der Armee nicht weit sein kann. Sie haben sogar den Weg ausgekundschaftet, den wir nach Norden eingeschlagen haben. Doch da sie den Weg durch das Gebirge nicht sehr gut kennen, müssen sie bestimmt außen herum durch die Wüste, und das kostet sie ein paar Tage. Nun: wie viele sind es, wurden Truppen mit dem Zug vorausgeschickt und wie viele Artilleriegeschütze haben sie? Für welche Taktik haben sie sich entschieden? Wo sollten die Brigaden, die uns nicht gefolgt sind, mit euch zusammenstoßen? Überlegen Sie doch, wie einfach: Sie sagen mir das und sind frei. Ehrenwort.«
»Und was für Sicherheiten bieten Sie mir?«
»Zum Teufel, Hauptmann, wir werden auf jeden Fall verlieren. Ich bin offen. Die Division ist zersplittert und in kleine Banden auseinandergebrochen, die im Gebirge untertauchen und ständig abnehmen, da die Männer auf ihre Höfe, in ihre *Pueblos* zurückkehren. Wir sind erschöpft. Viele Jahre harten Kampfes sind verstrichen, seit wir uns gegen Don Porfirio erhoben haben. Dann kämpften wir mit Madero, dann gegen Orozcos Rothäute, gegen Huertas Feiglinge und schließlich gegen eure verfluchte Carranza-Bande. Eine lange Zeit, wir sind müde. Unsere Leute gleichen Eidechsen, sie nehmen die Farbe der Erde an und verschwinden in

ihren Höhlen, aus denen sie einst gekommen sind. Sie ziehen wieder Bauernkleider an und warten, bis der Kampf weitergeht, und wenn sie hundert Jahre warten müssen. Sie wissen, daß wir diesmal verloren haben, wie die Zapatisten im Süden. Ihr habt gewonnen. Und warum sollten Sie sterben, wenn ihr gesiegt habt? Laßt uns kämpfend untergehen, mehr verlange ich nicht. Laßt uns mit ein wenig Ehre verlieren.«

»Pancho Villa ist nicht in diesem *Pueblo?*«

»Nein, er ist weiter vorn. Und von unseren Leuten verläßt uns einer nach dem anderen.«

»Welche Sicherheiten geben Sie mir?«

»Wir lassen Sie leben und sperren Sie ein, so daß Ihre Freunde Sie befreien können.«

»Gut, wenn wir gewinnen. Aber wenn wir nicht . . .«

»Wenn wir euch schlagen, gebe ich Ihnen ein Pferd, und Sie hauen ab.«

»Damit ihr mich von hinten abknallen könnt, wenn ich wegreite.«

»Wie Sie wollen . . .«

»Nein, ich habe Ihnen nichts zu sagen.«

»Ihr Yaki-Freund und Señor Bernal, ein Gesandter von Carranza, sind im Gefängnis. Sie werden mit ihnen zusammen auf die Exekution warten.«

Zagal stand auf.

Keiner der beiden Männer war sentimental: solche Gefühle hatten die Forderungen des Tages und das gnadenlose Hämmern des blinden Kampfes ausgelöscht. Sie hatten mechanisch geredet, ohne eine Regung zu zeigen. Zagal hatte um Auskunft gebeten und ihn zwischen Freiheit und der Wand wählen lassen. Er hatte die Auskunft verweigert. Aber sie hatten nicht als Zagal und Artemio Cruz gehandelt, sondern als kleine Rädchen zweier feindlich sich gegenüberstehender Kriegsmaschinen. Der Gefangene empfing die Nachricht von seiner Erschießung mit völliger Gelassenheit, einer so echten Gelassenheit, daß er selbst die ungeheuerliche Ruhe gewahren mußte, mit der er seinen Tod hinnahm.

»Oberst Zagal, wir gehorchen seit langer Zeit Befehlen, ohne daß wir je die Möglichkeit hatten – wie soll ich sagen? – etwas selbständig zu tun; nie konnten wir sagen: dies tue ich als Artemio Cruz, dies entscheide ich allein, ich entscheide es für mich und nicht als Offizier des Heeres. Wenn Sie mich erschießen müssen, erschießen Sie Artemio Cruz. Sie haben selbst gesagt, der Krieg ginge seinem Ende entgegen und wir seien müde. Mir liegt nichts daran, als letztes Opfer einer siegreichen Sache zu fallen. Seien Sie ein Mann, Oberst, und lassen Sie mich auch ein Mann sein. Ich schlage vor, wir treten uns mit Pistolen gegenüber. Ziehen Sie eine Linie im *Patio*. Wir gehen aus zwei gegenüberliegenden Ecken aufeinander zu. Wenn Sie mich treffen, ehe ich die Linie überschreite, erledigen Sie mich. Wenn ich sie überschreite, ohne daß Sie mich getroffen haben, lassen Sie mich frei.«

»Korporal Payán!« schrie Zagal mit funkelnden Augen. »Führen Sie ihn ab!«

Dann wandte er sich dem Gefangenen zu. »Ich werde Ihnen die Exekution nicht ankündigen. Sie kann in einer Stunde sein, sie kann morgen und sie kann auch übermorgen sein. Überlegen Sie, was ich gesagt habe.«

Das gelbe Licht der untergehenden Sonne fiel durch das vergitterte Fenster und zeichnete die Umrisse eines stehenden und eines liegenden Mannes ab. Tobías versuchte, einen Gruß zu murmeln. Der andere war in Zivil gekleidet und ging unruhig auf und ab, bis die Zellentür knarrend zufiel und die Schlüssel der Wache im Schloß rasselten. Er kam auf ihn zu.

»Sind Sie nicht Hauptmann Artemio Cruz? Ich bin Gonzalo Bernal, Gesandter des obersten Befehlshabers Venustiano Carranza.«

Er trug einen braunen Anzug mit einem Halbgürtel. Artemio Cruz musterte ihn, wie er alle Zivilisten musterte, die ab und an ins Feld kamen, um die verschwitzten Soldaten eines Kampftrupps mit Gleichgültigkeit und Spott zu betrachten. Bernal wischte sich über die breite Stirn und den blonden Schnurrbart, dann fuhr er fort:

»Der Indianer ist übel zugerichtet. Ein Bein ist gebrochen.«
Cruz zuckte die Achseln. »Über kurz oder lang . . .«
»Was wissen Sie?« Bernals Hand hielt ein Taschentuch vor den Mund, um die Worte zu dämpfen.
»Sie werden uns erschießen. Aber sie werden uns nicht sagen wann. An einer Erkältung werden wir kaum sterben.«
Jetzt blieb der Hauptmann stehen. Er hatte sich umgesehen, die Decke, die Wände, das vergitterte Fenster und den schmutzigen Boden geprüft: die instinktive Suche nach einer Fluchtmöglichkeit: und er hatte dabei einen neuen Feind entdeckt: den Verräter mitten in der Zelle.
»Gibt es hier Wasser?«
»Der Indianer hat alles getrunken.«
Der Yaki stöhnte. Er beugte sich zu dem kupfernen Gesicht auf der Steinbank, die als Bett und Sitzgelegenheit diente. Zum ersten Male – mit einer Überraschung, die ihn zurückfahren ließ – gewahrte er die Wirklichkeit dieses Gesichtes, das früher für ihn nicht mehr gewesen war als eine dunkle Maske, ein Gesicht unter Tausenden, ein Leben, das eher durch die gespannte, schnelle Reaktionsfähigkeit seines Körpers kenntlich war als durch diese Ruhe, diesen Schmerz. Tobías hatte ein Gesicht, und er sah es. Hunderte von feinen weißen Linien – Linien des Lachens, des Zorns und der geblendet zusammengekniffenen Augen – strahlten von den Augenwinkeln aus und durchzogen das flächige Gesicht mit den vorspringenden Backenknochen. Dicke, wulstige Lippen, braune kleine Augen, in denen jetzt trübes Licht glomm.
»Daß du gekommen bist, daß du wirklich gekommen bist«, sagte der Indianer in seiner Sprache, die der Hauptmann im täglichen Umgang mit den Truppen von der Sonaloa Sierra gelernt hatte.
Er preßte die starke Hand des Yaki. »Ja, Tobías. Ich muß dir etwas sagen: sie werden uns erschießen.«
»Es muß wohl sein. Du würdest es genauso machen.«
»Ja.«
Die drei Männer schwiegen, als die Sonne versank. Sie richteten sich auf die Nacht ein. Bernal durchmaß langsam die Zelle. Cruz

stand auf, dann setzte er sich wieder und zeichnete mit dem Finger Linien in den staubigen Boden. Draußen im Gang wurde eine Petroleumlampe angezündet. Sie konnten das mahlende Geräusch des kauenden Soldaten vor der Tür hören. Ein kalter Wind kam von der Wüste.

Er hatte sich wieder erhoben und ging zur Tür: dicke, unbearbeitete Fichtenbretter mit einer kleinen Öffnung in Augenhöhe. Dahinter stieg Rauch von der aus Maisblättern gedrehten Zigarette des Wachtpostens auf. Er umklammerte die rostigen Stäbe und betrachtete das stumpfnasige Gesicht. Ein schwarzer Haarbusch unter einer Leinenkappe; eckige, glatte Backenknochen. Der Gefangene suchte den Blick des Mannes, und der Posten antwortete mit einer raschen Bewegung, einem wortlosen »was ist los?« des Kopfes und der freien Hand. Mit der anderen packte er den Karabiner.

»Hast du schon den Befehl für morgen?«

Der Korporal sah ihn mit großen gelben Augen an und gab keine Antwort.

»Ich bin nicht von hier. Und du?«

»Ich bin von droben«, sagte der Korporal.

»Wie sieht der Platz aus?«

»Welcher?«

»Wo man uns erschießen wird. Was sieht man von dort?«

Er hielt inne und bat den Korporal durch ein Zeichen um sein Feuerzeug.

»Was sieht man?« wiederholte er.

Bei diesen Worten wurde ihm auf einmal klar, daß er immer nach vorn geblickt hatte, immer, seit der Nacht, als er aus der zerstörten *Hazienda* in Veracruz geflohen war und das Gebirge überquert hatte: seit damals hatte er den Blick nicht mehr zurückgewandt. Seit damals hatte er den Wunsch nach Unabhängigkeit, verließ er sich auf seine eigene Kraft. Und jetzt konnte er die Frage nicht unterdrücken, wie es war und was man von dort sehen konnte. Vielleicht versuchte er damit seine angstvollen Erinnerungen, die aufsteigenden Bilder von fernem Laubwerk, langsamen Flüssen und trompetenförmigen Blumen zu verdrän-

gen; von einer kleinen Hütte, einem gestärkten Rock und weichem, nach Quitten duftendem Haar.
»Man bringt dich in den hinteren *Patio*«, sagte der Korporal.
»Und was man sieht? Ja, was meinst du? Dort ist eine hohe Mauer voller Einschüsse, denn hier gibt es viel Arbeit . . .«
»Und die Berge. Kann man die Berge sehen?«
»Ehrlich gesagt, ich weiß nicht.«
»Warst du schon oft dabei?«
»Ja.«
»Vielleicht sieht das Kommando besser, was geschieht, als jene, die erschossen werden.«
»Und du warst nie bei einem Hinrichtungskommando?«
Oh ja, aber ohne darauf zu achten, ohne zu überlegen, was man dabei fühlt oder daß ich selbst eines Tages dort stehen könnte. Daher habe ich kein Recht, dich zu fragen. Du hast genauso getötet, wie ich getötet habe: achtlos. Deshalb weiß auch niemand, wie es ist, und deshalb kann uns niemand etwas darüber sagen. Wenn ich zurückkommen könnte, wenn ich erzählen könnte, wie es ist, wenn man eine Salve hört und sie in der Brust und im Gesicht spürt; wenn ich die Wahrheit darüber sagen könnte, würden wir es vielleicht nicht mehr wagen zu töten, nie wieder; oder keinem würde das Sterben mehr etwas ausmachen. Vielleicht ist es schrecklich . . . aber vielleicht ist es auch so natürlich wie die Geburt. Was wissen wir schon, du und ich?
»Sag, Hauptmann, du kannst die Goldsterne doch nicht mehr gebrauchen. Gib sie mir.«
Die Hand des Korporals kam durch das Gitter. Er wandte sich ab, und der Soldat lachte.
Der Yaki murmelte etwas in seiner Sprache, und er ging zu der Steinbank, legte die Hand auf Tobías' fiebrige Stirn und lauschte dem sanften Singsang seiner Worte . . .
»Was sagst du?«
»Ich habe es erzählt. Wie die Regierung uns unser Land fortnahm und es den Gringos gab. Wie wir darum kämpften, und dann die Bundestruppen kamen, den Männern die Hände ab-

hackten und uns in die Berge trieben. Wie sie die Yaki-Häuptlinge in einem großen Cañon fingen, Gewichte an sie banden und sie ins Meer warfen.«
Der Yaki redete mit geschlossenen Augen. »Alle, die übrig geblieben waren, mußten in einer langen Kolonne den endlosen Weg von Sinaloa bis hinüber nach Yucatán machen.
Wir mußten nach Yucatán marschieren, und Frauen, Kinder und die alten Leute des Stammes starben unterwegs vor Entkräftung. Wer überlebte und bis zu den Sisalplantagen gelangte, wurde als Sklave verkauft. Männer wurden von ihren Frauen getrennt. Und die Frauen wurden gezwungen, sich zu Chinesen zu legen, um ihre Sprache zu vergessen und mehr Arbeiter zu gebären ...
Ich kam zurück, und ich wußte kaum, daß ein Krieg ausgebrochen war. Ich kam mit meinen Brüdern zurück, um gegen unsere Verfolger zu kämpfen.«
Der Yaki lachte lautlos. Der Hauptmann fühlte den Drang zu urinieren. Er stand auf und öffnete den Schlitz seiner Khakihosen, ging in eine Ecke und lauschte dem Plätschern auf dem Staub. Er runzelte die Stirn, als er an den Tod tapferer Männer dachte, die gewöhnlich mit einem nassen Fleck in der Militärhose starben.
Bernal stand mit verschränkten Armen an den hohen Gittern und schien in der kalten, dunklen Nacht den Mond zu suchen. Ab und zu hörte man Hammerschläge aus dem *Pueblo*; Hundegebell. Unverständliche Gesprächsfetzen drangen schwach durch die Mauern. Er klopfte seinen Rock ab und ging zu dem jungen Juristen hinüber.
»Hast du Zigaretten?«
»Ja ... Ich glaube, ja. Sie müssen hier irgendwo stecken.«
»Biet sie dem Yaki an.«
»Hab ich schon. Er scheint die Sorte nicht zu mögen.«
»Aber du hast welche?«
»Ja, das heißt, ich glaube nicht mehr.«
»Vielleicht haben die Soldaten Karten.«
»Nein danke. Ich könnte mich nicht konzentrieren. Ich glaube, ich könnte mich nicht ...«

»Müde?«
»Nein.«
»Du hast recht. Wozu schlafen?«
»Glaubst du, daß du es eines Tages bereuen wirst?«
»Was?«
»Ich meine, daß du vorher geschlafen hast . . .«
»Das soll wohl ein Witz sein?«
»Nun, es wäre besser, sich zu erinnern. Es heißt, es sei gut, sich zu erinnern.«
»Du hast wohl noch nicht lange gelebt?«
»Nein. In dem Punkt ist uns der Yaki voraus. Vielleicht mag er deshalb nicht reden.«
»Ja . . . Nein, ich verstehe dich nicht.«
»Ich meine, daß er vieles hat, woran er sich erinnern kann.«
»Vielleicht ist die Erinnerung in seiner Sprache anders.«
»Der lange Marsch von Sinaloa. Davon hat er uns vor einer Weile erzählt.«
»Ja.«
»Regina . . .«
»Wie?«
»Nichts, ich wiederholte nur einige Namen.«
»Wie alt bist du?«
»Bald sechsundzwanzig. Und du?«
»Neunundzwanzig. Ich habe auch nicht viele Erinnerungen. Und mein Leben kam so verdammt schnell durcheinander.«
»Womit fängt deine Erinnerung an? Mit der Kindheit?«
»Du hast recht, es ist nicht einfach.«
»Weißt du, jetzt, während wir reden . . .«
»Ja?«
»Also, mir fielen einige alte Namen ein. Und weißt du was? Sie bedeuten mir nichts mehr. Sie sagen mir nichts mehr.«
»Es wird schon bald hell.«
»Kümmere dich nicht drum.«
»Mein Rücken ist naß von Schweiß.«
»Gib mir eine Zigarette. Was ist passiert?«
»Verzeihung. Hier, nimm. Vielleicht fühlt man gar nichts.«

»Das sagen sie.«
»Wer sagt das, Cruz?«
»Die uns erschießen.«
»Macht es dir viel aus?«
»Nun . . .«
»Warum denkst du nicht an . . .?«
»An was? Daß alles seinen gewohnten Gang weitergeht, obwohl wir erschossen werden?«
»Nein, versuch nicht, an das Kommando zu denken, denk an das Gewesene. Ich denke an alle, die schon in der Revolution gefallen sind.«
»Ja, ich erinnere mich an Bule, Aparicio, Gómez, Hauptmann Tiburcio Amarillas . . . eine ganze Reihe.«
»Ich bezweifle, daß du zwanzig Namen zusammenbringst. Und wer kennt die Namen all der anderen? Nicht nur von dieser Revolution, sondern die Toten aller Revolutionen und Kriege und alle, die im Bett starben. Wer erinnert sich an die?«
»Bitte, gib mir ein Streichholz.«
»Verzeihung.«
»Der Mond ist schon aufgegangen.«
»Willst du ihn sehen? Wenn ich dich auf meine Schultern nehme, reichst du bis . . .«
»Nein, es lohnt nicht.«
»Gar nicht so übel, daß sie mir die Uhr abgenommen haben.“
»Ja.«
»Ich meine, so schaue ich nicht ständig nach der Zeit.«
»Ja, ich habe schon verstanden.«
»Die Nacht kam mir gewöhnlich viel . . . viel länger vor . . .«
»Ein Scheißplatz hier.«
»Schau den Yaki an. Er schläft. Besser, wenn keiner Angst zeigt.«
»Noch so ein verfluchter Tag.«
»Wer weiß. Sie können jeden Augenblick kommen.«
»Die nicht. Denen macht es Spaß. Sie erschießen uns entweder in der Morgendämmerung oder gar nicht. Die lassen uns noch zappeln.«
»Soll er nicht sehr impulsiv sein?«
»Villa ja, nicht Zagal.«

»Cruz, ist es nicht verrückt?«
»Was?«
»Von der Hand eines dieser Caudillos zu sterben, und dabei an keinen zu glauben.«
»Ob man uns alle zusammen holt, oder einen nach dem anderen?«
»Es wäre wohl leichter, alle zugleich. Du solltest es wissen, als Soldat.“
»Fällt dir nichts ein? Wie wir hier rauskommen könnten?«
»Nein. Soll ich dir etwas erzählen? Es ist zum Totlachen.«
»Was?«
»Ich würde es dir nicht erzählen, wenn ich nicht sicher wäre, daß ich hier nicht mehr lebend rauskomme. Carranza hat mich bloß mit dieser Mission betraut, damit sie mich gefangennehmen und an meinem Tod schuld werden. Er fand einen toten Helden besser als einen lebenden Verräter.«
»Du, ein Verräter?«
»Das kommt darauf an, wie du es betrachtest. Du mußtest kämpfen. Du hast Befehlen gehorcht und nie an deinen Vorgesetzten gezweifelt.«
»Sicher. Anders geht es nicht, wenn man einen Krieg gewinnen will. Bist du etwa nicht auf der Seite von Obregón und Carranza?«
»Genausogut könnte ich auf der Seite von Zapata oder Villa sein. Ich glaube weder an die einen noch an die anderen.«
»Und?«
Das ist der Jammer. Es gibt keine andere Wahl als zwischen ihnen. Ich weiß nicht, ob du dich noch an den Anfang erinnerst. Es ist noch gar nicht lange her, aber es kommt mir heute schon so fern vor. Die Führer spielten damals keine Rolle. Es war nicht der Krieg eines einzelnen, sondern aller.«
»Erwartest du, daß ich den unseren die Gefolgschaft breche? Genau darin besteht die Revolution: daß wir unseren Führern Gefolgschaft leisten.«
»Ja, der Yaki nicht ausgenommen. Zuerst erhob er sich, um für sein Land zu kämpfen. Jetzt kämpft er für General Obregón und

gegen General Villa. Am Anfang war es anders, bevor die Revolution in verschiedene Interessengruppen auseinanderbrach. Am Anfang war jedes *Pueblo*, durch das die Revolution kam, ein Ort, wo die Schulden der *Campesinos* gelöscht, die Geldleiher enteignet, die politischen Gefangenen befreit und die einstigen Großgrundbesitzer vertrieben wurden. Heute hat man all jene entfernt, die glaubten, die Revolution solle das Volk befreien und sei nicht dazu da, die Caudillos zu verherrlichen.«

»Dazu ist noch lange Zeit.«

»Nein. Eine Revolution muß auf den Schlachtfeldern gewonnen werden, aber wenn sie einmal korrupt ist, ist sie trotz der gewonnenen Schlachten verloren. Wir sind alle dafür verantwortlich. Wir haben geduldet, daß man uns spaltete und daß uns Begehrlichkeit, Ehrgeiz und Mittelmäßigkeit beherrschten. Diejenigen, die eine echte, gründliche und unerbittliche Revolution wollten, sind leider ungebildete und blutige Männer. Und die Gebildeten wollen nur eine halbe Revolution, die sich mit ihren Interessen deckt: vorwärtszukommen, gut zu leben und Don Porfirios Elite abzulösen. Da hast du Mexikos Tragödie. Sieh mich an. Ich habe ein Leben lang Kropotkin, Bakunin und den alten Plejanow gelesen, ich habe seit meiner Kindheit gelesen, ich habe wie besessen diskutiert. Und als die Stunde gekommen war, mußte ich mich Carranza anschließen, weil er mir der einzig Erträgliche schien, der einzige, den ich nicht fürchtete. Ja, diese verfluchte Weichlichkeit ... Ich habe Angst vor diesen rauhen Kerlen Villa und Zapata. Ich werde immer ein unmöglicher Mensch bleiben, solange jene Menschen, die heute möglich sind, möglich bleiben werden ... Nun ja! Warum nicht?«

»Du wirst in deiner Todesstunde hart sein ...«

»Das ist der Grundfehler meines Charakters: die Liebe zum Phantastischen, zu unerhörten Abenteuern und zu Unternehmungen, die unendliche, unabsehbare Horizonte erschließen. Nun ja.«

»Warum hast du das nicht eher gesagt?«

»Seit 1913 habe ich es Iturbe, Lucio Blanco und Buelna gesagt, all den ehrenhaften Soldaten, die nie versuchten, Caudillos zu werden. Und deshalb verstanden sie auch nicht, den alten Carranza aufzuhalten, der sein Leben lang Menschen entzweit und Unfrieden gestiftet hat: weil dies der einzige Weg war, seine Mittelmäßigkeit zu behaupten. Deshalb gelangen auch so mittelmäßige Leute wie Pablo Gonzáles an die Macht, Leute, die nicht einmal einen Schatten werfen. So wurde die Revolution verraten und in Interessengruppen aufgesplittert.

»Und darum haben sie dich nach Perales gesandt?«

»Man hat mich hierher geschickt, die Villisten zu überzeugen, daß sie sich ergeben sollen. Als ob wir nicht mit all den geschlagenen, fliehenden Soldaten fertig würden, die in ihrer Verzweiflung zur erstbesten Truppe überlaufen, der sie begegnen. Der Alte jedoch macht sich nicht gern die Finger schmutzig. Es ist ihm lieber, wenn der Feind ihm die dreckige Arbeit abnimmt. Artemio, Artemio, diese Männer reichen nicht an die Größe ihres Volkes und seiner Revolution heran.«

»Warum wechselst du nicht in Villas Lager über?«

»Zu einem anderen Caudillo? Um zu sehen, wie lange er sich hält, und dann zu einem anderen überzuwechseln und wieder zu einem anderen, bis ich zuletzt wieder in einer Zelle lande und wieder auf meine Exekution warte?«

»Aber diesmal würdest du dich retten . . .«

»Nein. Glaube mir, Cruz, ich würde mich gern retten. Nach Puebla zurückgehen. Meine Frau und meinen Sohn wiedersehen. Luisa und den kleinen Pancho. Und meine kleine Schwester, Catalina, die so sehr an mir hängt. Meinen Vater wiedersehen, Don Gamaliel, der so vornehm und so blind ist. Versuchen, ihm zu erklären, warum ich mich in all dies eingelassen habe. Er hat nie begriffen, daß es Verpflichtungen gibt, denen man nicht aus dem Weg gehen kann, selbst wenn man von Anfang an weiß, daß sie zum Scheitern verurteilt sind. Für ihn war die alte Ordnung ewig: die *Hazienda*, der verhüllte Wucher, all das . . . Ich wünschte, jemand würde zu ihm gehen und ihm dies an meiner Statt sagen. Aber keiner von uns wird hier lebend herauskommen. Nein: das Ganze ist ein düsteres Ausscheidungsspiel. Wir leben unter Verbrechern und Zwergen, weil der große Caudillo sich mit Pygmäen umgibt, die nicht zu ihm aufreichen, und weil

der kleine Caudillo den großen ermorden muß, um zur Macht zu gelangen. Welche Schande, Artemio! Wie notwendig war alles, was geschehen ist, und wie überflüssig ist es, dies alles wieder zu zerstören. Das wollten wir nicht, als wir 1913 die Revolution eines Volkes machten ... Und du, du mußt dich entscheiden. Wenn Zapata und Villa ausgeschieden sind, bleiben nur noch zwei Caudillos, deine beiden jetzigen Führer. Welchem wirst du folgen?«
»Mein Führer ist General Obregón.«
»Es ist besser, daß du dich schon entschieden hast. Und wir werden ja sehen, ob es dich dein Leben kostet, ob ...«
»Du vergißt wohl ganz, daß sie uns erschießen werden!«
Bernal brach ab und lachte verwundert auf, als hätte er zu fliegen versucht, und wäre vom Gewicht vergessener Fußeisen plötzlich zurückgerissen worden. Er packte Artemios Schulter:
»Verdammter politischer Wahnsinn! Und du, warum wechselst du nicht ins Lager von Villa über?«
Er konnte Gonzalo Bernals Gesicht nicht deutlich erkennen. Aber selbst in der Dunkelheit fühlte er die spöttischen Augen und die allwissende Miene des kleinen Rechtsgelehrten, der nie kämpft, der nichts tut als reden, während andere Schlachten gewinnen. Er wandte sich heftig ab.
»Was ist?« Der Jurist lachte.
Cruz brummte und zündete sich seine Zigarette wieder an. »Du bist nicht aufrichtig«, stieß er zwischen den Zähnen hervor. »Du willst mich zum Reden bringen? Es kotzt mich an, wenn ich Bekenntnisse hören muß, nach denen ich nicht gefragt habe; vor allem kurz vor dem Tod. Halt gefälligst den Mund, sag was du willst, aber sag es nicht laut, sag es nicht mir. Ich werde niemanden verraten.«
Gonzalos Stimme klang metallisch: »Hör, mein Junge, wir sind drei Todeskandidaten. Der Yaki hat uns seine Lebensgeschichte erzählt ...«
Er ärgerte sich über sich selbst: er hatte sich zu Vertraulichkeiten und Bekenntnissen hinreißen lassen, er hatte sich einem Mann geöffnet, der kein Vertrauen verdiente.

»Sein Leben war das Leben eines Mannes. Er hat ein Recht, davon zu sprechen.«

»Und du?«

»Nichts als Kampf. Wenn es davor etwas gab, so habe ich es vergessen.«

»Du hast eine Frau geliebt . . .«

Cruz ballte die Fäuste.

». . . du hattest Eltern. Vielleicht hast du einen Sohn? Nein? Ich habe einen. Du hast bestimmt wie ein Mann gelebt. Und ich vermute, du würdest gern so weiterleben. Nein? Würdest du jetzt, in diesem Augenblick, nicht gern mit einer Frau . . .?«

Die Stimme Bernals erstickte, als die Hände des anderen ihn in der Dunkelheit fanden. Er packte ihn bei den Rockaufschlägen und stieß ihn ohne ein Wort, nur mit einem gurgelnden Laut, gegen die Wand. Doch während sich seine Nägel in die Weste des neuen Feindes krallten – obwohl er wußte, daß der andere nur seine eigenen, geheimen Gedanken aussprach. Was geschieht nach dem Tod?

Und trotz der Fäuste, die ihn mißhandelten, fuhr Bernal fort:

»Wenn sie uns nicht vor unserem dreißigsten Lebensjahr getötet hätten, wie hätte unser Leben dann wohl ausgesehen? Ich hatte noch so viel vor . . .«

Bis auch er, den Rücken von Schweiß überströmt und das Gesicht dicht vor dem Bernals, flüsterte: »Als ob du's nicht wüßtest: alles wird weitergehen, als wäre nichts geschehen. Die Sonne wird aufgehen, Kinder werden zur Welt kommen, nichts wird sich ändern, obgleich du und ich von Kugeln durchbohrt sind. Als ob du's nicht wüßtest!«

Er lockerte den Griff, und Bernal glitt auf den schmutzigen Boden. Er ging zur Tür der Zelle. Er hatte sich entschlossen. Er würde Zagal falsche Auskunft erteilen, um das Leben des Yaki feilschen und Bernal seinem Schicksal überlassen.

Als die Wache ihn unter halblautem Summen zum Oberst begleitete, fühlte er seinen verlorenen Schmerz um Regina. Bittersüße Erinnerung, die er verborgen hatte und die nun aufstieg und ihn weiterzuleben drängte, als bedürfe das tote Mädchen der

Erinnerung eines lebenden Mannes, um mehr zu sein als ein Leichnam, den die Würmer in einer namenlosen Grube, in einem namenlosen *Pueblo* fraßen.
»Du wirst Mühe haben, uns hinters Licht zu führen«, sagte Zagals ewig lächelnde Stimme. »Zwei Kommandos brechen sofort auf, um deine Angaben nachzuprüfen. Wenn sie sich als falsch erweisen, kannst du deine Seele Gott empfehlen. Du wirst nur wenige Stunden gewinnen, und zwar auf Kosten deiner Ehre.«
Der Oberst streckte die Beine von sich. Er hatte die Schuhe ausgezogen, und er bewegte die Zehen.
»Und der Yaki?«
»Er wurde in unserem Handel nicht erwähnt. Schau: die Nacht geht zu Ende. Wozu die armen Teufel mit einer neuen Sonne narren? Korporal Payán! Schick die beiden Gefangenen in ein besseres Leben. Hol sie aus der Zelle und führe sie hinten hinaus.«
»Der Yaki kann nicht gehen«, sagte der Korporal.
»Gebt ihm Marihuana«, lachte Zagal. »Es wird schon gehen. Legt ihn auf eine Bahre. Und lehnt ihn, so gut es geht, gegen die Wand.
Was sahen Tobías und Gonzalo Bernal? Das gleiche wie er, nur daß er ein wenig höher auf dem Dach des Gebäudes neben Zagal stand. Der Yaki wurde auf einer Bahre herausgetragen. Bernal hatte den Kopf gesenkt. Die beiden Männer wurden zwischen Petroleumlampen an die Wand gestellt.
Es war noch Nacht, die Morgendämmerung zögerte, und die Umrisse der Berge waren noch unsichtbar. Als Bernal die Hand ausstreckte, um den Indianer bei der Schulter zu berühren, feuerten die Gewehre, und ein roter Blitz zuckte durch die Dunkelheit. Tobías blieb, von der Bahre gehalten, gegen die Wand gelehnt. Die Lampen beleuchteten sein zerschmettertes Gesicht. Bernal brach zusammen, und nur seine Fußknöchel lagen im Licht. Eine kleine Blutlache breitete sich um sie aus.
»Da hast du deine Toten«, sagte Zagal.
Anderes Gewehrfeuer und schwerer Geschützdonner in der Ferne unterstrichen seine Worte. Eine Granate explodierte und riß eine

Ecke des Gebäudes weg. Die Schreie der Villisten stiegen verworren zum Dach, während Zagal unzusammenhängende Fragen brüllte:

»Sie kommen? Sie haben uns eingeholt? Die verfluchten Carranzisten?« Cruz schlug ihn nieder und packte mit aller Kraft seine Hand, die nach dem Halfter greifen wollte. Er fühlte die Pistole in seiner rechten Hand und stieß sie Zagal in den Rücken, während er einen Arm um seinen Hals preßte und ihn zu Boden drückte. Er sah auf die Verwirrung hinunter, die unten im *Patio* herrschte. Die Soldaten des Exekutionskommandos rannten wild durcheinander, trampelten über die Leichen von Tobías und Bernal und stießen die Lampen um. Überall explodierten Granaten. Schreie, Gewehrfeuer, Pferde, die sich bäumten, und Hufgetrappel. Neue Villisten rannten auf den Hof, während sie noch ihre Hosen zuknöpften und in die Jacken schlüpften. Das Licht der umgestoßenen Lampen warf einen goldenen Schimmer über jedes Gesicht, jede Schnalle, jeden Metallknopf. Sie packten ihre Gewehre und Patronengürtel. Die Schranke vor dem Stall wurde hastig herabgelassen, die wiehernden Pferde drängten in den *Patio*, die Reiter saßen auf und rasten durch das geöffnete Tor. Noch ein paar Nachzügler, dann war der *Patio* leer. Zwei Petroleumlampen. Der tote Indianer und Bernals Leiche. Das Geschrei verhallte in der Ferne: sie ritten dem feindlichen Angriff entgegen. Cruz lockerte ein wenig seinen Griff. Zagal lag noch immer keuchend auf den Knien und rieb sich seinen strangulierten Hals. Mit erstickter Stimme brachte er mühsam heraus:

»Nicht ergeben!! Ich bin hier!«

Und endlich schlug der Morgen sein blaues Lid über der Wüste auf.

Die erste Verwirrung hatte sich gelegt. Villisten rannten durch die Straßen und zum Gefechtsplatz. Ihre weißen Hemden schimmerten bläulich. Kein Laut drang aus dem *Patio* herauf. Zagal erhob sich, knöpfte seinen gräulichen Militärrock auf und entblößte die Brust. Auch Hauptmann Cruz machte einen Schritt nach vorn, die Pistole in der Hand.

»Mein Angebot gilt«, sagte er mit trockener Stimme.

»Dann wollen wir hinuntergehen«, erwiderte Zagal und ließ die Arme sinken.

Im Büro nahm der Oberst einen Colt, der in einer Schublade lag. Beide waren jetzt bewaffnet, und sie gingen durch kalte Gänge zum *Patio*. Sie zogen eine Linie, die ihn in zwei Hälften teilte. Zagal stieß Bernals Kopf mit dem Fuß beiseite, während Cruz die Petroleumlampen aufhob.

Jeder ging in eine Ecke. Sie gingen aufeinander zu. Zagal schoß als erster, und seine Kugel schlug dem toten Indianer eine weitere Wunde. Er zögerte, und Hoffnung glomm in seinen schwarzen Augen: der andere kam, ohne zu feuern, auf ihn zu. Die Szene vollzog sich wie ein Zeremoniell der Ehre. Der Oberst feuerte sein Magazin leer – eine, zwei, drei Sekunden – in der Hoffnung, der andere werde seinen Mut achten, und sie würden sich an der Trennungslinie begegnen, ohne daß ein weiterer Schuß fiele.

Sie blieben auf der Linie stehen.

Zagal lächelte. Cruz überschritt die Linie. Der Oberst lachte und machte eine freundschaftliche Handbewegung, als sich zwei rasch abgegebene Schüsse in seinen Bauch bohrten. Artemio Cruz sah ihn vornüberkippen und zu seinen Füßen stürzen. Er ließ die Pistole auf den schweißüberströmten Kopf Zagals sinken und blieb reglos stehen.

Der Wüstenwind zauste an den Locken, die ihm in die Stirn hingen, an den Fetzen seiner schweißdurchtränkten Uniform und seinen zerrissenen Gamaschen. Sein Bart war fünf Tage alt; staubige Wimpern und trocknende Tränen verschleierten seine grünen Augen. Einsam stand er zwischen Toten auf dem Hof. Ohne Zeugen, umgeben von Verlassenheit, während vor dem *Pueblo* gekämpft wurde und das Trommelfeuer herüberklang.

Er senkte den Blick. Der tote Arm von Oberst Zagal war nach Gonzalos totem Kopf ausgestreckt. Der Yaki lehnte noch immer aufrecht mit dem Rücken gegen die Wand. Er kauerte sich nieder und drückte dem Oberst die Augen zu.

Hastig stand er wieder auf und atmete tief die frische Morgenluft, in der er sein Leben und seine Freiheit dankbar erhalten und benennen wollte. Aber er war allein, er hatte keine Zeugen,

keine Gefährten. Sein dumpfer Schrei ging im fernen Rattern der Maschinengewehre unter.
»Ich bin frei. Ich bin frei.«
Er preßte die Hände gegen den Bauch, und sein Gesicht verzerrte sich vor Schmerz.
Er sah auf, und endlich erblickte er, was ein zum Tode Verurteilter in der Morgendämmerung sieht: die ferne Linie der Berge, den heller werdenden Himmel, die Adobe-Mauern des *Patio*. Er hörte, was ein zum Tode Verurteilter hört: das Zwitschern unsichtbarer Vögel, das durchdringende Geschrei eines hungrigen Kindes, den Hammer eines Schmiedes. Und den gleichmäßigen, monotonen Donner der Geschütze und Gewehre.
Der unbekannte Schmiedhammer übertönte den Schlachtlärm, voll Vertrauen, daß trotz Kampf, Tod und Sieg die Sonne aufgehen würde, jeden Tag von neuem . . .

Ich kann nicht länger wünschen. Ich lasse sie machen, was sie wollen. Ich versuche, es zu berühren, und fahre mit der Hand vom Nabel bis zum Schambein. Rund. Teigig. Das ist alles, was ich weiß. Der Arzt ist gegangen, und er hat gesagt, er müsse noch mehr Ärzte holen. Er will nicht allein für mich verantwortlich sein. Das ist alles, was ich weiß. Aber ich sehe sie. Sie sind hereingekommen. Die Mahagonitür öffnet und schließt sich, und ihre Schritte sind lautlos auf dem dicken Teppich. Sie haben die Fenster geschlossen. Sie haben die grauen Vorhänge mit einem zischenden Geräusch zugezogen. Sie sind hereingekommen.
»Geh zu ihm, Kind, daß er dich erkennen kann. Sag ihm, wie du heißt.«
Nimm einen tiefen Atemzug. Sie riecht gut. Ja, ich kann sie sehen, ihre geröteten Wangen, ihre glänzenden Augen, ihren jungen, anmutigen Körper, der sich mir zögernd nähert.
»Ich bin . . . ich bin Gloria.«
Ich versuche, ihren Namen zu flüstern. Ich weiß, daß sie meine Worte nicht hören. Zumindest dafür kann ich Teresa danken: daß ich den jungen Körper ihrer Tochter in meiner Nähe habe.

Wenn ich ihr Gesicht nur klarer erkennen könnte. Wenn ich nur besser ihre Züge erkennen könnte. Sie muß den Gestank dieser toten Haut, den Gestank nach Erbrochenem und Blut wahrnehmen; sie muß meine eingefallene Brust sehen, den grauen, wirren Bart, den Schleim, der aus meiner Nase fließt; die wächsernen Ohren, den Speichel, der auf Lippen und Kinn getrocknet ist, und die leeren Augen, die vergeblich Ausschau halten, nach diesen . . .
Sie ziehen sie von mir fort.
»Arme Kleine, sie ist zu aufgeregt, als daß . . .«
»Wie?«
»Nichts, Papa, bleib ruhig liegen.«
Es heißt, Padillas Sohn sei in sie verliebt. Wie er sie küssen muß, was für Worte er ihr sagen muß, oh, welch tiefes Erröten. Sie kommen und gehen. Sie berühren meine Schulter, bewegen die Köpfe und murmeln Worte des Zuspruchs; ja, sie wissen nicht, daß ich sie trotz allem höre: ich höre die entferntesten Unterhaltungen, die Gespräche in den Ecken des Zimmers, nicht das, was neben meinem Bett gesagt wird.
»Wie finden Sie ihn, Señor Padilla?«
»Schlecht, schlecht.«
»Er hinterläßt ein Königreich.«
»Ja.«
»So viele Jahre an der Spitze seiner Unternehmen.«
»Es wird schwer sein, ihn zu ersetzen.«
»Ich will Ihnen etwas sagen: außer Don Artemio selbst ist niemand so geeignet wie Sie.«
»Ja, ich kenne mich überall aus.«
»Und wer würde dann Ihren Posten übernehmen?«
»Wir haben fähige Leute.«
»Dann sind wohl auch einige Beförderungen zu erwarten?«
»Natürlich. Eine völlige Umbesetzung.«
Ah, Padilla, komm näher. Hast du das Tonband mitgebracht?
»Dann müssen Sie die Verantwortung übernehmen.«
»Don Artemio . . . ich bringe . . .«
Ja, Chef.

Halten Sie sich bereit. Die Regierung wird mit eiserner Faust eingreifen, und Sie müssen bereit sein, die Führung der Gewerkschaft zu übernehmen.
Ja, Chef.
Ich warne Sie, ein paar alte Füchse bereiten sich ebenfalls vor. Ich habe den Behörden schon zu verstehen gegeben, daß Sie unser Mann sind. Nehmen Sie doch.
Danke, aber ich habe schon gegessen. Gerade eben komme ich vom Essen.
Stellen Sie sich zunächst keiner Wahl. Kurbeln Sie das Ganze erst einmal an, aber zunächst gehen Sie auf das Sekretariat zum CTM: alles der Reihe nach.
Selbstverständlich, Chef. Sie können sich auf mich verlassen.
Auf Wiedersehen, Campanela. Und kein Wort darüber. Sehen Sie sich vor. Seien Sie wachsam. Auf, Padilla . . .
Da. Das Band ist abgelaufen. Das war alles. War es tatsächlich alles? Wer weiß. Ich kann mich nicht entsinnen. Denn eine ganze Weile habe ich diesen Stimmen aus dem Apparat nicht zugehört, ich habe nur so getan und in Wirklichkeit an anderes gedacht. Wer faßt mich an? Wer ist so dicht bei mir? Wie nutzlos, Catalina. Ich sage mir: wie nutzlos, welch nutzlose Zärtlichkeit. Ich frage mich: was wirst du mir sagen? Glaubst du, du hättest endlich jene Worte gefunden, die du nie über die Lippen gebracht hast? Ah: du hast mich geliebt? Warum haben wir es uns dann nicht gesagt? Ich liebte dich. Ich weiß nicht mehr. Ich begreife nicht, warum du neben mir sitzt und schließlich diese Erinnerung mit mir teilst, und diesmal ohne Vorwurf in deinem Blick. Stolz. Stolz rettet uns. Stolz tötet uns.
». . . für einen schäbigen Hungerlohn, während er uns mit dieser Frau beleidigt, uns seinen Luxus unter die Nase reibt und uns abspeist, wie man Bettler abspeist . . .«
Sie haben es nicht verstanden. Ich habe nichts für sie getan. Ich habe nie an sie gedacht. Ich tat es für mich. Ihre Geschichten interessieren mich nicht: Teresas und Gerardos Leben interessiert mich nicht. Es ist mir gleichgültig.
»Gerardo, warum verlangst du nicht, daß er dir einen angemes-

senen Posten gibt? Du trägst genausoviel Verantwortung wie er . . .«
Es interessiert mich nicht.
»Sachte, sachte, Teresita. Du mußt meine Lage verstehen. Ich beklage mich ja nicht.«
»Zeig mal ein wenig Charakter. Er . . .«
»Laß ihn in Ruhe.«
»Ergreif jetzt nur nicht seine Partei. Niemand hat so viel unter ihm gelitten wie gerade du.«
Ich überlebte. Regina. Wie war dein Name? Nein: du Regina. Wie war dein Name, namenloser Soldat? Gonzalo. Gonzalo Bernal. Ein Yaki. Ein armer Yaki. Ich überlebte. Ihr seid gestorben.
»Und auch ich. Wie könnte ich es vergessen: er kam nicht einmal auf meine Hochzeit. Auf meine Hochzeit, die Hochzeit seiner eigenen Tochter . . .«
Sie haben nie verstanden. Ich brauchte sie nicht. Ich tat alles allein. Soldat. Yaki. Regina. Gonzalo.
»Selbst was er liebte, zerstörte er. Du weißt es, Mama.«
»Hör auf, hör auf. Mein Gott, sei endlich still . . .«
Mein Testament? Seid unbesorgt: es gibt ein Dokument. Gestempelt und notariell beglaubigt. Ich vergesse niemanden: warum sollte ich sie vergessen, warum sollte ich sie hassen? Sie würden sich insgeheim darüber freuen. Es würde ihnen Genugtuung bereiten, wenn sie glauben könnten, ich hätte sie bis zum letzten Augenblick narren wollen. Nein: ich habe euch alle mit der Gleichgültigkeit bedacht, die man einer kalten Geschäftsangelegenheit entgegenbringt – dich, geliebte Catalina; dich, reizende Teresa; dich, Gloria; dich, Gerardo: Ich werde einen außergewöhnlich großen Reichtum verteilen, den ihr vor der Öffentlichkeit meinem Fleiß, meiner Zähigkeit, meinem Verantwortungsbewußtsein und meinen persönlichen Fähigkeiten zuschreiben werdet. Seid ruhig. Vergeßt, daß ich diesen Reichtum gewann, indem ich meine Haut in einer Schlacht riskierte, die ich nicht kannte und nicht verstehen wollte, weil es mir nicht zukam, sie zu kennen und zu verstehen, weil nur jene sie kennen und verstehen konnten, die sich keinen Vorteil von ihrem Opfer versprachen. Opfern

heißt doch genaugenommen: alles für nichts hinzugeben. Und wie sagt man, wenn einer alles gibt, um alles zu gewinnen? Aber diese beiden da gaben mir nie etwas. Die andere gab mir alles. Ich nahm es nicht. Wie sagt man da?

Okay, das Bild ist klar genug. Sag mal, der alte Knabe von der Botschaft will eine Rede halten, in der er diese kubanischen Wirren mit einer Revolution aus der guten alten mexikanischen Zeit vergleichen will. Wie wär's, wenn du das Ganze mit einem Leitartikel vorbereiten würdest?

Ja, das ließe sich machen. Etwa zwanzigtausend Pesos?

Das scheint mir in Ordnung. Hast du Vorschläge?

Ja. Sagen Sie ihm, er soll den Gegensatz zwischen einer anarchistischen, blutigen Bewegung, die Privateigentum und Menschenrechte antastet, und einer planvollen, friedlichen und berechtigten Revolution klarmachen, wie es die mexikanische Revolution des Mittelstandes war, die sich an Jefferson orientiert hatte. Die Leute haben ein kurzes Gedächtnis. Bestellen Sie ihm bitte, er soll freundlich mit uns umgehen.

Geht in Ordnung, bis dann, Señor Cruz, es ist mir immer . . .

Oh, was für ein Schwall von Bedeutungen, von schweigenden Folgerungen, von Worten: wie ermüdend. Sie werden meine Geste nicht verstehen, denn ich kann die Finger kaum bewegen: abstellen! Es langweilt mich, es bedeutet nichts, nichts als Gewäsch, leeres Gewäsch . . .

»Im Namen des Vaters, des Sohnes . . .«

»Ich wartete auf ihn. Voll Glück. Wir ritten durch den Fluß.«

»Warum hast du ihn von mir fortgenommen?«

Ich hinterlasse ihnen die nutzlosen Toten, die toten Namen Reginas und des Yaki . . . Tobías, ja, jetzt erinnere ich mich, man nannte ihn Tobías . . . des Gonzalo Bernal und des unbekannten Soldaten. Und sie? Eine andere.

»Macht das Fenster auf.«

»Nein, wenn du dich jetzt erkältest, wird es noch schlimmer.«

Laura. Warum? Warum mußte alles so kommen? Warum?

Du wirst überleben: du wirst die Laken wieder zerknüllen und wirst wissen, daß du überlebt hast, trotz Zeit und Bewegung, die dein Leben in jedem Augenblick verringern: die Lebenslinie liegt zwischen Lähmung und Zügellosigkeit: das Abenteuer: endgültige Bewegungslosigkeit scheint dir die größte Sicherheit: du wirst dir vorstellen, wie du reglos verharrst, sicher vor Gefahr, Zufall und Ungewißheit: und deine Bewegungslosigkeit wird die Zeit nicht aufhalten, die ohne dich weitergeht, obwohl du sie ersinnst und mißt: die Zeit, die deine Bewegungslosigkeit widerlegt und dich der Gefahr des Auslöschens unterwirft: Abenteurer, du wirst deine Geschwindigkeit an der Zeit messen:
die Zeit, die du erfinden wirst, um zu überleben, um die Illusion eines längeren Aufenthalts auf dieser Erde zu nähren: die Zeit, die dein Gehirn schaffen muß, um den Wechsel von Licht und Dunkelheit im Quadrant des Schlafes wahrzunehmen; um jene Bilder zu bewahren, wo die Ruhe von schwarzen, aufgetürmten Kumuluswolken bedroht ist, vom Grollen des Donners, dem Sohn des Blitzes, von der stürmischen Entladung des Regens, vom unausbleiblichen Regenbogen; um die regelmäßig wiederkehrenden Schreie des Bergwildes zu hören; um die Rufe der Zeit auszustoßen: den Kriegsschrei, den Klageschrei, den Freudenschrei; kurz, um die Zeit zu benennen, um die Zeit zu sagen und die Unzeit eines Universums zu denken, das zeitlos ist, weil es weder Anfang noch Ende begrenzt: es gibt keinen Anfang und wird kein Ende geben, und unbekannt bleibt, daß du ein Maß für die Unendlichkeit erfinden wirst, einen Vorbehalt des Verstandes:
du wirst eine Zeit erfinden und messen, die es nicht gibt,
du wirst wissen, unterscheiden, beurteilen, einschätzen, erfinden, voraussagen, und du wirst zu dem Schluß gelangen, daß es keine andere Wirklichkeit gibt als jene, die dein Geist erschaffen hat; du wirst lernen, deine eigene Gewalttätigkeit zu beherrschen, um auch die deiner Feinde zu beherrschen, du wirst lernen, zwei Hölzer so lange gegeneinander zu reiben, bis sie brennen, weil du eine Fackel anzünden und in die Höhleneingänge werfen mußt, um die wilden Tiere zu erschrecken, die dich nicht erkennen, die keinen Unterschied machen zwischen deinem Fleisch und dem

der anderen Tiere; und du mußt tausend Tempel errichten, tausend Gesetze machen, tausend Bücher schreiben, tausend Götter anbeten, tausend Bilder malen, tausend Maschinen bauen, tausend Städte erobern, tausend Atome spalten, um deine brennende Fackel immer wieder in die Höhleneingänge werfen zu können; und all dies wirst du tun, weil du nachdenkst, weil du ein Nervensystem in deinem Gehirn entwickelt hast, ein dichtes Netz, das Nachrichten empfangen und von der Stirn zum Hinterkopf weiterleiten kann; du wirst überleben, nicht weil du stark bist, sondern durch den blinden Zufall eines erkaltenden Universums, in dem nur Organismen überleben, die ihre Körpertemperatur trotz der wechselnden Umweltsbedingungen halten können, Organismen, denen es gelingt, ihre Gehirnmasse zu entwickeln, Gefahr vorauszusehen, Nahrung zu suchen und ihre Bewegungen planvoll einzusetzen; die im fruchtbaren, runden Ozean, dem Zeugen ihrer Herkunft, die Richtung nicht verlieren: ausgestorbene und tote Arten werden auf dem Meeresboden ruhen, verlorene Brüder, Millionen von Brüdern, deren fünf zusammenziehbare Sterne nie aus dem Meer auftauchen, deren fünf Finger nie das andere Ufer, die feste Erde, die Inseln der Morgenröte berührten: du wirst mit der Amöbe und der Kreuzung aus Vogel und Reptil auftauchen: Vögel, die sich von neuen Gipfeln stürzen, um in neuen Abgründen zu zerschellen, die aus dem Fehlschlag lernen, während die Reptilien schon fliegen können und die Erde erkaltet: du wirst zusammen mit den Vögeln überleben, die durch ihre Federn geschützt in flüchtige Wärme gehüllt sind, während die kalten Reptilien schlafen, überwintern und schließlich sterben; und du wirst deine Zehennägel in festes Erdreich graben, in die Inseln der Morgenröte, und du wirst schwitzen wie ein Pferd; und du wirst mit deiner festen Temperatur auf die neuen Bäume klettern, und wenn du wieder herunterkommst, werden sich die Gehirnzellen weiterentwickelt haben, die lebensnotwendigen Funktionen eingespielt und die Konstanten aus Wasserstoff, Zucker, Kalzium, Wasser und Sauerstoff gebildet haben: du bist frei, über die Grenzen der unmittelbaren Sinneseindrücke und der Lebensnotwendigkeiten hinauszudenken;

du wirst mit zehn Millionen Gehirnzellen, mit einer dehnbaren und veränderlichen Batterie im Kopf von den Ästen herabsteigen, um die Umwelt zu erforschen, die Neugier zu befriedigen, dir Ziele zu setzen, zu verwirklichen und Schwierigkeiten zu vermeiden, wirst voraussehen, lernen, vergessen, erinnern, Ideen zusammenfassen, Formen erkennen und dich schrittweise über die Notwendigkeit erheben, wirst deinen Willen der Anziehung und Abstoßung des physischen Mediums zuwenden, die günstigen Bedingungen suchen, die Wirklichkeit am Minimum messen, während du insgeheim das Maximum erstrebst, auf keinen Fall jedoch wirst du dich der Eintönigkeit der Enttäuschung aussetzen;
du paßt dich den Anforderungen des Zusammenlebens an, du gewöhnst dich daran:
du wünschst: du wünschst, dein Wunsch und sein Gegenstand möchten ein und dasselbe sein; du träumst von augenblicklicher Erfüllung, von der unlösbaren Einheit des Wunsches mit dem Gewünschten:
du erkennst dich selbst:
du erkennst andere und gibst dich ihnen zu erkennen: und du weißt, daß du allen Menschen feindlich gegenüberstehst, da jeder einzelne ein Hindernis zwischen dir und deinem Wunsch ist:
du wirst wählen; um zu überleben, wirst du wählen, wählen unter den unendlich vielen Spiegeln einen einzigen, einen Spiegel, der dich unwiderruflich spiegeln und einen schwarzen Schatten über die anderen Spiegel werfen wird: du wirst sie zerstören, ehe sie dich noch einmal vor die Wahl der unendlich vielen Wege stellen:
du wirst dich entschließen, du wirst dich für einen Weg entscheiden und alle anderen dafür opfern: du opferst dich und hörst auf, all die Menschen zu sein, die du hättest sein können; und du wirst wünschen, andere – ein anderer – möchte das Leben für dich erfüllen, das du mit deiner Wahl verstümmelt hast: als du ja sagtest, als du nein sagtest, als du deinen Wunsch und damit deine Freiheit durch Eigennutz, Furcht und Stolz einschränktest, damit er dich nicht in ein Labyrinth führe:
du wirst die Liebe fürchten:
aber es wird dir gelingen, sie wieder zu erlangen: du wirst mit

geschlossenen Augen daliegen, aber unaufhörlich sehen, unaufhörlich wünschen, denn so wird das Ersehnte dein eigen:
denn Erinnerung ist gestillte Sehnsucht
heute, da dein Leben und dein Geschick eins sind.

1934: 12. August

Er nahm ein Streichholz aus der Schachtel, rieb es gegen die rauhe Fläche, betrachtete die Flamme und hielt sie schließlich vor seine Zigarette. Er schloß die Augen, atmete den Rauch ein, streckte die Beine von sich und lehnte sich wieder bequem in den Samtsessel zurück. Seine Hand strich über den Samt, er roch den Duft der Chrysanthemen, die hinter ihm in einer Glasvase auf dem Tisch standen, und lauschte der getragenen Grammophonmusik.
»Ich bin fast fertig.«
Das offene Plattenalbum lag auf dem niederen Nußbaumtisch zu seiner Rechten. Er nahm die Papphülle, auf der »Deutsche Grammophon-Gesellschaft« stand, und lauschte dem gewaltigen Einsatz des Cellos, das sich entfernte, wiederkehrte, den Refrain der Violinen übertönte und sie bis zum zweiten Schluß des Chorals verdrängte. Er hörte nicht mehr zu. Er rückte seine Krawatte zurecht, und seine Hand fuhr zärtlich über die schwere Seide, diese Seide, die unter seinen Fingerspitzen leise knisterte.
»Was möchtest du trinken?«
Er ging zu dem niederen Tisch und goß zwei Finger hoch Whisky in ein schweres böhmisches Glas, suchte noch einen Eiswürfel und schenkte ein wenig Wasser nach.
»Das gleiche wie du.«
Er wiederholte die Operation. Dann nahm er beide Gläser in die Hand, schüttelte sie ein wenig, damit sich der Whisky gut mit dem Wasser mische, und ging damit zur Tür des Schlafzimmers.
»Noch einen Augenblick.«
»Hast du es für mich ausgesucht?«
»Ja. Erinnerst du dich?«
»Ja.«

»Verzeih, wenn ich uns aufhalte.«
Er setzte sich wieder in den Sessel, griff nach dem Album und legte es auf seine Knie: Werke von Georg Friedrich Händel. Sie hatten die beiden Konzerte in einem überhitzten Saal gehört, und nur zufällig waren sie nebeneinander gesessen. Sie hörte, wie er auf spanisch zu seinem Freund sagte, der Raum sei viel zu heiß. Dann fragte er sie auf englisch, ob er einen Blick in ihr Programm werfen dürfe, und sie lächelte und sagte auf spanisch, es sei ihr ein Vergnügen. Sie lächelten beide. Concerti Grossi, opus 6.
Sie hatten sich für den nächsten Monat verabredet, da sie beide in dieser Stadt ankommen würden, in der sie sich jetzt befanden, und sie hatten sich in einem Café der Rue Caumartin, in der Nähe des Boulevard des Capucines, getroffen; Jahre später hatte er – ohne sie – diesen Ort gesucht, dessen genaue Lage er vergessen hatte: er wollte ihn wiedersehen, wollte das gleiche wie damals bestellen; und dann fand er es wieder, ein Café in Rosa und Sepia, mit verschnörkelten Stühlen und einer langen Theke aus rötlichem Holz, kein Straßencafé, doch offen und ohne Türen. Sie hatten *crème de menthe* getrunken. Er bestellte es wieder. Sie sagte, September sei der beste Monat, Ende September bis Anfang Oktober. Das Ende der Ferien. Er zahlte. Lachend und tief Atem holend nahm sie seinen Arm, und sie überquerten die Innenhöfe des Palais Royal, schlugen den Weg zwischen den Arkaden und den Höfen ein; Tauben begleiteten sie, und die ersten toten Blätter raschelten unter ihren Füßen. Dann betraten sie das Restaurant mit den winzigen Tischen, samtbezogenen Stühlen und den Wänden aus buntem Glas, das mit einer alten Farbe, einer alten Glasur aus Gold und Blau und Sepia überzogen war.
»Fertig.«
Er blickte über die Schulter und sah sie aus dem Schlafzimmer kommen, die Ohrringe anlegen und ihr glattes, honigfarbenes Haar ordnen. Er reichte ihr den Whisky. Sie nippte, zog die Nase kraus und setzte sich in den roten Sessel; sie schlug die Beine übereinander und hob das Glas bis zu den Augen. Er ahmte ihre

Geste nach und lächelte ihr zu, als sie Fusseln vom Aufschlag ihres schwarzen Kleides strich. Das Klavichord übernahm das Hauptthema des Decrescendos, die Violinen die Begleitung: in seiner Vorstellung fiel die Melodie von oben herab, statt sich vorwärts zu bewegen: eine leichte, kaum wahrnehmbare Abwärtsbewegung, die sich bei der Berührung mit der Erde in eine kontrapunktische Freude zwischen den ernsten, hellen Tönen der Violinen verwandelte. Kein anderes Instrument als das Klavichord hätte die Melodie so sanft zur festen Erde gebracht. Und jetzt tanzte die Musik auf der Erde. Sie sahen sich an.

»Laura ...«

Sie legte den Zeigefinger an die Lippen, und sie hörten wieder zu – während sie mit dem Glas in den Händen in ihrem Sessel saß, stand er vor dem Himmelsglobus, drehte ihn um seine Achse und hielt ihn ab und zu an, um die Figuren zu betrachten, die mit Silber über die Sternbilder gemalt waren: ein Rabe, ein Schild, ein Windhund, ein Altar, ein Zentaur. Die Grammophonnadel lief nur noch über die letzte stumme Rille. Er ging zum Apparat und hob den Tonarm ab.

»Das Apartment ist gelungen.«

»Ja. Es ist ganz interessant geworden. Aber ich konnte nicht alle meine Sachen unterbringen.«

»Es gefällt mir sehr.«

»Ich mußte alles, was ich nicht stellen konnte, auslagern.«

»Wenn du wolltest, könntest du ...«

»Danke«, sagte sie lachend, »wenn ich nur ein großes Haus wollte, hätte ich bei ihm bleiben können.«

»Willst du noch Musik hören oder wollen wir gehen?«

»Nein, trinken wir aus und gehen wir.«

Sie waren vor dem Gemälde stehengeblieben, und sie sagte, es gefiele ihr sehr, und sie käme jedesmal her, um es zu sehen, da ihr diese wartenden Eisenbahnzüge, der blaue Rauch, die großen blauen und ockerfarbenen Häuser im Hintergrund, diese verwischten, kaum sichtbaren Gestalten und diese abscheuliche Dachkonstruktion aus Glas und Eisen vom Gare St. Lazare sehr gut gefielen, sie liebe Monet, er male die Dinge, die ihr hier gefielen,

in dieser Stadt, wo nur weniges schön sei, wenn man es für sich, herausgelöst und im Detail betrachte, doch wo vieles unwiderstehlich sei, wenn man es zusammen sähe. Er sagte ihr, sie sei sehr einfallsreich, und sie lachte, streichelte seine Hand und meinte, er habe recht, das Bild gefiele ihr eben, alles gefiele ihr, sie sei glücklich; und Jahre später, als man das Bild ins Jeéde-Paume gehängt hatte, sah er es sich wieder an, und sein Privatführer erklärte ihm, es sei in jeder Hinsicht überragend, sein Wert hätte sich in dreißig Jahren mehr als vervierfacht, so daß es Tausende von Dollars wert sei, es sei wirklich überragend.
Er stand hinter ihr und streichelte mit der Hand die Stuhllehne und berührte Lauras Schultern. Sie neigte ihren Kopf gegen seine Hand, und seine Finger streichelten ihre Wange. Wieder seufzte er lächelnd und nahm einen kleinen Schluck Whisky. Dann warf er den Kopf zurück, schloß die Augen und trank ihn in langsamen Zügen, nachdem er zuvor die Flüssigkeit zwischen Zunge und Gaumen gehalten hatte.
»Nächstes Jahr könnten wir wiederkommen. Meinst du nicht?«
»Ja, wir könnten wiederkommen.«
»Oft denke ich daran, wie wir durch die Straßen geschlendert sind.«
»Ich auch. Du bist nie in Greenwich-Village gewesen. Erinnere mich, daß wir es einmal besuchen.«
»Ja, wir könnten wiederkommen.«
»In dieser Stadt ist etwas so Lebendiges. Weißt du noch? Du hast nie gelernt, die Gerüche des Ozeans und des Flusses zu unterscheiden. Du konntest sie nicht ausmachen. Wir würden zusammen zum Hudson-River gehen und die Augen schließen, um sie zu unterscheiden.«
Er nahm Lauras Hand und küßte ihre Finger. Das Telefon läutete, er ging hin und nahm den Hörer ab. Er hörte die Stimme: *»Hallo . . . Hallo? Hallo? Laura?«* Er hielt die Sprechmuschel zu und gab ihr den Hörer.
»Hallo?«
»Laura. Ich bin's, Catalina.«
»Ja. Wie geht's dir?«

»Ich stör dich doch nicht?«
»Ich wollte gerade fortgehen.«
»Nur einen kleinen Augenblick.«
»Und was gibt's?«
»Halt ich dich wirklich nicht auf?«
»Nein, wirklich nicht.«
»Ich glaube, ich habe einen Fehler gemacht. Ich hätte es dir sagen sollen.«
»Was?«
»Ich hätte das Sofa von dir kaufen sollen. Jetzt, da ich das neue Haus einrichte, wird es mir klar. Du erinnerst dich doch an das Brokatsofa mit den Punkten? Weißt du, es würde sehr gut in meine Diele passen, denn ich habe Gobelins für die Diele gekauft und glaube, das einzige, was zu ihnen passen würde, wäre dein besticktes Sofa . . .«
»Möglich. Aber vielleicht wäre es auch zuviel Stickerei.«
»Nein, nein, nein. Weißt du, die Gobelins sind dunkel und dein Sofa ist hell, das gibt einen hübschen Kontrast.«
»Aber weißt du, ich habe das Sofa bei mir gestellt, in meinem Apartment.«
»Ach, sei doch nicht so. Du hast mehr als genug Möbel. Hast du mir nicht erzählt, du hättest die Hälfte davon auslagern müssen? Ja, das hast du mir doch erzählt? Stimmt's?«
»Ja, aber jetzt habe ich das Wohnzimmer so eingerichtet, daß . . .«
»Dann überleg dir's noch mal. Wann kommst du, dir das Haus ansehen?«
»Wann es dir paßt.«
»Nein, nicht so, nicht so unbestimmt. Nein, sag einen Tag, und wir trinken dann zusammen Tee und plaudern.«
»Freitag?«
»Nein, Freitag kann ich nicht, aber Donnerstag ginge gut.«
»Einverstanden, dann also Donnerstag.«
»Aber ich sage dir, ohne dieses Sofa ist meine Diele ruiniert. Fast hätte ich dann lieber gar keine Diele. Denk doch noch einmal nach. Sie wäre einfach ruiniert. Und ein Apartment läßt sich doch so leicht ummodeln . . .«

»Dann also Donnerstag.«

»Ich habe übrigens deinen Mann auf der Straße gesehen. Laura, es ist eine Sünde, eine Sünde, daß du dich scheiden läßt. Ich finde, er sieht glänzend aus. Und man merkt ihm an, daß du ihm fehlst. Warum, Laura, warum?«

»Das ist alles vorbei.«

»Also, dann Donnerstag. Nur wir beide, auf ein Plauderstündchen.«

»Ja, Catalina. Bis Donnerstag.«

»Adiós.«

Er hatte sie zum Tanzen aufgefordert, sie waren an den Palmkübeln vorbei durch die Hallen des Plaza-Hotels zum Ballsaal gegangen, und er hatte sie in seine Arme genommen. Sie streichelte seine Finger und fühlte die Wärme seiner Handfläche. Sie legte ihren Kopf an seine Schulter, dann sah sie ihn an – unverwandt, wie er sie: sie sahen sich an, sie sahen sich an, seine grünen Augen, ihre grauen Augen, sie sahen sich an, allein in dem Ballsaal, wo das Orchester einen langsamen Blues spielte, sie sahen sich an, mit ihren Augen, ihren Fingern und in ihrer engen Umarmung, sie drehten sich langsam, dieser Batistrock, dieser Rock . . .

Sie legte auf, sah ihn an und wartete. Sie ging zu dem gestickten Sofa, fuhr mit den Fingern darüber, wandte sich um und sah ihn an.

»Würdest du bitte das Licht anmachen? Das neben dir. Danke.«

»Sie weiß von nichts.«

Laura entfernte sich vom Sofa und sah ihn an.

»Nein, das ist zuviel Licht. Die Sachen stehen noch immer nicht ganz richtig. Es ist ein Unterschied, ob man ein großes Haus beleuchtet oder dies . . .«

Sie fühlte sich müde und setzte sich auf das Sofa, nahm ein schmales Lederbändchen von dem Beistelltisch und blätterte es durch. Sie strich die langen, blonden Fransen aus der Stirn, rückte ins Licht, und mit sanfter Stimme, hochgezogenen Augenbrauen und einer verhaltenen Traurigkeit um den Mund las sie. Fast flüsterte sie. Dann schloß sie das Buch: »Calderón de la Barca.« Sie sah zu ihm hin und sagte aus der Erinnerung: »Wird da nicht

eines Tages Freude sein? Warum, sag, schuf Gott die Blumen, wenn da niemand ist, der den duftigen Hauch der herrlichen Wohlgerüche genießen könnte . . .«
Sie streckte sich auf dem Sofa aus, bedeckte die Augen mit den Händen und sagte mit klarer, müder Stimme, einer Stimme, die weder von sich oder von anderen gehört werden sollte: ». . . wenn es für das Ohr nichts zu hören, für das Auge nichts zu schauen gäbe?« Sie spürte seine Hand auf ihrem Hals und ihren Perlen.
»Ich habe dich nicht gezwungen . . .«
»Nein, es hat nichts mit dir zu tun. Es liegt weiter zurück.«
»Und warum?«
»Oh, vielleicht, weil ich eine zu hohe Meinung von meinem Wert habe . . . weil ich ein Recht zu haben glaube, daß man mich anders behandelt . . . nicht wie einen Gegenstand, sondern wie einen Menschen.«
»Und mit mir?«
»Ich weiß nicht. Ich bin fünfunddreißig. Es ist nicht leicht, wieder von vorn anzufangen, wenn uns nicht jemand die Hand gibt. Wir haben in jener Nacht davon gesprochen. Erinnerst du dich?«
»Ja. Wir sagten, daß wir uns gegenseitig kennenlernen müßten . . .«
». . . und daß es gefährlicher ist, Türen zu schließen, als zu öffnen. Kennst du mich jetzt?«
»Du sagst nie etwas, du verlangst nie etwas von mir.«
»Du meinst, ich sollte etwas von dir verlangen. Wozu?«
»Ich weiß nicht.«
»Du weißt nicht. Du wirst es erst dann wissen, wenn ich es ausspreche.«
»Vielleicht.«
»Ich liebe dich. Und du hast gesagt, du liebtest mich. Nein, du willst mich nicht verstehen. Gib mir eine Zigarette.«
Er nahm das Päckchen aus der Jackentasche und zündete ein Streichholz an, als sie die Zigarette in den Mund steckte. Ein Stückchen Zigarettenpapier klebte an ihrer Lippe, und sie entfernte es mit einem Fingernagel, drehte zwischen den Fingerspitzen ein Kügelchen daraus und schnippte es leicht weg. Er sah sie an.

»Vielleicht sollte ich wieder etwas lernen; als ich fünfzehn war, wollte ich malen. Später habe ich nicht mehr daran gedacht.«
»Gehen wir nicht aus?«
Sie schlüpfte aus den Schuhen, schob ein Kissen unter den Kopf und blies blaue Rauchkringel zur Decke.
»Nein, wir gehen nicht aus.«
»Noch einen Whisky?«
»Ja, gib mir noch einen.«
Er nahm ihr leeres Glas, betrachtete die Spuren des Lippenstifts und klirrte mit dem noch immer nicht geschmolzenen Eiswürfel, als er zu dem niedrigen Tisch hinüberging. Er goß Whisky ein und nahm noch einen Eiswürfel mit der silbernen Zange.
»Bitte ohne Wasser.«
Sie hatte ihn gefragt, ob er nicht neugierig sei, wen oder was jenes Mädchen ansehe, das in dem Bild auf einer Schaukel stand und ein weißes Kleid trug – weiß mit Schatten –, über das blaue Schleifen verteilt waren; etwas bliebe immer außerhalb eines Bildes, fuhr sie fort; die auf einem Bild dargestellte Welt müsse sich erweitern und ausdehnen, sich mit anderen Farben füllen, mit anderen Gestalten, anderen Fragen, mit den Gründen, um derentwillen das Bild gemalt worden sei. Sie waren in die Septembersonne hinausgetreten. Sie waren lachend unter den Arkaden der Rue de Rivoli durchgegangen, und sie hatte gefunden, er müsse die Place des Vosges sehen, der einfach hinreißend sei. Sie hielten ein Taxi an. Er breitete die Karte auf seinen Knien aus, und ihr Finger folgte den roten und grünen Linien; sie hing sich bei ihm ein, ihr Atem mischte sich mit dem seinen, und sie sagte, diese Namen bezauberten sie, man werde nie müde, sie zu wiederholen – Richard Lenoir, Ledru-Rollin, Filles du Calvaire . . .
Er gab ihr das Glas und drehte wieder an dem Globus: Lupus, Crater, Sagittarius, Piscis, Horologium, Argo Navis, Libra, Serpens. Er drehte ihn schneller und schneller, und seine Finger streiften leicht die wirbelnde Oberfläche und die kalten, fernen Sterne.
»Was machst du?«
»Diese Welt betrachten.«

»Ah.«
Er beugte sich zu ihr hinab und küßte ihr Haar. Sie bewegte ihren Kopf und lächelte.
»Deine Frau möchte dies Sofa.«
»Ich hab's gehört.«
»Was meinst du? Soll ich großzügig sein?«
»Wie du willst!«
»Oh, es ist dir gleichgültig? Soll ich ihren Anruf vergessen? Ich wäre auch lieber gleichgültig. Manchmal ist Großmut eine häßliche Beleidigung und witzlos dazu. Findest du nicht auch?«
»Ich verstehe dich nicht.«
»Mach ein bißchen Musik.«
»Was willst du hören?«
»Das gleiche. Leg bitte die gleiche Platte auf.«
Er las die Nummern der vier Seiten und ordnete sie, dann drückte er auf den Knopf, und die Platte fiel mit einem trockenen Klicken auf den lederbezogenen Plattenteller. Er roch eine Mischung aus Wachs, heißen Röhren und poliertem Holz, und wieder lauschte er den Flügeln des Klavichords, dem sanften Herabgleiten zum Glück, dem Verzicht des Klavichords auf die Sphäre, um mit den Violinen wieder zur festen Erde, zu den Schultern des Riesen zurückzukehren . . .
»Ist die Tonhöhe richtig?«
»Ein wenig höher. Artemio . . .«
»Ja?«
»Ich bin soweit gegangen, wie ich konnte, Liebster. Du mußt dich jetzt entscheiden.«
»Sei geduldig, Laura. Denk dran . . .«
»An was?«
»Versuch nicht, mich zu zwingen.«
»Was? Hast du Angst vor mir?«
»Geht es uns so nicht gut? Fehlt irgend etwas?«
»Wer weiß. Vielleicht fehlt nichts. Vielleicht ist dies alles . . .«
»Ich verstehe dich nicht.«
»Nein, stell die Musik nicht leiser. Hör mich trotz der Musik. Ich bin müde.«

»Ich habe dich nicht enttäuscht. Ich habe dich nicht gezwungen.«
»Und ich habe dich nicht verändert, und dies ist etwas ganz anderes. Du bist nicht bereit.«
»Ich liebe dich so, wie du bis jetzt warst.«
»Wie wir am ersten Tag waren.«
»Ja, so.«
»Aber heute ist nicht mehr der erste Tag. Du kennst mich nun. Sag etwas.«
»Sei vorsichtig, Laura, bitte. Diese Dinge könnten uns beide verletzen. Du mußt vorsichtig sein . . .«
»Wozu? Wegen des Scheins? Oder der Angst? Wenn nichts geschieht, kannst du sicher sein, daß nichts geschehen wird.«
»Wir sollten besser ausgehen.«
»Nein, jetzt nicht. Jetzt nicht mehr. Mach lauter!« Die Violinen zerbrachen gegen Glas: Glück, Verzicht. Das Glück ihres gezwungenen Lächelns unter ihren klaren, glänzenden Augen. Er nahm seinen Hut von einem der Stühle. Er ging zur Tür. Mit einer Hand auf der Klinke blieb er stehen und sah sich um. Laura hatte sich mit dem Kissen im Arm auf dem Sofa zusammengerollt und wandte ihm den Rücken zu. Er ging. Vorsichtig schloß er die Tür.

Ich wache wieder auf, aber diesmal mit einem Schrei: jemand hat einen langen, kalten Dolch in meinen Bauch gerannt, irgendein Fremder: ich hätte nie so etwas gegen mein eigenes Leben tun können: jemand, jemand anderes hat einen Stahl in meine Eingeweide gebohrt; ich strecke die Arme aus, mit aller Kraft versuche ich, mich aufzurichten, aber da sind ihre Hände, die mich niederhalten, sie reden auf mich ein, ruhig zu bleiben und mich nicht zu bewegen; und ein Finger wählt hastig eine Telefonnummer, irrt sich, wählt von neuem, irrt sich wieder, schließlich klappt die Verbindung, der Arzt wird dringend herbeigerufen, denn ich will aufstehen und die Schmerzen durch Bewegung übertäuben, und sie lassen mich nicht – wer sind sie? wer können sie sein? – und die Krämpfe steigen höher, wie die Ringe einer Schlange legen sie sich um meine Brust, meine Kehle und füllen mir Zunge

und Mund mit dem bitteren, zerriebenen Brei einer alten Mahlzeit, die ich vergessen habe und die ich jetzt mit dem Gesicht nach unten erbreche, während ich vergeblich ein Geschirr suche und nur den Teppich finde, den die dicke, stinkende Flüssigkeit aus meinem Magen beschmutzt: es hört nicht auf, es ist ein altes, mit Blut vermischtes Mahl, das ich auf den Teppich des Schlafzimmers erbrochen habe, und ich brauche mich nicht zu sehen, um zu wissen, daß mein Gesicht bleich und meine Lippen blutleer sind, daß mein Herz schneller schlägt, während mein Puls sich schon nicht mehr am Handgelenk fühlen läßt: sie haben einen Dolch durch meinen Nabel gestoßen, den gleichen Nabel, durch den mein Leben einst ernährt wurde, ja, einst, und ich kann nicht glauben, was mir meine Finger sagen, wenn ich diesen Bauch anfasse, der nicht mir gehört und der doch ein Teil meines Körpers sein muß: gebläht, geschwollen, aufgedunsen von den Gasen, deren Bewegung ich fühle, aber die ich nicht loswerde, so sehr ich auch presse: dieser üble Gestank, der zu meiner Kehle aufsteigt und wieder in meine Eingeweide zurückkehrt, und noch immer werde ich sie nicht los: aber nachdem es mir gelungen ist, mich wieder hinzulegen, kann ich meinen stinkenden Atem schmecken und riechen; neben mir säubern sie hastig den Teppich, und ich rieche das Seifenwasser und den nassen Lumpen, der versucht, den Gestank nach Erbrochenem zu vertreiben: ich will aufstehen, wenn ich im Zimmer herumlaufe, wird der Schmerz vergehen, ich weiß, er wird vergehen:
»Macht das Fenster auf.«
»Auch was er liebte, zerstörte er. Du weißt es selbst, Mama.«
»Hör auf, hör auf. Mein Gott, sei endlich still.«
»Hat er nicht Lorenzo in den Tod getrieben . . .?«
»Teresa! Ich verbiete dir, so etwas zu sagen. Du tust mir weh.«
Eh, Lorenzo? Es macht nichts. Es macht mir nichts aus. Laß sie reden. Ich weiß schon seit langem, was sie reden und mir doch nicht ins Gesicht zu sagen wagen. Mögen sie es jetzt sagen. Sie sollen diese Gelegenheit nützen. Ich biete sie ihnen. Sie haben nie begriffen. Wie Statuen stehen sie herum und sehen mich an, während der Priester Öl auf meine Lider schmiert, auf Ohren, Lippen,

Hände und Füße, zwischen meine Beine und um mein Geschlecht. Schalte das Tonband ein, Padilla ...

»Wir werden durch den Fluß reiten ...«

Und diesmal hält mich Teresa nieder, ich sehe die Angst in ihren Augen und die Panik, die ihre bleichen Lippen verzerrt, und in Catalinas Armen ist das unerträgliche Gewicht von nie gesagten Worten, aber ich dulde nicht, daß sie jetzt über ihre Lippen kommen: ich versuche, mich wieder hinzulegen, doch ich kann nicht, ich kann nicht, die Schmerzen krümmen mich zusammen, ich muß meine Zehen mit den Fingern berühren, um mich zu vergewissern, daß sie noch da sind, gefroren zwar, aber noch nicht tot, nicht tot: und erst jetzt bemerke ich, daß immer, ein ganzes Leben lang, eine unmerkliche Bewegung in meinen Eingeweiden war, eine Bewegung, die mir erst jetzt auffällt, da ich sie nicht mehr spüre: sie hat aufgehört, eine Wellenbewegung, die mich mein Leben lang begleitet hat, und jetzt spüre ich sie nicht, spüre sie nicht, aber ich sehe meine Fingernägel, wenn ich meine Hände ausstrecke, um meine tauben Füße zu berühren, blaue, schwärzliche Nägel, im Begriff zu sterben: aaah–aaaau, es hört nicht mehr auf, ich will sie nicht, diese blaue Haut, diese Haut eines toten Blutes: nein, nein, ich will sie nicht, das Blau anderer Dinge, blauer Himmel, blaue Erinnerung, blaue Pferde, die durch den Fluß reiten, blaue, glänzende Pferde und grünes Meer, blaue Blumen, blau meine eigene Gestalt, nein, nein, nein, nein, ahhhuu, und ich muß zurückfallen, denn ich weiß nicht, wohin ich mich wenden soll, wie ich mich bewegen soll, wohin mit meinen Armen und meinen tauben Beinen, ich weiß nicht, wohin sehen, und ich will nicht aufstehen, weil ich nicht weiß, wohin gehen, ich weiß nur von diesem Schmerz unter meinem Nabel, in meinem Bauch, neben den Rippen, von diesem Schmerz in meinem Mastdarm, während ich presse, mit gespreizten Beinen presse, und jetzt rieche ich nichts mehr, aber ich höre Teresas Schluchzen und fühle Catalinas Hand auf meiner Schulter.

Ich weiß nicht, ich verstehe nicht, warum du neben mir sitzt und unbedingt diese Erinnerung mit mir teilen willst, und diesmal sogar ohne Vorwurf in den Augen. Ah, wenn du verstehen könntest. Wenn wir beide verstehen könnten. Vielleicht befindet sich hinter unseren offenen Augen noch eine andere Membran, die wir erst jetzt durchstoßen, um endlich zu sehen. Man kann seinen Körper nur in dem Maße verlassen, indem man für den Blick oder die Zärtlichkeit eines anderen empfänglich ist. Du berührst mich. Du berührst meine Hand, und ich spüre deine Hand, nicht die meine. Sie berührt mich. Catalina streichelt meine Hand. Ist dies Liebe, frage ich mich. Ich verstehe nicht: ist dies Liebe? Wir haben uns so sehr aneinander gewöhnt. Wenn ich ihr meine Liebe zeigte, würde sie einen Vorwurf daraus machen, während ich die ihre in Stolz umbiegen würde: vielleicht die zwei Hälften eines Gefühls, vielleicht. Sie berührt mich. Sie will sich zusammen mit mir daran erinnern. Nur daran. Will es verstehen.

»Warum?«

»Wir ritten durch den Fluß ...«

Ich überlebte, Regina. Wie war dein Name? Nein: du, Regina. Wie war dein Name, namenloser Soldat? Ich überlebte. Ihr anderen mußtet sterben. Ich überlebte.

»Geh zu ihm, Kind, daß er dich erkennen kann. Sag ihm, wie du heißt ...«

Aber ich höre Teresas Schluchzen und fühle Catalinas Hand auf meiner Schulter und den schnellen, knarrenden Schritt des Mannes, der jetzt meinen Magen abtastet, meinen Puls mißt, meine Lider hebt und mir mit einem blinkenden Licht in die Augen leuchtet, an und aus, an und aus, dann das andere Auge, und wieder tastet er meinen Magen ab, steckt einen Finger in meinen After und dann ein warmes, nach Alkohol schmeckendes Thermometer in meinen Mund, und während die anderen Stimmen verstummen, sagt der Fremde etwas weit weg, am anderen Ende eines Tunnels.

»Es läßt sich nicht mit Sicherheit sagen. Es kann ein eingeklemmter Bruch sein. Es kann eine Bauchfellentzündung sein. Es kann – und das erscheint mir am wahrscheinlichsten – auch eine Nierenkolik sein. In diesem Fall müßte man ihm zwei hundertstel Gramm Morphium spritzen. Aber das ist nicht ungefährlich. Wir sollten besser noch einen Arzt hinzuziehen.«

Ah, Schmerz, der sich selbst besiegt, der so lange dauert, bis er nichts mehr ausmacht, bis er selbstverständlich wird: ah, Schmerz, jetzt könnte ich es nicht mehr aushalten, wenn du vergehen würdest, jetzt habe ich mich an dich gewöhnt, ah, Schmerz, ah ...
»Sagen Sie etwas, Don Artemio. Sagen Sie etwas, bitte.«
»... ich erinnere mich nicht an sie, ich erinnere mich jetzt nicht mehr an sie, ja, wie kann ich sie nur vergessen ...«
»Schauen Sie, sein Puls bleibt völlig weg, wenn er spricht.«
»Spritzen Sie schon, Doktor; daß er nicht solche Schmerzen ...«
»Ein Kollege muß ihn noch untersuchen. Es ist zu gefährlich.«
»... wie kann ich sie nur vergessen ...«
»Entspannen Sie sich. Nicht sprechen. Ja, so. Wann hat er das letztemal uriniert?«
»Heute morgen ... nein, vor zwei Stunden, ohne daß er es wußte.«
»Haben Sie den Urin nicht aufgehoben?«
»Nein ... nein.«
»Nehmen Sie den Katheter. Heben Sie den Urin auf. Ich brauche ihn zu einer Analyse.«
»Ich war nicht dort. Wie soll ich mich erinnern?«
Und wieder das kalte Metall an meinem toten Geschlecht. Ich werde lernen, mit all dem zu leben. Ein Anfall: ein Mann meines Alters kann einen Anfall bekommen: ein Anfall ist keine Seltenheit: bald wird es vorübergehen, es muß vorübergehen: aber mir bleibt so wenig Zeit, warum überlassen sie mich nicht meinen Erinnerungen? Ja, als mein Körper jung war. Einst war ich jung, jung ... Ah, mein Körper stirbt vor Schmerz, aber mein Geist füllt sich mit Licht: sie gehen, ich weiß, sie gehen, denn jetzt erinnere ich mich an das Gesicht.
»Bekenne deine Sünden.«
Ich habe einen Sohn, und ich zeugte ihn: denn jetzt erinnere ich mich an das Gesicht: wohin soll ich es tun, wohin, daß es mir nicht mehr entfällt, um Gottes willen, wohin, bitte, wohin?

Aus der Tiefe der Erinnerung wirst du schreien: du wirst den Kopf senken, als wolltest du die Lippen an das Ohr deines Pferdes legen, und du wirst es mit Worten antreiben. Du wirst den wilden, dampfenden Atem fühlen – und auch dein Sohn muß ihn fühlen –, den Schweiß, die gespannten Nerven und den glasigen Blick der Anstrengung. Die Stimmen werden im Hufgetrappel untergehen, und er wird dir zurufen: »Du hast noch nie gegen die Stute gewonnen, Papa!« »Bei wem hast du nur Reiten gelernt? Eh?« »Ich sag dir, mit der Stute kannst du's nicht aufnehmen!« »Das wollen wir sehen!« »Du mußt mir alles erzählen, Lorenzo, wie du es bis jetzt immer getan hast, so ... wie du es bisher immer ... Du solltest dich nicht schämen, deiner Mutter alles zu sagen; nein, nein, du brauchst bei mir nie verlegen zu sein; ich bin dein bester Freund, vielleicht dein einziger Freund ...« Sie wird an jenem Frühlingsmorgen auf ihrem Bett liegen und diese Worte wiederholen, sie wird all die Worte wiederholen, die sie sich seit den Kindertagen deines Sohnes zurechtgelegt hat. Immer wollte sie ihn für sich allein haben, den ganzen Tag kümmerte sie sich um ihn, weigerte sich, ein Kindermädchen für ihn zu nehmen, schickte Teresa vom sechsten Lebensjahr an in das Internat einer Klosterschule, damit sie ihre ganze Zeit Lorenzo widmen konnte, damit Lorenzo sich an ein bequemes, entscheidungsloses Leben gewöhnte. Der schnelle Galopp treibt dir das Wasser in die Augen: du preßt die Beine um den Leib des Pferdes und beugst dich über die Mähne herab, aber immer noch wird die schwarze Stute drei Längen vor dir sein. Plötzlich bist du müde und richtest dich auf, um das Pferd zu zügeln – zufrieden, daß die Stute und ihr junger Reiter sich mit lautem Hufschlag entfernen und sich allmählich im Chor der Papageien und im Blöken, das von den Hängen herüberklingt, verlieren: du mußt die Augen zusammenkneifen, um die Stute im Blick zu behalten, wie sie den Weg verläßt und langsam durch das dichte Buschwerk zum Flußlauf zurücktrabt. Nein: ein Leben ohne schwierige Entscheidungen, ohne den Zwang zur Wahl, wird sich Catalina sagen, und sie wird sich erinnern, daß du sie im Anfang unwillkürlich durch deine Gleichgültigkeit darin unterstützt hast: du gehörtest einer anderen Welt an, einer Welt der Arbeit und der Stärke, der sie zum erstenmal begegnete, als du Don Gamaliels Land übernommen hattest und damals den Jungen einen Teil ihrer schummrigen Schlafzimmerwelt werden ließest: mit ihrem natürlichen Hang zu einem Klima unmerklicher Tabus und Unterstellungen, das sie zwischen Gebetsmurmeln und stiller Heuchelei züchtete. Die Stute wird den Weg verlassen und langsam durch das dichte Buschwerk zum Fluß zurücktraben. Lorenzos ausgestreckter Arm wird nach Osten weisen, wo die Sonne aufgeht, zur Lagune, die der Fluß vom Meer trennt. Du wirst die Augen schließen, da du fühlst, wie auf einmal warmer Dampf zu deinem Gesicht aufsteigt und kühler Schatten auf deinen Kopf fällt. Du wirst die Zügel sinken lassen und im schweißgetränkten Sattel zusammensinken. Hinter deinen geschlossenen Lidern wird das Bild der Sonne und des Schattens in unsichtbaren Tiefen zerfließen, und Lorenzos junge Gestalt wird eine blaue Silhouette sein. Du bist an jenem Morgen aufgewacht wie immer, voll freudiger Erwartung. »Ich habe immer die andere Backe hingehalten«, wird Catalina sagen, während der Junge neben ihr steht. »Immer. Ich habe immer alles hingenommen. Immer. Wenn es nicht um deinetwillen wäre«, und du wirst die erstaunten, fragenden Augen lieben, die sich gehenlassen: »Eines Tages werde ich dir erzählen ...« Und den zwölfjährigen Lorenzo wirst du nach Cocuya bringen, und du glaubst, daß dies kein Fehler ist: nein, kein Fehler, wirst du im Stillen wiederholen. Nur für ihn hast du dies Land gekauft und die *Hazienda* wiederaufgebaut, und du läßt ihn dort, Knabe und Herr zugleich, du wirst ihn für die Ernte verantwortlich machen, und ein Leben mit Pferden, auf der Jagd, ein Leben auf dem Wasser und beim Fischen beginnt für ihn. Jetzt siehst du ihn von weitem und findest, daß er das Abbild deiner Jugend ist, schlank, kräftig und dunkel, mit tiefliegenden grünen Augen und breiten Backenknochen. Den fauligen Gestank des Flußufers atmest du ein ... »Eines Tages werde ich dir von deinem Vater erzählen ... deinem Vater, Lorenzo ...« Ihr werdet beide im wogenden Riedgras der Lagune absitzen. Befreit senken die Pferde ihre Köpfe, schlürfen Wasser und lecken sich gegenseitig mit ihren nassen Nüstern ab. Dann traben sie langsam, mit einem eigentümlich versunkenen Trott davon, schütteln ihre Mähnen, teilen das hohe Gras und spritzen Schaum, während Sonne und Wasserreflexe ihre Leiber vergolden. Lorenzo wird seine Hand auf deine Schulter legen. »Dein Vater ... dein Vater, Lorenzo, liebst du aufrichtig Gott, unseren Herrn? Glaubst du an alles, was ich dich gelehrt habe? Weißt du, daß die Kirche der irdische Leib Gottes und die Priester seine Stellvertreter auf Erden sind? Glaubst du an ...?« Lorenzo wird seine Hand auf deine Schulter legen. Ihr seht einander in die Augen und lächelt. Du wirst ihn beim Genick packen: der Junge tut so, als hole er zu einem Tiefschlag aus; lachend zaust du sein Haar; lachend rauft ihr miteinander – kraftvoll und keuchend –, bis ihr erschöpft ins Gras fallt, lachend und nach Luft schnappend, lachend. »Weshalb frage ich dich danach? Ich habe kein Recht dazu, ich habe wirklich kein Recht dazu. Ich weiß nicht ... unter den heiligen Männern ... unter den echten Märtyrern ... Glaubst du, sie könnten es gutheißen? Ich weiß nicht, weshalb ich dich frage ...« Die Pferde kehren ebenso erschöpft zurück wie ihr, ihr nehmt sie am Zügel und folgt dem Sandstreifen, der zum Meer, zum offenen Meer führt: Lorenzo, Artemio, ihr werdet zum offenen, ungebändigten Meer gehen, Lorenzo wird auf die Wellen zulaufen, die bis zu seinem Gürtel aufspritzen, und das grüne tropische Meer wird seine Reithosen durchtränken, das Meer, über dem niedrig eine Schar scharfäugiger Seemöwen fliegt, das Meer, das mit müder Zunge den Strand hinaufleckt, das du plötzlich mit der hohlen Hand schöpfst und zu deinen Lippen hebst: das Meer, das wie bitteres Bier schmeckt, das nach Melonen, nach Früchten des Flaschenbaums, nach Gujavabirnen, Quitten und Erdbeeren riecht: Fischer ziehen ihre schweren Netze auf den Strand; du und Lorenzo geht zu ihnen hinüber, brecht mit ihnen Austernschalen auf und eßt mit ihnen Krabben und Hummer; und Catalina – allein – schließt die Augen und versucht zu schlafen; sie wird die Rückkehr des Knaben erwarten, den sie seit seinem fünfzehnten Geburtstag nicht mehr gesehen hat, seit zwei Jahren; und Lorenzo bricht die roten Hummerschalen auf und dankt dem Fischer, der ihm Zitronensaft reicht: dann wendet er sich an dich und fragt, ob du nie überlegt hast, was jenseits des Meeres liegt, er glaube, das Festland gleiche sich überall, nur das Meer sei verschieden. Du antwortest, es gäbe Inseln, und Lorenzo wird sagen, durch das Meer geschähen so viele Dinge, daß wir größer und vollkommener sein müßten, wenn wir in seiner Nähe lebten oder hinausführen. Und wie du so auf dem Sand liegst und der Gitarre der Fischer lauschst, würdest du ihm gern erklären, daß hier vor Jahren, vor vierzig Jahren, etwas zerbrochen ist, damit etwas Neues beginne, oder damit etwas vielleicht anderes – noch neuer – nie beginnen würde. Unter der dunstigen Sonne des frühen Morgens, unter der unerbittlichen, geschmolzenen Sonne des Mittags, auf Pfaden von schwarzer Erde und neben diesem stillen, dichten, grünen Meer lebte ein Bild von dir, nicht wirklich, doch wahr, und es könnte ... Nein, es war nicht das – die Wahrheit all jener verlorenen Möglichkeiten –, was dich wieder nach Cocuya trieb und weshalb du Lorenzo hierherbrachtest; es war viel schwieriger – du wirst die Augen schließen, mit dem Geschmack von Seemuscheln auf der Zunge und in den Ohren ein Lied aus Veracruz, das sich in der Unendlichkeit des Nachmittags verliert – es ist viel schwieriger auszudrücken, als zu denken: er muß es allein und von selbst begreifen, denn selbst wenn du wolltest, würdest du es ihm nicht zu sagen wagen: das Gesicht zum offenen Meer gewandt, wird er mit geöffneten Händen im Sand knien, der bedeckte Himmel wird sich auf einmal verdüstern, und du wirst ihn sagen hören: »In zehn Tagen läuft ein Schiff aus. Ich habe einen Platz gebucht.« Der Himmel ist dunkel, und die Hände deines Sohnes strecken sich den ersten Regentropfen wie Almosen entgegen. »Du würdest genauso handeln, Papa. Du bist auch nicht daheimgeblieben. Woran ich glaube? Ich weiß es nicht. Du hast mich hierhergebracht, du hast mich all dies gelehrt ... Es war, als hättest du dein Leben noch einmal gelebt. Verstehst du nicht?« »Ja.« »Es gibt eine Front, und ich glaube, es ist die letzte, die geblieben ist. Ich gehe dorthin ...« Oh, dieser Schmerz, dieser stechende Schmerz, wie gern möchtest du aufstehen, herumlaufen und den Schmerz vergessen, indem du gehst, arbeitest, schreist, befiehlst: aber sie werden es nicht dulden, werden deine Arme festhalten, werden dich zwingen, ruhig zu bleiben, mit Gewalt werden sie dich zwingen, weiter deinen Erinnerungen nachzuhängen; und du willst nicht, du magst nicht, du magst nicht: du hast deine Tage nur geträumt: du willst keinen Tag kennen, der dir in höherem Maße gehört als die anderen, nur weil ihn ein anderer für dich lebte, der einzige Tag, an dem du in seinem Namen denken kannst: ein kurzer Tag, ein Tag des Schreckens und der Silberpappeln, Artemio, und auch dein Tag, dein Leben auch . . .

1939: 3. Februar

Er stand auf dem Dach mit einem Gewehr in den Händen und dachte daran, wie sie an der Lagune gejagt hatten. Aber dies war ein rostiges Gewehr, das zur Jagd nicht taugte. Vom Dach aus konnte man die Fassade der Kirche sehen. Das war alles, was von ihr geblieben war, ein Gerippe, ohne Fenster und Boden; hinter ihr war alles von Bomben zerstört. Alte Möbel ragten halb begraben aus dem Schutt. Und auf der Straße gingen zwei Frauen und ein Mann mit hochgeschlagenem Kragen hintereinander an der Fassade entlang. Sie trugen Gepäck in den Händen und blinzelten in der Sonne. Ihr Anblick genügte, um Feinde in ihnen zu erkennen.

»Heh! auf die andere Seite!«

Er rief vom Dach, und der Mann sah hoch und war von der Sonne geblendet. Mit dem Arm machte er ihm Zeichen, sie sollten die Straße überqueren, da die Fassade jeden Augenblick einstürzen könnte. Sie kamen herüber, und in der Ferne dröhnten die Salven der faschistischen Artillerie – dumpf und hohl, wenn sie aus den Tiefen des Gebirges widerhallten; scharf und hell, wenn sie durch die Luft heulten. Er setzte sich auf einen Sandsack. Neben ihm war Miguel: um nichts in der Welt würde Miguel sich von dem Maschinengewehr trennen. Vom Dach sahen sie über die ausgestorbenen Straßen der Stadt. Unter ihnen waren tiefe Krater, zerbrochene Telegraphenstangen und wirre Kabel. Das unaufhörliche Echo der Salven und das Tack-tack-tack des Gewehrfeuers. Trockene, kalte Pflastersteine. Nichts war in dieser Straße stehengeblieben als die Fassade der alten Kirche.

»Wir haben nur noch einen Patronengurt«, sagte er.

»Warten wir bis zum Nachmittag«, erwiderte Miguel. »Dann ...«

Sie lehnten sich gegen die Mauer und zündeten sich eine Zigarette an. Miguel war so vermummt, daß selbst sein blonder Bart verdeckt war. In der Ferne sahen sie die verschneiten Berge; trotz der leuchtenden Sonne reichte der Schnee tief herab. Morgens zeichnete sich die Sierra scharf gegen den Himmel ab und schien sich auf sie zuzubewegen; wenn die Sonne später höher stieg, entfernte sie sich scheinbar wieder; jetzt in der Mittagszeit konnten sie die Pfade und die Pinien auf den Hängen nicht mehr erkennen; und bei Sonnenuntergang würden die Berge nur noch eine einzige purpurne Masse sein.

Miguel sah in die Sonne und kniff die Augen zusammen: »Ohne das Artillerie- und Gewehrfeuer könnte man meinen, es wäre Frieden. Diese Wintertage sind wundervoll. Schau, wie tief der Schnee schon herabreicht.«

Tiefe, weiße Falten – der Schnee seines Gesichtes – zogen von Miguels Augen über seine bärtigen Wangen. Lorenzo hatte gelernt, in ihnen Glück, Mut, Haß und Gelassenheit zu lesen. Manchmal waren sie eine Zeitlang siegreich gewesen, ehe sie sich wieder zurückzogen. Manchmal hatten sie nur verloren. Ob sie gewannen oder verloren, Miguels Gesicht verriet ihm, wie ein Mann solche Ereignisse aufzunehmen hat. Er hatte viel aus Miguels Gesicht gelernt.

Er drückte seine Zigarette auf dem flachen Dach aus, und Funken stoben in den Wind. »Warum verlieren wir?« fragte er. Miguel wies zu den Bergen und zur Grenze: »Weil wir unsere Maschinengewehre nicht hinüberbekommen.« Miguel drückte seine Zigarette ebenfalls aus und begann halblaut zu singen:

Los cuatro generales, los cuatro generales,
los cuatro generales, mamita mía,
que se han alzado ...

und er lehnte sich gegen den Sandsack und antwortete:

Para la Nochebuena, mamita mía,
serán ahorcados, serán ahorcados.

Sie sangen oft, um die Zeit totzuschlagen. Es gab viele solche Stunden, in denen sie warteten und nichts geschah – dann sangen sie. Sie nahmen es sich nicht vor, sie begannen einfach. Und sie schämten sich auch nicht, voreinander zu singen. Es war wie mit seinem Vater bei den Fischern am Strand in der Nähe von Cocuya: sie hatten grundlos gelacht, miteinander gerauft und auch gesungen. Allerdings sangen er und Miguel jetzt, um sich wach zu halten, und der Text war ein Witz, denn die vier Generale würden nicht gehängt werden, sondern hatten sie vielmehr in dieser hochgelegenen Stadt auf dem Rückzug überrascht, und vor ihnen war die Grenze, das Gebirge. Es blieb ihnen kein Ausweg.

Gegen vier Uhr nachmittags begann die Sonne langsam unterzugehen. Er rieb sein rostiges altes Gewehr mit dem gelben Schaft und setzte seine Mütze auf. Er vermummte sich wie Miguel. Seit einigen Tagen wollte er ihm etwas anbieten. Seine Stiefel waren zwar ausgetreten, aber sie hielten immer noch zusammen; Miguel hingegen trug alte Sandalen, die mit Lumpen umwickelt und mit Schnüren festgehalten waren. Er hätte gern vorgeschlagen, daß sie abwechselnd die Stiefel trügen, einen Tag Miguel, den anderen Tag er selbst. Aber er wagte es nicht. Die Falten in Miguels Gesicht bedeuteten, er solle es lassen. Sie bliesen in ihre Hände: sie wußten, was es heißt, eine Winternacht auf einem Dach zuzubringen.

Da erschien – als sei er einem der Krater entstiegen – am anderen Ende der Straße ein Soldat, ein Republikaner. Er schwenkte die Arme und stürzte schließlich mit dem Gesicht nach unten auf den Boden. Ein paar seiner Kameraden rannten hinterher, und ihre Stiefel dröhnten auf dem zerbrochenen Pflaster. Das Geschützfeuer, das so weit weg geschienen hatte, kam im Handumdrehen näher. Ein Soldat schrie:

»Gewehre, gebt uns Gewehre!«

»Nicht stehenbleiben!« schrie der Mann an der Spitze. »Bewegt euch, ihr lahmen Enten!«

Die Soldaten rannten unter ihnen vorbei, und sie richteten die Mündung des Maschinengewehrs auf das ferne Ende der Straße.
»Sie müssen nahe sein.«
»Ziel, Mexikaner, ziel genau«, sagte Miguel und nahm den letzten Patronengurt in die Hände.
Aber ein anderes Maschinengewehr kam ihnen zuvor, zwei, drei Häuserblocks weiter mußte es versteckt sein, ein Maschinengewehr, das geduldig auf den Rückzug gewartet hatte und jetzt die Straße beschoß und unsere Soldaten tötete. Aber nicht ihren Offizier: er warf sich auf den Bauch und brüllte:
»Hinlegen! Ihr lernt's nie!«
Lorenzo änderte die Position des Maschinengewehrs, um auf die feindliche Stellung zu schießen, und die Sonne versank hinter den Bergen. Das Stoßen des Maschinengewehrs erschütterte seinen Körper vom Scheitel bis zur Sohle. Miguel brummte:
»Wir sind zu schwach auf den Nieren. Die Faschisten haben eine bessere Ausrüstung.«
Über ihnen dröhnten Motoren.
Sie kämpften Seite an Seite, bis sie nichts mehr in der zunehmenden Dunkelheit erkennen konnten. Miguel streckte den Arm aus und berührte seine Schulter. Zum zweitenmal schon wurden sie heute von italienischen Fliegern bombardiert.
»Gehen wir, Lorenzo. Die Capronis sind weg.«
»Und wohin? Lassen wir das MG zurück?«
»Was sollen wir damit? Die Munition ist zu Ende.«
Auch das feindliche MG schwieg. Unter ihnen kam eine Gruppe junger Mädchen die Straße entlang; sie sangen trotz allem mit hohen Stimmen:

Con Líster y Campesino,
con Galán y con Modesto,
con el comandante Carlos,
no hay milicianos con miedo . . .

Zwischen dem Lärm der Bomben klangen die Stimmen merkwürdig, doch sie waren stärker als die Bomben, die nur ab und zu explodierten, während die Stimmen unentwegt sangen. »Und es waren keine kriegerischen Stimmen, Papa, sondern die Stimmen verliebter Mädchen. Sie sangen für die Soldaten der Republik wie für den Geliebten, und dort oben, ehe wir das Maschinengewehr verließen, berührten sich zufällig Miguels und meine Hand, und wir dachten das gleiche: daß sie für uns sangen, für Miguel und Lorenzo, und daß sie uns liebten ...«

Dann stürzte die Fassade der Kirche ein, sie warfen sich auf das Dach, und er dachte an seine Ankunft in Madrid, an die überfüllten Cafés, wo die Menschen bis zwei, drei Uhr morgens vom Krieg redeten, und überall herrschte eine große Zuversicht, jeder war überzeugt, daß sie gewinnen würden, und er dachte daran, daß die Einwohner Madrids von den vielen Bomben alle weißhaarig sein mußten ... Sie krochen zur Treppe. Miguel war unbewaffnet. Er selbst hatte das orangegelbe Gewehr. Er wußte, daß nur für jeden Fünften ein Gewehr vorhanden war, und er beschloß, sich nicht von ihm zu trennen.

Sie stiegen die Wendeltreppe hinunter.

»Ich glaube, ein Kind weint in einem Zimmer. Aber ich bin nicht sicher. Die Sirenen klingen manchmal wie Weinen.«

Er dachte an das verlassene Kind dort droben. Sie tasteten sich im Dunkeln hinunter. Im Innern des Gebäudes war es so finster, daß es ihnen Tag schien, als sie auf die Straße hinaustraten. »Sie dürfen nicht durch!« rief Miguel, und die Frauen bekräftigten: »Sie dürfen nicht durch!« Einen Augenblick verloren sie in der Dunkelheit die Orientierung, und eine der Frauen rannte zu ihnen und sagte: »Nicht dorthin. Kommt mit uns.«

Als sich ihre Augen an die schwache Helligkeit gewöhnt hatten, lagen sie alle mit dem Gesicht nach unten auf dem Bürgersteig. Die Trümmer schützten sie vor dem feindlichen Maschinengewehr, das nicht durch die Masse der eingestürzten Kirchenfassade drang. Er atmete feinen Staub, aber auch den Schweiß der Mädchen, die neben ihm lagen. Er versuchte, ihre Gesichter zu sehen. Eine Baskenmütze, eine gestrickte Kappe – das war alles. Da wandte das Mädchen neben ihm den Kopf, und er sah ihr offenes dunkles Haar, das der Staub der eingestürzten Fassade weiß gefärbt hatte.

»Ich bin Dolores.«

»Lorenzo. Das ist Miguel.«
»Ich bin Miguel.«
»Wir haben unsere Kompanie verloren.«
»Wir sind vom vierten Corps!«
»Wie kommen wir hier raus?«
»Geht außen herum und über die Brücke.«
»Kennt ihr beide den Ort?«
»Miguel kennt ihn.«
»Ja, ich kenne ihn.«
»Wo kommst du her?«
»Ich bin Mexikaner.«
»Ah, daher versteht man dich so gut.«

Die Flugzeuge entfernten sich, und alle standen auf. Nuri mit der Baskenmütze und María mit der Kappe nannten ihre Namen, und sie wiederholten die ihren. Dolores trug Hosen und ein Jackett, die anderen beiden Overalls und Tornister. Einer hinter dem anderen gingen sie die verödeten Straßen hinunter, immer dicht an den Mauern entlang, unter dunklen Balkonen hindurch, deren Türen offenstanden, als sei Sommer. Sie konnten den unaufhörlichen Geschützdonner hören, aber sie wußten nicht, woher er kam. Manchmal knirschte zerbrochenes Glas unter ihrem Fuß, oder Miguel, der die Führung übernommen hatte, warnte sie vor herabgestürzten Kabeln. An einer Straßenecke bellte sie ein Hund an, und Miguel warf einen Stein nach ihm. Auf einem Balkon saß ein alter Mann in einem Schaukelstuhl, ein Tuch um den Kopf gewickelt. Er sah sie nicht, und sie verstanden nicht, was er dort tat, ob er hoffte, jemand werde zurückkommen, ob er auf den Sonnenaufgang oder sonst etwas wartete. Er sah sie nicht.

Lorenzo atmete tief. Sie ließen die Stadt hinter sich und kamen zu einem mit kahlen Pappeln bestandenen Feld. Niemand hatte das dürre Laub weggeräumt, und sie schritten über einen raschelnden schwarzen Teppich. Wieder fiel sein Blick auf die Lumpen um Miguels Füße, und wieder hätte er ihm gern seine Stiefel angeboten, aber der Gang seines Kameraden war so aufrecht und so kraftvoll, daß er um die Vergeblichkeit seines Angebots wußte. Dunkle Hänge erwarteten sie in der Ferne. Vielleicht ließ Miguel dort mit sich handeln.

Sie hatten die Brücke erreicht. Ein wilder, tiefer Fluß strömte unter ihr hindurch, und alle warfen einen Blick hinunter.

»Ich dachte, er wäre gefroren.« Er machte eine ärgerliche Bewegung.

»Spanische Flüsse gefrieren nie«, sagte Miguel halblaut. »Sie fließen immer.«

»Warum?« fragte Dolores.

»Weil wir dann die Brücke hätten umgehen können.«

»Warum?« wollte María wissen, und die Mädchen glichen neugierigen Kindern.

»Weil Brücken meist unterminiert sind«, antwortete Miguel.

Die kleine Schar rührte sich nicht. Das weiße, schnelle Gewässer zu ihren Füßen fesselte ihren Blick. Sie rührten sich nicht. Bis Miguel den Kopf hob, zu den Bergen blickte und sagte:

»Wenn wir die Brücke überqueren, können wir ins Gebirge und von dort zur Grenze gelangen. Wenn nicht, werden sie uns erschießen ...

»Ja?« sagte María mit einem unterdrückten Schluchzen. Zum erstenmal bemerkten die Männer ihren glasigen, erschöpften Blick.

»Wir haben verloren«, sagte Miguel schneidend. Er ballte die leeren Fäuste. »Es gibt kein Zurück. Wir haben keine Flugzeuge, keine Artillerie, gar nichts.«

Lorenzo rührte sich nicht. Er stand da und starrte Dolores an, bis Dolores mit ihrer warmen Hand, die sie eben erst unter der Achsel weggezogen hatte, seine fünf Finger nahm. Er verstand. Sie suchte seinen Blick, und zum erstenmal sah er ihre Augen. Sie blinzelte, und er entdeckte, daß ihre Augen grün waren, grün wie das Meer an der Küste Mexikos. Sie war ungekämmt und nicht geschminkt, ihre Wangen waren von der Kälte gerötet und die Lippen voll und sehr trocken. Die anderen drei bemerkten nichts. Sie betraten die Brücke – Hand in Hand, er und sie. Einen Augenblick zögerte er. Sie nicht. Die verschlungenen Finger gaben ihnen Wärme, die einzige Wärme, die er in all diesen Monaten gespürt hatte.

»... die einzige Wärme, die ich in all diesen Monaten des Rückzuges nach Katalonien und in die Pyrenäen gespürt hatte ...«
Unter sich hörten sie den Fluß und das Krachen der Holzbohlen. Sie achteten nicht darauf, ob Miguel und die beiden Mädchen ihnen etwas vom Ufer zuriefen. Die Brücke dehnte sich lang. Sie schienen einen Ozean zu überqueren.
»Mein Herz schlug schnell. Sein Schlag war wohl auch in meiner Hand zu spüren, denn sie hob sie hoch und preßte sie gegen ihre Brust, und dort spürte ich ihren kräftigen Herzschlag ...«
Sie gingen Seite an Seite, und die Brücke wurde kürzer.
Auf der anderen Seite des Flusses sahen sie plötzlich etwas, was ihnen bis dahin entgangen war: eine große entblätterte Ulme – mächtig, weiß und sehr schön. Nicht Schnee, sondern glitzerndes Eis bedeckte sie. Sie schimmerte wie ein Juwel durch die Nacht. Er fühlte das Gewicht des Gewehrs auf seiner Schulter, das Gewicht seiner Beine, seiner bleiernen Füße auf der Holzbrücke. Weiß und leuchtend erwartete sie die Ulme. Er preßte die Finger des Mädchens. Der eisige Wind blendete sie. Er schloß die Augen.
»Ich schloß die Augen, Papa, und dann öffnete ich sie wieder und hatte Angst, der Baum könne nicht mehr da sein ...«
Dann fühlten sie festen Grund unter den Füßen und blieben stehen. Sie sahen nicht zurück. Sie rannten auf die Ulme zu, ohne die Rufe Miguels und der beiden Mädchen zu beachten, ohne zu merken, wie ihre Gefährten über die Brücke kamen; sie rannten auf die Ulme zu und umarmten ihren nackten, weißen, eisbedeckten Stamm, sie schüttelten ihn, und Eisperlen regneten auf sie nieder, ihre Hände berührten sich, sie rissen sich von dem Baum los und umarmten einander: Dolores und Lorenzo. Er streichelte ihre Stirn und sie seinen Nacken, und sie lehnte sich zurück, damit er ihre feuchten grünen Augen und ihre leicht geöffneten Lippen sehen konnte. Einen Augenblick lang verbarg sie ihren Kopf an seiner Brust. Dann hob sie Gesicht und Lippen, und sie küßten sich, ehe ihre Kameraden sie umringten ...
»Wie warm, Lola, wie warm du bist, und wie ich dich schon liebe.«
Sie lagerten auf einem Ausläufer der Sierra, unmittelbar an der

Schneegrenze. Miguel und er suchten Zweige und machten ein Feuer. Er setzte sich neben Lola und nahm wieder ihre Hand. María zog aus ihrem Rucksack einen verbeulten Topf und füllte ihn mit Schnee, den sie über dem Feuer schmelzen ließ; außerdem holte sie noch ein Stück Ziegenkäse aus der Tasche. Nuri lachte und fischte zwischen ihren Brüsten ein paar verkrumpelte Säckchen Lipton-Tee heraus, und alle lachten über das Gesicht des englischen Yachtkapitäns, das die Teesäckchen schmückte.
Nuri erzählte, vor dem Sturz Barcelonas hätten sie Pakete mit Tabak, Tee und Kondensmilch von den Amerikanern erhalten. Nuri war klein, untersetzt und fröhlich; vor dem Krieg hatte sie in einer Textilfabrik gearbeitet. María sprach von ihrer Studentenzeit in Madrid, als sie in der Residencia des Estudiantes wohnte und an den Streiks gegen Primo de Rivera teilgenommen hatte und bei jedem neuen Werk Lorcas in Tränen ausgebrochen war.
»Ich schreibe dir auf den Knien, während ich sie reden höre, und ich versuche, ihnen zu sagen, wie sehr ich Spanien liebe, und mir fällt nichts anderes zu erzählen ein als mein erster Besuch in Toledo, einer Stadt, die ich mir nach dem Gemälde El Grecos vorgestellt hatte: in einen Sturm aus Blitzen und grünen Wolken gehüllt, auf beiden Seiten der schmalen Schlucht des Tajo aufragend ... eine Stadt, die, wie soll ich sagen, mit sich selbst im Streit zu liegen scheint. Und statt dessen fand ich eine Stadt der Sonne und des Schweigens, eine ausgebombte Festung. Denn El Grecos Gemälde – versuche ich ihnen zu sagen – fängt ganz Spanien ein, und so schmal der Tajo bei Toledo ist, so weit spannt sich Spanien über das Meer zur anderen Küste. Das habe ich hier gesehen, Papa. Dies versuche ich ihnen zu sagen ...«
Das sagte er ihnen, bevor Miguel erzählte, wie er in Oberst Asencios Brigade eingetreten war, und was es ihn gekostet hatte, ein guter Soldat zu werden. Miguel sagte, die Volksarmisten seien alle sehr tapfer, aber Tapferkeit allein genüge nicht. Sie müßten auch wissen, wie man kämpfe. Und die neuen Rekruten brauchten lange, bis sie begriffen hätten, daß es Sicherheitsvorschriften gäbe, und daß man am Leben bleiben müsse, wenn man

weiterkämpfen wolle. Selbst wenn sie lernten, sich zu verteidigen, hätten sie noch immer die Kunst des Angriffs zu erlernen. Und wenn sie schließlich all das beherrschten, bliebe immer noch das Schwierigste, nämlich der Sieg über sich selbst, über Gewohnheit und Bequemlichkeit. Er verachtete die Anarchisten, die lediglich störten, er beschimpfte die Waffenhändler, die der Republik die Waffen versprochen, aber sie dann an Franco verkauft hätten. Er sagte, das Schmerzlichste und zugleich Unbegreiflichste am Zusammenbruch sei für ihn gewesen, daß sich nicht die Arbeiter der ganzen Welt erhoben hätten, um Spanien beizustehen, denn wenn die Republikaner in Spanien verlören, dann sei es, als verlören sie überall. Nach diesen Worten brach er eine Zigarette auseinander und gab dem Mexikaner eine Hälfte; die beiden Männer rauchten, Lorenzo saß neben Dolores und reichte ihr den Stummel, damit sie auch daran ziehen könne.
Schwerer Geschützdonner begann in der Ferne. Sie konnten ein gelbliches Leuchten und einen Fächer aus Staub in der Nacht erkennen.
»Figueras«, sagte Miguel. »Sie bombardieren Figueras.«
Sie blickten nach Figueras. Lola saß dicht neben ihm. Sie wandte sich nicht an die anderen; sie sprach nur leise zu ihm, während sie in die Richtung blickten, wo der Staub und der Lärm aufstiegen. Sie sagte, sie sei zweiundzwanzig; und er fügte zu seinen neunzehn Jahren weitere fünf hinzu und behauptete, er sei gerade vierundzwanzig geworden. Sie sagte, sie sei aus Albacete und in den Krieg gezogen, um ihrem Verlobten zu folgen. Sie hätten zusammen Chemie studiert, und sie sei ihm gefolgt, bis ihn die Faschisten in Oviedo erschossen hätten. Er erzählte ihr, daß er aus Mexiko komme und dort nicht weit vom Ozean in einer warmen Gegend lebe, wo es viele Früchte gebe. Sie bat ihn, von diesen tropischen Früchten zu erzählen; sie lachte über die Namen, die sie nie zuvor gehört hatte, und sagte, *mamey*[1] klinge wie der Name eines Giftes und *guanábana*[2] wie der Name

---

[1] Tropischer Obstbaum.
[2] Südamerikanische Frucht.

eines Vogels. Er erzählte ihr, daß er Pferde liebe, und zuerst bei der Kavallerie gewesen sei, aber jetzt gäbe es ja nichts mehr – weder Kavallerie noch sonst etwas. Sie sagte, sie sei nie auf einem Pferd gesessen, und er versuchte, ihr zu beschreiben, wie herrlich Reiten ist: »Abends vor allem, am Strand entlang, wenn die Dämmerung hereinbricht, wenn die Luft nach Jod riecht und der Himmel sich im Norden beruhigt, wenn nur noch ein leichter Regen herabrieselt, und der Schaum, den die Hufe aufwirbeln, sich mit Sprühregen mischt, wenn man mit nacktem Oberkörper reitet und die Lippen nach Salz schmecken.« Es gefiel ihr. Sie meinte, vielleicht sei noch immer eine Spur von Salz auf seinen Lippen, und sie küßte ihn. Die anderen hatten sich um das inzwischen herabgebrannte Feuer geschart und waren eingeschlafen. Er stand auf, um es zu schüren. Alle drei schliefen, eng aneinandergedrängt, um sich gegenseitig zu wärmen. Er kehrte zu Lola zurück, sie öffnete ihre mit Schafspelz gefütterte Jacke, damit er seine Hände über ihrem Rücken und der Khakibluse verschränken konnte, und dann zog sie die Jacke über seinen Rücken. Wir müssen einen Treffpunkt vereinbaren, flüsterte sie ihm ins Ohr, falls wir getrennt werden. Ein Café, schlug er vor, in der Nähe des Kybelebrunnens, nach der Befreiung Madrids. Ja, und wir werden uns in Mexiko wiedersehen, erwiderte sie, auf dem Hafenplatz von Veracruz, fuhr er fort, unter den Arkaden, im Café La Parroquia. Wir werden Kaffee trinken und Krabben essen.

Sie lächelten beide, und er sagte ihr, wie gern er ihr Haar streicheln und ihre Lippen küssen würde, und sie rückte noch näher, nahm die Mütze ab und legte den Kopf an seine Schulter, als er unter ihre Bluse griff, ihren Rücken streichelte und nach ihren Brüsten tastete, und dann dachte er an nichts mehr und sie bestimmt auch nicht, denn ihre Stimme sagte keine Worte mehr, alle ihre Gedanken verströmten in einem anhaltenden Flüstern, das alles gleichzeitig enthielt – danke, ich liebe dich, vergiß mich nicht, komm . . .

Mühsam kämpften sie sich den Berg hinauf, und zum erstenmal fiel Miguel das Gehen schwer, nicht wegen des Anstiegs, so anstrengend er auch war, sondern weil die Kälte seine Füße erfaßt

hatte, diese schneidende Kälte, die alle im Gesicht fühlten. Dolores stützte sich auf den Arm ihres Geliebten; wenn er sie aus den Augenwinkeln betrachtete, schien sie in Gedanken verloren, doch wenn er ihr voll ins Gesicht sah, lächelte sie immer. Er – sie alle – beteten nur um eines, es möge kein Sturm aufziehen. Er trug ihr einziges Gewehr mit den letzten zwei Patronen. Miguel hatte gesagt, sie brauchten sich nicht zu fürchten.
»Ich fürchte mich nicht. Die Grenze ist jenseits des Gebirges, und heute nacht werden wir in Frankreich schlafen, in Betten, ein Dach über dem Kopf. Wir werden gut essen. Ich denke an dich, und ich glaube, du würdest dich nicht für mich schämen, du würdest genauso handeln. Du hast auch gekämpft, und es würde dich freuen, wenn es immer jemanden gäbe, der den Kampf weiterführte. Ich weiß, du würdest dich freuen. Aber hier geht unser Kampf zu Ende. Wenn wir die Grenze überschritten haben, wird die letzte der internationalen Brigaden Spanien verlassen haben, und etwas Neues wird beginnen. Ich werde mein Leben hier nicht vergessen, Papa, denn hier habe ich alles gelernt, was ich weiß. Es ist sehr einfach. Ich erzähle dir davon, wenn ich heimkomme. Jetzt finde ich nicht die rechten Worte dafür.«
Seine Finger berührten den Brief in der Brusttasche. Es war so kalt, daß er nicht wagte, den Mund aufzumachen. Er keuchte; sein Atem kam weiß zwischen den zusammengebissenen Zähnen hervor. Wie langsam sie vorankamen! Der Zug der Flüchtlinge war endlos, soweit das Auge reichte; Bauern mit zweirädrigen Wagen voll Getreide und Würsten, die sie nach Frankreich mitnahmen; Frauen, die Matratzen und Decken schleppten; Bilder, Stühle, Waschschüsseln und Spiegel ... Sie wollten in Frankreich wieder Felder bestellen. Sehr langsam kamen sie voran. Auch Kinder waren dabei, manche noch an der Brust. Der Weg war trocken, holprig und beschwerlich, voller Disteln und Gestrüpp. Er spürte Dolores' Faust an seiner Seite. Er wollte sie retten und beschützen. Er liebte sie noch mehr als letzte Nacht, und er wußte, daß er sie morgen noch mehr lieben würde als heute. Und sie ihn. Sie brauchten es nicht auszusprechen. Sie gefielen einander. Das war es. Sie gefielen einander. Sie konnten zusammen lachen.

Sie hatten sich etwas zu erzählen.
Dolores verließ ihn und lief zu María. Das kriegerische Mädchen lehnte an einem Felsen und preßte die Hand gegen die Stirn. Sie sagte, es sei nichts. Sie fühle sich nur sehr erschöpft. Sie mußten zur Seite treten, um die roten Gesichter, die eisigen Hände, die schweren Karren vorbeizulassen. María wiederholte, sie fühle sich nur ein wenig schwindlig. Lola nahm sie beim Arm, und sie gingen weiter. In diesem Augenblick – ja, es war in diesem Augenblick – hörten sie Motorenlärm und blieben stehen. Sie konnten das Flugzeug nicht sehen. Alle suchten es, doch der Himmel war milchig trübe. Miguel entdeckte als erster die schwarzen Flügel und das Kreuz und schrie:
»Hinlegen! Volle Deckung!«
Alle warfen sich zwischen Felsen und Karren auf den Boden. Alle, bis auf den Schützen mit seinem Gewehr, in dem noch zwei Patronen waren. Und er schießt nicht, der verfluchte gelbe Prügel, das verrostete Ding, so sehr er auch am Abzug zieht, aufrecht steht er da, bis das Dröhnen über ihren Köpfen ist, sie mit einem blitzschnellen Schatten zudeckt, ein Maschinengewehr Muster über den Grund streut und sein Rattern von den Felsen widerhallt.
»Hinlegen, Lorenzo, hinlegen, Mexikaner!«
Hinlegen, hinlegen, hinlegen, Lorenzo, und die neuen Stiefel auf die trockene Erde, Lorenzo, dein Gewehr runter, Mexikaner, und ein Wirbeln in deinem Magen, als trügst du den Ozean in deinen Eingeweiden, und jetzt dein Gesicht auf der Erde mit grünen, offenen Augen, halb im Traum, zwischen Mittag und Mitternacht, während sie schreit und du weißt, daß der arme Miguel mit seinem blonden Bart und seinen weißen Falten nun doch schließlich die Stiefel bekommt, und Dolores wird sich über dich werfen, Lorenzo, und auch Miguel wird weinen, und er wird sagen, daß es vergeblich ist, daß sie weitermüssen, daß das Leben auf der anderen Seite des Gebirges ist, Leben und Freiheit, ja, dies waren die Worte, die er schrieb: sie nahm den Brief aus seinem blutbefleckten Hemd, sie preßte ihn zwischen den Händen – wie warm! Wenn Schnee fällt, wird er ihn begraben, wenn du ihn

noch einmal geküßt hast, Dolores, dich noch einmal über ihn geworfen hast; er wollte mit dir ans Meer reiten, ehe er sein Blut verströmte und mit deinem Bild in den grünen Augen einschlief ... vergiß nicht ...

Ich würde mir die Wahrheit eingestehen! Wenn ich nicht meine blutleeren Lippen spürte, wenn ich mich nicht zusammenkrümmte, nicht die Gewalt über meinen Körper verloren hätte, wenn ich das Gewicht der Bettdecken ertrüge und nicht mit dem Gesicht nach unten über dem Bettrand hinge, um Schleim und Galle zu erbrechen: ich würde mir eingestehen, daß es nicht genug ist, Ort und Zeit zu wiederholen, die reine Dauer, ich würde mir eingestehen, daß ein nie ausgesprochener Wunsch mich bewog, ihn zu bestimmen – ay, ich weiß nicht, ich weiß nicht – ja, ihn zu bestimmen, die Enden des Fadens zu suchen, des Fadens, den ich zerrissen hatte, mein Leben wieder ganz zu machen, mein anderes Geschick zu vollenden, jenen zweiten Teil, den ich selbst nicht vollenden konnte, und sie sitzt am Kopfende meines Bettes und fragt:

»Warum mußte es so kommen? Sag: warum? Ich hatte ihn für etwas anderes erzogen. Warum hast du ihn von mir fortgenommen?«

»Hat er ihn nicht zuerst verwöhnt und dann in den Tod geschickt? Nahm er ihn nicht von dir und mir fort, um ihn zu verziehen? Ist es etwa nicht wahr?«

»Teresa, dein Vater hört dich nicht ...«

»Und ob er mich hört. Er macht seine Augen zu, aber er hört mich sehr gut.«

»Sei still.«

»Sei still.«

Ich weiß nicht. Aber ich sehe sie. Sie sind hereingekommen. Die Mahagonitür öffnet und schließt sich, und ihre Schritte sind lautlos auf dem dicken Teppich. Sie haben die Fenster geschlossen. Sie haben die grauen Vorhänge mit einem zischenden Geräusch zugezogen. Sie sind hereingekommen.

»Ich bin . . . ich bin Gloria.«

Das frische zärtliche Knistern neuer Geldscheine und Pfandbriefe in der Hand eines Mannes wie ich. Der geräuschlose Start eines teuren Wagens – Sonderanfertigung mit Klimaanlage, eingebauter Bar und Telefon, mit Spezialpolstern und Fußbänken: na, was meinst du, Priester, wird es dort oben auch so sein?

»Ich möchte dorthin zurückkehren, in das Land . . .«

»Warum mußte es so kommen? Sag: warum? Ich hatte ihn für etwas anderes erzogen. Warum hast du ihn mir genommen?«

Und sie begreift nicht, daß es etwas noch viel Schmerzlicheres gibt als einen verlassenen Leichnam, als Eis und Sonne, die ihn begraben, als seine für immer offenen, von Vögeln ausgehackten Augen: Catalina hört auf, meine Stirn mit Watte abzutupfen, sie entfernt sich, und ich weiß nicht, ob sie weint: ich versuche, meine Hand zu heben und nach ihr auszustrecken; die Anstrengung durchfährt mich mit Dolchstichen – vom Arm zur Brust, von der Brust zum Bauch: trotz des verlassenen Leichnams, trotz Eis und Sonne, die ihn begruben, trotz seiner für immer offenen, von Vögeln ausgehackten Augen, gibt es etwas noch Schlimmeres: das unbezähmbare Erbrechen, das dringende Bedürfnis, den Darm zu entleeren, ohne dazu imstande zu sein, ohne die Gase loswerden zu können, die meinen geschwollenen Leib aufblähen, ohne die Kraft, diesen allgegenwärtigen Schmerz zu unterdrücken oder den Puls in meinem Handgelenk zu finden oder meine Beine zu spüren, und das Gefühl, daß mein Blut in mir explodiert, daß es in mir ausläuft, ja, in mir; ich weiß es, sie nicht, und ich kann sie nicht überzeugen, sie sehen nicht, wie es von meinen Lippen, zwischen meinen Beinen herabfließt: nein, sie glauben mir nicht, sie sagen nur, ich hätte im Augenblick keine Temperatur, ah, Temperatur, sie sagen Zusammenbruch, Zusammenbruch ist alles, was sie entdecken; Geschwulst, schwer lokalisierbare Geschwulst, davon reden sie, während sie mich festhalten, abtasten und von Marmorierung sprechen, ja, ich höre sie, violette Marmorierung auf dem Bauch, den ich jetzt weder sehen noch spüren kann: und trotz des verlassenen Leichnams, trotz Eis und Sonne, die ihn begruben, trotz seiner für

immer offenen, von Vögeln ausgehackten Augen, gibt es etwas noch Schlimmeres: sich nicht an ihn erinnern zu können, sich ihn nur durch Bilder vorstellen zu können, durch die Dinge, die er in seinem Schlafzimmer ließ, die Anmerkungen in seinen Büchern: aber wie roch sein Schweiß? Nichts bringt die Farbe seiner Haut wieder: Und ich kann nicht mehr an ihn denken, da ich ihn nicht mehr sehen und berühren kann;
er ritt an jenem Morgen weg
daran entsinne ich mich: ich erhielt einen Brief mit ausländischen Marken
aber sich an ihn erinnern
ah, ich träumte, ich malte mir aus, ich wußte jene Namen, ich erinnerte mich jener Lieder, danke, aber wie, wie kann ich wissen? Ich weiß nicht, ich weiß nicht, wie jener Krieg war, mit wem er sprach, ehe er starb, wie die Männer und Frauen hießen, die ihn im Tode begleiteten, was er sagte, was er dachte, welche Kleider er trug, was er an jenem Tag aß, ich weiß es nicht: ich erfinde eine Landschaft, ich erfinde Städte, ich erfinde Namen, und jetzt erinnere ich mich nicht mehr: Miguel, José, Federico, Luis? Consuelo, Dolores, María, Esperanza, Mercedes, Nuri, Guadalupe, Esteban, Manuel, Aurora? Guadarrama, Pirineos, Figueras, Toledo, Teruel, Ebro, Guernica, Guadalajara?: der verlassene Leichnam, Eis und Sonne, die ihn begruben, seine für immer offenen, von Vögeln ausgehackten Augen:
ich danke dir, daß du mich gelehrt hast, was mein Leben hätte sein können,
ich danke dir, daß du diesen Tag für mich gelebt hast,
es gibt etwas noch Schmerzlicheres:
ja, ja, das gibt es wirklich, und es gehört mir. Heißt das nicht ein Gott sein? Sag mir, wie ich all das retten kann, und ich laß dich all deine Zeremonien ausführen. Ich will mich an die Brust schlagen, auf Knien zu einem Heiligtum kriechen, Essig trinken, mich mit Dornen krönen. Sag mir, wie kann ich dies alles retten, denn der Geist ...
»... des Sohnes und des Heiligen Geistes, Amen ...«
Es gibt etwas noch Schmerzlicheres:

»Nein, in dem Fall wäre es allerdings ein gutartiger Tumor, doch bis zu einem gewissen Grad eine Dislokation der Eingeweide, vielleicht ein teilweiser Bruch . . .«

»Ich wiederhole: es handelt sich um eine Obstruktion, infolge einer Verschlingung der Eingeweide. Eine Obstruktion. Dieser Schmerz kann nur eine Verschlingung zur Ursache haben, und dort finden wir auch die Obstruktion . . .«

»In diesem Fall müßte man ihn operieren . . .«

»Kann sein, der Wundbrand schreitet fort, und wenn wir nicht . . .«

»Die Zyanose ist schon unverkennbar . . .«

»Beobachten Sie die Facies . . .«

»Hypothermie . . .«

»Hypothym . . .«

»Still . . . seid still!«

»Macht das Fenster auf.«

Ich kann mich nicht rühren. Ich weiß nicht, wohin sehen, wohin mich wenden. Ich fühle keine Temperatur, außer der Kälte, die in meine Beine kommt und geht, ich fühle weder die Wärme noch die Kälte meines übrigen Körpers, meines Inneren, all dessen, was ich nie gesehen habe . . .

»Armes Kind . . . sie ist zu aufgeregt . . .«

. . . seid still . . . ich kann mir denken, wie ich aussehe, ihr braucht es mir nicht zu sagen . . . ich weiß, daß meine Fingernägel schwarz sind, meine Haut blau . . . seid still.

»Appendizitis?«

»Wir müssen operieren.«

»Es ist ein Risiko.«

»Ich wiederhole: Nierenkolik. Zwei Zentigramm Morphium, und er fühlt sich besser.«

»Es ist ein Risiko.«

»Er hatte keine Blutung.«

Danke. Ich hätte in Perales sterben können. Ich hätte mit dem unbekannten Soldaten sterben können. Ich hätte in dem kahlen Raum unter den Blicken des dicken Mannes sterben können. Ich überlebte. Du bist gestorben. Ich danke dir.

»Haltet ihn. Die Schale.«
Haltet ihn. Er stirbt. Haltet ihn. Er bricht. Er erbricht den Geschmack, den er vorher nur gerochen hat. Jetzt kann er sich nicht umdrehen. Er bricht mit dem Gesicht nach oben. Er erbricht seinen Kot. Es läuft über seine Lippen, über sein Kinn. Seine Exkremente. Sie schreien, die Frauen schreien, obgleich ich sie nicht höre. Es hört nicht auf. Sie schreien, weil nichts geschieht. Es geschieht nichts. Sie halten mich nieder, drücken mich in die Kissen. Nein. Er stirbt. Er stirbt, nackt und allein. Ohne alles. Haltet ihn. Er stirbt.

Du wirst ihn lesen, den Brief mit dem Stempel eines Konzentrationslagers, mit ausländischen Marken, unterschrieben von Miguel; ein anderer Brief wird darin enthalten sein, der Lorenzos Unterschrift trägt, du wirst den Brief empfangen und lesen: »Ich fürchte mich nicht ... Ich denke an Dich ... Du würdest Dich nicht für mich schämen. Ich werde mein Leben hier nicht vergessen, Papa, denn ich habe hier alles gelernt, was ich weiß ... Ich erzähle Dir davon, wenn ich heimkomme ...« Du wirst lesen und noch einmal wählen, du wirst ein anderes Leben wählen:
du wirst ihn in Catalinas Händen lassen, du wirst ihn nicht nach Cocuya bringen, du wirst ihn nicht in die Verantwortung treiben: in das verhängnisvolle Geschick, welches das deine hätte sein können: du wirst ihn nicht bestimmen, das zu tun, was du nicht tatest, dein verlorenes Leben zu retten: du wirst nicht zulassen, daß du diesmal auf einem felsigen Pfad stirbst, während sie mit dem Leben davonkommt:
du wirst den verwundeten Soldaten, der in das Dickicht taumelt, auffangen, niederlegen, den zerschmetterten Arm mit Wasser aus der gleich wieder versickernden Quelle säubern, wirst ihn verbinden und bei ihm bleiben, ihm deinen Atem einhauchen und dort warten, warten, bis ihr gefunden, gefangen und hingerichtet werdet, in einem *Pueblo,* dessen Namen du vergessen hast, in einem staubigen, elenden Flecken aus Adobe-Ziegeln: dann die Gewehre vor dir und ihm, zwei namenlose Leiber, nackt in ein Massen-

grab zu den anderen geworfen, ohne Stein: mit fünfundzwanzig Jahren gestorben, zu Ende die Wege, zu Ende die Labyrinthe, zu Ende die Entscheidungen: gestorben Hand in Hand mit dem namenlosen Soldaten, den du gerettet hast: gestorben:

du wirst zu Laura »ja« sagen

du wirst zu dem dicken Mann in dem blauen Raum »nein« sagen

du wirst dich entschließen, mit Bernal und Tobías in der Zelle zu bleiben, ihr Schicksal zu teilen, nicht in den blutbefleckten *Patio* zu gehen, um dich zu rechtfertigen, du wirst nicht denken, du könntest mit dem Tode Zagals den Tod deiner Kameraden vergelten

du wirst den alten Don Gamaliel in Puebla nicht besuchen

du wirst Lilia nicht in deine Arme schließen, als sie in jener Nacht zurückkommt, du wirst nicht denken, du könntest jetzt nie wieder eine andere Frau umarmen

du wirst in jener Nacht das Schweigen brechen, Catalina alles erzählen und sie bitten, dir zu vergeben; du wirst von jenen sprechen, die für dich starben, und wirst sie bitten, dich zu nehmen, wie du bist, mit der Last deiner Schuld; du wirst sie beschwören, dich nicht zu hassen, dich so zu nehmen, wie du bist

du wirst mit Lunero auf der *Hazienda* bleiben, du wirst diesen Ort nie wieder verlassen

du wirst bei deinem Lehrer Sebastián bleiben – wie er war, wie er war – und du wirst dich nicht der Revolution im Norden des Landes anschließen

du wirst ein Tagelöhner sein

du wirst ein Schmied sein

du wirst dich heraushalten wie die anderen, die sich heraushielten

du wirst nicht Artemio Cruz sein, du wirst nicht einundsiebzig Jahre alt sein, nicht hundertvierundsiebzig Pfund wiegen, nicht einen Meter zweiundachtzig messen, du wirst keine falschen Zähne haben, nicht schwarze Zigaretten rauchen, italienische Seidenhemden tragen, Manschettenknöpfe sammeln, deine Krawatten aus New York kommen lassen, blaue Anzüge mit drei Knöpfen

tragen, irische Kaschmirwolle bevorzugen, Gin-and-tonic trinken, einen Volvo, einen Cadillac und einen Rambler besitzen; du wirst das Bild von Renoir nicht kennen und lieben, zum Frühstück nicht Eier im Glas und Blackwells Marmelade essen, nicht jeden Morgen eine Zeitung lesen, die du selbst besitzt, du wirst abends nicht *Life* und *Paris Match* überfliegen, du wirst neben dir nicht diese Beschwörung, diesen Chor, diesen Haß hören, der dir am liebsten vorzeitig das Leben nähme, der all das anruft, anruft, anruft, woran du bis vor kurzem lächelnd denken konntest, was du aber jetzt nicht dulden wirst:
De profundis clamavi
De profundis clamavi
Sieh mich jetzt, höre mich, erleuchte meine Augen, laß mich nicht in den Schlaf des Todes sinken / Denn am Tag, da du von ihm ißt, wirst du sterben / Freu dich nicht über den Tod deines Nächsten, denn wir alle müssen sterben / Tod und Hölle wurden in die Feuergrube geworfen, und dies war der zweite Tod / Das, was ich fürchte, kommt zu mir, das, was mich ängstet, besitzt mich / Wie bitter ist die Erinnerung des Mannes, der sich mit irdischem Reichtum zufriedengab / Haben sich die Tore des Todes vor dir aufgetan? / Die Sünde begann mit dem Weib, und um des Weibes willen müssen wir alle sterben / Hast du die Tore des Schattenreiches gesehen? / Klar ist dein Urteil über den Bedürftigen und den Verschwender / Und welche Früchte gewannen sie dann? Jene, die jetzt Scham erfüllt, weil auch ihr Ende der Tod ist / Weil der Hunger des Fleisches Tod ist:
Wort Gottes und des Lebens, Bekenntnis des Todes,
de profundis clamavi, domine,
omnes eodem cogimur, omnium versatur urna
quae quasi saxum Tantalum semper impendet
quid quisque vitet, nunquam homini satis cautum est
in horas
mors tamen inclusum protrahet inde caput
nascentes morimur, finisque ab origine pendet
atque in se sua per vestigia volvitur annus
omnia te vita perfuncta sequentur

Chor, Gruft; Stimmen, Scheiterhaufen; und in einer verschütteten Zone deines Bewußtseins wirst du an die Riten, die Zeremonien, den letzten Teil denken: Beerdigung, Feuerbestattung, Balsamierung: hoch oben auf einem Turm ausgesetzt, damit du nicht in der Erde, sondern in der Luft zerfällst: im Grab mit deinen toten Sklaven eingeschlossen; von gemieteten Klageweibern beweint; mit deinen kostbarsten Besitztümern beerdigt, mit deiner Gefährtin, deinen schwarzen Juwelen; Totenwache, Nachtwache,

requiem aeternam, dona eis Domine

de profundis clavami, Domine

Lauras Stimme, die oft von solchen Dingen sprach; sie sitzt mit untergeschlagenen Beinen auf dem Boden, das kleine Buch in Händen, wo es heißt, alles könne uns verhängnisvoll werden, selbst das, was uns Leben gibt, wo es heißt, daß wir gegen Tod, Elend und Dummheit nichts vermögen, sondern um unseres Glükkes willen gut daran täten, nicht darüber nachzudenken, nur plötzlicher Tod sei zu fürchten, weshalb sich die Mächtigen auch immer mit einem Beichtvater umgäben; wo es heißt, ich kenne die Menschen, sie fürchten nicht die Gefahr, sondern den Tod ohne Gefahr, wo es heißt, der Gedanke an den Tod sei der Gedanke an die Freiheit; wo es heißt, welch leisen Schritt du hast, o kalter Tod; wo es heißt, die Stunden werden dir deine Sünden vergeben, die gnadenlosen Stunden, die deine Tage sind; wo es heißt, zeige mir, daß der feste Knoten zerschlagen ist; meine Tür ist aus starkem Metall; wo es heißt, tausend Tode harrten meiner, denn sein Leben ist eins mit meiner Hoffnung; der Mensch beschließt zu leben, wenn Gott ihm zu sterben befehle; wo es heißt: wozu all die Schätze, Vasallen und Diener? wozu? wozu? Mögen sie beschwören, besingen, beweinen: sie werden die prächtigen Reliefs, die reichen Mosaiken, die Friese aus Gold und Stuck nicht berühren, die Kommoden aus Bein und Schildpatt, die Beschläge und Griffe, die Truhen mit schmiedeeisernen Platten und Schlössern, die Bänke aus aromatischem *ayacuahuite*[1]-Holz, das Chor-

---

[1] Nadelholzbaum.

gestühl, die barocken Schnörkel und Leisten, die geschwungenen Rückenlehnen, die gedrehten Stuhlbeine, die bunten Masken, die bronzenen Ziernägel, das kunstvoll bearbeitete Leder, die gegossenen Klauen- und Kugelfüße, die silberdurchwirkten Meßgewänder, die Damaststühle, die Samtsofas, die Tische aus dem Refektorium, die Urnen und Krüge, die eingelegten Tische, die Himmelbetten mit Vorhängen, die gekehlten Säulen, die Wappenschilder und Bänder, die Merinoteppiche, die Eisenschlüssel, die goldgerahmten Ölgemälde, die Kostbarkeiten aus Seide, Kaschmir, Wolle und Taft, die Spiegel und Lüster, die handbemalten Gläser, das warme Deckengebälk: all das werden sie nicht berühren, es wird dir gehören:
du wirst die Hand ausstrecken:
an einem gewöhnlichen Tag vor drei oder vier Jahren, der dennoch ein außergewöhnlicher Tag sein wird; du wirst dich nicht an ihn erinnern, du wirst an ihn denken, damit die Erinnerung kommt; nein, du wirst dich seiner erinnern, weil dir beim Versuch der Erinnerung ein besonderer Tag, ein Tag des Zeremoniells, ein im Kalender rot vermerkter Tag einfällt: und dies wird ein Tag sein – du wirst es dann selbst bemerken –, an dem alle Namen, Leute, Worte und Taten eines bestimmten Kreises in Gärung geraten; es wird eine Silvesternacht sein; deine gichtigen Finger werden mühsam das schmiedeeiserne Treppengeländer umklammern; die andere Hand hast du tief in die Tasche deiner Jacke vergraben, und schwerfällig steigst du die Stufen hinab:
du wirst die Hand ausstrecken:

1955: 31. Dezember

MÜHSAM umklammerte er das schmiedeeiserne Treppengeländer. Die andere Hand vergrub er tief in der Tasche seiner Hausjacke und stieg schwerfällig die Stufen hinab, ohne die Wandnischen zu beachten, die den mexikanischen Heiligen geweiht waren: Guadalupe, Zapopan, Remedios. Die untergehende Sonne schien durch die Fenster und vergoldete die gesteppten Kleider und weiten Röcke auf den Bildern, färbte das gebrannte Holz der Balken rötlich und ließ die eine Seite seines Gesichtes aufleuchten. Er war festlich gekleidet: dunkle Hose, gestärktes, weißes Hemd, schwarze Fliege: darüber der rote Hausrock, in dem er wie ein alter, müder Zauberer aussah: und er dachte jetzt an die bevorstehende Wiederholung der Szenen, die ihm einst ein eigentümliches Vergnügen bereitet hatten; heute abend würde er gelangweilt dieselben Gesichter, dieselben Worte wiedererkennen, die Jahr für Jahr dem Neujahrsfest in seinem riesigen Herrenhaus von Coyoacán das Gepräge gaben.

Seine Schritte hallten hohl auf dem Boden aus *tezontle*-Stein wieder. In den ein wenig zu engen schwarzen Lackschuhen bewegten sich seine Füße mit der zögernden Schwerfälligkeit, die er nicht mehr vermeiden konnte. Groß, auf unsicheren Beinen, mit grauer Brust und herabhängenden, von ebenfalls grauen Adern durchzogenen Händen ging er langsam durch die weißgekalkten Gänge, über dicke Wollteppiche, sah sich flüchtig in den alten Spiegeln und den Kristallscheiben der Kommoden aus der Kolonialzeit, seine Finger streiften die Beschläge und Griffe, die Truhen mit schmiedeeisernen Platten und Schlössern, die Bänke aus aromatischem *ayacuahuite*-Holz, die üppigen Mosaiken. Ein Diener öffnete die Tür zum großen Salon; der alte Mann blieb ein letztes Mal vor einem Spiegel stehen und zupfte seine Fliege zurecht. Er strich sein noch immer lockiges, dünnes graues Haar aus der Stirn, biß die Kiefer aufeinander, um seine falschen Zähne gut zu befestigen, und betrat das gebohnerte Parkett, eine große Fläche aus glänzendem Zedernholz – ohne Teppich jetzt, so daß getanzt werden konnte –, eine Fläche, die auf den Garten und die Terrassen ging. Gemälde aus der Kolonialzeit schmückten die Wände: St. Sebastian, St. Lucia, St. Hieronymus, St. Michael.

Im Hintergrund, unter einem Leuchter, der mit fünfzig Lichtern von der Decke herabhing, hatten sich die Fotografen um den grünen Damastsessel versammelt, der für ihn bereitgestellt war. Die Uhr über dem Kamin schlug sieben. Die Lederschemel waren während dieser kalten Dezembertage dicht an die Feuerstelle herangerückt. Er nickte, setzte sich, ordnete seine Hemdbrust und seine Piqué-Manschetten. Ein anderer Diener führte zwei große graue Doggen mit rosa Mäulern und melancholischen Augen herein und legte die Koppelriemen in die Hände ihres Herrn. Die Halsbänder der Hunde waren mit Bronzenägeln besetzt, die im Licht glitzerten. Er hob den Kopf und biß von neuem die Zähne aufeinander. Blitzlichter tauchten seinen grauen Kopf in kalkiges Weiß. Als die Fotografen um neue Posen baten, glättete er wieder sein Haar, und seine Finger strichen über die zwei schweren Hautfalten, die an den Nasenflügeln begannen und sich bis zu seinem Hals hinunterzogen. Nur seine hohen Backenknochen hatten die Härte von eh und je bewahrt, obwohl sie von Fältchen durchzogen waren, die von den Augen ausstrahlten und mit jedem Tag tiefer wurden, als wollten sie diesen halb bitteren, halb belustigten Ausdruck, diese grüne, unter dem weichen Lid verborgene Iris schützen.

Eine der Doggen bellte und versuchte sich loszureißen. Ein Blitzlicht flammte in dem Augenblick auf, als der alte Mann durch den Hund von seinem Stuhl gerissen wurde – einen Ausdruck starrer Verwunderung im Gesicht. Die anderen Fotografen sahen ihren Kollegen, der die Aufnahme gemacht hatte, mißbilligend an. Der Schuldige zog die Platte aus seinem Apparat und reichte sie ihnen wortlos.

Als die Fotografen gingen, nahm er mit zitternder Hand eine Filterzigarette aus der Silberdose auf dem Tisch. Mit einiger Mühe steckte er sie am Kaminfeuer in Brand, und sein Blick wanderte langsam über die alten Ölgemälde, sie waren gefirnißt und stellten Szenen aus dem Leben der Heiligen dar, ganze Teile davon spiegelte das Licht weg, besonders in der Mitte, doch dafür erhielten die Ränder ein dunkles Relief mit gelben und rötlichen Schatten. Er strich über den Damast seines Sessels und zog den Rauch der Filterzigarette ein. Ein Diener kam lautlos und fragte, ob er etwas trinken wolle. Er nickte und bat um einen sehr trockenen Martini. Der Diener schob die geschnitzte Zederntäfelung einer mit Spiegelglas verkleideten Nische auseinander – ein Schaukasten voll bunter Etikette, Flaschen, in denen es opalisierend, smaragdgrün, rot, kristallklar schimmerte: Chartreuse, Peppermint, Aquavit, Vermouth, Courvoisier, Long John, Calvados, Armagnac, Wodka und Pernod: Reihen von dicken, gedrungenen, schlanken und klingenden Kristallgläsern. Er nahm das Glas und trug dem Diener auf, aus dem Keller die drei verschiedenen Tischweine für das Abendessen heraufzuholen. Er streckte die Beine von sich und dachte an die Sorgfalt, mit der er dieses Haus wieder aufgebaut und eingerichtet hatte, sein wahres Zuhause. Catalina mochte in der Villa von Las Lomas wohnen, bar jeder Besonderheit, in nichts unterschieden von irgendeiner anderen Millionärsvilla. Er zog diese alten, zweihundertjährigen Mauern aus Sandstein und *tezontle*-Stein vor, die ihn in geheimnisvoller Weise mit Begegnungen der Vergangenheit und dem Bild eines Landes umfingen, das er keinesfalls verlieren wollte. Gewiß war er sich bewußt, daß hier manches verändert war, ein Zauberstab gewirkt hatte. Und zweifellos trugen die alten Hölzer und Steine, das Gitterwerk und die Friese, die Tische des Refektoriums, die kunstvollen Tischlerarbeiten, das Tafelwerk und die gedrechselten Stühle dazu bei, mit einem zarten Hauch der Wehmut Szenen, Gerüche und Empfindungen seiner eigenen Jugend zurückzubringen.

Lilia beklagte sich. Lilia würde nie begreifen. Was konnte solch einem Mädchen schon eine Decke aus alten Balken bedeuten? Ein Fenster mit schmiedeeisernem Gitterwerk? Die Pracht des golddurchwirkten, mit Silberfäden eingefaßten Meßgewandes über dem Kamin? Der Duft der Truhen nach *ayacuahuite?* Die blanke Sauberkeit der gekachelten Küche? Das Gestühl des Erzbischofs im Eßzimmer? Der Besitz solcher Dinge machte ebensoviel Reichtum, Sinnlichkeit und Pracht fühlbar wie der Besitz von Geld oder anderen noch offenkundigeren Formen des Überflusses. Ja, welch wollüstiges Vergnügen, welche Sinnlichkeit gewährten doch diese leblosen Dinge: welch ein Genuß, welch seltenes Entzücken! Und einmal im Jahr – nur ein einziges Mal, beim berühmten Neujahrsempfang – ließ er seine Gäste daran teilhaben. Dieser Tag brachte ihm mehrfache Befriedigung, denn seine Gäste mußten dies als sein wirkliches Zuhause anerkennen, wäh-

rend sie an die einsame Catalina dachten, die mit Teresa und Gerardo in der Villa von Las Lomas zu Abend essen würde ... Während er Lilia vorstellte und die Türen auf das blaue Eßzimmer öffnete, auf blaues Porzellan, blaues Leinen, blaue Wände, wo Wein in Strömen floß und Platten mit seltenen Fleischgerichten, rosigen Fischen und duftenden Muscheln kreisen würden, mit unbekannten Kräutern, mächtigen Desserts ...
Mußte sie ihn jetzt in seiner Ruhe stören? Das träge Klappern von Lilias Absätzen. Ihre unlackierten Fingernägel an der Tür des Salons. Das cremeverschmierte Gesicht. Sie wollte hören, ob das rosa Kleid für heute abend richtig sei. Sie wollte nicht wie letztes Jahr das Falsche tragen und seinen ärgerlichen Zorn erregen. Ah, er trank schon etwas! Warum lud er sie nicht zu einem Glas ein? Sie wurde allmählich das Mißtrauen leid, mit dem er die Bar verschlossen hielt. Und dann dieser unverschämte Diener, der sich weigerte, sie in den Keller zu lassen. Langweilte sie sich? Als ob er's nicht wüßte! Fast wünschte sie, alt und häßlich zu sein, damit er sie ein für allemal hinauswerfen würde und sie nach ihrem Kopf leben könnte. Hielt er sie etwa zurück? Und das Geld, der Luxus, das große Haus? Viel Geld, fast zuviel Luxus und gar keine Freude, keine Ablenkung, nicht einmal das Recht auf einen kleinen Drink. Natürlich liebte sie ihn sehr. Hatte sie es nicht tausendmal gesagt? Ja ... Frauen gewöhnen sich an alles: es hängt nur von der Zärtlichkeit ab, die man ihnen zeigt: sie können sich an väterliche genauso wie an jugendliche Liebe gewöhnen. Ja, sie empfand Zuneigung für ihn, und das genügte. Sie lebten nun schon fast acht Jahre zusammen, und er machte ihr keine Szenen, kaum, daß er sie einmal tadelte. Dennoch mußte sie ... Damit er sich wieder einen vergnügten Tag machte! ... Was? Hielt er sie für so naiv? ... Aber, aber ... du hast nie Spaß verstanden ... Schon gut, aber mach keine dummen Scherze ... Nichts dauert ewig: schon Krähenfüße um ihre Augen ... Die Figur jeder Frau ... nur daß er sich auch an sie gewöhnt hatte. Ja, in seinem Alter würde es ihm nicht leichtfallen, wieder etwas Neues anzufangen. Trotz all der Millionen ist es mühsam, ein Mädchen zu suchen ... tückische, schlüpfrige Ge-

schöpfe, die immer das Einfache und Offenkundige kompliziert machen, alles in die Länge ziehen: die Zeit der ersten Werbung ... die Hoffnungslosigkeit, den Zweifel, die Unsicherheit, das Warten. Die Versuchung. All diese Listen. Und sie halten alte Männer zum besten. Wirklich, es war bequemer, sie zu behalten ... Nun ja, sie beklagt sich Gott sei Dank nicht. Er schmeichelte ihrer Eitelkeit, daß jedes Silvester all diese Leute kamen, um ihm zu huldigen ... Sie liebte ihn, ja, sie schwor es sich, sie war viel zu sehr an ihn gewöhnt, als daß ... aber wie sehr sie sich langweilte! Was wäre schon dabei, wenn er ihr ein paar Freundinnen erlauben würde, wenn er sie hin und wieder ausgehen und sich ein wenig zerstreuen ließe, wenn er ihr einmal in der Woche ein Gläschen genehmigte?

Er rührte sich nicht. Er hatte sich von ihr nie quälen lassen, aber eine laue Mattigkeit, eine Willenslähmung, die seinem Wesen völlig fremd war, zwang ihn zu bleiben und das alberne Geschwätz dieser Frau anzuhören, die von Tag zu Tag gewöhnlicher wurde und ... nein, sie war noch immer begehrenswert, aber auch unerträglich. Wie würde er sie beherrschen? Alles, was ihm unterstand, beherrschte er jetzt durch eine gewisse Starre, die seine einstige Kraft abgelöst hatte. Lilia konnte ihn verlassen. Sein Herz schnürte sich zusammen. Es war überflüssig, dies ... diese Angst zu beschwören. Vielleicht würde sich nie wieder eine Gelegenheit bieten: vielleicht würde er allein bleiben.

Steif bewegte er die Finger, dann den Unterarm, den Ellbogen. Der Aschenbecher fiel auf den Teppich. Feuchte, gelbe Zigarettenstummel, graue Asche, schwarze Asche. Er bückte sich, schwer atmend.

»Laß! Ich rufe Serafín.«

»Ja.«

Vielleicht ... Überdruß. Aber Ekel, Widerwille ... noch immer kamen ihm Zweifel. In einer zärtlichen Aufwallung wandte er den Kopf und sah sie an.

Sie beobachtete ihn grollend und sanft von der Türe aus, ihre Haut war braun und ihr Haar aschblond gefärbt. Auch sie konnte nicht mehr umkehren. Nie würde sie das Verlorene wiederbekommen, und dies verband sie, machte sie trotz der Jahre und der Welten, die sie trennten, einander fast gleich. Szenen? Wozu? Er fühlte sich erschöpft. Nichts, nichts mehr. Keine Ereignisse, keine Erinnerungen, keine Namen als die schon bekannten. Nichts. Wieder strich er über den Damast. Die Zigarettenstummel auf dem Boden rochen unangenehm. Und Lilia stand dort drüben mit ihrem eingecremten Gesicht.

Sie stand auf der Türschwelle. Er saß in dem Damastsessel.

Dann seufzte sie und ging klappernd zum Schlafzimmer, und er saß da und wartete und dachte an nichts, bis ihn die Dunkelheit überraschte und er sich deutlich in den Glastüren, die zum Garten führten, gespiegelt fand. Der Hausdiener kam mit der Jacke, einem Taschentuch und einer Flasche Kölnisch Wasser. Der alte Mann stand auf und ließ sich in die Jacke helfen, dann faltete er das Taschentuch auseinander, so daß der Diener ein paar Tropfen daraufspritzen konnte. Als er das Taschentuch in die Brusttasche steckte, begegnete sein Blick dem des Dieners. Dieser schlug sofort die Augen nieder. Nein. Weshalb fragte er sich, was der Bursche empfinden mochte?

»Schnell, Serafín, die Asche da . . .«

Er stand auf, indem er sich mit beiden Händen auf die Sessellehnen stützte, dann ging er zum Kamin, berührte die Toledoklingen und spürte die Hitzewelle des Feuers auf Gesicht und Händen.

Die ersten Rufe des Entzückens und der Bewunderung ertönten in der Diele. Er beugte sich lauschend vor, während Serafín die letzten Aschenreste zusammenfegte. Er befahl, das Feuer zu schüren.

Die Régules' kamen herein. Von der Tür, die zum Eßzimmer führte, näherte sich ein anderer Diener mit einem Tablett. Roberto Régules nahm ein Glas, während das junge Paar – Betina und ihr Mann, der junge Ceballos – Hand in Hand durch den Salon schlenderte und die alten Gemälde, die Goldrahmen, die Friese aus Stuck und Gold, die prächtigen Reliefs, die Schnörkel und Leisten, die gekrümmten Stuhlbeine und die bunten Masken bewunderte. Ein Glas fiel mit dem Klang einer geborstenen Glocke zu Boden, er wandte sich um. Der alte Mann und seine

Gäste blickten in Lilias ungeschminktes Gesicht. Sie hielt die Klinke umklammert, steckte den Kopf in den Salon und rief mit neckischer Stimme:
»Hallooooo . . .! Glückliches Neues Jahr! Sei ruhig, Alterchen, in ein, zwei Stunden bin ich fertig. Ich werde so tun, als ob nichts . . . ich wollte dir nur sagen, daß ich beschlossen habe, ein verrücktes . . . ein völlig verrücktes Neujahr zu feiern!«
Er ging mit seinem unsicheren, zögernden Gang auf sie zu. Mit jedem Schritt, den er näher kam, hob sich ihre Stimme mehr. »Es hängt mir zum Hals raus, den ganzen Tag vorm Fernseher zu hocken! Ich kenn sie alle, diese Cowboygeschichten. Peng-peng-peng! Den Sheriff von Arizona, das Lager der Rothäute. Peng-peng! Ich träume von ihren verfluchten Stimmen, Alterchen! Und dann ein Pepsi . . . Damit hat es sich, Alterchen! Sicherheit mit Komfort. Geldanweisungen . . .«
Mit gichtiger Hand ohrfeigte er sie, und ihre gefärbten Locken fielen ihr ins Gesicht.
Es verschlug ihr den Atem. Dann wandte sie sich um, preßte eine Hand gegen die Wange und ging langsam hinaus. Er kehrt zur Gruppe der Régules' und Jaime Ceballos zurück. Einen nach dem anderen sah er sie mit erhobenem Kopf einen Augenblick unverwandt an. Régules trank seinen Whisky und verbarg sein Gesicht hinter dem Glas. Betina lächelte und kam mit einer Zigarette in der Hand auf ihren Gastgeber zu, als bäte sie um Feuer.
»Wo haben Sie diese Truhe entdeckt?«
Der alte Mann trat zurück, und Serafín, der Diener, hielt ihr ein Streichholz vors Gesicht, und sie mußte ihren Blick von ihm abwenden und ihm den Rücken zudrehen. Im Hintergrund der Diele erschien dick vermummt und zitternd vor Kälte die Kapelle. Jaime Ceballos schnalzte mit den Fingern und wirbelte wie ein Flamenco-Tänzer auf den Absätzen herum.
Der Tisch mit den geschwungenen Beinen war vom Licht der bronzenen Leuchter überstrahlt: Rebhühner in einer Schinkensauce mit altem Wein; Dorsch in Blätter mit Senf aus Tarragona gewickelt; Wildenten à l'orange; Karpfen zwischen Fischrogen; nach Oliven duftende *Bullinada* aus Katalanien; brennen-

der mit Maçon übergossener coq-au-vin; mit Artischockenpüree gefüllte Tauben; Schüsseln mit kleinen weißen Aalen auf Eis; Hummerspießchen mit Zitronenringen, Pilzen und Tomaten verziert; Schinken aus Bayonne; Rinderschmorbraten mit Armagnac beträufelt; mit Schweinspastete gefüllte Gänsehälse; Kastanienpurée mit Nüssen und gebackenen Äpfeln; Zwiebel-, Orangen-, Knoblauch- und Pistaziensaucen. Er öffnete die mit Füllhörnern und pausbackigen Putten geschmückte Tür, die in einem Kloster von Querétaro geschnitzt und bemalt worden war. Er machte die Flügel weit auf und lachte jedesmal trocken und heiser, wenn eine der Dresdner Porzellanplatten gereicht wurde. Das Geräusch von Silber, das gegen Porzellan schlug; Kristallgläser, die sich den Flaschen entgegenstreckten, aus denen die Diener nachschenkten. Er ließ die Vorhänge zurückziehen, um den Blick auf den Garten freizugeben, in dem Kirschbäume und kahle zerbrechliche Pflaumenbäume neben den klaren Formen von Klosterskulpturen standen, neben den Löwen-, Engel- und Mönchsbildern aus Palästen und Klöstern des Vizekönigreiches. Feuerwerk – große Schlösser aus Irrlichtern – stieg klar und fern über den Bäumen des Gartens auf. Funkelndes Weiß kreuzte den roten Flug eines Fächers, den gelbe Schlangenlinien säumten: Fontäne der aufgebrochenen Narben der Nacht; schimmernde Goldmedaillen eines feiernden Monarchen, ausgebreitet auf schwarzem Tuch; Karossen aus Licht, die zu den verdunkelten Sternen stürmten. Hinter zusammengepreßten Lippen lachte er rauh. Die leeren Schüsseln verschwanden und neues Geflügel, neuer Fisch und seltene Fleischgerichte wurden aufgetragen. Nackte Arme legten sich um ihn, während er gewichtig in einer Nische des Chorgestühls mit den üppigen Einlege- und Schnitzarbeiten, den Schnörkeln und dem wunderlichen Leistenwerk saß. Er sah, er roch: die tiefen Dekolletés, die rasierten Achseln, die juwelengeschmückten Ohren, die weißen Hälse, die schmalen Taillen; ihr Parfüm, ihre Kleider aus Seide, Taft und Goldlamé. Er atmete den Geruch von Lavendel und Tabak ein, von Lippenstift und Schminke, verschüttetem Cognac, Nagellack und dem Leder teurer Schuhe. Er hob sein Glas und stand auf. Ein Diener legte die Koppelriemen der

Doggen in seine Hände; sie würden für den Rest des Abends nicht mehr von seiner Seite weichen. Der Neujahrslärm begann. Gläser zerschellten auf dem Boden. Umarmungen und Händeschütteln, um dies Fest der Zeit, diese Beerdigung, diesen Scheiterhaufen der Erinnerung, diese gärende Wiederauferstehung aller Ereignisse zu feiern, während das Orchester *»Las Golondrinas«* spielte, all die toten Ereignisse, Worte und Dinge des sich schließenden Kreises; die Feier dieser hundert Leben, die – Männer wie Frauen – alle Fragen aufschieben würden, um sich mit feuchtem Blick zu versichern, daß es keine andere Zeit gäbe als diesen künstlich verlängerten Augenblick, in dem Raketen steigen und die Glocken stürmisch läuten. Lilia streichelte seinen Nacken, als bäte sie um Verzeihung. Er wußte, daß vielleicht vieles, viele kleine Wünsche unterdrückt werden mußten, um in einem Augenblick der Erfüllung, unbeeinträchtigt von vorausgegangener Nachsicht, vollkommenen Genuß zu erfahren: sie sollte ihm dafür dankbar sein, murmelte er. Als die Geigen im großen Saal *»Poor people of Paris«* zu spielen begannen, nahm sie ihn mit einer vertrauten Bewegung beim Arm, doch er schüttelte den weißen Kopf und ging mit den beiden Hunden zu dem mächtigen Sessel, in dem er den restlichen Abend angesichts der tanzenden Paare verbringen würde. Es machte ihm Spaß, ihre Gesichter zu beobachten: verlogen, sanft, verschlagen, boshaft, dumm und intelligent, die Gesichter, die an ihr Glück dachten, das Glück, das sie alle gehabt hatten, er und die anderen. Gesichter, Leiber, Menschen, so frei wie er, tanzend ... Sie bestätigten ihn, sie gaben ihm Sicherheit, wie sie leicht über den gebohnerten Boden glitten; sie verwischten seine Erinnerungen, sie befreiten ihn davon und zwangen ihn seltsamerweise wieder in die Rolle von Freiheit und Macht, in der sie ihn kannten. Er war jetzt nicht allein; die Tänzer umgaben ihn; er merkte es an der Wärme und Zufriedenheit in seinem Bauch ... schwarze Eskorte, Karnevalisten des Alters und der Macht, der ergrauten Haare, der gichtigen Finger, der schwerfälligen Bewegungen, Echo seines beständigen rauhen Lächelns, das sich in den Blicken seiner grünen Augen spiegelte. Neuer Adel, wie er selbst, manchmal sogar noch jüngerer Adel. Sie drehten sich, drehten sich, drehten sich. Er kannte sie: Industrielle, Geschäftsleute, Agenten, Kriecher, Börsenmakler, Minister, Abgeordnete, Journalisten, Ehefrauen, Bräute, Kupplerinnen, Geliebte. Gesprächsfetzen wirbelten zu ihm herüber, wenn sie an ihm vorbeitanzten:

»Ja...« »Danach gehen wir...« »... aber nein, Vater...« »Ich liebe dich...« »... frei...?« »So hat man's mir erzählt...« »... wir haben viel Zeit ...« »Und dann ...« »... so wie ...« »... ich würde gern« »Wo?« »... sag mir ...« »... ich gehe deshalb nicht mehr dorthin zurück ...« »... hat es dir gefallen?« »... schwierig ...« »... das wäre verlorene ...« »... Liebling ...« »... bezaubernd ...« »... er ging unter ...« »... wohl verdient ...« »hmmmm ...«

Hmmm! Er verstand ihre Blicke und von ihren Lippen zu lesen. Er wußte, was sie dachten, selbst wenn sie schwiegen. Er wußte, wer sie waren, er entsann sich ihrer wahren Namen ... betrügerischer Bankrott, Geldentwertungen, die ihnen im voraus verraten worden waren, Preisspekulationen, Bankmanipulationen, fette neue Ländereien, billiger Zeitungsruhm, künstlich hochgetriebene Verträge über öffentliche Arbeiten, Highlife auf politischen Banketten, Vergeudung des väterlichen Erbes, Glücksritter in Staatsämtern ... falsche Namen: Arturo Capdevila, Juan Felipe Couto, Sebastián Ibargüen, Vicente Castañeda, Pedro Caseaux, Jenaro Arriaga, Jaime Ceballos, Pepito Ibargüen, Roberto Régules ... Und die Geigen spielten, und Röcke und Frackschöße flogen. Doch darüber würden sie nicht reden. Nein, sie würden von Reisen und Liebesaffären, Häusern und Autos, Ferien und Parties, Schmuck und Dienstboten, Krankheiten und Priestern reden. Aber da waren sie nun am Hof des Mächtigsten unter ihnen, der sie mit einer Notiz in seiner Zeitung emporheben oder vernichten konnte, der ihnen Lilias Anwesenheit aufzwingen konnte, auf dessen verborgenen Wink sie tanzten, aßen, tranken. Der sie beobachtete, wenn sie näher kamen ...

»Ich mußte ihn einfach hierherbringen, allein, um ihm dies Gemälde mit dem Erzengel zu zeigen. Dieses da. Einfach göttlich ...«

»Ich habe ihm schon immer gesagt: Don Artemios Geschmack ...«

»Wie können wir je etwas Vergleichbares bieten?«

»Sie haben recht, daß Sie keine Einladungen annehmen.«

»Bei Ihnen ist alles so prächtig, daß ich einfach sprachlos bin, einfach sprachlos, Don Artemio. Was für Weine? Und diese köstlichen Enten!«

... oder sich wegwandte und sie übersah. Das ferne verworrene Geräusch genügte ihm, er wollte keine Einzelheiten, er zog das Stimmengewirr der Menge vor. Betasten, riechen, schmecken, betrachten. Mochten sie ihn zwischen Gelächter zischelnd die Mumie von Coyoacán nennen, mochten sie sich mit verstecktem Lächeln über Lilia lustig machen ... sie waren alle gekommen, sie tanzten unter seinem Blick ...

Er hob einen Arm: ein Zeichen für den Dirigenten. Die Musik brach mitten im Takt ab, und alles hörte auf zu tanzen. Die Streicher nahmen eine orientalische Melodie auf. Die Gäste machten Platz, und ein halbnacktes Mädchen kam mit wiegenden Armen und Hüften herein und ging bis zur Mitte des Salons. Rufe des Entzückens. Die Tänzerin kniete sich zum Rhythmus der Trommeln, der ihren keuchenden Körper beherrschte: geölte Haut, orangefarbene Lippen, weiße Lider, blaue Brauen; sie hatte sich wieder erhoben und tanzte im Kreis, während sie ihren Bauch in immer schnelleren Zuckungen bewegte: sie wählte den alten Ibargüen und zog ihn beim Arm in die Mitte der Tanzfläche, er mußte sich auf den Boden setzen, und sie brachte seine Arme in die Pose des Gottes Vischnu, dann tanzte sie um ihn herum, und er versuchte, ihre Bewegungen nachzuahmen: alle lächelten. Sie ging zu Capdeville, und er mußte seine Jacke ausziehen und mit ihr tanzen: der Herr des Hauses saß tief in seinem Damastsessel, spielte mit den Koppelriemen der Doggen und lachte, lachte: die Tänzerin stieg auf Coutos Schultern und ermunterte einige Frauen, es ihr nachzutun: alle lachten. Die Reiterinnen zerzausten die Haare ihrer Rosse, von deren Gesichtern der Schweiß troff: Röcke schoben sich hoch, rutschten bis über die Knie: einige der jüngeren Mädchen streckten schrill schreiend die Beine aus, um ihren kurzatmigen Rossen die Sporen zu geben, die zwischen den zwei älteren Tänzern und dem Mädchen mit den gespreizten Beinen herumgaloppierten.

Er sah auf, als hätte er Ballast abgeworfen und tauche aus der Tiefe empor: über den zerzausten Köpfen und den schwenkenden Armen blickten ihn die Gemälde aus dem siebzehnten Jahrhundert, die weißen Wände, die geschnitzten Putten und die klare Balkendecke an: und sein scharfes Ohr vernahm das verborgene Rascheln riesiger Ratten mit schwarzen Fangzähnen und spitzen Schnauzen, die in den Speichern und Kellern dieses alten *Jerónimo*-Klosters hausten und manchmal unverschämt durch die Ecken des Salons rannten; die in der Dunkelheit über den Köpfen und unter den Füßen der Tänzer ... vielleicht ... zu Hunderten und Tausenden auf die Gelegenheit warteten, über sie herzufallen, sie mit Fieber und Kopfweh zu infizieren. Übelkeit und Schüttelfrost, harte schmerzhafte Geschwülste zwischen den Beinen und unter den Achseln, schwarze Flecken auf der Haut, Blutspeien ... würde er den Arm wieder heben, damit die Diener die Ausgänge mit Eisenstangen verriegelten, die Fluchtwege aus diesem Haus mit seinen Urnen und Krügen, mit eingelegten Tischen, Himmelbetten, das Haus der Eisenschlüssel, der Truhen und des Chorgestühls, der eisenbeschlagenen Türen, der Skulpturen von Mönchen und Löwen; dann sähe sich die ganze Komparserie gezwungen zu bleiben, sie könnten das Schiff nicht verlassen, müßten sich mit Essig besprengen, duftende Hölzer anzünden, Rosenkränze aus Thymian um den Hals hängen, grüne summende Fliegen verscheuchen, und er würde ihnen befehlen zu tanzen, zu leben und zu trinken. Er suchte in der lärmenden Menge nach Lilia. Sie trank allein und schweigend in einer Ecke, mit einem naiven Lächeln auf den Lippen und den Rücken zu den Tänzern und dem gespielten Turnier. Männer – die Hände schon am Hosenschlitz – gingen hinaus, um zu urinieren, Frauen – die Abendtaschen schon geöffnet – folgten ihnen, um sich zu pudern. Sein hartes Lächeln war der einzig feste Punkt in diesem Strom der Ausgelassenheit und des Überschwanges. Er kicherte lautlos. Er stellte sich vor, wie sie alle nebeneinander vor den beiden Toiletten im Erdgeschoß standen, die Blase voll köstlicher Getränke, wie sie alle die Reste des Mahles ausschieden, dessen Zubereitung zwei Tage der genauesten Arbeit, des Geschmacks und der Auslese erfordert hatte; dies, die letzte Bestimmung der Enten und Hummer, der Saucen und Purées: das größte Vergnügen des ganzen Abends . . .

Sie ermüdeten bald. Das Mädchen hörte auf zu tanzen, es war von Gleichgültigkeit umgeben. Die Gespräche flackerten wieder auf, man bat um neuen Champagner und setzte sich in tiefe Sofas. Sie kamen von ihren Ausflügen zurück, schlossen Hosenschlitze und steckten Puderdosen in Abendtaschen. Die eingeplante kurze Orgie, die pünktliche, programmgemäße Begeisterung ging zu Ende. Die Stimmen fielen wieder in ihren leisen singenden, heuchlerischen Tonfall der mexikanischen Hochebene zurück. Ihre gewohnten Sorgen kehrten wieder, als wollten sie sich für den vergangenen Augenblick, für die flüchtige Sekunde rächen . . .

». . . nein, weil ich von Cortison Ausschläge bekomme . . .«

». . . hast du nichts von den geistlichen Übungen gehört, die Vater Martínez abhält . . .«

». . . schau sie an. Wer hat es doch gleich gesagt? Und es heißt, sie seien . . .«

». . . Luis kommt so müde heim, daß er nichts will als . . .«

». . . Nein, Jaime, er mag ihn nicht . . .«

». . . in Maßen fernzusehen . . .«

». . . bei den heutigen Dienstboten kann man aber auch rein gar nichts . . .«

». . . Liebhaber, die vor etwa zwanzig Jahren . . .«

». . . wie kann er auch nur dieser Indianerbande das Wahlrecht geben . . .«

». . . und seine Frau sitzt allein zu Hause, nie . . .«

». . . das sind Fragen der hohen Politik, wie erhielten die . . .«

». . . daß der PRI weiterhin durch Zuruf wählt, und jetzt . . .«

». . . vom Präsidenten in die Kammer beordert . . .«

». . . ich traue mir's schon zu . . .«

». . . Laura, ich glaube, sie hieß Laura . . .«

»... wir arbeiten ein paar ...«
»... wenn sie wieder mit dieser Einkommensteuer anfangen! ...«
»... für dreißig Millionen Faulenzer ...«
»... meine Ersparnisse auf dem schnellsten Weg in die Schweiz ...«
»... die Kommunisten verstehen nur ...«
»... nein, Jaime, niemand darf ihn stören ...«
»... es wird einen märchenhaften Gewinn abwerfen ...«
»... mit Belästigungen ...«
»... sie investieren hundert Millionen ...«
»... ein himmlischer Dali ...«
»... und in ein paar Jahren bekommen wir es zurück ...«
»... die Leute von meiner Galerie schicken es rüber ...«
»... oder weniger ...«
»... in New York ...«
»... er lebte ziemlich lange in Frankreich; Enttäuschungen ... es heißt ...«
»... wir sollten uns zusammentun, aber nur wir Frauen ...«
»... Paris ist berühmt für seine vielen Namen ...«
»... um einmal ganz für uns zu sein ...«
»... wenn du willst, können wir morgen nach Acapulco fahren ...«
»... zum Lachen; die Räder der Schweizer Industrie ...«
»... der amerikanische Botschafter rief mich zu sich, um mir zu sagen ...«
»... es läuft ganz schön dank der zehn Millionen Dollar ...«
»... Laura, Laura Rivière, sie hat drüben wieder geheiratet ...«
»... in meinem kleinen Flugzeug ...«
»... das die Lateinamerikaner angelegt haben ...«
»... kein Land ist gegen Aufstände gefeit ...«
»... aber ja, ich habe es im *Excélsior* gelesen ...«
»... ich sage dir: er tanzt himmlisch ...«
»... Rom ist die Ewige Stadt par excellence ...«
»... aber er hat keinen Pfennig ...«
»... ich habe mein Vermögen hart erarbeitet ...«
»... oh, du, wenn er diese köstliche Maispastete mit Ei versucht ...«

»... Warum sollte ich einer Regierung von lauter Gangstern Einkommenssteuer zahlen? ...«
»... man nennt ihn die Mumie ... die Mumie von Coyoacán ...«
»... Liebling, eine phantastische Modistin ...«
»... Kredite für die Landwirtschaft? ...«
»... ich sage dir, es geht immer daneben ...«
»... arme Catalina ...«
»... und wer kontrolliert dann Dürre und Frost? ...«
»... kann es nicht länger durchhalten: ohne amerikanische Investitionen ...«
»... sie soll seine große Liebe gewesen sein, aber ...«
»... Madrid ist himmlisch; Sevilla eine Kostbarkeit ...«
»... wir kommen da nie wieder heraus ...«
»... aber wie Mexiko ...«
»... und sie hätten sie einschließlich der Gewinne haben können. Verstehst du ...«
»... die Dame des Hauses; wäre nicht ...«
»... ich habe an jedem Peso vierzig Prozent ...«
»... sie geben uns ihr Geld und ihr know-how! ...«
»... ehe ich es verleihe ...«
»... und wir beklagen uns immer noch ...«
»... es ist zwanzig lange Jahre her ...«
»... zugegeben: Großgrundbesitzer, bestechliche Gewerkschaftsführer und all die übrigen ...«
»... ich habe es ganz in Weiß und Gold gehalten, einfach hinreißend! ...«
»... aber ein guter Politiker versucht nicht die Realität zu ändern ...«
»... der Präsident beehrt mich mit seiner Freundschaft ...«
»... anstatt sie zu nützen und mit ihr zu arbeiten ...«
»... was die Abkommen betrifft, die er mit Juan Felipe getroffen hat, so sind sie natürlich ...«
»... er tut ungeheuer viel Gutes, aber er spricht nie darüber ...«
»... ich habe nichts weiter gesagt als, sei willkommen ...«
»... wir alle sind aufeinander angewiesen, stimmt doch? ...«
»... was gäbe sie nicht drum, wenn sie ihn verlassen könnte ...«

»... er feilschte so lange, bis er sie für weniger als zehntausend Dollar bekam ...«

»... Laura. Ich glaube, sie hieß Laura. Ich glaube, sie sah sehr gut aus ...«

»... aber was bleibt einem armen Mädchen schon übrig? ...«

Sie entfernte sich, sie näherte sich, die Ebbe und Flut des Tanzes und der Unterhaltungen. Doch jetzt kauerte sich der junge Mann mit dem offenen Lächeln und dem hellen Haar neben ihn; mit der einen Hand balancierte er ein Glas Champagner, mit der anderen hielt er sich an der Sessellehne fest und fragte, ob er, der junge Mann, sich nicht zu sehr fern gehalten habe, und der alte Mann antwortete: »Sie haben die ganze Nacht nichts anderes getan, Señor Ceballos«, und er sah den jungen Mann nicht an, sondern blickte starr auf das Getümmel. Es war ein ungeschriebenes Gesetz: die Gäste durften sich ihm nicht nähern, außer um hastig das Haus und das Essen zu loben. Sie hatten Abstand zu wahren und ihren Dank dadurch zu bekunden, daß sie sich amüsierten. Sie waren die Schauspieler und er das Publikum und umgekehrt. Offensichtlich hatte der junge Ceballos davon keine Ahnung. »Wissen Sie? Ich bewundere Sie!« Der alte Mann durchsuchte seine Jackentasche und zog ein verkrumpeltes Päckchen Zigaretten hervor. Er zündete eine an und hob langsam das Streichholz, ohne den jungen Mann anzusehen, der sagte, nur ein König könne mit solcher Verachtung auf die Menge blicken. Und der alte Mann fragte, ob dies das erstemal sei, daß ... und der junge Mann bejahte. »Hat Ihnen Ihr Schwiegervater nicht gesagt ...« »Aber ja, natürlich.« »Und?« »Diese Regeln wurden gemacht, ohne mich zu fragen, Don Artemio.« Er wehrte sich nicht gegen den jungen Mann. Seine Augen waren sehnsüchtig. Rauchringe stiegen empor. Er wandte sich Jaime zu, und der junge Mann sah ihn verschmitzt an, ohne mit der Wimper zu zucken, und bewegte die Lippen und die Kinnladen ... ein Spiel, dessen er sich entsann ... das ihn aus der Fassung brachte ... »Was, Señor Ceballos?« was hatte er geopfert ... »Ich verstehe Sie nicht ...« er verstand nicht, er sagte, er verstünde ihn nicht ... »Die Wunde, die uns verrät ...«, mit wem glaubte er zu sprechen? Ahnte er, daß er, ein alter Mann, sich vielleicht täuschte? Jaime rückte den Aschenbecher näher. Ah, sie ritten an jenem Morgen durch den Fluß ... »... um uns zu rechtfertigen? ...« er beobachtete, ohne selbst beobachtet zu werden ... »Sicher hat Ihr Schwiegervater und andere Personen aus Ihrem Bekanntenkreis ...« an jenem Morgen durch den Fluß ... »daß unser Reichtum sich selbst rechtfertigt, denn wir haben ihn uns erarbeitet ...« »... unser Lohn, eh ...?« er fragte ihn, ob sie zusammen bis ans Meer reiten würden ... »Wissen Sie, junger Mann, weshalb ich über all diesen Leutchen stehe ... und sie beherrsche ...?« Jaime schob den Aschenbecher näher heran und gestikulierte mit der Zigarette. Er kam mit nacktem Oberkörper an den Fluß ... »Ah, Sie sind gekommen, um mit mir zu reden, ich habe Sie nicht gerufen ...« Jaime kniff die Augen zusammen und trank aus dem Glas. »Sie verlieren Ihre Illusionen ...?« Sie sagte wieder und wieder, mein Gott, womit habe ich das verdient? und hob den Spiegel und fragte sich, ob er sie so sehen würde, wenn er zurückkäme ... »Arme Catalina ...« »Weil ich mich nicht selbst betrüge ...« jenseits des Flusses sahen sie ein geisterhaftes Land ... »Wie finden Sie das Fest ...?« *vacilón, qué rico vacilón, cha cha cha* ... Es roch nach Bananen. Cocuya ... »Es ist mir gleichgültig ...« Lorenzo gab seinem Pferd die Sporen. Er blickte zurück, und seine Lippen öffneten sich zu einem Lächeln. »... über meine Gemälde, meine Weine und meinen Komfort herrsche ich ebenso wie über meine Gäste ...« »Finden Sie ...?« dieser Ort und die Jugend seines Sohnes erinnerten ihn an seine eigene Jugend ... »Macht ist ein Wert an sich, das weiß ich. Um dazu zu gelangen, muß man alles daransetzen ...« aber er wollte ihm nicht erzählen, wieviel ihm dies Land bedeutete, weil er ihn dadurch vielleicht beeinflußt hätte ... »... wie ich und Ihr Schwiegervater und all die Leute, die da tanzen, es getan haben ...« An jenem Morgen wartete er auf ihn. Voll Glück ... »... und auch Sie müssen alles daran setzen, wenn Sie ...« »Mit Ihnen zu arbeiten, vielleicht daß in einem Ihrer Geschäfte ...« Sein ausgestreckter Arm wies nach Osten, wo die Sonne aufging, zur Lagune. »Grundsätzlich, diese Angelegenheiten werden anders gehandhabt . . .« Die Pferde entfernten sich langsam, ihre Mähnen wehten, sie teilten das hohe Gras, und der Schaum spritzte auf. ». . . mein Schwiegervater will, daß ich zu ihm komme, er gibt mir zu verstehen, als Schwiegersohn . . .« Sie sahen einander an und lächelten. »Aber sehen Sie, ich habe andere Ideale . . .« zum offenen, ungebändigten Meer, dessen Wellen bis zu seinem Gürtel spritzten . . . »Sie nahmen die Tatsachen so, wie sie sind; Sie wurden ein Realist . . .« »Ja, das ist's. Wie Sie, Don Artemio . . .« Er fragte ihn, ob er sich nie überlegt hätte, was jenseits des Meeres läge, er glaube, das Festland gleiche sich überall, nur das Meer sei verschieden. »Wie ich . . .!« Er antwortete, es gäbe Inseln . . . ». . . haben Sie nicht in der Revolution gekämpft, Ihr Leben aufs Spiel gesetzt, wären Sie nicht fast hingerichtet worden . . .?« Das Meer, das wie bitteres Bier schmeckte, nach Melonen, Quitten und Erdbeeren roch . . . »Wie . . .?« »Nein, ich . . .« Ein Schiff läuft in zehn Tagen aus. Ich habe einen Platz gebucht . . . »Gehen Sie zum Bankett, solange noch Zeit ist. Beeilen Sie sich, die Krumen aufzulesen . . .« Du würdest genauso handeln, Papa . . . »vierzig Jahre lang an der Spitze, weil wir getauft wurden mit dem Ruhm jener . . .« »ja . . .« ». . . aber Sie, junger Mann? Glauben Sie, so etwas ließe sich erben? Wie wollen Sie . . .?« Es gibt eine Front, und ich glaube, es ist die letzte, die geblieben ist. »Ja . . .« ». . . unsere Macht bewahren . . .?« Ich gehe dorthin . . . »Sie selbst haben uns gelehrt, wie . . .« »Bah! Sie kommen zu spät, glauben Sie mir . . .« An jenem Morgen wartete er auf ihn, voll Glück . . . »Versuchen Sie, andere zu täuschen; ich habe mich nie selbst getäuscht, und deshalb habe ich es so weit gebracht . . .« Ritten durch den Fluß . . . ». . . beeilen Sie sich . . . essen Sie sich satt, solange Sie können, bald ist es vorüber . . .« Er fragte ihn, ob sie bis zum Meer ritten . . . »Es ist mir gleichgültig . . .« das Meer, über das niedrig eine Schar Seemöwen flog . . . »Ich werde sterben und darüber lachen . . .« das Meer, das mit müder Zunge den Strand hinaufleckte. ». . . und ich werde bei dem Gedanken lachen . . .« das Meer, dessen Wellen bis zu seinem Gürtel spritzten. ». . . daß ich eine Welt am Leben halte für jemanden, den es nicht mehr gibt . . .« Der alte Mann näherte seine Lippen Ceballos' Ohr ... das Meer, das wie bitteres Bier schmeckt ... »Soll ich Ihnen etwas gestehen ...?« das Meer, das nach Melonen und Gujavabirnen riecht ... Er stieß leicht mit dem Zeigefinger gegen das Sektglas des jungen Mannes ... Fischer ziehen ihre schweren Netze auf den Strand ... »wahre Macht kommt immer aus der Auflehnung ...« Woran ich glaube? Ich weiß es nicht. Du hast mich hierhergebracht, du hast mich all dies gelehrt ... »Und Sie, ihr alle ...« ... das Gesicht zum offenen Meer gewandt, kniete er mit geöffneten Händen unter dem bedeckten Himmel, der sich auf einmal verdüsterte ... »... ihr habt nicht das, was man braucht ...«

Er wandte seinen Blick wieder dem Salon zu. »Also ...« murmelte Jaime, »darf ich Sie besuchen ... dieser Tage?«

»Sprechen Sie mit Padilla. Gute Nacht.«

Die Uhr schlug drei. Der alte Mann seufzte und schüttelte die Koppelriemen der schlafenden Hunde. Sie stellten die Ohren und standen gleichzeitig mit ihm auf, als er sich auf die Armlehnen des Sessels stützte und mühsam erhob. Die Musik brach ab.

Unter dem Dankesgemurmel und dem höflichen Neigen der Köpfe seiner Gäste durchquerte er den Salon. Lilia drängte sich durch die Menge.

»Verzeihen Sie ...«

und nahm seinen steifen Arm. Er mit erhobenem Haupt (Laura, Laura); sie mit gesenktem, nachdenklichem Blick, schritten sie durch die schmale Gasse, die sich vor ihnen auftat, vorbei an den prächtigen Reliefs, den reichen Mosaiken, den Friesen aus Gold und Stuck, an den Kommoden aus Bein und Schildpatt, den Beschlägen und Griffen, den Truhen mit schmiedeeisernen Platten und Schlössern, den Bänken aus aromatischem *ayacuahuite*-Holz, dem Chorgestühl, den barocken Schnörkeln und Leisten, den geschwungenen Rückenlehnen, gekrümmten Stuhlbeinen, bunten Masken, bronzenen Ziernägeln, dem kunstvoll bearbeiteten Leder, den gegossenen Klauen- und Kugelfüßen, silberdurchwirkten Meßgewändern, Damaststühlen, Samtsofas, vorbei an den Tischen aus dem Refektorium, den Urnen und Krügen, Himmelbetten mit Vorhängen, gekehlten Säulen, Wappenschildern und Bändern, Merinoteppichen, Eisenschlüsseln, goldgerahmten Ölgemälden, den Kostbarkeiten aus Seide, Kaschmir, Wolle und Taft, den Spiegeln und Lüstern, handbemalten Gläsern und dem warmen Deckengebälk bis zur untersten Treppenstufe. Dort streichelte er Lilias Hand, und sie half ihm hinauf, indem sie seinen Ellbogen nahm und sich beugte, um ihn besser stützen zu können. Sie lächelte.

»Hast du dich nicht allzusehr ermüdet?«

Er schüttelte den Kopf, und wieder berührte er ihre Hand.

Ich bin wieder ... aufgewacht ... aber diesmal ... ja ... in diesem Auto, in dieser Karosse ... nein ... ich weiß nicht ... es fährt so lautlos ... ich bin wohl noch nicht richtig bei Bewußtsein ... ich mache die Augen weit auf, aber ich kann sie nicht unterscheiden ... die Dinge, die Menschen ... weiße, leuchtende Eier, die sich vor mir drehen ... eine Wand aus Milch, die mich von der Welt trennt ... von den Dingen, die man berühren kann, und von den fremden Stimmen ... ich bin ausgeschlossen ... ich sterbe ... ich trenne mich ... nein, ein Anfall ... ein Mann meines Alters kann einen Anfall bekommen ... nicht Tod, nicht Trennung ... nein, ich will es nicht sagen ... ich will nur danach fragen ... aber ich sage es ... wenn ich mir Mühe gebe ... ja, jetzt höre ich die hohen Töne der Sirene ... ein Ambulanzwagen ... der Sirene und meiner Kehle ... meiner engen, zugeschnürten Kehle ... Speichel tropft herab ... in die bodenlose Tiefe eines Brunnens ... Testament? seid unbesorgt ... es ist geschrieben, gestempelt und notariell beglaubigt ... Ich vergesse niemanden. Warum sollte ich sie vergessen, warum sollte ich sie hassen ...? Es würde ihnen Genugtuung bereiten, wenn sie glauben könnten, ich hätte sie bis zum letzten Augenblick narren wollen ... ah, welch ein Gelächter, ah, welche Posse ... nein ... ich bedenke sie mit der Gleichgültigkeit, die man einer kalten Geschäftsangelegenheit entgegenbringt ... Ich verteile diesen Reichtum, den sie in der Öffentlichkeit meinem Fleiß ... meiner

Zähigkeit, meinem Verantwortungsbewußtsein und ... meinen persönlichen Fähigkeiten zuschreiben werden ... Ja ... seid ruhig ... vergeßt, daß ich diesen Reichtum gewann, daß ich ihn aufs Spiel setzte, daß ich ihn gewann ... indem ich alles für nichts hingab ... Und wie sagt man, wenn einer alles gibt, um alles zu gewinnen? ... nennt es, wie ihr wollt ... sie kamen zurück, sie wollten ihre Niederlage nicht eingestehen ... ja, ich denke daran und lächle ... ich mache mich über mich selbst lustig, ich mache mich über sie lustig ... ich mache mich über mein Leben lustig ... ist dies nicht mein Recht? ist dies nicht die letzte Gelegenheit dazu ...? ich konnte mich nicht lustig machen, solange ich lebte ... jetzt hingegen ... mein Recht ... Ich werde ihnen das Testament hinterlassen ... ich werde ihnen die toten Namen vermachen ... Regina ... Tobías ... Paéz ... Gonzalo ... Zagal ... Laura, Laura ... Lorenzo ... daß sie mich nicht vergessen ... warum diese letzten Gedanken ... dies weiß ich ... ich denke, ich verberge ... warum entfernen sie sich so weit von meinem Willen, ah, ja ... als ob das Gehirn ... fragt ... und die Antwort vor der Frage kommt ... wahrscheinlich sind sie ein und dasselbe ... leben ist eine andere Form der Trennung ... mit jenem Mulatten bei der Hütte und dem Fluß ... mit Catalina, wenn wir geredet hätten ... in jenem Gefängnis in der Morgendämmerung ... fahr nicht über das Meer, es gibt keine Inseln, ich habe dich belogen ... mit meinem Lehrer ... Esteban, Sebastián ...? Ich verließ ihn, ging nach dem Norden ... ah, ja, ja ... ja, mein Leben wäre verschieden gewesen ... aber nur dies ... verschieden ... nicht das Leben des sterbenden Soldaten ... nein, nicht sterbend ... ich sage euch, nein, nein, nein ... ein Anfall, ein alter Mann, ein Anfall ... Genesung, das ist es ... aber keine andere ... nicht die eines anderen ... verschiedenes, aber auch getrenntes Leben ... ay, Enttäuschung ... im Land der Menschen ... verborgenes Leben ... verborgener Tod ... bemessene Frist ... fühllos ... mein Gott ... ah, dies ist vielleicht meine letzte Handlung ... wer legt die Hände auf meine Schultern ...? an Gott glauben ... eine gute Anlage, warum nicht ...? wer verlangt, daß ich mich hinlege, als ob ich vorhätte aufzustehen . . .? Gibt es eine andere Möglichkeit, an ein Weiterleben zu glauben, selbst wenn man letztlich nicht an diese glauben wird . . . Gott, Gott, Gott . . . es genügt, ein Wort tausendmal zu sagen, daß es seinen Inhalt verliert . . . nicht einmal mehr ein Rosenkranz leerer . . . Silben . . . Gott, Gott . . . meine Lippen sind trokken . . . Gott, Gott . . . erleuchte jene, die zurückbleiben . . . mach sie . . . manchmal . . . an mich denken . . . laß die Erinnerung an mich . . . nicht verlorengehen . . . ich denke, ich denke . . . aber ich kann sie nicht deutlich sehen . . . ich sehe sie nicht . . . Männer und Frauen in Trauer . . . das schwarze Ei zerbricht . . . und ich sehe . . . daß sie weiterleben . . . zu ihrer Arbeit zurückkehren . . . ihrem Vergnügen . . . ihren Intrigen . . . ohne sich an den armen alten Mann zu erinnern . . . der die Schaufeln . . . nasser . . . Erde auf seinem Gesicht hört . . . das wollüstige . . . Kriechen . . . Kriechen, Kriechen . . . der Würmer . . . aus meiner Kehle tropft es wie ein Meer . . . eine verlorene Stimme . . . die wieder sprechen, wieder sprechen . . . möchte . . . die weiterleben möchte . . . das Leben fortsetzen, wo es abgeschnitten wurde . . . wieder sprechen . . . wieder geboren werden . . . zurückgehen und noch einmal anfangen möchte . . . wieder auferstehen . . . geboren werden . . . wieder auferstehen . . . wieder wählen . . . wieder auferstehen . . . wieder entscheiden . . . nein . . . Eis auf meinen Schläfen . . . blaue Fingernägel . . . aufgeblähter Bauch . . . welche Übelkeit . . . von Kot . . . du stirbst nicht grundlos . . . nein, nein . . . ah die Weiber . . . diese alten unfruchtbaren Vetteln . . . die alles hatten . . . Reichtum . . . aber kleinliche Herzen . . . wenn sie wenigstens begriffen hätten . . . wozu Reichtum dienen kann . . . ich hingegen besaß alles . . . hört ihr . . .? alles, was man kaufen kann, und auch das, was nicht käuflich ist . . . ich hatte Regina . . . hört ihr . . .? ich liebte Regina . . . sie hieß Regina und . . . sie liebte mich . . . liebte mich, als ich noch arm war . . . folgte mir . . . gab meinem Leben . . . dort . . . dort unten . . . einen Sinn . . . Regina, Regina, wie ich dich liebe . . . wie ich dich heute liebe . . . ohne daß du bei mir sein müßtest . . . wie du mein Herz mit Zufriedenheit füllst . . . mit Wärme . . . überschwemme mich . . . mit deinem vergessenen Duft . . . vergessen, Regina . . . schau, ich erinnere mich deiner . . . schau gut . . . ich dachte an dich, bevor ich mich . . . erinnern konnte . . . wie du bist . . . wie du mich liebst und wie ich dich in jener Welt liebte, und niemand . . . kann uns dies nehmen . . . Regina, dir und mir . . . ich trage es in mir und bewahre es . . . Beschütze es mit beiden . . . Händen wie . . . eine kleine lebendige Flamme, die du mir gegeben hast . . . du sagtest . . . du sagtest zu mir . . . ich habe es wohl geraubt . . . aber dir gab ich . . . ay, schwarze Augen, dunkles duftendes Fleisch, ay, schwarze Lippen, ay, dunkle Liebe, die ich nicht berühren, nicht benennen kann . . . ay, deine Hände, Regina . . . deine Hände an meiner Kehle . . . vergessen die Begegnungen . . . vergessen alles, was war . . . außer dir und mir . . . ay, Regina . . . ohne zu denken . . . ohne zu sprechen . . . in deinen dunklen, zeitlosen Schenkeln leben . . . Überfluß . . . ah, mein einmaliger Stolz . . . mein Stolz, dich geliebt zu haben . . . Herausforderung ohne Antwort . . . was kann die Welt zu uns sagen . . . Regina, und was könnte ich dem hinzufügen, wie könnte ich von . . . unserem Wahnsinn sprechen . . . von unserer Liebe . . . wie . . .? Taube, Nelke, Winde, Schaum, Kleeblatt, Schlüssel, Bogen, Stern . . . Traumbild, Fleisch: wie dich nennen . . . Geliebte . . . nie wieder zu dir kommen . . . mit meinem Atem . . . werde flehen . . . Hingabe . . . ich werde dich liebkosen . . . deine Wangen . . . und deine Ohren küssen . . . deine Lippen öffnen zwischen . . . deine Schenkel . . . und werde sagen . . . deine Augen deine Augen . . . deinen Geschmack schmecken . . . meine Einsamkeit . . . in unserer Einsamkeit vergessen . . . dir immer wieder sagen . . . daß ich dich liebe, liebe . . . wie soll ich die Erinnerung an dich . . . beschwören . . . um deine Rückkehr zu erwarten . . .? Regina, Regina . . . das Stechen kommt wieder, ich bin aufgewacht, Regina . . . aus diesem Halbschlaf der Beruhigungsmittel . . . ich bin aufgewacht . . . mit dem Schmerz in den Eingeweiden und . . . Regina, gib mir die Hand, geh nicht fort . . . ich will nicht aufwachen, ohne dich . . . an meiner Seite, meine Geliebte, Laura, angebetete Frau, meine rettende Erinnerung . . . Kattunrock, Regina . . . ich habe mich verletzt . . . meine unwiederbringliche Zärtlichkeit . . . ich habe mich verletzt, Regina, ich entdeckte, daß

ich mich verletzt habe: Regina, komm, damit ich noch einmal überlebe; Regina, tausch noch einmal dein Leben für das meine... Regina, stirb noch einmal, daß ich lebe ... Regina, Soldat, Regina. Haltet mich. Lorenzo. Lilia. Laura. Catalina. Haltet mich. Nein. Meine Schläfen sind eisig ... stirb nicht, Gehirn, Geist ... ich will ihm begegnen ... ich will ... ich will ... wo ich geboren wurde ... Heimat ... ich liebe, ich wollte zurückkehren ... Geist in der Geistlosigkeit ... um von einem sehr hohen Platz das gelebte Leben zu beobachten und nichts zu sehen ... und wenn ich auch gar nichts sehe ... wozu sterben ... wozu sterben ... wozu unter Schmerzen sterben ... warum nicht weiterleben ... das tote Leben ... warum vom leeren Leben ... zum leeren Tod ... es geht zu Ende ... keuchend zu Ende ... heulend ... das Heulen der Sirene ... eine Meute Hunde ... wo komme ich her ... Licht in meinen Augen ... eine Stimme ...
»Doktor Sabines operiert?«
»Geist? Geist?«
Die Bahre wird auf kleinen Rädern aus dem Krankenwagen geschoben.
Geist?
Wer lebt?
Wer lebt?

Du könntest nicht müder, nicht erschöpfter sein. Du bist weit gereist – zu Pferd, zu Fuß, in alten Zügen – und das Land dehnt sich unendlich. Erinnerst du dich an das Land? Ja, du erinnerst dich. Und es ist nicht ein Land, sondern tausend Länder mit einem einzigen Namen. Du wirst es wissen. Du wirst die roten Wüsten und die Kakteen und Agaven der Steppe in dir tragen, den Lavagürtel erstarrter Krater, die ragenden Wände goldener Dome und felsiger Schießscharten, die Kalk- und Sandsteinstädte, die Städte aus *tezontle*-Stein und die *Pueblos* aus Adobe-Ziegeln, die Dörfer aus Rohr, die schwarzen, schlammigen Pfade, die Straße durch die verdorrte Erde, die Lippen des Meeres, die buschigen, vergessenen Küsten, die sanften Täler mit Weizen und

Mais, die Weiden des Nordens, die Seen des Tieflands, die schlanken, hohen Wälder, die weißen Gipfel, die Asphaltflächen, die Häfen mit ihrer Malaria und ihren Bordellen, das dürre Gerippe des Sisal, die verlorenen Flüsse in der Tiefe der steilen Cañons, die Gold- und Silberminen, die Indianer, die keine gemeinsame Sprache sprechen: Cora, Yaki, Huitchol, Pima, Seri, Chontal, Tarahumara, Huaxteken, Totonaken, Nahua, Maya: die Pfeife und die Trommel, den Gruppentanz, die Gitarre und die *vihuela*[1], den Kopfschmuck aus Federn, die zartknochigen Menschen aus Michoacán, die gedrungenen Körper aus Tlaxcala, die hellen Augen aus Sinaloa, die weißen Zähne aus Chiapas, die *huipiles*[2] und die Kämme aus Veracruz, die Zöpfe der Mixteken, die Gürtel der Zapoteken, die Umschlagtücher von Santa María, die Holzmosaiken aus Pueblo, das Glas aus Jalisco, die Jade aus Oaxaca, die Ruinen der Schlange, die Ruinen der großen Nase, die Kirchen und Altäre, die Farben und Reliefs, den heidnischen Glauben von Tonantzintla und Tlacochaguay, die alten Namen Teotihuacán, Papantla, Tulan und Uxmal: all dies wirst du in dir tragen, schwere Steinplatten, viel zu schwer für einen einzelnen Mann: sie lassen sich nicht verrücken, und du trägst sie an deinen Hals gebunden: sie ziehen dich zu Boden, sie sind in deine Eingeweide gedrungen, sie sind deine Bazillen, deine Parasiten, deine Amöben . . .

deine Heimat

dir scheint, deine Heimat wird unter den kriegerischen Streifzügen ein zweites Mal erobert, Berge und Schluchten zum erstenmal betreten, und die Landschaft widersetzt sich wie eine drohende Faust dem verzweifelten, langsamen Vormarsch der Straßen, Schienen, Dämme und Telegrafenstangen: diese Natur, die sich nicht bändigen oder erobern läßt, die in schroffer Einsamkeit weiterleben will, die den Menschen nur ein paar Täler und ein paar Flüsse abgetreten hat; Natur, die noch immer über die glatten, uneinnehmbaren Gipfel herrscht, über die flache Wüste, die

---

[1] Lautenförmige Gitarre.

[2] Reichverziertes ärmelloses Hemd der Aztekinnen.

Wälder und die verlassenen Küsten; und die Menschen sind von dieser stolzen Macht gebannt und angezogen; und wie sich die Natur von ihnen wendet, wenden sie sich von dem weiten, vor Fruchtbarkeit brodelnden Meer mit seinen unbekannten Schätzen ab
du wirst deine Heimat vererben
nie wieder wirst du diese Gesichter sehen, die dir in Sonora und Chihuahua begegneten, Gesichter, die du heute schlafen und dulden sahst, und die sich am nächsten Morgen voll Zorn in jene Schlacht ohne Sinn und Gnade warfen, in die tödliche Umarmung, die andere wieder trennten, in den Schrei »hier bin ich«, und ich lebe mit dir und mit dir und auch mit dir, mit all den verlorenen Händen und Gesichtern: Liebe, eine seltsame gemeinsame Liebe, die von selbst erlöschen wird: du wirst daran denken, weil du sie einst gelebt und damals nicht verstanden hast: aber sterbend wirst du sie anerkennen und offen zugeben, daß du vor ihr in all den Tagen deiner Macht Angst gehabt hast, obwohl du sie nicht kanntest, du hast gefürchtet, diese von Liebe erfüllte Begegnung könnte explodieren; und jetzt wirst du sterben und nicht länger fürchten: aber du wirst andere warnen: der falschen Ruhe nicht zu trauen, die du ihnen hinterläßt, der vorgetäuschten Eintracht, dem Zauberwort, dem sanktionierten Eigennutz: der Ungerechtigkeit zu mißtrauen, die sich nicht zu erkennen gibt:
sie werden deine Erbschaft antreten:
das standesgemäße Auskommen, das du für sie errungen hast: sie werden dem barfüßigen Artemio Cruz danken, weil er sie zu angesehenen Leuten machte: sie werden ihm danken, weil er sich nicht damit begnügte, in einer Negerhütte zu leben und zu sterben; sie werden ihm danken, weil er fortging und sein Leben aufs Spiel setzte: sie werden dich rechtfertigen, weil sie sich selbst nicht rechtfertigen können: sie werden nicht von Schlachten und Caudillos reden können, so wie du, und sie können sich nicht hinter ihnen verschanzen, um den Raub mit dem Namen der Revolution zu rechtfertigen und die eigene Bereicherung als einen Dienst an der Revolution hinzustellen: du wirst darüber nachdenken und dich fragen, was für eine Rechtfertigung sie finden, was für einen Schutzwall sie sich wohl errichten werden. Aber

sie werden nicht daran denken, sie werden das, was du ihnen hinterläßt, einfach genießen, solange sie können: sie werden glücklich leben, in der Öffentlichkeit Trauer und Dank zur Schau tragen – und mehr verlangst du nicht –, während du einen Meter tief unter der Erde wartest, bis du das Geräusch von Schritten über deinem toten Gesicht hörst, und dann wirst du sagen:
»Sie sind zurückgekommen. Sie haben sich nicht geschlagen gegeben«,
und du wirst lächeln: wirst dich über sie und über dich selbst lustig machen, denn es ist dein Recht: die Wehmut wird dich versuchen, die Vergangenheit zu beschönigen, doch du wirst dich dagegen wehren:
du wirst die sinnlosen Tode, die toten Namen hinterlassen, die Namen all derer, die starben, damit dein Name lebte; die ihrer Namen beraubt wurden, damit deiner erinnert würde:
du wirst deine Heimat hinterlassen: deine Zeitung, die Andeutungen und Schmeicheleien, das von verlogenen Reden mittelmäßiger Männer betäubte Gewissen; du wirst die Hypotheken hinterlassen, eine entartete Gesellschaft, Macht ohne Größe, völlige Dummheit, zwerghaften Ehrgeiz, Kompromisse eines Narren, verrottete Rhetorik, öffentlich anerkannte Feigheit, groben Egoismus:
du wirst ihnen ihre abhängigen Gewerkschaften und deren korrumpierten Führer hinterlassen, ihre neuen Großgrundbesitzer, ihre amerikanischen Investitionen, ihre gefesselten Arbeiter, ihre Monopole und ihre große Presse, ihre Tagelöhner, ihre Soldaten, ihre Geheimagenten, ihre Auslandsguthaben, ihre wichtigtuerischen Börsenmakler, ihre servilen Abgeordneten, ihre kriecherischen Minister, ihre eleganten Villen, ihre Jahres- und Gedenktage, ihre Flöhe und ihre wurmigen Tortillas, ihre indianischen Analphabeten, ihre geldgierigen Pfandhäuser, ihre dicken, mit Aktien bewaffneten Männer, ihre mageren, mit Fingernägeln bewaffneten Männer: da haben sie ihr Mexiko, da haben sie dein Erbe:
du wirst ihnen sanfte, ferne Gesichter hinterlassen, ohne morgen, weil sie alles heute tun, alles heute sagen; sie sind die Ge-

genwart, und sie leben in der Gegenwart: sie sagen »morgen«, weil ihnen morgen gleichgültig ist: du wirst die Zukunft sein, ohne sie verwirklichen zu können, du wirst dich heute in Gedanken an morgen verzehren, aber sie werden morgen sein, denn sie leben nur heute:

dein *Pueblo*

dein Tod: Tier, das deinen Tod nahen fühlt, ihn besingt, sagt, tanzt, malt, erinnert, bevor es deinen Tod stirbt:

deine Heimat:

du wirst nicht sterben, ohne heimzukehren:

dies Dorf: am Fuß des Berges, dreihundert Seelen, und allenfalls fällt es durch die Flecken der Dächer im Laubdach auf, das den felsigen Anstieg des Berges erklimmt, auf den weichen Uferbänken des Flusses üppig wuchert und die Strömung bis zum nahen Meer begleitet. Der grüne Halbmond der Bucht nagt vergeblich zwischen Tamiahua und Coatzacoalcos am weißen Gesicht des Meeres – selber von der dunstigen Höhe der Gebirgskette überwältigt, der Grenze des Indianergebietes – und dieser Bogen sucht sich vergebens mit dem tropischen Archipel aus sanften Erhebungen und aus einem zerbrochenen Rumpf zu verbinden: es ist die sehnsüchtige Hand des trockenen mexikanischen Landes, die trübe und stetig aus der sandigen und felsigen Abgeschlossenheit, aus der verriegelten Hochebene hinausreicht; der Halbmond von Veracruz sehnt sich nach einer anderen Geschichte und ist mit goldenen Fäden an die Antillen, an den Ozean und – noch weiter – an das Mittelmeer gebunden, was freilich allein durch die Unterstützung der östlichen Sierra Madre gelingt, wo nackte Vulkane aufragen und die stummen Wahrzeichen der Maguey-Bäume sich abzeichnen, da erstirbt eine Welt, die in kleinen stoßenden Wellen mit sinnlichen Schaumkronen aus der Enge des Bosporus, aus dem Mutterschoß der Ägäis geworfen wird, die mit einem leisen Rauschen, an Trauben und Delphine gemahnend, bis Syrakus und Tunis, mit einem tiefen ersten Schrei des Dankes bis Andalusien und bis zum Tor von Gibraltar gelangt, mit schwarzer und betretener Verbeugung in Haiti und Jamaica ankommt und ihre tanzende Gesellschaft, ihre

Trommeln und Baumwollbäume und Korsaren und Konquistadoren bis Kuba bringt: und in der schwarzen Erde versickert die Flut, in den Eisengittern der Balkone und den Arkaden der Kaffeehäuser verebben die weit hergetragenen Wellen zuletzt, zwischen den weißen Torsäulen der Güter und in der wollüstigen Musik der Körper und Stimmen ersterben die Ausläufer: hier ist die Grenze, ein Ort, wo das Adler- und Feuerstein-Wappen auf dunklem Sockel aufgerichtet ist, die Grenze, die niemand verrückt: nicht die Leute von Estremadur und Kastilien, die sich in der ersten Gründung erschöpften und dann gleichsam unwissentlich beim Erklimmen der verbotenen Hochfläche schon besiegt und zerstört wurden, indem ihre Rasse sich veränderte: bis sie dem Hunger des Sandes, dem blinden Sog der Lagunen zum Opfer fielen, die Gold, Mauerwerk und die Gesichter zahlloser gewalttätiger Konquistadoren verschlungen haben; nicht die Seeräuber, welche ihre Briggs unter bitterem Gelächter mit Münzen aus den Höhen der Indianerberge beluden, noch die Mönche, die den Malinche-Paß überquerten, um den uralt-unveränderlichen Göttern neue Verkleidungen zu geben, Götter, die aus zerstörbarem Stein geträumt und dennoch der freien Luft ausgesetzt sind; noch die Neger, die auf die tropischen Felder verschleppt, von den Indianermädchen, von ihrem flaumigen Geschlecht träge gemacht und besiegt wurden; noch die Prinzen, die aus kaiserlichen Segelschiffen stiegen und von der süßen Landschaft von Palmachristi und den hängenden Früchten enttäuscht wurden, und mit ihren Kisten voll Spitzen und Lavendel ins Gebirge zogen, wo sie an kugelübersäten Mauern endeten; und ebensowenig die Kaziken mit Dreispitz und Schulterklappen, die in der stummen Undurchsichtigkeit des Hochlandes zuletzt immer am zähen Widerstand, am dumpfen Spott und vor allem an Gleichgültigkeit zugrunde gingen:
du wirst das Kind sein, das in das Land geht und dem Land begegnet, das seinen Ursprung verläßt und sein Schicksal erfüllt, jetzt, da der Tod Ursprung und Schicksal vereint und zwischen beide – trotz allem – der Faden der Freiheit gespannt ist:

1903: 18. Januar

Er wachte am Brummen des Mulatten Lunero auf – schon wieder betrunken, schon wieder betrunken –, als die Hähne (trauriges Federvieh, das in ländliche Fron geraten war, nachdem es einst gegen die gespornten Favoriten des großen Mannes dieser Gegend gekämpft hatte und der Stolz der *Hazienda* gewesen war, doch dies lag über ein halbes Jahrhundert zurück) die kurze Morgendämmerung der Tropen ankündigten, die für Señor Pedro, der dort auf der roten Steinterrasse eines seiner einsamen Saufgelage gefeiert hatte, nur das Ende der Nacht bedeutete. Der trunkene Gesang Señor Pedros klang bis zu der mit Palmblättern gedeckten Hütte herüber, wo der Junge seine Augen rieb und Lunero den Boden von gestampfter Erde mit Wasser besprengte, aus einem Krug, der aus einer anderen Gegend stammte und mit Enten und kleinen roten Blumen bemalt war, die einst unter glänzendem Lack geleuchtet hatten. Lunero zündete das Kohlebecken an, um den gehackten Fisch, ein Rest vom Vortag, zu wärmen. Er blinzelte, als er die Früchte mit den dunkelsten Schalen heraussuchte; sie mußten als erste gegessen werden, ehe sie von der Fäulnis, dieser Schwester der Fruchtbarkeit, wurmstichig und breiig würden. Als der Rauch vom Kohlebecken den Jungen völlig geweckt hatte, verstummte das träge Singen, man hörte das Stolpern des betrunkenen Mannes, und schließlich fiel eine Türe krachend ins Schloß – der Auftakt von Señor Pedros langem, schlaflosem Morgen: ohne Bettwäsche lag er auf der nackten Matratze seines großen Mahagonibettes; voller Verzweiflung, denn der Branntwein war zu Ende. Als früher, entsann sich Lunero, die *Hazienda* vom Berg bis zum Meer gereicht hatte, standen die Hütten der Neger weit ab von dem großen Haus, und niemand wußte, was dort geschah, denn die dicken Köche und die Mischlingsmädchen, welche die Zimmer fegten und die Hemden stärkten, brachten ihre Geschichten nicht bis zur anderen Welt der *Hazienda*, jener Welt der braunhäutigen Männer in den Tabakfeldern. Der Junge, der die ersten Schatten der Pubertät zeigte, näherte sich in seinem kurzen Hemd dem

Feuer, und Lunero zerzauste sein Haar. Ja, so war es damals gewesen. Aber jetzt war kein Land geblieben, und alles war auf engem Raum zusammengedrängt, und es gab keine Geheimnisse mehr. Von dem großen Haus standen nur noch die feuergeschwärzten Mauern ohne Fensterscheiben und das eine Zimmer hinten, wo die Großmutter Ludivinia lebte. Nur Baracoa, eine alte Indianerin, erinnerte noch an die vielen Diener von einst. Und es gab nur noch eine einzige Arbeiterhütte und nur noch zwei Arbeiter – den Mulatten und das Kind.

Der Mulatte setzte sich auf den ebenen Lehmboden und teilte den Fisch, eine Hälfte in ein Tongeschirr, die andere auf das Blech. Er reichte dem Jungen eine Mangofrucht und schälte sich selbst eine Banane; sie aßen schweigend. Als das Häufchen Glut in sich zusammensank, drang durch die einzige Öffnung der Hütte – Tür und Fenster zugleich, Schwelle für die schnüffelnden Hunde und Grenze für die roten Ameisen, die ein weißer Kreidestrich aufhielt –, der schwere Duft der Winden herein, die Lunero vor Jahren gepflanzt hatte, um die braunen Lehmmauern zu verbergen und die Hütte in den nächtlichen Wohlgeruch der trichterförmigen Blüten zu hüllen. Sie sprachen nicht. Aber sie fühlten beide die gleiche dankbare Freude, zusammen zu sein, sie drückten diese Freude nie in Worten, nicht einmal in einem gemeinsamen Lächeln aus, denn sie waren nicht zum Reden und nicht zum Lächeln da, sondern um die Hütte zu teilen und jeden Morgen schweigend zusammen in die dampfende Tropenluft hinauszugehen, um die Arbeiten zu verrichten, durch die sie sich ihren Unterhalt und das Geld verdienten, mit dem Baracoa jeden Samstag Essen für die Großmutter kaufte und mit dem sie Señor Pedros Korbflaschen bezahlten. Sie waren hübsch, diese blauen, bauchigen Flaschen mit den Ledergriffen und dem Korbgeflecht, das sie vor der Hitze schützte. Sie waren gedrungen, mit kurzem, engem Hals. Und Señor Pedrito warf sie vor dem Haus auf einen Haufen, und einmal im Monat ging Lunero mit der langen Stange, die man in der *Hazienda* zum Wasserholen benutzte, ins Dorf am Fuß des Berges und kehrte mit Korbflaschen zurück, die von den Enden der Tragstange baumelten.

Das Dorf am Fuß des Berges war die einzige Siedlung in der Nähe. Mit seinen dreihundert Seelen fiel es allenfalls durch die Flecken der Dächer im Laubwerk auf, das den felsigen Anstieg des Berges erklomm, auf den weichen Uferbänken des Flusses üppig wucherte und die Strömung bis zum nahen Meer begleitete.

Der Junge verließ die Hütte und rannte den lehmigen Pfad hinunter – zwischen dichten Farnen, welche die grauen, glatten Stämme der Mangobäume umgaben, und unter einem Dach rosa Blüten und gelber Früchte, das den Himmel verdeckte – bis er zu der Lichtung kam, die Luneros Machete am Ufer des Flusses geschlagen hatte; hier war die Strömung noch immer schnell und reißend, ehe sich der Fluß allmählich weitete. Lunero folgte und schloß die Hose, die mit ihren weiten Beinen wohl aus irgendeiner vergessenen Seemannsmode herstammte. Der Junge nahm die kurze blaue Hose, die nachts zum Trocknen über dem rostigen Eisenring mit den Kerzendochten hing. Stücke von Mangorinde lagen offen und abgehobelt mit den Enden im Wasser. Lunero blieb einen Augenblick mit den Füßen im Schlamm stehen. Hier, nahe am Meer, verbreiterte sich der Fluß und spülte gegen wuchernde Farne und Bananenbäume. Der Dschungel schien höher als der niedere, spiegelgleiche Himmel.

Jeder wußte, was er zu tun hatte. Lunero nahm Schmirgelpapier und glättete mit kraftvollen Bewegungen die Rinden. Der Junge holte einen wurmstichigen Schemel und stellte ihn in die Mitte des Eisenringes, der von einer Holzspindel herabhing. Von den zehn Öffnungen des Ringes hingen ebenso viele Dochte. Er versetzte den Ring in eine kreisende Bewegung und bückte sich, um das Feuer unter dem Kessel anzuzünden: die schmelzende Myrte brodelte und verströmte ihren dicken Rauch. Der Ring drehte sich, und der Junge goß Wachs in die gleichmäßig verteilten Löcher.

»Bald haben wir Lichtmeß«, sagte Lunero, drei Nägel zwischen den Zähnen.

»Wann?« Das kleine Feuer und die Sonne ließen die grünen Augen des Jungen aufleuchten.

»Am Zweiten, Kind, am Zweiten. Und da werden wir viele Kerzen verkaufen, nicht nur hier, sondern auch an die Leute weiter oben am Fluß. Sie wissen, daß unsere die besten sind.«
»Ich erinnere mich noch an letztes Jahr.« Heißes Wachs spritzte manchmal daneben; die Unterarme des Jungen waren mit kleinen runden Narben bedeckt.
»Heute sucht das Murmeltier seinen Schatten.«
»Woher weißt du das?«
»Eine Geschichte aus einem fernen Land.« Lunero griff nach dem Hammer und runzelte die dunkle Stirn.
»Niño[1] Cruz, meinst du, du könntest ein Kanu bauen?«
Der Junge lächelte über das ganze Gesicht und entblößte zwei Reihen weißer Zähne. Der grüne Widerschein des Flusses und der dampfenden Farne verschärfte noch den bleichen, knochigen Umriß seines Gesichtes. Sein Haar war vom Fluß gekämmt und ringelte sich über die breite Stirn und den braunen Nacken; die Sonne hatte Kupfertöne hineingebrannt, doch die Wurzeln waren schwarz. Alle Schattierungen der grünen Früchte schimmerten auf seinen dünnen Armen und seinem festen Oberkörper, der wie geschaffen war, um gegen die Strömung zu schwimmen. In seinem Lachen war die Frische des Flusses mit seinem Pflanzengrund und morastigen Ufern.
»Ja, ich glaube schon. Ich habe dir so oft zugesehen.«
Der Mulatte schlug die Augen nieder, ruhige, wachsame Augen.
»Wenn Lunero geht, kommst du dann also zurecht?«
Der Junge hörte auf, das Eisenrad zu drehen. »Wenn Lunero geht?«
»Wenn er gehen muß.«
Ich sollte gar nichts sagen, dachte der Mulatte. Nein, er sollte gar nichts sagen, einfach gehen, wie seine Brüder gegangen waren, ohne etwas zu sagen, denn er kannte und ergab sich in das unabänderliche Schicksal, er spürte einen Abgrund von Gründen und Erinnerungen zwischen dieser Kenntnis und Ergebung und der Erkenntnis und dem Trotz der anderen. Er schwieg, denn er

[1] Südamerikanische Anrede: (Junger) Herr.

kannte das Heimweh und die Wanderschaft. Doch wenn er wußte, daß er nichts sagen sollte, so wußte er auch, daß der Junge – sein ständiger Begleiter – mit schiefgelegtem Kopf neugierig den Mann angestarrt hatte, der gestern in einem engen, verschwitzten Überrock zu ihm, Lunero, gekommen war.
»Du weißt, was ich damit meine. Kerzen im Dorf verkaufen und mehr machen, wenn Lichtmeß kommt. Einmal im Monat die leeren Flaschen zurückbringen und Señor Pedritos Schnaps vor die Tür stellen. Kanus bauen und sie alle drei Monate den Fluß hinunterbringen. Das Geld Baracoa geben und, du weißt schon, ein Goldstück für dich zurückbehalten. Nach *Charales* fischen . . .«
Das rostige Kerzenrad stand still, und der Hammer schwieg. Das Rauschen des Wassers zwischen den grauen Mauern wurde lauter. Es riß Grund, von den nächtlichen Stürmen entwurzelte Bäume und gemähtes Gras von den Feldern weiter oben mit sich fort. Schwarze und gelbe Schmetterlinge flatterten über die Lichtung. Der Junge ließ die Arme sinken und starrte fragend auf die gesenkten Augen des Mulatten.
»Du gehst fort?«
»Du kennst nicht die ganze Geschichte. Früher gehörte alles Land vom Berg bis zum Meer der Familie von hier. Dann verloren sie es. Der alte Herr starb irgendwo weit weg. Señor Atanasio wurde verraten und schlimm verwundet; alles zerfiel und ging in fremde Hände über. Ich bin der einzige Arbeiter, der übrigblieb. Vierzehn Jahre ließen sie mich in Frieden. Aber auch mich mußte es einmal erwischen.«
Lunero hielt inne, denn er wußte nicht, wie fortfahren. Die silbernen Ränder des Wassers verwirrten ihn, und seine Muskeln wollten ihre Arbeit wieder aufnehmen. Vor dreizehn Jahren, als der Junge in seiner Obhut zurückgeblieben war, hatte er daran gedacht, ihn dem Fluß und den Schmetterlingen anzuvertrauen und darauf zu warten, daß er eines Tages mächtig und berühmt zurückkehren würde. Aber nach dem Tod von Don Atanasio, dem jungen Herrn, konnte er den Jungen behalten, ohne daß Señor Pedro oder die Großmutter etwas einzuwenden hätten. Letztere hatte sich damals schon in das blaue Zimmer mit den Spitzenvor-

hängen und den Leuchtern – deren Klirren man bei Sturm hören konnte – eingeschlossen und in ihrer Umnachtung nie etwas von dem Jungen bemerkt, der nur wenige Meter von ihr entfernt heranwuchs. Ja, Don Atanasios Tod kam gelegen: er hätte das Kind sonst getötet. So konnte Lunero es retten. Dann fielen auch die letzten Tabakfelder der Familie an den neuen Großgrundbesitzer, und nur Señor Pedro und die alte Großmutter, Señora Ludivinia, waren noch übriggeblieben. Nichts blieb als dieser winzige Streifen Land am Fluß und das zerfallene große Haus, das einem leeren, rissigen Kessel glich. Die Arbeiter wechselten in den Dienst des neuen Herrn über. Und Neue kamen den Fluß herunter, um die neuen Plantagen zu bestellen. Alte Leute wurden von ihren Arbeitsplätzen auf den Farmen und in den *Pueblos* vertrieben und weit hinunter in den Süden geschickt. Und er, Lunero, ernährte die Familie, indem er Kerzen und Kanus herstellte. Er dachte, auf diesem winzigen Fleckchen Erde zwischen dem Haus und dem Fluß würde ihn der Kazike übersehen. Vierzehn Jahre hatte er Glück. Aber er wußte, der Kazike kämmte die Gegend so gründlich durch, daß er ihm früher oder später in die Hände fallen würde. Und so war gestern der Mann im schwarzen Gehrock mit schweißüberströmtem Gesicht erschienen und hatte ihm mitgeteilt, daß er morgen – also heute – zur *Hazienda* seines Herrn im Süden des Staates aufzubrechen habe. Gute Tabakarbeiter waren verdammt schwer zu finden, und er hatte vierzehn Jahre hier am Fluß gehockt und einen Säufer und eine alte Irre versorgt.

Lunero wußte nicht, wie er dies alles erklären sollte. Der Junge würde ihn nicht verstehen. Doch der wahre Grund für sein Schweigen war der, daß die ganze Vergangenheit herauskäme, wenn er erst einmal anfinge, etwas davon zu erzählen. Er würde den Anfang erklären müssen und dadurch den Jungen verlieren. Und er liebte ihn – dachte der langarmige Mulatte, als er neben den Streifen abgeschmirgelter Rinde kniete; er liebte ihn, seit sie seine Schwester Isabel Cruz mit Stöcken vertrieben hatten. Das Kind war in seiner Obhut zurückgeblieben, er hatte es mit Ziegenmilch großgezogen, ihm später das Alphabet beigebracht, indem er die Buchstaben in den Dreck malte, die er als Junge bei seiner französischen Herrschaft in Veracruz gelernt hatte; er hatte ihn gelehrt zu schwimmen und die verschiedenen Früchte zu erkennen und zu essen, mit der Machete umzugehen, Kerzen zu machen und die Lieder zu singen, die Luneros Vater – der ebenso des Jungen Großvater war wie Señora Ludivinia seine Großmutter – von Santiago de Cuba mitgebracht hatte, als der Krieg ausbrach und seine Dienstherrschaft mit den Dienern nach Veracruz floh. Und dies war alles, was Lunero von dem Jungen wissen wollte. Mehr zu wissen, war wohl auch unnötig, außer daß der Junge ihn wiederliebte und nicht ohne ihn leben wollte. Doch wenn er ging, würden Señor Pedro, die Indianerin Baracoa und die Großmutter – diese verlorenen, weltabgeschiedenen Schatten – in den Vordergrund rücken, alle ihre Seltsamkeit und Absonderlichkeit würde wirklich und scharf werden, und von diesem Augenblick an würde der Junge anfangen zu denken und zu verstehen.

»Wenn du dich nicht dranhältst, haben wir nicht genug Kerzen. Der Priester wird zornig werden.«

Ein Windhauch bewegte die herabhängenden Dochte. Ein aufgescheuchter Papagei krächzte. Mittag.

Lunero stand auf und ging zum Fluß. Er tauchte und kam in der Mitte mit einem kleinen Netz wieder empor, das über seinem Arm hing. Der Junge streifte die kurzen Hosen ab und sprang auch ins Wasser. Als er auftauchte, öffnete er die Augen. Die klaren Wellen der rasch dahinströmenden oberen Schicht flossen über einen grünen schlammigen Grund. Er ließ sich von der Strömung treiben. Dort, über und hinter ihm, war das große Haus, das er in seinen dreizehn Lebensjahren noch nicht einmal betreten hatte, war der Mann, den er nur aus der Ferne gesehen hatte, und die alte Frau, die er nur dem Namen nach kannte. Er hob den Kopf aus dem Wasser. Lunero briet schon den Fisch, den er mit dem Netz gefangen hatte, und öffnete gerade eine *papaya* mit der Machete.

Es war kurz nach Mittag. Die Sonnenstrahlen drangen unerbittlich und stechend durch das dichte Dach der Tropenblätter. Kein Zweig rührte sich, und selbst der Fluß schien stillzustehen. Der Junge legte sich nackt unter die einzelne Palme, und der Schatten ihres Stammes und ihrer Krone wurde länger und länger. Die schrägen Strahlen ließen seinen Körper aufleuchten, als sie langsam über ihn glitten: über die Füße, die nackten Beine, das schlummernde Geschlecht, den flachen Bauch und die vom Wasser abgehärtete Brust; über den langen Hals, die kräftig ausgebildeten Kiefer mit zwei tiefen Kerben, die wie gewölbte Bögen zu den harten, hohen Backenknochen reichten, über die klaren Augen, die sich an diesem Nachmittag bald in tiefem, ruhigem Schlummer geschlossen hatten.

Er schlief, und Lunero legte sich nicht weit davon mit dem Gesicht nach unten auf den Boden und trommelte mit den Fingern auf den schwarzen Wachskessel. Allmählich ergriff der Rhythmus seinen nur scheinbar schlaffen Körper. Sein Arm war voll Spannung, als er dem alten Kessel genaue Töne entlockte. Es war eine oft erinnerte Melodie, die schneller und schneller wurde, und er begann sie zu summen: das Lied seiner Kindheit, der Zeiten, die er nicht mehr erlebt hatte, als seine Ahnen sich unter dem Baumwollbaum mit Schellenkappen krönten und die Arme mit Branntwein einrieben und ein Mann, jener Mann, auf dem Stuhl saß mit einem weißen Tuch um den Kopf, und alle eine Mischung aus Mais und sauren Orangen bis auf den Melassegrund des Kruges tranken und die Kinder gewarnt wurden, nachts zu pfeifen:

tó . . .
la hija de Yeyé . . .
le gusta marío . . . de otra mujé . . .
tó, la hija de Yeyé, le gusta marío, de otra mujé . . .
tóla hijaeyeyé legusta.

Der Rhythmus erfaßte ihn. Er breitete die Arme aus, berührte mit den Fingern die dampfende Erde, und seine Handflächen schlugen den Rhythmus. Sein Bauch war mit Erde verschmiert. Ein breites Lächeln zog über sein Gesicht, dessen Haut sich straff über die breiten Backenknochen spannte: *legustamaríodeotramujé . . .* Die Nachmittagssonne brannte bleiern auf seinen runden, krausen Kopf. Er konnte nicht aufstehen, Schweiß rann von seiner Stirn, seinen Rippen und seinen Schenkeln. Seine Stimme wurde tiefer und leiser, das Zucken seiner Hände und seines Körpers härter und lauter. Er preßte sich gegen die Erde, als schliefe er mit ihr. *Tólahijaeyeyé:* Sein Lächeln brach auseinander. Er vergaß den Werber mit dem schwarzen Rock, der ihn heute nachmittag abholen würde. Er war in sein Lied und seinen waagrechten Tanz versunken.

Ja, und an dem gleichen erstickend heißen Nachmittag, während der Junge schlief und der Mulatte den Rhythmus seines unvergessenen Liedes trommelte, ließ sich die alte Ludivinia, die sich für immer in ihr Schlafzimmer eingeschlossen hatte, von der Indianerin Baracoa fächeln und versuchte, sich an ein anderes Lied zu erinnern; in ihrem Schlafzimmer mit den lächerlichen Leuchtern – zwei hingen von der weiß verputzten Decke und einer in der Ecke, nicht weit von dem Bett mit den gekehlten Pfosten – und den vergilbten Spitzenvorhängen. Sie konnte die Melodie summen, aber sich nicht auf die Worte besinnen, die sie so gern erinnert hätte, denn General Juan Nepomuceno Almonte hatte immer Witze darüber gemacht. Der General war jahrelang ein Freund der Familie gewesen und außerdem Kriegskamerad von Ireneo Menchaca, Ludivinias verstorbenem Mann. Er hatte zu Santa Annas Hof gehört, aber als der Retter Mexikos und der große Beschützer der Menchacas – ihrer Leute und ihrer *Haziendas* – aus feindlicher Verbannung zurückkehren wollte, landete und sich von einem Ruhranfall erholte, hatte Almonte ihm die Treue gebrochen, den alten General von den Franzosen festnehmen lassen und ihn gezwungen, wieder an Bord zu gehen. Ludivinia erinnerte sich an Juan Nepomuceno Almontes dunkles Gesicht, und die Worte des verfluchten Juarista-Liedes fielen ihr wieder ein:

. . . y qué te lo pareciera que llegaran los ladrones, se robaran a tu vieja y le bajaran los calzones . . . Sie verzog ihren eingesunkenen, zahnlosen Mund, und mit einer ungeduldigen Bewegung der zittrigen Hand schüttelte sie die schwarzen Seidenärmel und die verdorbenen Spitzenmanschetten ihres Kleides und befahl der Indianerin, schneller zu fächeln.

Das Zimmer war heiß und stickig und roch nach Tropen – ein muffiger Geruch, der sich bewegte, während die Luft stand. Große feuchte Flecken überzogen die Wände. Spitzenvorhänge, Kristallspiegel, Tische aus Pappelholz mit schweren Marmorplatten, auf denen Uhren mit Kugelfüßen unter Glasstürzen standen; auf dem Ziegelboden Schaukelstühle mit Kissen, die nie wieder benutzt wurden; eingelegte Tische, bronzene Ziernägel, Truhen mit schmiedeeisernen Platten und Schlössern, ovale, gefirnißte Porträts unbekannter steifer Kreolen mit stolzen Backenbärten oder Bildnisse von hochbusigen Frauen mit Schildpattkämmen. Gehämmerte Zinnrahmen für die Heiligen und das Christkind von Atocha, eine alte, mottenzerfressene Stickerei, von der fast kein Goldfaden mehr geblieben war. Das geschnitzte Laubwerk des Bettes mit seinem Baldachin und den gekehlten Pfosten: dies Lager ihres blutlosen Körpers, diese Brutstätte eingeschlossener Gerüche, dies Nest auf fleckigen Laken und Matratzen mit Strohklumpen und -kuhlen.

»Indianerin, bring mir einen Krug Wasser.«

Die alte Frau wartete, bis Baracoa gegangen war, und schleppte sich wider alle Regeln zum Fenster. Zwar hatte sie in ihrer Abgeschlossenheit nie eine Nachricht von der Geburt des Kindes erreicht, doch eine Ahnung war bis zu ihr gedrungen. Sie hatte verstohlen den unbekannten Knaben heranwachsen sehen, sie hatte hinter den Spitzenvorhängen gestanden und ihn heimlich beobachtet. Sie hatte die grünen Augen erkannt und bei dem Gedanken, daß sie in jungem Fleische weiterlebte, vor Vergnügen gekichert: sie, die die Erinnerung eines Jahrhunderts trug, und in den Linien ihres faltigen Gesichts die Spuren von längst verschollenen Sonnen und Winden. Sie hatte gedauert. Sie hatte überlebt. Es fiel ihr schwer, das Fenster zu erreichen. Fast kroch sie, vornübergebeugt, den Blick auf die Knie geheftet und die Hände gegen die Schenkel gepreßt. Ihr weißer Kopf saß tief zwischen den Schultern.

Ja: sie hatte überlebt. Sie hatte in Cocuya weitergelebt und versucht, in ihrem zerknüllten Bett in dem vergessenen Hinterzimmer das Benehmen der hübschen jungen Frau von einst zu bewahren, der hellhäutigen jungen Frau, die Cocuyas Tore dem langen Zug spanischer Prälaten, französischer Kaufleute, schottischer

Ingenieure, britischer Aktienverkäufer ebenso geöffnet hatte wie Börsenspielern und Abenteurern, all jenen, die Mexico City mit den Möglichkeiten dieses jungen, anarchischen Landes lockte: mit seinen Barockkathedralen, behauenen Steinpalästen, Gold- und Silberminen; dem geschäftstüchtigen Klerus, dem politischen Karneval und der ständig verschuldeten Regierung, mit den Konzessionen, die jeder glattzüngige Fremde leicht erhalten konnte. Dies waren die ruhmreichen Tage Mexikos. Und sie, Ireneo und Ludivinia Menchaca, hatten die *Hazienda* ihrem älteren Sohn Atanasio anvertraut, damit er im Umgang mit Arbeitern, Banditen und Indianern ein Mann würde, während sie selbst mit ihrem vergnügungssüchtigen jüngeren Sohn Pedro in die Hauptstadt auf der Hochebene gefahren waren. Dort hatten sie am scheinbar strahlenden Hof seiner durchlauchtigsten Hoheit General Santa Anna geglänzt. Denn wie sollte der General ohne seinen alten Kriegskameraden Oberst Menchaca auskommen, der sich mit Hahnenkämpfen und Turnieren so gut auskannte, der die ganze Nacht durchzechen konnte und dabei der Casamata Kampagne gedachte, der Feldzüge von Barrada, Alamos, San Jacinto, des ganzen Texas-Krieges, einschließlich der Niederlagen, als sie den Yankees in die Hände fielen. An diesem Punkt der Erzählung stieß der General mit zynischer Fröhlichkeit sein Holzbein auf den Boden, hob das Glas und streichelte das lange Haar der Blume Mexikos, der kindlichen Braut, die beim letzten Todesröcheln seiner ersten Frau in sein Bett getragen wurde.

Dann waren harte Tage gekommen. Der General wurde von den Liberalen aus Mexiko vertrieben, und die Menchacas mußten auf ihre *Hazienda* zurück, um ihr Eigentum zu verteidigen: viele Tausende von Hektar, die ihnen Santa Anna zugesprochen und die sie sich gerade angeeignet hatten, ohne die ansässigen Bauern um Erlaubnis zu fragen. Diese mußten entweder als Tagelöhner bleiben oder sich an den Fuß des Berges zurückziehen. Reiches Land, das jetzt billige Arbeitskräfte von der Karibischen See bestellten. Ein weites Land, das noch durch die Aufkündigung aller Hypotheken vergrößert wurde. Haufen von Tabak. Wagen voller Bananen und Mangofrüchte. Ziegenherden, die an den Ausläufern

der Sierra Madre grasten. Und in der Mitte das große zweistökkige Haus mit dem roten Turm, den Ställen voller Pferde. Und die Spazierfahrten im Boot oder in der Kalesche. Und Atanasio, der grünäugige junge Herr, ritt, die Peitsche in der Hand, ganz in Weiß gekleidet auf einem weißen Pferd – auch ein Geschenk Santa Annas – durch das fruchtbare Land. Schnell setzte er seinen Willen durch und schnell stillte er seinen großen Hunger bei den Bauernmädchen, schnell und stark verteidigte er das Land mit seinem Haufen importierter Neger gegen die zunehmenden Streifzüge der Partisanen von Juarez. *Viva México primero, que viva nuestra nación, muera el príncipe extranjero . . .*
Und jene letzten Tage des Kaiserreichs, als der alte Ireneo hörte, Santa Anna käme aus dem Exil zurück, um eine neue Republik auszurufen, als er darauf seine schwarze Kutsche hervorholte, nach Veracruz fuhr und dort am Kai wartete, während der General und seine deutschen Söldner an Deck der *Virginia* in der Dunkelheit dem Fort Zeichen machten, ohne eine Antwort zu erhalten: die Hafengarnison war kaisertreu und verhöhnte den gefallenen Tyrannen, der ohnmächtig unter den Wimpeln an Deck auf und ab marschierte und Flüche von den fleischigen Lippen spie. Die Segel der *Virginia* füllten sich von neuem, und die beiden alten Kameraden, der General und der Oberst, saßen in der Kajüte des Yankee-Kapitäns beisammen und spielten Karten, während das Schiff nach Süden fuhr, über ein warmes, träges Meer, von dem aus sie die Küste in einem Schleier aus Hitze erkennen konnten. Sie kamen zu der weißen Silhouette von Sisal. Santa Anna ging mit seinem Freund an Land und hielt eine klingende Rede an das Volk von Yucatán, und wieder einmal lebte er seinen Traum von Größe: Maximilian war in Querétaro zum Tode verurteilt worden, die Republik hatte ein Recht auf die patriotische Rückkehr ihres wahren und natürlichen Führers, ihres ungekrönten Herrschers. Doch der Kommandant von Sisal verhaftete statt dessen den verkrüppelten alten Soldaten und schickte ihn mit Ireneo Menchaca nach Campeche. Dort wurden sie mit gefesselten Händen und unter den Stößen der Bajonette wie gewöhnliche Verbrecher durch die Straßen getrieben und dann in einen unterirdischen Kerker ge-

worfen. Oberst Menchaca starb noch im gleichen Sommer am fauligen Wasser und wurde auf dem Friedhof von Campeche in einem namenlosen Grab beerdigt. Amerikanische Zeitungen berichteten, Santa Anna sei von Juarez-Truppen hingerichtet worden. Aber nein: der alte Mann ging nur mit dem ständigen Grinsen des Wahnsinns in ein neues Exil.
Atanasio hatte es seiner Mutter gesagt. Und seit jenem Tag hatte Ludivinia ihr Zimmer nicht mehr verlassen. Hier hatte sie ihre besten Juwelen hergebracht, den Leuchter aus dem Eßzimmer, die furnierten Kommoden, die schönsten Bilder. Hier hatte sie sich eingeschlossen, um den Tod zu erwarten, der nach ihrem romantischen Kopf unmittelbar bevorstand. Aber er hatte fünfunddreißig Jahre gezögert, fünfunddreißig verlorene Jahre, doch was bedeutete das schon für eine dreiundneunzigjährige Frau, die im Jahre der ersten Revolution hinter angstvoll verriegelten Türen zur Welt gekommen war. Sie hatte ihre Kalender verloren. Das Jahr 1903 war nichts weiter als wieder ein Hohn auf ihren Tod, der so rasch auf den des Oberst hätte folgen sollen.
Und im Jahre 1868 waren die Liberalen auf ihrem letzten Feldzug gegen das Kaiserreich in Cocuya durchgekommen und hatten Feuer an die *Hazienda* gelegt, deren Tore sich dem französischen Marschall und deren Scheunen sich den konservativen Truppen aufgetan hatten. Die Konservativen hatten ihre Maultiere mit Vorräten, Bohnen und Tabak beladen und waren dann weitergezogen, um die Gebirgslager zu zerstören, von denen die Guerillatruppen General Juarez' – Banditen, Banditen! – herabgebraust waren, um über die französischen Lager im Flachland und die Garnisonen um Veracruz herzufallen. In Cocuya hatten die Zuaven Lauten- und Gitarrenspieler entdeckt, die *Balajé se fue a la guerra y no me quiso llevar* sangen, und die Indianer- und Mulattenmädchen brachten bald blonde Mestizen- und schokoladebraune Mulattenkinder mit hellen Augen zur Welt, Kinder auf die Namen Carduno und Alvarez getauft, während sie eigentlich Dubois und Garnier hätten heißen müssen.
Die Liberalen hatten das Haus angezündet, aber die Flammen machten vor dem verriegelten Schlafzimmer halt, und ihre Söhne

– es waren zwei, doch sie liebte nur den einen – schrien, sie solle sich in Sicherheit bringen, und hustend türmte sie in dem dichten Rauch Tische und Stühle vor der Tür aufeinander. Danach wollte sie nie wieder jemanden sehen, außer der Indianerin, weil schließlich jemand da sein mußte, um ihr das Essen zu bringen und ihre schwarzen Kleider zu flicken. Sie wollte nichts mehr kennen außer ihren vier Wänden und ihren Erinnerungen. Zwischen diesen vier Wänden hatte sie den Sinn für alles außer für das Wesentliche verloren: ihr Witwentum, die Vergangenheit und dann auf einmal das grünäugige Kind, das in der Ferne hinter einem unbekannten Mulatten herlief.

»Indianerin, bring mir einen Krug Wasser.«

Doch statt Baracoa stand auf einmal eine gelbliche Erscheinung unter der Tür.

Ludivinia schrie lautlos auf und wich zurück. Ihre eingesunkenen Augen weiteten sich vor Entsetzen, und alle Schalen ihres Gesichtes schienen auseinanderzubrechen. Der Mann auf der Schwelle streckte eine zitternde Hand aus:

»Ich bin's, Pedro.«

Sie verstand ihn nicht. Sie konnte nicht sprechen, aber es gelang ihr, die Arme in einer Geste der Beschwörung und der Verneinung zu heben. Das bleiche Phantom kam mit offenem Mund näher.

»Pedro . . . eh«, brummte er und rieb seinen hellen, schmutzigen Bart. »Pedro.«

Ihre Lider zuckten, und sie verstand nicht, was er sagte. Er stank nach Schweiß und billigem Schnaps. »Eh«, fuhr er fort, »nichts mehr übrig. Alles . . . beim Teufel . . . und jetzt . . .« Er brach ab und stammelte mit einem erstickten Seufzer: »Jetzt holen sie noch den Neger. Mama, du weißt nicht . . .«

»Atanasio.«

»Nein . . . Pedro.« Betrunken fiel er in einen Schaukelstuhl und spreizte die Beine, als hätte er den letzten Hafen erreicht. »Jetzt holen sie noch den Neger, der . . . dich und mich . . . mit Essen versorgt . . .«

»Nein«, sagte sie, »ein Mulatte. Ein Mulatte und ein Junge.«

Sie hörte ihm zu, aber sie sah ihn nicht an. Eine Stimme, die in diesen verbotenen Mauern zu hören war, durfte keinen Körper besitzen.

»Stimmt, ein Mulatte. Und ein Junge . . . eh?«

»Ein Junge, der manchmal dort draußen herumspringt. Ich habe ihn gesehen. Er gefällt mir.«

»Der Werber war da. Er hat mich am hellichten Tag geweckt . . . jetzt holen sie noch den Neger . . . was sollen wir machen?«

»Sie holen einen Neger? Die Plantage ist voll von Negern. Der Oberst sagt, sie seien billiger und arbeiteten mehr. Wenn du ihn unbedingt behalten willst, dann gib ihm eben sechs *Reales*[1].«

Wie zu Salzsäulen erstarrt verharrten sie reglos, jeder in eigene Gedanken versunken; später sollten sie bereuen, sie nicht ausgesprochen zu haben, später, als es zu spät und das Kind nicht mehr da war. Ludivinia versuchte, die Erscheinung anzusehen, die sie nicht wahrhaben wollte. Wer konnte er sein, dieser Mann, der jetzt den Staub von ihrem besten Schmuck aufgewirbelt hatte, der die verbotene Schwelle überschritten hatte? Ja: eine Hemdbrust aus feinem holländischem Tuch mit Stockflecken von dem tropischen Klima; enge, zu knapp sitzende Hosen, die sich über den kleinen Wanst seines schlaffen Körpers spannten; Schweiß vermischt mit dem Gestank nach Alkohol und Tabak; arglose Augen, die nichts von dem Selbstbewußtsein und der Eleganz spiegelten, die seine Kleider vortäuschen wollten. Die Augen eines Trinkers, der unfähig war, auch nur das geringste zu unternehmen. Ah – seufzte Ludivinia und kletterte wieder in ihr zerwühltes Bett, während sie sich schließlich eingestand, daß die Stimme ein Gesicht hatte – dies war nicht Atanasio, der ihr Wesen – aber als Mann – hatte: nein, dieser hier hatte die gleiche Mutter, aber den Bart und die Hoden eines Greises. Er war nicht der, der sie geworden wäre, wenn sie als Mann zur Welt gekommen wäre: jener Mann war Atanasio, und deshalb hatte sie nur den einen ihrer Söhne geliebt, den, der in ihrem eigenen Besitz verwurzelt blieb, der nicht am Hof lebte, wo dieser noch in ihrer Niederlage die

[1] Mexikanisches Geldstück.

hohe Stellung genießen wollte, die ihnen – sie war dessen sicher – nicht zustand. Und jetzt gehörte ihnen nichts mehr, und sie selbst hatte sich zwischen diese vier Wände zurückgezogen.
Sie sahen einander an, Mutter und Sohn.
Bist du hier, sagte sie wortlos, *um mir zu sagen, daß wir Land und Größe verloren haben? Daß uns andere nahmen, was auch wir anderen genommen haben? Bist du gekommen, mir zu sagen, was ich schon immer gewußt habe, seit meiner Hochzeitsnacht?*
Ich kam unter einem Vorwand. Ich hielt es allein nicht mehr aus.
Ich würde mich gern erinnern, wie du als Kind warst. Ich liebte dich damals, denn eine junge Mutter liebt all ihre Kinder. Als alte Frauen wissen wir es besser. Niemand hat einen Anspruch, grundlos geliebt zu werden. Bande des Bluts sind kein Grund. Der wahre Grund ist das Blut, das grundlos geliebt wird.
Ich wollte stark sein wie mein Bruder. So habe ich den Mulatten und den Jungen mit eiserner Hand angefaßt. Ich habe ihnen verboten, jemals das Haus zu betreten. Wie Atanasio, erinnerst du dich? Aber damals hatten wir so viele Arbeiter. Jetzt ist nur noch der Mulatte und der Junge da. Und der Mulatte geht nun auch noch.
Du bist allein geblieben, und nun kommst du zu mir, um deiner Einsamkeit zu entfliehen. Du denkst, auch ich sei allein; ich sehe es deinen kleinen rührseligen Augen an. Noch immer töricht und schwach: du bist nicht der Sohn, der niemanden um Mitleid bat, das Abbild dessen, was ich als junge Frau war. Jetzt nicht, jetzt nicht mehr: jetzt habe ich mein ganzes Leben zur Gesellschaft, und ich höre auf, eine alte Frau zu sein. Du alter Mann, du glaubst, alles sei zu Ende, wegen deiner grauen Haare, deiner Trinkerei und deiner Willenlosigkeit. Ah, ich erkenne dich, erkenne dich, du . . . Hurensohn, du Sohn dieses Wortes. Du bist der gleiche, der mit uns in die Hauptstadt ging und meinte, unsere Macht sei dazu da, um sie an Frauen und Schnaps zu verschwenden, statt sie zu vertiefen, zu festigen und wie eine Peitsche zu gebrauchen: du bist der gleiche, der glaubte, unsere Macht fiele mühelos an ihn, und er könne immer dort oben bleiben, selbst als wir in dies glühende Land zurück mußten, zu diesem Ursprung,

dieser Hölle, aus der wir gekommen waren und in die wir wieder stürzen mußten. Riechst du? Es gibt einen Geruch, der stärker riecht als jede Frucht, als Pferdeschweiß oder Pulver. Hast du je die Vereinigung eines Mannes und einer Frau gerochen? Danach riecht die Erde hier, nach einem Liebeslager, und du hast es nie gemerkt. Hör . . . ich streichelte dich, als du geboren wurdest, ich nährte dich, nannte dich mein Eigentum, meinen Sohn, aber ich erinnere mich nur noch an den Augenblick, als dich dein Vater mit der Blindheit einer Liebe zeugte, die nicht dich zeugen, sondern mir Lust geben wollte. Und das ist geblieben, und du bist verschwunden, bist daraus verschwunden, hörst du . . .?

Warum sagst du nichts? Aber es ist schon gut, sag nichts. Es ist schon etwas, dich da vor mir zu sehen, wie du mich musterst. Besser als mein nacktes Bett und die schlaflosen Nächte . . .

Suchst du jemanden? Und der Junge da draußen, ist er etwa nicht lebendig? Ich mißtraue dir; du glaubst wohl, ich sähe nichts, wüßte nichts. Als ob ich sein Fleisch nicht ahnen könnte, mein Fleisch, ein Stück von Ireneo und Atanasio, ein Menchaca, ein Mann wie sie . . . Ich wußte, daß er von meinem Fleisch ist, als du ihn noch nicht einmal bemerkt hattest. Blut versteht . . . ohne Blicke, ohne Berührung . . .

»Lunero«, sagte der Junge, als er aufwachte und den Mulatten erschöpft auf der Erde liegen sah. »Ich will in das große Haus gehen.«

Später, als alles vorbei war, der Sohn tot und der Enkel fort, brach die alte Ludivinia das Schweigen und kam wie eine flügellahme Krähe heraus, um zwischen den hohen Farnen zu wehklagen; ihr Blick verlor sich in dem dichten Gestrüpp, bis sie ihn schließlich zu den Bergen hob. Sie streckte die Arme nach der Gestalt aus, die sie, durch die Nacht ihrer ständigen Trauer geblendet, hinter jedem Zweig, der ihr ins Gesicht schlug, zu finden hoffte. Und sie roch die Erde und rief mit klangloser Stimme die vergessenen, erst kürzlich erfahrenen Namen, zerbiß sich wild die Hände, denn etwas in ihrer Brust – Jahre, Erinnerungen, die Vergangenheit, die ihr ganzes Leben war – sagte ihr, daß jenseits ihrer jahrhunderttiefen Erinnerung ein Streifen Leben war: daß

etwas lebte, das nicht mit Ireneos und Atanasios Tod dahingegangen war.
Doch jetzt, da sie Pedro in dem Schlafzimmer betrachtete, konnte sie glauben, dieser Augenblick und dieser Ort seien der Mittelpunkt, der die Erinnerung und das Heute verknüpfe.
Ihr Sohn strich über den dünnen Bart und sagte, diesmal laut:
»Mama, Sie wissen nicht . . .«
Seine Stimme gefror unter ihrem Blick.
Was? Daß nichts von Dauer ist? Daß Macht, die auf Unrecht gründet, durch Unrecht fallen muß? Daß die Feinde, die wir erschossen, deren Zungen wir abschnitten, deren Arme wir abhackten, deren Land wir stahlen, um hier die Herren zu sein . . . daß sie sich eines Tages rächen und uns zerstören würden und sich das nehmen würden, was uns nie wirklich gehört hat, was wir durch Gewalt und nicht durch Recht hielten? Daß sich dein Bruder trotz allem weigerte, den Abstieg und den Niedergang anzuerkennen, und weiterhin ein Menchaca blieb, nicht fern vom Schauplatz wie du, sondern hier unten, unter den Arbeitern, wo er der Gefahr trotzte, Mulatten- und Indianermädchen raubte und nicht nur wie du willfährige Frauen verführte. Daß von den tausend Zeugungsakten zumindest ein Beweis blieb, daß es ihn hier gab? Daß von all den Söhnen, die er über das Land säte, zumindest einer in meiner Nähe geboren wurde? Und daß in der gleichen Nacht, als sein Sohn in einer Negerhütte geboren wurde – auf dem Fußboden, wo er geboren werden mußte, um noch dadurch die Stärke seines Vaters zu bezeugen – Atanasio selbst . . .
Sie wußte, daß Pedro ihre unausgesprochenen Worte nicht erriet. Ihr Blick löste sich von seinem verwüsteten Gesicht und verlor sich in der flüssigen Hitze des Schlafzimmers.
Mach mir keine Vorwürfe. Auch ich bin dein Sohn. Mein Blut ist das gleiche wie das von Atanasio . . . Warum sagten sie bloß mir . . . in jener Nacht: Sergeant Robaina von Santa Annas Heer hat gefunden, was ihr so lange gesucht habt – den Leichnam eures Vaters. Man hat ihn auf dem Friedhof von Campeche begraben. Ein Soldat, der bei der Beerdigung war, zeigte dem Sergeanten die Stelle, und dieser stahl nachts die Knochen des Oberst,

und er möchte sie dir und deinem Bruder jetzt auf der Durchreise nach Jalisco übergeben. Ich erwarte euch heute nacht um elf in der Lichtung, zwei Kilometer vom Dorf . . . die Lichtung, wo früher die Galgen standen. Ich war nicht sehr gerissen. Atanasio glaubte auch daran. Seine Augen füllten sich mit Tränen, und er zweifelte keinen Augenblick an der Nachricht. Oh, warum mußte ich damals auch nach Cocuya zurückkommen? Nur weil mir das Geld ausgegangen war, und Atanasio mir nie etwas abschlug. Er hätte es sogar am liebsten gesehen, wenn ich ganz weggeblieben wäre, denn er wollte hier der einzige Menchaca, euer einziger Beschützer sein. Unter dem roten Mond einer heißen Nacht ritten wir zu der Lichtung. Dort erwartete uns Sergeant Robaina, den wir seit unserer Kindheit kannten. Er lehnte gegen sein Pferd. Seine Zähne und sein weißer Schnurrbart schimmerten wie Reis. Wir kannten ihn. Er hatte immer den General begleitet und war als Zureiter berühmt gewesen. Er hatte immer gelacht, als sei er selbst Teil eines ungeheuren Scherzes. Und da war er, der schmutzige Sack, der über dem Rücken seines Tieres hing und dessentwegen wir hergekommen waren. Atanasio umarmte den Sergeanten, und dieser lachte wie immer. Er lachte, bis sein Gelächter in ein Pfeifen überging und plötzlich vier Männer aus dem Dickicht hervorbrachen, vier Männer, die ganz in Weiß gekleidet waren und hell im Mondlicht schimmerten. »Diese gesegneten Seelen!« rief der Sergeant mit scherzender Stimme, »diese gesegneten Seelen, denen es nicht reicht, daß sie alles verloren haben, sondern die es auch noch wiederhaben wollen!« Seine Stimme veränderte sich, und er ging auch auf Atanasio zu. Niemand kümmerte sich um mich. Sie gingen mit starrem Blick auf ihn zu, als ob ich überhaupt nicht vorhanden wäre. Ich weiß nicht, wie es mir gelang, aufzusitzen und fortzureiten, während sie mit den Macheten in den Händen auf ihn eindrangen und er mit rauher und zugleich gefaßter Stimme schrie: Komm zurück, Bruder, denk, was du bei dir trägst. Ich spürte den Gewehrkolben gegen das Knie schlagen, aber ich konnte nicht umkehren. Sie schnitten ihm als erstes die Sehnen durch, so daß er sich nicht mehr bewegen konnte, und dann hieben sie unter dem schweigenden Mond auf ihn ein. Was *hätte es genützt, wenn ich Hilfe geholt hätte . . . da er schon tot war? Und da ihn ein Großgrundbesitzer getötet hatte, der ihn töten mußte, um seinen Namen zu Recht zu tragen? Was konnte ich tun? Ich wollte nicht einmal den Zaun sehen, den der Mann, der uns von unserem Land vertrieben hatte, am nächsten Tag errichten ließ. Wir waren geschlagen. Unsere Arbeiter gingen wortlos zu ihm über; schlimmer als Atanasio würde er wohl nicht sein. Und wie um mich zu warnen, patrouillierten Soldaten von den Bundestruppen eine Woche lang an der neuen Grenzlinie. Ich war froh, daß sie mich nicht auch getötet hatten. Und einen Monat später besuchte Porfirio Díaz den neuen Mann in seinem neuen großen Haus. Sie vergaßen auch nicht, uns zu verhöhnen. Mit Atanasios verstümmeltem Körper schickten sie mir einen Sack voll Kuhknochen und einen großen gehörnten Schädel – die Knochen, die uns der Sergeant gebracht hatte. Ich hing das geladene Gewehr über die Haustür. Wer weiß, wozu? Eine Geste der Huldigung für den armen Atanasio? Wirklich, in jener Nacht kam mir keinen Augenblick zu Bewußtsein, daß ich ein Gewehr trug, obwohl der Kolben den ganzen Weg nach Hause gegen mein Knie schlug, den ganzen langen Weg, Mama, ich schwöre es . . .*

»Nein«, sagte Lunero und stand auf. »Niemand darf das große Haus betreten.« Sein waagrechter Tanz der Angst und des Schreckens war zu Ende, sein schweigender Abschied an ihrem letzten gemeinsamen Nachmittag. Es muß halb sechs sein. Der Werber müßte bald kommen.

»Versuch, dich vor uns zu verstecken«, hatte der Werber gestern gesagt. »Versuch es nur. Wir haben etwas Besseres als Bluthunde. Wir haben all die armen Teufel, die einen Tagelöhner mit Freuden ausliefern, da sie wissen, daß sie selbst daran glauben müssen.«

Lunero dachte an die sandige Küste. Wie er so dastand, schien er dem Jungen riesenhaft. Er starrte auf die Strömung, die so schnell zum Golf eilte. Wie groß er wirkte mit seinen dreiunddreißig Jahren, seiner zimtfarbenen Haut und seinen rosigen Handflächen! Er blickte unverwandt zur Küste, und seine Augen waren weiß vor Sehnsucht nach jener anderen, viel ferneren Zeit jenseits des Golfes und der Sandbank, die in die Flußmündung hineinragte und den Saum des Meeres braun färbte. Weiter, viel weiter begann die Welt der Inseln, die bis zum Kontinent reichten, wo ein Mann wie er sich für immer verstecken und sagen konnte, er sei zurückgekehrt. Hinter ihm lag die Sierra, die Hochebene, das indianische Land. Er wollte nicht in diese Richtung schauen. Er holte tief Luft und sah zum Meer wie zu einem Traumbild der Freiheit und der Erfüllung.

Der Junge rannte auf ihn zu. Seine Umarmung reichte nicht höher als bis zu den Rippen des Mulatten.

»Geh nicht fort, Lunero.«

»Aber Niño Cruz, was soll ich denn um Gottes willen tun?«

Der Mulatte streichelte den Kopf des Jungen. Glück und Dankbarkeit erfüllten ihn in diesem Augenblick, den er immer als einen schmerzlichen Augenblick gefürchtet hatte. Der Junge sah zu ihm auf:

»Ich gehe hinein und sage ihnen, daß du nicht gehen kannst . . .«

»Hinein?«

»Ja, in das große Haus.«

»Sie wollen uns dort nicht, Junge. Stör sie nicht. Komm, gehen wir wieder an die Arbeit. Ich bin noch ein paar Tage hier. Wer weiß, vielleicht muß ich überhaupt nie fort.«

Der lärmende Fluß des Nachmittags öffnete und schloß sich um Luneros Körper, der kopfüber ins Wasser sprang, um den Worten und der Berührung seines Gefährten auszuweichen. Der Junge ging zur Arbeit am Kerzenring zurück. Er lächelte, als Lunero das Zappeln eines Ertrinkenden nachahmte, ein Rad im Wasser schlug und mit einem Stock zwischen den Zähnen wieder auftauchte. Am Ufer schüttelte er sich wie ein Hund, machte komische Geräusche und setzte sich dann mit dem Hammer und Nägeln zwischen den Zähnen wieder an die Arbeit. Aber er mußte immer daran denken, daß der Mann im schwarzen Gehrock nicht mehr lange ausbleiben konnte. Die Sonne verschwand schon hinter den Baumwipfeln. Er wehrte sich dagegen, doch zu spät: die Schneide der Bitterkeit trennte ihn von seinem schon verlorenen Glück.

»Bring mir Sandpapier aus der Hütte«, sagte er zu dem Jungen, überzeugt, daß dies seine Abschiedsworte waren.

Er würde gehen, wie er war, in seinem Arbeitshemd und seiner Arbeitshose. Wozu sich umziehen? Jetzt würde schon eine Wache am Ende des Pfades stehen, so daß der Mann in dem Gehrock nicht den ganzen Weg bis zur Hütte zurücklegen müßte.
»Ja«, sagte Ludivinia. »Baracoa hat mir alles erzählt. Daß wir von der Arbeit eines Mulatten und eines Jungen leben. Daß wir dank ihnen etwas zu essen haben. Und du weißt nicht, was tun?«
Die wirkliche Stimme der alten Frau war schwer zu verstehen, so sehr war sie an das Flüstern ihrer einsamen Selbstgespräche gewöhnt.
»Tu, was dein Vater und dein Bruder getan hätten! Geh hinaus und beschütze den Mulatten und den Jungen, verhindere, daß man sie wegholt! Und wenn du das nicht kannst, dann setz dein Leben daran, daß sie uns nicht mit Füßen treten! Geh schon, du Hurenkerl, oder soll vielleicht ich gehen? Hol mir den Jungen, ich will mit ihm reden ...« Mit einer ungeduldigen Handbewegung befahl sie ihm, die Kerzen anzuzünden ...
Der Junge sah nur verschwommene Umrisse durch die Spitzenvorhänge. Er konnte weder die Stimmen noch die Gesichter erkennen. Er verließ das Fenster, und auf Zehenspitzen schlich er zur Vorderseite des Hauses, zu den mächtigen, feuergeschwärzten Säulen und der öden Terrasse, wo die Hängematte von Señor Pedros einsamen Saufgelagen hing. Und noch etwas anderes: über dem Türsturz hing an zwei rostigen Haken das Gewehr, das Señor Pedro immer geölt und schußbereit hielt – die letzte Zuflucht seiner Feigheit. Der Doppellauf glänzte im Zwielicht. Der Junge ging darunter hindurch. Was einst der Wohnraum gewesen war, hatte Decke und Boden verloren. Im grünen Abendlicht, das von oben hereinsickerte, sah er Unkraut, verkohlte Trümmer und in den Ecken Pfützen stehenden Regenwassers. Frösche quakten. Dann öffnete sich ein verkrauteter *Patio* vor ihm, an dessen Ende ein schmaler Streifen Licht unter einer Tür durchschimmerte. Die Stimmen dahinter wurden lauter. Die Indianerin Baracoa erschien auf der entgegengesetzten Seite des Hofes, wo einst die Küche gelegen hatte, und sah mit ungläubigem Blick zu der Tür. Der

Junge trat in den Schatten zurück. Er ging wieder zur Terrasse, und indem er auf zerbrochene Ziegel trat, konnte er hoch genug klettern, um das Gewehr herunterzuholen. Die Stimmen schwollen noch mehr an: gestammelte Entschuldigungen und dünne, wütende Anklagen. Ein hoher Schatten kam aus dem Schlafzimmer: ein Gehrock mit wehenden Rockschößen und Stiefel dröhnten auf den Steinplatten. Der Junge zögerte nicht: er kannte den Weg, den diese Stiefel nehmen würden. Mit dem Gewehr in den Armen rannte er zur Hütte.

Lunero wartete schon ein gutes Stück von der Hütte und dem großen Haus an der Stelle, wo sich die Wege aus roter Erde kreuzten. Es war jetzt sieben Uhr abends. Der Werber mußte jeden Augenblick kommen. Er sah die Straße in beiden Richtungen hinunter. Eine Staubwolke würde das Pferd ankündigen. Völlig unvermittelt jedoch kam das doppelte Krachen des Gewehrs. Für einen Augenblick konnte er sich weder rühren noch einen Gedanken fassen.

Der Junge hatte sich, das Gewehr in den Händen, zwischen die Farne geduckt. Angst ergriff ihn, als die Schritte des Mannes näher kamen. Dann sah er die engen Stiefel und die wehenden Schöße des Gehrocks. Er zweifelte nicht: es war der gleiche Gehrock wie gestern. Er zweifelte nicht, als der Mann, dessen Gesicht er nicht sehen konnte, die Hütte betrat und mit der gleichen ungeduldigen Stimme »Lunero!« rief, in welcher der Junge die gleiche Drohung wie gestern erkannte. Er konnte den Mulatten doch nur suchen, um ihn mit Gewalt fortzuholen? Und das Gewehr wog schwer, und das Gewicht steigerte den schweigenden Zorn des Jungen, er wußte nun voll Zorn, daß es im Leben Feinde gab und nicht mehr bloß das ungestörte Dahinfließen des Flusses und der Arbeit, er lernte nun voll Zorn die Trennung kennen. Die engen Hosen kamen aus der Hütte. Der Gehrock. Er hob das Gewehr, zielte mit dem doppelten Lauf und drückte ab.

»Cruz, mein Junge!« schrie Lunero, als er sich über das zerschmetterte Gesicht beugte. Das steife Hemd war blutbefleckt, und Señor Pedro trug das unechte Lächeln eines plötzlichen Todes. »Artemio.«

Und der Junge, der zitternd aus den Farnen hervorkam, konnte das blutüberströmte, pulvergeschwärzte Gesicht des Mannes nicht erkennen, den er immer nur von weitem gesehen hatte, meist halbnackt, ein zerrissenes Hemd über der haarlosen Brust und eine Korbflasche in der Hand. Das war nicht jener Mann, noch der elegante Herr von einst, wie ihn Lunero erinnerte, noch das verzogene Kind, das Ludivinia einst flüchtig geliebt hatte. Dies war nichts als ein Gesicht ohne Nase, ohne Augen, ohne Mund, ein blutiges Hemd und ein blödes Grinsen. Lunero und der Junge rührten sich nicht. Nur die Zikaden sangen. Lunero begriff, was vorgefallen war.

Und Ludivinia schlug die Augen auf, befeuchtete den Zeigefinger mit Spucke und löschte die Kerze neben ihrem Bett. Fast kriechend näherte sie sich dem Fenster. Draußen war etwas geschehen. Die Kronleuchter hatten geklirrt. Etwas Endgültiges war geschehen, etwas, was für immer von diesem doppelten Krachen erschüttert worden war. Sie vernahm leise Stimmen. Dann verstummten sie, und nichts blieb als das Summen der Insekten. Die Zikaden sangen.

Baracoa ließ in der Küche alles liegen und stehen, löschte das Feuer und dachte schaudernd, die schlimmen Zeiten der Schießerei seien wieder angebrochen.

Ein paar Minuten rührte sich Ludivinia nicht von der Stelle. Doch allmählich wurde die Stille unerträglich, und die dünne Wut, welche die vier Wände nicht fassen konnten, packte sie. Sie stolperte in die Dunkelheit hinaus – winzig, ein weißer, runzeliger Wurm unter dem nächtlichen Himmel. Sie streckte die Arme nach einer menschlichen Gestalt aus, die sie dreizehn Jahre lang in ihrer Nähe gewußt hatte, aber die sie erst jetzt anfassen und beim Namen nennen wollte, statt sie nur in Gedanken zu umarmen. Cruz: Cruz, ohne wirklichen Vor- und Zunamen, von den Mulatten mit den Silben Isabel Cruz oder Cruz Isabel getauft, seiner Mutter, die mit Stockschlägen von Atanasio vertrieben worden war: die erste Frau, die ihm einen Sohn geboren hatte. Die alte Frau hatte vergessen, wie die Nacht war. Ihre Beine zitterten, aber sie schleppte sich weiter, vornübergebeugt, kriechend, mit

Armen, die sich der letzten Umarmung ihres Lebens entgegenstreckten. Aber sie fand nichts als Hufgetrappel und eine Staubwolke, ein schweißbedecktes Pferd, das wiehernd stehenblieb, als ihre gekrümmte Gestalt die Straße überquerte, und die Stimme des Werbers schrie:

»Wo sind der Neger und der Junge hin, alte Hexe? Wo sind sie, ehe ich die Hunde und die Männer auf sie hetze?«

Ludivinia drohte ihm mit der zitternden Faust und antwortete mit ihrem vertrauten Fluch:

»Hurensohn!« Sie konnte den Kopf nicht soweit heben, um sein Gesicht zu sehen. »Hurensohn!« Das Pferd wieherte.

Die Peitsche sauste auf ihren Rücken, und sie stürzte zu Boden. Das Pferd wurde herumgeworfen und galoppierte zurück, während der aufgewirbelte Staub leise herabsank.

•

ICH merke, wie eine Nadel die Haut meines Unterarmes durchsticht: ich schreie, bevor ich den Schmerz spüre: die Nachricht von dem Schmerz ist schneller als der Schmerz selbst, um mich auf ihn vorzubereiten ... um mich davor zu warnen, damit ich mir seiner bewußt werde ... denn Bewußtheit ... schwächt uns ... macht uns ... zu Opfern ... Bewußtheit ... des Schmerzes ... der nie fragt ... der nichts ... von uns weiß ... jetzt: Schmerz, der nicht mehr ... die Injektion ist ... sondern der andere, der Schmerz, den ich kenne ... vorsichtig ... betasten sie meinen Bauch ... meinen geschwollenen ... teigigen, blauen ... Bauch ... sie berühren ihn ... ich ertrage es nicht ... mit diesem seifigen Rasierapparat ... rasieren meinen Bauch, meine Schamgegend ... ich ertrage es nicht, ich schreie, ich muß schreien ... sie halten mich nieder ... meine Arme, meine Schultern ... ich schreie, sie sollen mich allein ... in Frieden sterben ... lassen ... faßt mich nicht an ... dieser entzündete Magen ... empfindlich wie ein verletztes Auge ... ich ertrage es nicht ... sie halten mich ... sie stützen mich ... meine Eingeweide rühren sich nicht, sie ... rühren sich nicht ... ich weiß ... Gase blähen mich auf ... kommen nicht heraus ... lähmen Säfte, die fließen sollten ... blasen mich auf . . . ich weiß . . . ich habe keine Temperatur mehr . . . ich weiß nicht, wohin gehen . . . wen um Hilfe fragen . . . damit ich aufstehen . . . und herumlaufen kann . . . ich presse, ich presse . . . das Blut fließt nicht . . . ich weiß, es fließt nicht . . . wo es hinfließen sollte . . . es sollte aus . . . meinem Mund, meinem After . . . fließen . . . aber es fließt nicht . . . sie wissen nicht . . . raten . . . horchen mich ab . . . horchen mein rasendes Herz ab . . . sie fühlen mein pulsloses Handgelenk . . . sie beugen mich . . . beugen mich vor . . . legen mich zurück . . . ich schlafe, ich schlafe ein . . . ich sage ihnen . . . ich weiß nicht, wer sie sind . . . ich muß es ihnen sagen . . . ehe ich einschlafe . . . wir ritten durch . . . wir ritten durch den Fluß . . . ich rieche meinen eigenen . . . üblen . . . Geruch . . . sie legen mich zurück . . . die Tür geht auf . . . die Fenster gehen auf . . . ich rolle . . . sie schieben mich irgendwohin . . . ich sehe die Decke . . . die verschwommenen Lichter, die vorbeigleiten . . . ich spüre . . . rieche . . . fühle . . . höre . . . sie schieben mich . . . schieben mich durch einen reichverzierten Gang . . . und ich berühre, rieche, schmecke, rieche die prächtigen Reliefs – die reichen Mosaiken – die Friese aus Gold und Stuck –, die Kommoden aus Bein und Schildpatt – die Beschläge und Griffe – die Truhen mit schmiedeeisernen Platten und Schlössern – die Bänke aus aromatischem *ayacuahuite*-Holz – das Chorgestühl – die barocken Schnörkel und Leisten – die geschwungenen Rückenlehnen – die gedrehten Stuhlbeine – die bunten Masken – die bronzenen Ziernägel – das kunstvoll bearbeitete Leder – die gegossenen Klauen- und Kugelfüße – die silberdurchwirkten Meßgewänder – die Damaststühle – die Samtsofas – die Tische aus dem Refektorium – die Urnen und Krüge – die eingelegten Tische – die Himmelbetten mit Vorhängen – die gekehlten Säulen – die Wappenschilder und Bänder – die Merinoteppiche – die Eisenschlüssel – die goldgerahmten Ölgemälde – die Kostbarkeiten aus Seide, Kaschmir, Wolle und Taft – die Spiegel und Lüster – die handbemalten Gläser – das warme Deckengebälk – all das werden sie nicht berühren . . . das wird ihnen nicht gehören . . . meine Lider . . . ich muß sie heben . . . macht die Fenster auf . . . ich drehe mich . . . meine großen Hände . . . riesigen Füße . . . ich schlafe ... Lichter gleiten vorbei ... vor meinen offenen Augen ... Deckenlichter ... macht die Sterne auf ... ich weiß nicht ...

Du wirst auf den ersten Höhen des Berges stehen, dessen Gipfel hinter dir immer höher in die immer dünnere Luft aufragt. Zu deinen Füßen werden sich Hänge, die in tropisches Laubwerk und nächtliches Knistern gehüllt sind, bis in die dampfende Ebene senken und sich im blauen Teppich der Nacht verlieren. Du wirst auf dem ersten Felsvorsprung haltmachen, in bebendes Staunen versunken über das Unbegreifliche, was geschehen ist, das Ende eines Lebens, das du insgeheim für ewig hieltest: das Leben in der von trichterförmigen Blumen umrankten Hütte, das Schwimmen und Fischen im Fluß, das Kerzendrehen und die Gemeinschaft mit Lunero. Aber trotz deiner Erschütterung – zwischen Erinnern und Zukunft – wird sich die neue Welt des Berges und der Nacht vor dir auftun, um mit einem dunklen Licht in deine noch immer frischen und geblendeten Augen zu dringen, was aufgehört hat, Leben zu sein, und sich in Erinnerung an einen Jungen verwandelt hat. Jetzt gehört dieses Kind einem unbezähmbaren Sein an, das über die eigenen Kräfte hinausgeht, gehört der Weite der Erde an. Du wirst frei sein vom Zufall der Herkunft und der Abstammung, um dafür einem neuen Schicksal unterworfen zu sein, einem unbekannten Schicksal, das dich hinter den sternenhellen Bergen erwartet. Während du Atem schöpfst, wird sich das weite Panorama vor dir auftun, und der sternenbesäte Himmel wird auf dich herabscheinen. Die Erde wird ihre stets gleiche Bahn beschreiben und sich um die eigene Achse drehen, während sie die Sonne umkreist; Erde und Mond werden sich umeinander und um ihren gemeinsamen Schwerpunkt drehen. Und der ganze Hof der Sonne wird sich innerhalb eines weißen Bandes bewegen; die Straße aus flüssigem Feuer wird in Spiralen über das klare Gewölbe dieser tropischen Nacht fließen, im unaufhörlichen Tanz verschlungener Finger, im richtungs- und grenzenlosen Gespräch des Alls. Und das flimmernde Licht wird dich in der Ebene und auf dem Berg mit einer Stetigkeit umfangen, die in nichts an die

Bewegung des Sterns und die wirbelnde Umdrehung der Erde erinnert, an den Satelliten, an die Sonne, die Milchstraße und die Spiralnebel; an die Reibungen, die Spannungen und die elastischen Bewegungen, welche die Kräfte der Welt, des Felsens und deiner Hände zusammenpressen und vereinen. Du würdest gern einen einzelnen Stern ansehen, um all sein kaltes Licht in dich aufzunehmen, dieses Licht, das ebenso unsichtbar ist wie die gleißende Farbe des Sonnenlichtes. Du wirst blinzeln und in der Dunkelheit so wenig wie bei Tag die wahre Farbe der Welt erkennen, die dem menschlichen Auge versagt ist. Du wirst dich in der Betrachtung des dünnen weißen Lichtes verlieren, das mit grellen, abgehackten Rhythmen in deine Pupillen dringt. Von seinen zahllosen Ursprüngen wird das Licht des Alls seine flüchtige, geschwungene Bahn beschreiben, wird vergängliche, schlafende Körper streifen; vorbei an beweglichen Zusammenballungen der Materie, die Bögen des Lichtes werden sich sammeln, sich trennen und in der andauernden Bewegung den Umriß des Ganzen erschaffen. Und du wirst das Licht kommen fühlen, und die Düfte des Berges und der Ebene werden sich umgeben: *arrayan*[1] und *Papaya,* die Gerüche der Nacht und der Tabachinen, der Pinien und der Lorbeertulpen, der Vanille und des *tecotehue*[2], des wilden Veilchens, der Mimose und der Tigerblume. Du wirst deutlich sehen, wie das Licht weiter und weiter von den eisbedeckten Inseln, jedesmal weiter von der ersten Öffnung und der ersten Explosion sich entfernt. Sobald das Licht bis zu deinen Augen reicht, reicht es auch bis zum fernsten Saum des Alls. Du wirst die Hände auf den Stein pressen, auf dem du sitzt, wirst die Augen schließen und wieder den Lärm der Zikaden, das Blöken einer verirrten Herde hören. In diesem Augenblick scheint sich hinter deinen geschlossenen Lidern alles gleichzeitig vorwärts und rückwärts und zur Erde hin zu bewegen. Die dunklen Schwingen des Bussards, der bestürzt in die tiefste Schlucht des Flusses von Veracruz hinabstößt und der dann auf einem mächtigen Felsen sitzt, wer-

---

[1] Myrte.

[2] Tropische Pflanze.

den die gleichmäßige Beharrlichkeit der Sterne durchschneiden. Und du wirst nichts fühlen, wirst nicht bemerken, wie sich etwas bewegt; nicht einmal der Bussard wird die Stille unterbrechen; du wirst weder mit den Augen, noch den Füßen, noch dem Hals den rasenden Lauf und die kreisende Umdrehung des Alls spüren. Du wirst die schlafende Erde betrachten. Die ganze Erde: Felsen und Gesteinsadern, die Masse des Gebirges, die Schwere der gepflügten Felder, den Lauf der Flüsse, Menschen und Häuser, Tiere, Vögel und Schichten, die nichts von dem unterirdischen Inferno wissen. Und alles wird sich vergebens der unaufhaltsamen Bewegung entgegensetzen. Du wirst mit einem kleinen Felsbrocken spielen, während du wartest, daß Lunero mit einem Maultier kommt. Du wirst den Stein in den Abgrund werfen, so daß er für einen Augenblick ein eigenes, schnelles, energiegeladenes Leben erhält; eine kleine ziellose Sonne und ein kurzes Kaleidoskop der widerscheinenden Sterne, fast so schnell wie das Licht, das ihn sichtbar macht, doch gleich darauf ein winziger Splitter am Fuß des Berges, während das Sternenlicht mit unsichtbarer und absoluter Geschwindigkeit weitereilt. Dein Blick verliert sich in der Seitenschlucht, wo der Stein verschwand. Du wirst dein Kinn auf die Fäuste stützen, und dein Profil wird sich scharf gegen die Linie des nächtlichen Horizonts abzeichnen. Du wirst das Neue in dieser Landschaft sein, das schon bald wieder daraus verschwindet, um auf der anderen Seite des Gebirges die ungewisse Zukunft deines Lebens zu suchen. Aber hier und jetzt wird das Leben zum erstenmal Gegenwart sein, wird aufhören, Vergangenheit zu sein. Deine Unschuld wird sterben, nicht an Schuld, sondern an deinem maßlosen Erstaunen. Du bist hoch über der Welt, nie zuvor warst du so hoch, und noch nie hast du solche breiten Kreuzungen gesehen: hier wäre die vertraute, enge Welt neben dem Fluß nur ein winziger Teil im ungewohnten Ausmaß. Und doch wirst du dich nicht klein fühlen, während du in diesem still besonnenen Augenblick schaust und schaust: zu den fernen Wolkengebilden, der hügeligen Ebene und dem steilen Anstieg des Himmels. Du fühlst dich nicht klein, sondern besser, gefaßter und gelassener und ahnst nicht, daß du auf einem neuen Land stehst, das erst vor wenigen Stunden aus dem Meer emporgestiegen ist, um an den Mauern des Gebirges zu zerschellen und sie wie ein Stück Pergament zu zerknittern. Du wirst dich hoch oben auf dem Berg wissen, senkrecht zur Ebene und parallel zum Horizont, in der Nacht und im toten Winkel der Sonne: in der Zeit. Sind die fernen Sternbilder dicht nebeneinander oder durch unermeßliche Zeiten getrennt? Ein Planet wird sich über dir drehen, und seine Zeit wird mit ihm selbst übereinstimmen: vielleicht erlöscht das dunkle ferne Kreisen in diesem Augenblick, dem einzigen Tag seines einzigen Jahres, ein flüchtiger Moment, der den Tagen deiner Jahre auf immer fremd bleiben wird. Seine Stunde wird nicht deine Stunde sein, genau wie die Gegenwart der Sterne, die du ansiehst, nicht deine Gegenwart ist. Ihr Licht ist das einer fernen, wahrscheinlich toten Zeit. Das Licht, das du siehst, wird nur das Spektrum des Lichtes sein, das vor Jahren, vor vielen Jahrhunderten und Jahrtausenden seinen Weg antrat. Lebt der Stern noch? Er wird leben, solange deine Augen ihn sehen. Und du wirst erst wissen, daß er gestorben ist, wenn du in einer zukünftigen Nacht aufblickst und sein Licht nicht für deine Augen da ist. Vielleicht hat jedoch auch das Licht aufgehört zu existieren. Auf jeden Fall ist das Licht, das du siehst, alt und nicht jenes Licht, das in diesem Augenblick in rasender Geschwindigkeit von dem Stern ausgeht: du hast den Stern mit deinem Blick getauft. In seinem Ursprung tot, wird er in deinen Augen weiterleben. Erloschene, verglühte Quelle eines Lichts, das zu den Augen eines Jungen reist, der in der Nacht einer anderen Zeit lebt. Einer Zeit, die sich mit Leben, Taten und Ideen füllt, die jedoch immer ein unausrottbarer Strom zwischen den ersten Meilensteinen der Vergangenheit und den letzten Gemarkungen der Zukunft sein wird. Eine Zeit, die nur in der Rekonstruktion einsamen Erinnerns und im Flug einsamen Wünschens bestehen wird. Eine Zeit, die stirbt, wenn sie einmal die Möglichkeit zu leben verloren hat. Eine Zeit, die in dir verkörpert ist, dem einmaligen Geschöpf, das du bist, jetzt ein kleiner Junge, jetzt ein sterbender, alter Mann, ein Geschöpf, das in einer geheimnisvollen Zeremonie heute nacht die kleinen Insekten, die vor dem Felsabsturz flimmern, mit den ungeheuren Sternen verbindet, die lautlos auf dem unendlichen Hintergrund des Raumes kreisen. Nichts wird in diesem Schweigen, das der Erde, dem Himmel und dir gehört, geschehen. Alles wird da sein, wird sich bewegen und sich trennen, ein Fluß des ewigen Wechsels, der sich in diesem Augenblick auflösen wird, durch den alles altern und vergehen muß, ohne daß sich auch nur eine einzige warnende Stimme erhebt. Die Sonne verbrennt, das Eisen löst sich im Staub auf, die richtungslose Energie verteilt sich im Raum, die Massen setzen sich in Strahlen um, die Erde kühlt sich bis zum Erlöschen ab . . . und du wirst dasitzen und auf den Mulatten und ein Maultier warten, um mit ihnen den Berg zu überschreiten und dein Leben zu beginnen, die Zeit zu füllen, die Schritte und Posen des makabren Tanzes auszuführen, in den sich dein Leben hineinstürzt, während es gleichzeitig stirbt, ein Tanz des Wahnsinns, in dem die Zeit sich selbst verschlingt; niemand kann den Strom, der unaufhaltsam der Vernichtung zutreibt, aufhalten, ohne sich selbst zu zerstören. Der Knabe, die Erde und das All: der Tag wird kommen, da nichts mehr von ihnen bleibt, keine Wärme, kein Licht, kein Leben, nichts außer der vergessenen, namenlosen Einheit. Wenn nichts mehr leben wird, um einen Namen zu sagen, werden Raum und Zeit, Materie und Energie verschmelzen. Ein Tag, an dem alles den gleichen Namen haben wird: keinen. Aber noch ist es nicht so weit. Noch werden Menschen geboren. Noch hörst du das »Halloooo« Luneros und das Klappern der Maultierhufe auf dem Fels. Dein Herz wird schneller schlagen, als dir endlich bewußt wird, daß von diesem Tag, von dieser Nacht an ein unbekanntes Abenteuer beginnt, daß sich die Welt vor dir auftut und dir ihre Zeit bietet. Du existierst. Du antwortest auf Luneros Ruf mit einem Pfiff. Du stehst auf dem Berg. Du wirst der Mittelpunkt und Sinn der ewigen Weltgesetze sein. Dein Körper hat seinen Sinn. Dein Leben hat seinen Sinn. Du bist, du warst und du wirst die Verkörperung des Universums sein. Für dich wird die Milchstraße lodern und die Sonne brennen. Damit du bist, lebst und liebst. Damit du das Geheimnis findest und stirbst, ohne daran teilzuhaben, denn du wirst es erst besitzen, wenn sich deine Augen für immer geschlossen haben. Du, aufrecht, Cruz, dreizehn Jahre alt, am Scheidewege des Lebens. Du, grüne Augen, dünne Arme, von der Sonne kupfern getöntes Haar. Du, du Freund eines vergessenen Mulatten. Du wirst der Name der Welt sein. Du wirst Luneros Ruf hören. Du wirst die unendliche, unauslotbare Frische des Alls an dich binden. Du wirst das Klappern der Maultierhufe vernehmen. In dir berühren sich Erde und Sterne. Du wirst einen Gewehrschuß hinter Lunero hören. Als kämst du von einer Reise in die Zeit, einer Reise ohne Anfang und Ende zurück, werden über dich die Versprechungen der Liebe und der Einsamkeit hereinbrechen, des Hasses und der Macht, der Gewalt und der Zärtlichkeit, der Freundschaft und der Enttäuschung, der Zeit und des Vergessens, der Unschuld und der Überraschung. Du wirst die Stille der Nacht hören, ohne den Schrei Luneros, ohne das Klappern der Maultierhufe. In deinem heute nacht dem Leben geöffneten Herzen, in deinem geöffneten Herzen ...

1889: 9. April

Zusammengekrümmt, im Mittelpunkt der Wehen, den Kopf dunkel von Blut, hing er am zartesten aller Fäden: endlich dem Leben geöffnet. Und Lunero hielt Isabel bei den Armen und schloß die Augen, denn er wollte nicht sehen, was zwischen ihren gespreizten Beinen geschah. Mit abgewandtem Gesicht fragte er: »Hast du die Tage gezählt?« und sie konnte nicht antworten, denn sie schrie mit verzerrten Lippen und zusammengebissenen Zähnen, und sie fühlte, wie jetzt der Kopf herauskam, während Lunero sie unter den Schultern gefaßt hielt, Lunero ganz allein und der Topf kochenden Wassers über dem Feuer und das Messer und die Tücher bereit, und er kam heraus, zwischen ihren Beinen, jetzt, kam von den Wehen ihres Leibes gestoßen, immer kräftigeren, immer stärkeren Wehen, und Lunero mußte ihre Schultern loslassen, die Schultern von Cruz Isabel, Isabel Cruz, um zwischen ihren Beinen zu knien und den schwarzen, nassen

Kopf zu empfangen, den kleinen, klebrigen Körper, der noch immer mit Cruz Isabel, Isabel Cruz verbunden war, und die Frau hörte auf zu stöhnen, seufzte schwer und wischte mit weißen Handflächen den Schweiß von ihrem Gesicht, sie wollte ihn sehen und streckte die Arme nach ihm aus, während Lunero die Nabelschnur durchschnitt, das Ende abband, Körper und Gesicht wusch, ihn streichelte, küßte und dann seiner Schwester Isabel Cruz, Cruz Isabel reichen wollte, aber jetzt stöhnte sie unter einer neuen Wehe, und das Geräusch von Stiefeln näherte sich der Hütte, wo sie unter dem Palmendach auf dem Boden lag, die Schritte kamen näher, und Lunero hielt ihn mit dem Kopf nach unten und schlug ihn mit der flachen Hand, damit er schrie, während die Stiefel näher kamen, und er schrie und schrie und begann zu leben.

Ich weiß nicht . . . weiß nicht . . . bin ich er . . . warst du er . . . oder bin ich alle drei . . . Du . . . ich trage dich in mir, und du wirst mit mir sterben . . . Gott . . . Er . . . ich trage ihn in mir, und er wird mit mir sterben . . . die drei . . . die sprachen . . . Ich . . . ich . . . werde ihn in mir tragen, und er wird mit mir sterben . . . allein . . .

Du wirst nichts mehr wissen: du wirst dein offenes Herz heute nacht nicht kennen, dein offenes Herz. Skalpell, sagten sie, Skalpell. Ich höre es, ich, der noch weiß, wenn du nicht mehr weißt, und noch ehe du wußtest. Ich war er, ich werde du sein. Ich höre in die Tiefe des Kristalls, hinter dem Spiegel, auf den Grund, unter und über dir und ihm. Sie öffnen dich, sie brennen dich aus. Sie öffnen deine Magenwände. Das scharfe, kalte Messer trennt das Gewebe. Und sie finden die Flüssigkeit in deinem Bauch, und entzündete Knäuel von Eingeweiden, geschwollen und mit deinem harten blutgefüllten Gekröse verbunden. Sie finden die Stelle mit dem Wundbrand in einer stinkenden Flüssigkeit. Infarkt, sagen sie und wiederholen: mesenterialer Infarkt.

Sie sehen deine geweiteten, dunkelroten, fast schwarzen Eingeweide an und sagen: Puls, Atmung, Temperatur, punktförmige Perforation. Zerfressen. Blut fließt aus deinem geöffneten Bauch. Hoffnungslos, sagen sie, hoffnungslos, wiederholen sie. Die drei. Das Blutgerinnsel löst sich. Schwarzes Blut läuft aus. Das Blut wird fließen und dann versiegen. Es ist versiegt. Dein Schweigen und deine offenen, blicklosen Augen. Deine eisigen, fühllosen Finger. Deine blauschwarzen Nägel. Deine zitternden Kiefer. Artemio Cruz . . . Name . . . hoffnungslos . . . Herzmassage . . . hoffnungslos . . . Du wirst jetzt nichts mehr wissen. Ich trage dich in mir, und mit dir werde ich sterben. Die drei, wir . . . werden sterben. Du . . . stirbst, bist gestorben . . . ich werde sterben.

Havanna, Mai 1960
Mexico City, Dezember 1961

Augusto Roa Bastos, Menschensohn. *Roman.* Mit einem Nachwort von Rubén Bareiro Saguier. Aus dem Spanischen von Curt Meyer-Clason. 1976. Band 506

Juan Rulfo, Pedro Páramo. *Roman.* Aus dem Spanischen von Mariana Frenk. 1976. Band 434

–, Der Llano in Flammen. *Erzählungen.* Aus dem Spanischen von Mariana Frenk. 1976. Band 504

César Vallejo, Gedichte. Zweisprachig. Aus dem Spanischen von Hans Magnus Enzensberger. 1963. Band 110. (Revidierte Neuauflage 1976)

Mario Vargas Llosa, Die kleinen Hunde. *Erzählung.* Deutsch von Wolfgang Alexander Luchting. Mit einem Nachwort von José Miguel Oviedo. 1975. Band 439

in den suhrkamp taschenbüchern

Roberto Arlt, Die sieben Irren. *Roman.* Aus dem Spanischen von Bruno Keller. 1977. Band 399

Adolfo Bioy Casares, Fluchtplan. *Roman.* Aus dem Spanischen von Joachim A. Frank. 1977. Band 378

Alejo Carpentier, Explosion in der Kathedrale. *Roman.* Aus dem Spanischen von Hermann Stiehl. 1977. Band 370

Der Cimarrón. Die Lebensgeschichte eines entflohenen Negersklaven aus Cuba, von ihm selbst erzählt. Nach Tonbandaufnahmen herausgegeben von Miguel Barnet. Aus dem Spanischen übersetzt von Hildegard Baumgart. Mit einem Nachwort von Heinz Rudolf Sonntag und Alfredo Chacón. 1976. Band 346

Julio Cortázar, Das Feuer aller Feuer. *Erzählungen.* Aus dem Spanischen von Fritz Rudolf Fries. 1976. Band 298

–, Ende des Spiels. *Erzählungen.* Aus dem Spanischen von Wolfgang Promies. 1977. Band 373

Carlos Fuentes, Nichts als das Leben. *Roman.* Aus dem Spanischen von Christa Wegen. 1976. Band 343

Manuel Puig, Verraten von Rita Hayworth. *Roman.* 1976. Band 344

Mario Vargas Llosa, Das grüne Haus. *Roman.* Übersetzt von Wolfgang Alexander Luchting. 1976. Band 342

Materialien zur lateinamerikanischen Literatur. Herausgegeben mit einem Nachwort von Mechtild Strausfeld. 1976. Band 341

st 385 Hugo Ball, Hermann Hesse. Sein Leben und sein Werk
186 Seiten
»Aus dem Konflikt von Zeit und Kultur gelingt Hugo Ball die Deutung manches großartigen Widerspruchs, den wohl der eine oder andere Leser der Hesseschen Bücher festzustellen meint: ›Wohl kaum hat Hesse ein Erlebnis bis zum Rest erschöpft und gedeutet, so wird ihm gerade dieses Erschöpfen zur Gefahr und wirft ihn in das andere Extrem.‹ Wie diese Deutung durchgeführt wird, das macht die Lektüre dieses eigenwilligen, klugen und lebensnahen Buches zu einem heute seltenen Genuß.« *Hermann Kasack*

st 386 Hermann Hesses weltweite Wirkung.
Internationale Rezeptionsgeschichte
Herausgegeben von Martin Pfeifer
364 Seiten
Zum ersten Mal wird hier die Wirkung des Werkes dieses Autors in ihrem weltweiten Ausmaß untersucht und dargestellt. Es werden Entwicklungen und gegenwärtiger Stand der Hesserezeption unter ihrem verlegerischen und publizistischen Aspekt, die Qualität der Übersetzungen und die wissenschaftliche Auseinandersetzung mit Hesses Werk gezeigt und Antwort zu geben versucht auf die Frage nach den Leserschichten und deren Zusammensetzung, nach der Art des Literaturkonsums und nach den Auswirkungen der Hesselektüre.

st 387 Marie Luise Kaschnitz, Der alte Garten
Ein Märchen
190 Seiten

»Ein Buch, das nie aufhört Märchen zu sein, und das sich doch auch ganz anders lesen läßt. Dem Menschen wird eindringlich klargemacht, daß die Welt, in der er lebt, ihm nicht einfach zur Verfügung stehen kann, daß sie nicht nach seinem Gutdünken manipulierbar ist.«

Stuttgarter Zeitung

st 388 Robert Walser, Poetenleben
122 Seiten
Poetenleben ist eine Sammlung von 25 Kurzgeschichten, entlarvenden, doch mit schalkhafter Arglosigkeit vorgetragenen Episoden aus dem abenteuerlich unzeitgemäßen Alltag eines »Poeten«. Walser selbst hat das Buch als eines seiner geglücktesten und poesiereichsten bezeichnet und es seinem Verleger listig als eine »romantische Geschichte« empfohlen.

st 389 Bertrand Russell, Eroberung des Glücks
Neue Wege zu einer besseren Lebensgestaltung
Autorisierte Übersetzung von Magda Kahn
174 Seiten
Russell versammelt hier seine praktischen Überlegungen zu Glück und Unglück, Konkurrenz und Neid, Familie und Arbeit, u. a. Er wagt »zu hoffen, daß einige von den unzähligen Menschen, die ihr Unglück über sich ergehen lassen, ohne ihm etwas Gutes abgewinnen zu können, in den folgenden Blättern eine Diagnose ihres Zustandes finden werden und zugleich eine Anregung, wie sie ihm entrinnen können«.

st 390 Gore Vidal, Messias. Roman
Deutsch von Helga und Peter von Tramin
Phantastische Bibliothek Band 5
298 Seiten
Der Roman *Messias* schildert ganz unter Verzicht auf futuristische Requisiten eine abstoßende Zukunftswelt, in der die Menschen so manipuliert werden, daß sie einem lebensfeindlichen Glauben, zu dessen Opfern sie auserkoren sind, freiwillig ihre Zustimmung geben. Gemanagt von skrupellosen Werbeleuten, die die Entwicklung der neuen Religion so planen wie eine Werbekampagne für ein Waschmittel, wird der Todeskult zum Fanal, das die Welt verändert.

st 391 H. P. Lovecraft, Der Fall Charles Dexter Ward
Zwei Horrorgeschichten
Deutsch von Rudolf Hermstein
Mit einem Nachwort von Marek Wydmuch
Phantastische Bibliothek Band 8
246 Seiten
Die beiden Horrorgeschichten dieses Bandes gehören zum Geschichtenzyklus des Cthulhu-Mythos und haben Neuengland zum Schauplatz. Beide Geschichten haben einen gemeinsamen Zug, der jeweilige Held ist – ohne es zunächst zu wissen – Nachkomme von Leuten, die sich mit vormenschlichen lebensbedrohenden Mächten eingelassen haben.
»Die vordergründige Erzählung des mit knapper Mühe gebannten absoluten Grauens liest sich zugleich wie eine Allegorie . . ., die besagt, daß die Welt vielleicht auf nicht ganz geheuren Fundamenten ruht, daß die Angst, das Böse könnte einmal überhandnehmen, gar nicht so unbegründet ist.« *Jörg Drews*

st 392 Wolfgang Koeppen, Eine unglückliche Liebe
Roman
198 Seiten
»Der Roman eines Schriftstellers, der sich durch die Originalität seiner Sprache, die Konsequenz seiner Psychologie und die großartige dichterische Einseitigkeit seiner Leidenschaft als Werk einer Persönlichkeit über zahllose Neuerscheinungen hinaushebt; das ist Wolfgang Koeppens hinreißendes Buch ›Eine unglückliche Liebe‹.«
Kölnische Zeitung

st 393 Hermann Broch, Die Unbekannte Größe
Roman
Kommentierte Werkausgabe Band 2
Herausgegeben von Paul Michael Lützeler
263 Seiten
Zur Thematik dieses Werkes schreibt Broch selbst: »*Die Unbekannte Größe* ist der Roman des intellektuellen Menschen. Der Mathematiker Richard Hieck, Protagonist des Romans, ist einer der kleinen Kärrner, die an der Gestaltung der Zukunft mitarbeiten, die immer eine Funktion der Erkenntnis ist: In welcher Weise kann ein der Wissenschaft hingegebener Mensch zu jener Gesamt-

erkenntnis gelangen, zu der er seiner Grundlage gemäß hinstrebt?«

st 394 Richard Hughes, Hurrikan im Karibischen Meer
Eine Seegeschichte
Aus dem Englischen übertragen von Richard Möring und Alfred Newman
176 Seiten
Hughes benutzt das Schiff in Seenot, um damit eine menschliche Grundsituation zu zeichnen: der Mensch im Zufall, gegen den dieser sich mit Berechnungen oder mit Gebet, mit angestrengter Ruhe oder Verzweiflung wehrt oder sich in die Meuterei, die Auflehnung zu retten versucht.
»In dieser Geschichte ist alles beisammen: Schlichtheit, Überraschung und kühner Humor.« *Graham Greene*

st 395 Hans Magnus Enzensberger, Der kurze Sommer der Anarchie
Buenaventura Durrutis Leben und Tod
Roman
304 Seiten
Die zwölf Kapitel des Romans handeln vom Leben und vom Sterben des spanischen Metallarbeiters Buenaventura Durruti, der nach einer militanten und abenteuerlichen Jugend zur Schlüsselfigur der spanischen Revolution von 1936 geworden ist. Die literarische Form des Romans steht zwischen Nacherzählung und Rekonstruktion. Der Widerspruch zwischen Fiktion und Dokument hält die politischen Widersprüche der spanischen Revolution fest.

st 396 Erich Heller, Die Wiederkehr der Unschuld und andere Essays
280 Seiten
Aus dem Inhalt: Die Wiederkehr der Unschuld. Zarathustras drei Verwandlungen und Nietzsches innere Biographie; Als der Dichter Yeats zum ersten Mal Nietzsche las; Modernität und Tradition: T. S. Eliot; Die verantwortungslose Literatur; Karl Kraus; Thomas Mann in Venedig; Improvisation über den Begriff des Klassischen. Zu Thomas Manns *Lotte in Weimar;* Psychoanalyse und Literatur, u. a.

st 397 Robert Minder, Kultur und Literatur in Deutschland und Frankreich
Fünf Essays
142 Seiten
Der Band enthält die folgenden Essays: Deutsche und französische Literatur – inneres Reich und Einbürgerung des Dichters; Das Bild des Pfarrhauses in der deutschen Literatur von Jean Paul bis Gottfried Benn; Kadettenhaus, Gruppendynamik und Stilwandel von Wildenbruch bis Rilke und Musil; Madame de Staël entdeckt Deutschland; Schiller, Frankreich und die Schwabenväter.

st 398 Das Buch der Nelly Sachs
Herausgegeben von Bengt Holmqvist
452 Seiten
»Eine schlaflose, eine Wächter- und Prophetenstimme geht überall durch die Dichtungen dieser Frau. Ihre Arbeiten haben ebensowenig mit lyrischer Avantgarde wie mit poetischer Tradition zu tun. Sie machen keine schönen Worte. Der Schrecken ist in ihnen Sprache geworden.« *Karl Krolow*

st 399 Roberto Arlt, Die sieben Irren
Roman
Aus dem Spanischen übersetzt von Bruno Keller
294 Seiten
»Ein erstaunliches Buch, weil sich hier erzählerische Leidenschaft an einem Thema entzündet, das uns heute auf den Nägeln brennt. Im Rahmen einer spannenden Handlung vergegenwärtigt Arlt die Triebkräfte einer revolutionären Bewegung, die Verbindungsmechanismen zwischen Gewalt, Verbrechen und Revolution.«
Hessischer Rundfunk

st 400 Felix Timmermans, Pallieter
Mit Zeichnungen des Dichters
Aus dem Flämischen von Anne Valeton-Hoos
232 Seiten
»Der *Pallieter* von Timmermans ist ein ganz prachtvolles

Buch, voll Sonne, Lachen und innigem Lebensbehagen, flämisch gesund wie die klassische Malerei dieses reichen Landes. ... *Pallieter* ist das schönste, liebenswerteste Gedicht naiv fröhlicher Lebensbejahung, das ich aus unseren Tagen kenne.« *Hermann Hesse*

st 401 Johan Huizinga
Holländische Kultur im siebzehnten Jahrhundert
Eine Skizze
Deutsch von Werner Kaegi
Fassung letzter Hand. Mit Fragmenten von 1932 und einem Nachwort von Horst Gerson
176 Seiten
Die Kultur Hollands im siebzehnten Jahrhundert gehört zu den großen Erscheinungen der Geschichte Europas, nicht weniger bedeutsam als die Kultur Venedigs oder der Toscana. Huizinga breitet in dieser Skizze von 1941 den Reichtum des Tatsächlichen aus, wobei er sehr bescheiden vorausstellt: Die Kultur ist nicht zu erklären, nur Voraussetzungen, die Kultur ermöglichen, können aufgezeigt werden. Der hier erneut vorgelegte Band ist ein Kulturbild hohen Ranges, wie seit den Tagen Jakob Burckhardts nur wenige entworfen worden sind.

st 402 August Strindberg, Ein Lesebuch für die niederen Stände
Herausgegeben von Jan Myrdal
Aus dem Schwedischen von Paul Baudisch
184 Seiten
In seinen hier vorgelegten theoretischen, gesellschaftskritischen Schriften erweist sich Strindberg als – freilich vormarxistischer – Sozialist. Jan Myrdal begründet die unverminderte Aktualität dieser hierzulande bislang unbekannten Strindberg-Arbeiten mit dem Hinweis, daß sie auch heute noch nichts an Wirkungskraft verloren haben.

st 403 Marieluise Fleißer, Ingolstädter Stücke
Fegefeuer in Ingolstadt. Pioniere in Ingolstadt
150 Seiten
»... begann ich zu lesen: die Theaterstücke vom dumpfen und wirren Leben der kleinen Leute im kleinen

Ingolstadt ... immer das gleiche Thema – und immer wieder anders geformt: die fanatische Sucht, in Worte und Geschehen zu fassen, was in jungen Menschen, dumpf und dunkel, an Unheimlichem und Unerklärbarem nach Licht, Liebe, Klarheit, Ausdruck und Gestalt strebt. ... Kaum jemals wehte mich so wie hier die überzeugende Stimme einer unter Qualen sich aus sich selbst emporringenden Dichterin an –, der Atem einer Begabung, welche in dieser Art, in unserer Zeit, als Frauendichtung, in dieser Stärke und Ursprünglichkeit sicherlich nicht ihresgleichen hat.« *Kurt Pinthus*

st 404 Marcel Proust, Briefe zum Werk
Ausgewählt und herausgegeben von Walter Boehlich
Deutsch von Wolfgang A. Peters
534 Seiten
Aus den vielen tausend Seiten der vorliegenden Sammlungen sind für diese Briefauswahl diejenigen Stücke ausgesucht worden, die einen konkreten Bezug zu Prousts Werken haben, sei es, daß sie zum Verständnis ihrer Entstehung oder ihrer Bedeutung beitragen, sei es, daß sie Erlebnisse des Erzählers in direkter, unreflektierter Form schildern.

st 407 Samuel Beckett, Malone stirbt
Roman
Aus dem Französischen von Elmar Tophoven
160 Seiten
»Becketts Romane gehören zu jenen tiefer lotenden Zeitromanen, die ihre magisch aufspürende und abgründig diagnostische Kraft gerade aus dem Absehen von allem äußeren Requisit und Detail der Zeit gewinnen; denn sie bleiben hartnäckig nicht den Menschen, sondern dem Menschen unserer Zeit auf der Spur ...«
Frankfurter Allgemeine Zeitung

st 408 Ludwig Börne
Spiegelbild des Lebens.
Aufsätze über Literatur
Ausgewählt und eingeleitet von Marcel Reich-Ranicki
146 Seiten
»Was immer Börne schrieb, es war Zeitkritik im Kampf

um die Demokratie. Das gilt auch, versteht sich, für seine Auseinandersetzung mit der Literatur, dem Theater...« So formuliert Reich-Ranicki in seinem einleitenden Essay Börnes oft unterschätzte Bedeutung, um dann, in einem repräsentativen Querschnitt der literarkritischen Arbeit Börnes, jene Arbeiten folgen zu lassen, deren Themen für uns und heute noch von besonderem Interesse, ja von bisweilen verblüffender Aktualität sind.

st 412 Werner Koch, Wechseljahre oder See-Leben II
204 Seiten
Dieser Band ist die unmittelbare Fortsetzung von *See-Leben I* (st 132). Wie in *See-Leben I* lebt der Angestellte einer Kölner Firma in seiner Hütte an einem See, und das bleibt weiterhin der Versuch, eine utopische Existenz zu verwirklichen, indem er von seinem Schreibtisch auf der Wiese aus seine berufliche Existenz zu meistern versucht und die Möglichkeiten eines individuellen Lebens durchprobiert.
»Kochs Buch gehört zu jenen geglückten literarischen Erzeugnissen, die eine leicht dahinfließende Feder mit Tiefgang in Bewegung hält. ... Den Mann am See kennt wohl jeder, nur spricht er eben aus, was nicht jeder sagen kann noch auszusprechen sich traut.«
Badische Zeitung

st 413 Hermann Hesse, Innen und Außen.
Gesammelte Erzählungen. Band 4 1919–1955
Zusammengestellt von Volker Michels
432 Seiten
Der vierte und letzte Band der Erzählungen Hesses setzt ein nach dem ersten Weltkrieg und enthält alle seitdem parallel zu den großen erzählerischen Werken, »Siddhartha«, »Der Steppenwolf«, »Narziß und Goldmund«, »Die Morgenlandfahrt« und »Das Glasperlenspiel« entstandenen kürzeren Erzählungen.

st 415 Hermann Hesse, Die Welt der Bücher
Betrachtungen und Aufsätze zur Literatur
Zusammengestellt von Volker Michels
382 Seiten
Dieser Band versammelt erstmals sämtliche grundsätzlicheren Schriften Hesses zur Literatur, ergänzt um zahl-

reiche Stücke, die er selbst nicht in die Ausgabe seiner *Gesammelten Schriften* von 1957 aufgenommen hat und die folglich größtenteils auch in der Hesse-Werkausgabe von 1970 fehlen.

»Bücher sind nicht dazu da, lebensunfähigen Menschen ein wohlfeiles Trug- und Ersatzleben zu liefern. Im Gegenteil, Bücher haben nur einen Wert, wenn sie zum Leben führen und dem Leben dienen und nützen, und jede Lesestunde ist vergeudet, aus der nicht ein Funken von Kraft, eine Ahnung von Verjüngung, ein Hauch neuer Frische sich für den Leser ergibt.« *Hermann Hesse*

st 420 Basis. Jahrbuch für deutsche Gegenwartsliteratur
Band 7
Herausgegeben von Reinhold Grimm und Jost Hermand
242 Seiten
Ohne methodisch festgelegt zu sein, sucht *Basis* eine Literaturbetrachtung zu fördern, die an der materialistischen Grundlage orientiert ist. Mit Beiträgen von Gert Sautermeister, Christiaan L. Hart Nibbrig, Reinhold Grimm, Klaus L. Berghahn, Jost Hermand, Bernd Witte u. a.

st 440 Philip K. Dick, UBIK
Science-Fiction-Roman
Aus dem Amerikanischen von Renate Laux
Mit einem Nachwort von Stanisław Lem
Phantastische Bibliothek Band 15
222 Seiten
Das Schlüsselwort, das Joe Chip und seine Kollegen vor einer abscheulichen Verschwörung bewahren kann, heißt UBIK. Joe hat nie zuvor davon gehört. Er weiß aber, daß er dem geheimnisvollen UBIK auf die Spur kommen muß, wenn er seine surreale Existenz ändern will.

»Dick übertrifft in den Inventionen bei weitem seine Kollegen; seine sich verzweigende, ungeheure und ominös purzelbaum-schießende Welt ist voller Einfälle – manchmal mit satirischem Unterton.«

Alphabetisches Gesamtverzeichnis der suhrkamp taschenbücher

Achternbusch, Alexanderschlacht 61
– Happy oder Der Tag wird kommen 262
– Die Stunde des Todes 449
Adorno, Erziehung zur Mündigkeit 11
– Studien zum autoritären Charakter 107
– Versuch, das ›Endspiel‹ zu verstehen 72
– Zur Dialektik des Engagements 134
– Versuch über Wagner 177
Aitmatow, Der weiße Dampfer 51
Alfvén, M 70 – Die Menschheit der siebziger Jahre 34
– Atome, Mensch und Universum 139
Allerleirauh 19
v. Ardenne, Ein glückliches Leben für Technik und Forschung 310
Arendt, Die verborgene Tradition 303
Arlt, Die sieben Irren 399
Artmann, Grünverschlossene Botschaft 82
– How much, schatzi? 136
– The Best of H. C. Artmann 275
– Unter der Bedeckung eines Hutes 337
v. Baeyer, Angst 118
Bahlow, Deutsches Namenlexikon 65
Ball, Hermann Hesse 385
Barnet (Hrsg.), Der Cimarrón 346
Basis 5, Jahrbuch für deutsche Gegenwartsliteratur 276
Basis 6, Jahrbuch für deutsche Gegenwartsliteratur 340
Basis 7, Jahrbuch für deutsche Gegenwartsliteratur 420
Beaucamp, Das Dilemma der Avantgarde 329
Becker, Jürgen, Eine Zeit ohne Wörter 20
Becker, Jurek, Irreführung der Behörden 271
Beckett, Warten auf Godot (dreisprachig) 1
– Watt 46
– Endspiel (dreisprachig) 171
– Das letzte Band (dreisprachig) 200
– Molloy 229
– Glückliche Tage (dreisprachig) 248
– Malone stirbt 407
Das Werk von Samuel Beckett. Berliner Colloquium 225
Materialien zu Becketts »Godot« 104
Materialien zu Becketts Romanen 315
Benjamin, Illuminationen 345
– Über Haschisch 21
– Ursprung des deutschen Trauerspiels 69
– Der Stratege im Literaturkampf 176
Zur Aktualität Walter Benjamins 150
Bernhard, Das Kalkwerk 128
– Frost 47
– Gehen 5
– Der Kulterer 306
– Salzburger Stücke 257
Bierce, Das Spukhaus 365
Bingel, Lied für Zement 287
Bioy Casares, Fluchtplan 378
Blackwood, Das leere Haus 30
Bloch, Naturrecht und menschliche Würde 49
– Subjekt–Objekt 12
– Vorlesungen zur Philosophie der Renaissance 75
– Atheismus im Christentum 144
Börne, Spiegelbild des Lebens 408
Bond, Die See 160
– Bingo 283
Braun, Stücke 1 198
Brecht, Geschichten vom Herrn Keuner 16
– Schriften zur Gesellschaft 199
– Frühe Stücke 201
– Gedichte 251
Brecht in Augsburg 297
Bertolt Brechts Dreigroschenbuch 87
Broch, Barbara 151
– Die Schuldlosen 209
– Schriften zur Literatur 1 246
– Schriften zur Literatur 2 247
– Der Tod des Vergil 296
– Philosophische Schriften 1 u. 2 2 Bde. 375
– Die Unbekannte Größe 393
– Die Verzauberung 350
Materialien zu »Der Tod des Vergil« 317
Broszat, 200 Jahre deutsche Polenpolitik 74
Brude-Firnau (Hrsg.), Aus den Tagebüchern Th. Herzls 374
Buono, Zur Prosa Brechts. Aufsätze 88
Butor, Paris–Rom oder Die Modifikation 89
Carpentier, Explosion in der Kathedrale 370
Celan, Mohn und Gedächtnis 231
– Von Schwelle zu Schwelle 301
Chomsky, Indochina und die amerikanische Krise 32
– Kambodscha Laos Nordvietnam 103
– Über Erkenntnis und Freiheit 91
Condrau, Angst und Schuld als Grundprobleme in der Psychotherapie 305
Conrady, Literatur und Germanistik als Herausforderung 214
Cortázar, Das Feuer aller Feuer 298
– Ende des Spiels 373
Dedecius, Überall ist Polen 195
Der andere Hölderlin. Materialien zum »Hölderlin«-Stück von Peter Weiss 42
Der Friede und die Unruhestifter 145
Dick, UBIK 440
Doctorow, Das Buch Daniel 366
Döblin, Materialien zu »Alexanderplatz« 268
Dolto, Der Fall Dominique 140
Döring, Perspektiven einer Architektur 109
Duddington, Baupläne der Pflanzen 45
Duke, Akupunktur 180
Duras, Hiroshima mon amour 112
Durzak, Gespräche über den Roman 318
Ehrenburg, Das bewegte Leben des Lasik Roitschwantz 307
Eich, Fünfzehn Hörspiele 120
Eliot, Die Dramen 191
Zur Aktualität T. S. Eliots 222
Enzensberger, Gedichte 1955–1970 4
– Der kurze Sommer der Anarchie 395
Eschenburg, Über Autorität 178
Ewald, Innere Medizin in Stichworten I 97
– Innere Medizin in Stichworten II 98
Ewen, Bertolt Brecht 141
Fallada/Dorst, Kleiner Mann – was nun? 127
Feuchtwanger (Hrsg.), Deutschland – Wandel und Bestand 335
Fischer, Von Grillparzer zu Kafka 284
Fleißer, Eine Zierde für den Verein 294
– Ingolstädter Stücke 403
Fletcher, Die Kunst des Samuel Beckett 272
Franke, Ypsilon minus 358
Freisprüche. Revolutionäre vor Gericht 111
Fries, Der Weg nach Oobliadooh 265

Frijling-Schreuder, Was sind das – Kinder? 119
Frisch, Dienstbüchlein 205
– Stiller 105
– Stücke 1 70
– Stücke 2 81
– Wilhelm Tell für die Schule 2
– Mein Name sei Gantenbein 286
– Andorra 277
– Homo faber 354
Frischmuth, Amoralische Kinderklapper 224
Fromm/Suzuki/de Martino, Zen-Buddhismus und Psychoanalyse 37
Fuchs, Todesbilder in der modernen Gesellschaft 102
Fuentes, Nichts als das Leben 343
Fühmann, Erfahrungen und Widersprüche 338
García Lorca, Über Dichtung und Theater 196
Gibson, Lorcas Tod 197
Gilbert, Das Rätsel Ulysses 367
Glozer, Kunstkritiken 193
Goldstein, A. Freud, Solnit, Jenseits des Kindeswohls 212
Goma, Ostinato 138
Gorkij, Unzeitgemäße Gedanken über Kultur und Revolution 210
Grossmann, Ossietzky. Ein deutscher Patriot 83
Habermas, Theorie und Praxis 9
– Kultur und Kritik 125
Habermas/Henrich, Zwei Reden 202
Hammel, Unsere Zukunft – die Stadt 59
Han Suyin, Die Morgenflut 234
Handke, Chronik der laufenden Ereignisse 3
– Der kurze Brief 172
– Die Angst des Tormanns beim Elfmeter 27
– Ich bin ein Bewohner des Elfenbeinturms 56
– Stücke 1 43
– Stücke 2 101
– Wunschloses Unglück 146
– Die Unvernünftigen sterben aus 168
– Als das Wünschen noch geholfen hat 208
– Falsche Bewegung 258
Heilbroner, Die Zukunft der Menschheit 280
Heller, Thomas Mann 243
– Nirgends wird Welt sein als innen 288
– Die Wiederkehr der Unschuld 396
Hellman, Eine unfertige Frau 292
Henle, Der neue Nahe Osten 24
v. Hentig, Magier oder Magister? 207
– Die Sache und die Demokratie 245
Hermlin, Lektüre 1960–1971 215
Herzl, Aus den Tagebüchern 374
Hesse, Glasperlenspiel 79
– Aus Kinderzeiten. Erzählungen Bd. 1 347
– Ausgewählte Briefe 211
– Klein und Wagner 116
– Die Kunst des Müßiggangs 100
– Lektüre für Minuten 7
– Unterm Rad 52
– Peter Camenzind 161
– Der Steppenwolf 175
– Siddhartha 182
– Demian 206
– Die Nürnberger Reise 227
– Lektüre für Minuten. Neue Folge 240
– Eine Literaturgeschichte in Rezensionen 252
– Die Märchen 291
– Narziß und Goldmund 274
– Kleine Freuden 360
– Briefe an Freunde 380
– Freude an Büchern 415
– Die Gedichte. 2 Bde. 381
– Kurgast 383
– Der Europäer. Erzählungen Bd. 3 384
– Innen und Außen. Erzählungen Bd. 4 413
– Die Verlobung. Erzählungen Bd. 2 368
– Von Wesen und Herkunft des Glasperlenspiels 382
– Eine Werkgeschichte von Siegfried Unseld 143
Materialien zu Hesses »Glasperlenspiel« 1 80
Materialien zu Hesses »Glasperlenspiel« 2 108
Materialien zu Hesses »Steppenwolf« 53
Materialien zu Hesses »Siddhartha« 1 129
Materialien zu Hesses »Siddhartha« 2 282
Über Hermann Hesse 1 331
Über Hermann Hesse 2 332
Hermann Hesses weltweite Wirkung 386
Hildesheimer, Paradies der falschen Vögel 295
– Stücke 362
– Hörspiele 363
Hobsbawm, Die Banditen 66
Hofmann (Hrsg.), Schwangerschaftsunterbrechung 238
Höllerer, Die Elephantenuhr 266
Holmqvist, Das Buch der Nelly Sachs 398
Hortleder, Fußball 170
Horváth, Der ewige Spießer 131
– Ein Kind unserer Zeit 99
– Jugend ohne Gott 17
– Leben und Werk in Dokumenten und Bildern 67
– Sladek 163
– Die stille Revolution 254
Hudelot, Der Lange Marsch 54
Hughes, Hurrikan im Karibischen Meer 394
Huizinga, Holländische Kultur im siebzehnten Jahrhundert 401
Innerhofer, Schöne Tage 349
Jakir, Kindheit in Gefangenschaft 152
Johnson, Mutmassungen über Jakob 147
– Das dritte Buch über Achim 169
– Eine Reise nach Klagenfurt 235
– Berliner Sachen 249
– Zwei Ansichten 326
Jonke, Im Inland und im Ausland auch 156
Joyce, Ausgewählte Briefe 253
Joyce, Stanislaus, Meines Bruders Hüter 273
Kappacher, Morgen 339
Kästner, Offener Brief an die Königin von Griechenland. Beschreibungen, Bewunderungen 106
– Der Hund in der Sonne 270
Kardiner/Preble, Wegbereiter der modernen Anthropologie 165
Kasack, Fälschungen 264
Kaschnitz, Der alte Garten 387
– Steht noch dahin 57
Katharina II. in ihren Memoiren 25
Kluge, Lebensläufe. Anwesenheitsliste für eine Beerdigung 186
Koch, Anton, Symbiose – Partnerschaft fürs Leben 304
Koch, Werner, See-Leben I 132
– Wechseljahre oder See-Leben II 412
Koeppen, Das Treibhaus 78
– Eine unglückliche Liebe 392
– Nach Rußland und anderswohin 115
– Romantisches Café 71
– Der Tod in Rom 241
Koestler, Der Yogi und der Kommissar 158
– Die Wurzeln des Zufalls 181
Kolleritsch, Die grüne Seite 323
Kracauer, Die Angestellten 13

– Kino 126
– Das Ornament der Masse 371
Kraus, Magie der Sprache 204
Kroetz, Stücke 259
Krolow, Ein Gedicht entsteht 95
Kücker, Architektur zwischen Kunst und Konsum 309
Kühn, N 93
– Siam-Siam 187
Kundera, Das Leben ist anderswo 377
Lagercrantz, China-Report 8
Lander, Ein Sommer in der Woche der Itke K. 155
Laxness, Islandglocke 228
le Fort, Die Tochter Jephthas und andere Erzählungen 351
Lem, Solaris 226
– Die Jagd 302
– Transfer 324
– Nacht und Schimmel 356
Lenz, Hermann, Die Augen eines Dieners 348
Lepenies, Melancholie und Gesellschaft 63
Lévi-Strauss, Rasse und Geschichte 62
– Strukturale Anthropologie 15
Lidz, Das menschliche Leben 162
Lovecraft, Cthulhu 29
– Berge des Wahnsinns 220
– Das Ding auf der Schwelle 357
– Der Fall Charles Dexter Ward 391
Mächler, Das Leben Robert Walsers 321
Malson, Die wilden Kinder 55
Martinson, Die Nesseln blühen 279
– Der Weg hinaus 281
Mayer, Georg Büchner und seine Zeit 58
McHale, Der ökologische Kontext 90
Melchinger, Geschichte des politischen Theaters 153, 154
Meyer, Eine entfernte Ähnlichkeit 242
Miłosz, Verführtes Denken 278
Minder, Dichter in der Gesellschaft 33
– Kultur und Literatur in Deutschland und Frankreich 397
Mitscherlich, Massenpsychologie ohne Ressentiment 76
– Thesen zur Stadt der Zukunft 10
– Toleranz – Überprüfung eines Begriffs 213
Mitscherlich (Hrsg.), Bis hierher und nicht weiter 239
Moser, Lehrjahre auf der Couch 352
Muschg, Liebesgeschichten 164
– Albissers Grund 334
– Im Sommer des Hasen 263
Myrdal, Politisches Manifest 40
Nachtigall, Völkerkunde 184
Nizon, Canto 319
Norén, Die Bienenväter 117
Nossack, Spirale 50
– Der jüngere Bruder 133
– Die gestohlene Melodie 219
– Um es kurz zu machen 255
– Das kennt man 336
Nossal, Antikörper und Immunität 44
Olvedi, LSD-Report 38
Penzoldts schönste Erzählungen 216
– Die Kunst das Leben zu lieben 267
– Die Powenzbande 372
Plenzdorf, Die Legende von Paul & Paula 173
– Die neuen Leiden des jungen W. 300
Plessner, Diesseits der Utopie 148
– Die Frage nach der Conditio humana 361
Portmann, Biologie und Geist 124
Prangel (Hrsg.), Materialien zu Döblins »Alexanderplatz« 268
Proust, Briefe zum Werk 404
Psychoanalyse und Justiz 167
Puig, Verraten von Rita Hayworth 344
Raddatz, Traditionen und Tendenzen 269
Rathscheck, Konfliktstoff Arzneimittel 189
Regler, Das Ohr des Malchus 293
Reik, Der eigene und der fremde Gott 221
Reiwald, Die Gesellschaft und ihre Verbrecher 130
Riedel, Die Kontrolle des Luftverkehrs 203
Riesman, Wohlstand wofür? 113
– Wohlstand für wen? 114
Rilke, Material. zu »Malte« 174
– Materialien zu »Cornet« 190
– Rilke heute 290
– Rilke heute 2 355
Rochefort, Das Ruhekissen 379
Rosei, Landstriche 232
– Wege 311
Roth, die autobiographie des albert einstein. Künstel. Der Wille zur Krankheit 230
– Der große Horizont 327
Rottensteiner (Hrsg.), Blick vom anderen Ufer 359
Rühle, Theater in unserer Zeit 325
Russell, Autobiographie I 22
– Autobiographie II 84
– Autobiographie III 192
– Eroberung des Glücks 389
v. Salis, Rilkes Schweizer Jahre 289
Sames, Die Zukunft der Metalle 157
Sarraute, Zeitalter des Mißtrauens 223
Schickel, Große Mauer, Große Methode 314
Schultz (Hrsg.), Wer ist das eigentlich – Gott? 135
– Der Friede und die Unruhestifter 145
– Politik ohne Gewalt? 330
Shaw, Die Aussichten des Christentums 18
– Der Sozialismus und die Natur des Menschen 121
– Der Aufstand gegen die Ehe 328
Simpson, Biologie und Mensch 36
Sperr, Bayrische Trilogie 28
Steiner, In Blaubarts Burg 77
– Sprache und Schweigen 123
Sternberger, Panorama oder Ansichten vom 19. Jahrhundert 179
– Gerechtigkeit für das 19. Jahrhundert 244
– Heinrich Heine und die Abschaffung der Sünde 308
Stierlin, Adolf Hitler 236
– Das Tun des Einen ist das Tun des Anderen 313
Strausfeld (Hrsg.), Materialien zur lateinamerikanischen Literatur 341
Strindberg, Ein Lesebuch für die niederen Stände 402
Stuckenschmidt, Schöpfer der neuen Musik 183
– Maurice Ravel 353
Swoboda, Die Qualität des Lebens 188
Szabó, I. Moses 22 142
Terkel, Der Große Krach 23
Timmermans, Pallieter 400
Unseld, Hermann Hesse. Eine Werkgeschichte 143
– Begegnungen mit Hermann Hesse 218
Unseld (Hrsg.), Wie, warum und zu welchem Ende wurde ich Literaturhistoriker? 60
– Bertolt Brechts Dreigroschenbuch 87
– Zur Aktualität Walter Benjamins 150
– Mein erstes Lese-Erlebnis 250
– Peter Suhrkamp 260
Unterbrochene Schulstunde. Schriftsteller und Schule 48

Vargas Llosa, Das grüne Haus 342
Vidal, Messias 390
Waggerl, Brot 299
Waley, Lebensweisheit im Alten China 217
Walser, Das Einhorn 159
– Der Sturz 322
– Gesammelte Stücke 6
– Halbzeit 94
Walser, Robert, Poetenleben 388
– Der »Räuber«-Roman 320
Weber-Kellermann, Die deutsche Familie 185
Über Kurt Weill 237
Weill, Ausgewählte Schriften 285
Weiss, Das Duell 41
– Rekonvaleszenz 31
Materialien zu Weiss' »Hölderlin« 42
Weissberg-Cybulski, Hexensabbat 369
Wendt, Moderne Dramaturgie 149
Wer ist das eigentlich – Gott? 135
Werner, Wortelemente lat.-griech. Fachausdrücke in den biolog. Wissenschaften 64
Werner, Vom Waisenhaus ins Zuchthaus 35
Wiese, Das Gedicht 376
Wilson, Auf dem Weg zum Finnischen Bahnhof 194
Wittgenstein, Philosophische Untersuchungen 14
Wolf, Punkt ist Punkt 122
Zivilmacht Europa – Supermacht oder Partner? 137